El enigma del convento

Jorge Eduardo Benavides

El enigma del convento

50 AÑOS
de buena literatura
ALFAGUARA
1964-2014

ISBN: 978-84-204-1753-0
Depósito legal: M-18384-2014
Impreso en España - Printed in Spain

© Diseño:
Proyecto de Enric Satué

© Imagen de cubierta:
más!gráfica

Esta novela fue galardonada con el XXV Premio Torrente Ballester de la Diputación
de A Coruña por un jurado compuesto por Mariel Padín, Ángel Basanta,
Amalia Iglesias, José Antonio Ponte Far, José María Pozuelo Yvancos, Charo Canal,
Ernesto Pérez Zúñiga y Mercedes Monmany.

*A Eva, cuya paciencia conventual me ayudó
a resolver todos los enigmas de esta historia...
que dura casi diez años.*

I

Desde muy temprano, cuando el amanecer aún quedaba lejos en el horizonte y por las callejuelas ásperas de Santa Catalina corría un viento frío, las novicias y las monjas aguzaban el oído para escuchar los pasitos raudos de Ana Moscoso, Anita, aquella infeliz que buscaba los rincones más recónditos del convento para llorar, que alcanzaba el huerto de detrás de la calle del templo para pasar una escasa media hora solitaria, pobre chica, o que simplemente se convertía para las demás en un rumor de pasos confusos, un rastro de desconsuelo callejeando sin norte de aquí para allá, como huyendo de cualquier contacto humano tanto como de su desdicha. Había entrado al convento hacía menos de un mes y la madre superiora exigió a las alborotadoras monjitas que quisieron darle la bienvenida con frutas y pasteles, con copitas de vino de Vítor, que la dejaran en paz, porque la muchacha, que aún no se había decidido a tomar los hábitos —y mejor así, pues ya sabían ellas que el dolor, el dolor mundano, no era buen consejero cuando se trataba de abrazar a nuestro Señor—, parecía realmente un alma en pena.

Por eso mismo, déjenla en paz, había insistido la madre superiora cuando unas cuantas monjas vinieron hasta su despacho en comisión para decirle que la chiquita Moscoso apenas salía de su celda, que su criada ya no sabía qué hacer para que comiera, que lloraba todo el día. Ella escuchó con paciencia, las manos quietas sobre el regazo, el rostro impasible, dejando que se quitaran la palabra unas a otras hasta que por fin todas callaron, confusas o amedrentadas ante el silencio de la superiora. Era mejor que la dejaran tranquila, insistió ésta con voz suave, que buscara ella sola el sosiego en el dulce consuelo que traía la oración, que el Señor estaría allí para reconfortarla cuando ella misma se diera cuenta de que no estaba sola en su dolor. Ante el amago de la hermana Mariana de la Visitación —cómo no...— de insistir, la superiora levantó el dedo índice: Nada de importunarla con excesivas atenciones ni mucho menos estar pendientes de su vida, que hasta la buena voluntad se vuelve pecado cuando se convierte en pesada insistencia, agregó recordándoles a san Nicolás de Tolentino, y tuvo que alzar un poco la voz para acallar la ola de murmullos levantiscos que precedieron a sus palabras.

Pero tampoco le había dado mayor importancia a aquello la superiora porque el convento requería urgentes atenciones y el magro presupuesto del que disponían apenas si alcanzaba para remendar estucos, tarrajear paredes, cambiar muebles carcomidos o comprar unas frazadas para las monjas más ancianas, que vegetaban en celdas frías y ya innobles. Por no hablar de la colación, sobre todo ahora que muchas hermanas pasaban necesidades y tenían que hacer milagros para que las menos favorecidas comieran bien. ¡Qué tiempos!

Y además, que la perdonara Dios por esto, pensó, el dolor le retorcía el ánimo como un clavo al rojo vivo. Era cierto: aunque hacía esfuerzos por no contestar de malos modos cuando alguna hermana venía a contarle minucias, pecadillos que atormentaban su corazón, apenas si podía disimular un gesto torcido de impaciencia. Sólo la madre Rosario de la Misericordia se había dado cuenta de que el malestar recrudecía. Se lo dijo la otra tarde —con la confianza de los más de cuarenta años que hacía que se conocían—, cuando despachaban precisamente el asunto del pago pendiente a los carpinteros que habían arreglado unas escaleras de la despensa. Le estaba doliendo nuevamente, ¿verdad?, preguntó la madre mirándola con sus ojillos aguados y su ceceo peninsular que no había perdido en todos estos años. Sí, confesó la superiora bufando, le dolía. «Y mucho», pero su voz cortante le advirtió a la madre Rosario de la Misericordia que la superiora no estaba para confidencias de ninguna clase, de manera que pasaron a resolver los temas realmente urgentes.

Por eso, por las preocupaciones económicas y también por el dolor sordo y persistente, se había olvidado un poco de aquella niña, Anita Moscoso. Y sí, también tenías que decírtelo, porque su presencia y su llanto te traían un lejano dolor que ya creías olvidado. Y ya ves: no hay olvido posible para algunos sinsabores...

—Seguro que viene por una pena del corazón, madre —le había insistido esa mañana la monja Catalina de la Encarnación, resollando por el esfuerzo de subir hasta la celda de la superiora, cerca del antiguo rosedal de sor Donicia de Cristo, que el Señor la tenga en su gloria.

Al principio, la superiora la hubiera despachado con una reprimenda, porque el otro día había quedado muy claro que la orden era no incomodar a la chica Moscoso ni hablar más del asunto. Pero antes de soltar la filípica que la molestia física exacerbaba, recordó que la madre Catalina de la Encarnación no estuvo en el grupito de las otras monjas y que además era un alma cándida, una inocente que vivía en las nubes y cuya preocupación por las demás era sincera, empecinada, llena de una buena intención que sin lugar a dudas no merecía reprimendas mayores.

—¿Una pena del corazón? —enarcó una ceja la madre superiora, acostumbrada al lenguaje algo melodramático de la madre cocinera, y continuó con su bordado. Luego le hizo un gesto a la monja para que no se quedara en la puerta, mujer, que pasara.

—Sí, madre —dijo la monja cocinera avanzando hasta donde la priora daba puntadas con primor.

Se quedó un momento admirando la exquisitez de aquella celda inundada por una luz como de éxtasis, las cortinas de seda color cereza, la alfombra turca a los pies de la cama, la manta tan pulcra y olorosa a azahar, los candelabros de plata con sus velones azules, los geranios sobre el alféizar de la ventana que ya empezaban a recibir agradecidos el primer chorro de sol de la mañana...

—¿Y bien, madre? —dijo la superiora subiéndose un poco los anteojos que resbalaban por su nariz, fingiendo volver al bordado.

—Al parecer ha sufrido un desengaño —explicó un poco atropelladamente la madre cocinera—. Un tontolaba que la dejó por otra, una limeña, vieja y fea, pero adinerada, según dicen. Una alimaña.

La superiora volvió hacia la madre Catalina de la Encarnación una mirada severa, qué lenguaje era ése, madre, se cruzó de brazos dejando momentáneamente su labor sobre la mesita de caoba. La madre Catalina se encendió como asaeteada por una antorcha, que la disculpara, no había querido ser impertinente, pero le parecía tan rota la pobre Anita Moscoso, tan amargada por tamaña traición... Nadie en el convento sabía qué hacer para reanimar a la chiquilla, y todas temían por el quebranto de su salud, que ni comía los mazapanes que ella preparaba, ni tampoco las naranjas, las manzanas ni las golosinas que todas las demás le dejaban en su celda, y su sirvienta también lloraba afectada porque no sabía qué hacer para que la niña comiera, se estaba quedando como un palillo...

—Ya, me hago cargo de la situación.

La madre superiora acarició el bordado cuidadosamente, puso ambas manos sobre su regazo y se volvió hacia la monja como para interrumpir su vehemente descripción de lo que ocurría con aquella muchacha.

En realidad, la había aceptado en el monasterio pese a que su intuición le aconsejaba lo contrario, pero el señor Moscoso y Chirinos seguía contribuyendo generosamente con Santa Catalina, le explicó el procurador del convento, en estos tiempos mezquinos en los que tenían que batallar hasta con los miembros del cabildo catedral y ya por último hasta con el obispo Goyeneche, sí, señor, nada menos, para que las menguadas cuentas de Santa Catalina permitiesen que el monasterio no se viniese abajo. De manera que no estaban en condiciones de ignorar la generosidad del señor Moscoso y Chirinos, y aceptar a su hija como refugiada temporal y quizá luego como novicia... Era un poco extraño, sí, fuera del orden habitual, continuó el procurador Iriarte, pero ¿cómo decirle que no a aquel padre enfurecido y desesperado, cómo obviar además que aquella mozuela —tendría qué: dieciocho, diecinueve años, quizá menos— venía escapando de un episodio turbulento? De manera que la superiora lo consultó con el consejo y las religiosas dijeron que sí. Y ya ves: te ha alborotado a las monjas con su tormento. Y a ti te ha traído un desorden, un eco, un desabrigo para el cual te creías ya a salvo, y mira tú.

La madre cocinera la observaba con unos ojos brillantes, llenos de expectación, como si la superiora pudiese resolver aquel problema, como si una palabra suya pudiese sofocar tanto sufrimiento, pobre niña.

—Ya lleva casi un mes entre nosotras, ¿verdad? —preguntó la superiora como calibrando una medida, y sor Catalina de la Encarnación se apresuró a asentir vigorosamente con la cabeza—. Entonces dile que quiero verla, que venga aquí ya mismo.

—Sí, madre superiora, sí —dijo la monja y lo repitió varias veces, antes de escabullirse de la celda con los mofletes nuevamente encendidos, ahora una sonrisa achinando sus ojos, congestionando aún más su rostro redondo y lleno de pelusilla dorada—. Dele consuelo, madre, pobre chica.

Sí, pobre chica, porque ella, la madre superiora, también oyó llorar a la desgraciada hacía una semana más o menos. Había sentido sus pasos instantáneos y sin brújula antes del amanecer, cuando los rezos de laudes quedaban ya extinguidos del todo, precisamente un día en que el ambiente de su celda parecía asfixiarla y las preocupaciones la obligaron a salir arrebujada en una manta a respirar esa paz bendita que sólo encontraba en el corazón mismo de la noche, como cuando joven. Daba una vuelta por el claustro de los

Naranjos, entregada al rezo algo distraído de un misterio, cuando escuchó el llanto apagado que emergía de la oscuridad de una callejuela, y por un instante —tan apagado, tan de ultratumba le debió de sonar— se sobresaltó pensando si acaso se trataba de un ánima perdida. Pero aquel gañido lleno de estornudos mínimos y ruidosos sorbeteos pronto se le hizo mucho más terrenal. Estuvo tentada de alzar la voz, de preguntar que quién andaba, pero se arrepintió al instante: había visto tanto dolor aquí en el convento, tanta necesidad de un consuelo mucho más humano que el que procura la oración, que no quiso inmiscuirse. Que aquella desdichada, como muchas otras, como tú misma alguna vez, llorase hasta hartarse. El dulce y amargo alivio de las lágrimas.

Además, la llegada de Ana Moscoso había ocurrido en el peor momento, cuando menos tiempo tenía para atender estas pequeñeces que pautaban el ajetreo trivial y rutinario del convento: que si una discusión regada de llanto por una ofensa de chiquillas, que si la competencia de dos monjas por quién hacía los mazapanes y los buñuelos más dulces, que si el fervor excesivo de aquella hermana durante la misa de sextas, algún pavoneo innecesario durante el domingo de mercado, en fin, nada que una reconvención y una llamada al orden, a las oraciones y a la búsqueda y consuelo de nuestro Señor no pudieran solventar. Pero ahora —tenías que reconocerlo—, a los quebraderos de cabeza por motivos económicos y al dolor que volvía con fuerza se le agregaba otra cosa, mucho más silente y artera, de la que apenas se había dado cuenta porque era como una incomodidad inidentificable, un malestar y una zozobra que le desasosegaban el alma. Porque de un tiempo a esta parte la madre superiora notaba en la congregación una turbiedad llena de malicia, atufada de rencores y silencios malhumorados, una enajenación oscura que parecía borbotear en una marmita de agravios callados: y es que nuevamente se había levantado entre las monjas aquel rumor nefasto, aquella historia que la madre superiora creía sepultada bajo el escombral del tiempo, de los tumul-

tos de principios de siglo, cómo pasaban los años, María, y que la había devuelto a una sensación de permanente sobresalto, como si el mismísimo Satanás hubiese metido su feo pie de chivo entre las paredes de Santa Catalina...

Al poco sonaron en su puerta tres golpecitos. De no haber estado recogida y en silencio, la superiora apenas los hubiera oído. «Adelante», dijo y al instante asomó la cabecita de la chica, su nariz afilada, los ojos enrojecidos bajo un par de cejas espesas. La superiora la hizo pasar con un gesto que pretendía ser liviano, y pudo percibir el desasosiego de la muchacha, que temblaba como un gorrioncillo y no dejaba de estrujarse las manos, ¡pequeña!, pensó la religiosa con un arrebato de ternura y nostalgia, ahí estás tú, María. Fíjate, ¿así eras? Sí, enflaquecida por el dolor, aturdida por el sufrimiento y la extrañeza de encontrarte allí, aquí, de pronto, huyendo del siglo como esta infeliz.

Antes de invitarla a sentarse —la muchacha obedeció no como si hubiese sido una gentileza sino una orden fulminante—, la superiora se quedó un momento meditando en silencio, sin saber por dónde comenzar un diálogo con la chiquilla encogida que tenía enfrente.

—¿No estás a gusto entre nosotras, hija mía? —creyó oportuno empezar por esa pregunta aunque de inmediato se arrepintió: ¿qué hubieras dicho tú a su edad y en sus circunstancias, María, qué dijiste tú cuando te lo preguntaron?

Ana Moscoso negó vehemente con la cabeza gacha.

—Has de saber que ese sufrimiento que te retuerce las entrañas es pasajero —la superiora se incorporó algo bruscamente, sin poder evitar una mueca de dolor y fastidio—. Aunque ahora no lo creas, aunque ahora pienses que tu vida se ha acabado para siempre, pasará. Siempre ha sido así.

Ana, Anita Moscoso no se atrevió ni a moverse, sintiendo que la superiora caminaba dificultosamente a sus espaldas, quizá buscando inspiración para seguir hablándole.

—A esta santa congregación han acudido, desde tiempos inmemoriales, las jóvenes como tú, que vienen no al lla-

mado del Señor, sino huyendo del dolor que procura casi siempre la vida allí afuera, la vida en el siglo —suspiró o soltó un leve resoplido de hartazgo—. Pero muchas de ellas han encontrado algo mejor que jamás pensaron encontrar en su huida: el amor y la renuncia. La devoción y el sacrificio. Y ese regalo inesperado que nos ofrece nuestro Padre misericordioso debe recibirse con júbilo. Pero naturalmente, cuando alguien viene como has venido tú, como han venido tantas y tantas, es imposible darse cuenta. El Señor es todo paciencia y amor, y cuando menos lo esperes, descubrirás que ha sido Él quien ha guiado tus pasos hasta aquí y no el vano dolor del que crees huir.

—Pero mi dolor es tan intenso, tan insoportable que creo que voy a enloquecer, madre —Anita Moscoso habló con una voz casi infantil y llena de tormento, a punto de llorar.

Por un momento la superiora se volvió a ella con ternura y le puso una mano en el hombro.

—¿Y crees que ese dolor es un privilegio tuyo? ¿Que eres la única mujer que sufre por un amor, por un desengaño, infeliz?

Ana Moscoso se atrincheró nuevamente en un silencio hosco y la superiora advirtió cómo su hombro huesudo se tensaba. ¡Otra niña que cree estar descubriéndole al mundo lo que es el sufrimiento! Qué puerilidad, pensó sintiendo un amago de molestia, quizá de indignación. Con todos los problemas inmediatos y reales que debes resolver, María, y te entretenías con esta chiquilla, en lugar de permitir que el tiempo hiciera su labor. El tiempo y la oración...

Pero la superiora no sabía por qué se veía obligada a hablar, ¿por qué, María? Quizá acicateada por el desasosiego de los últimos tiempos, en que inexplicablemente la habían vuelto a emboscar los recuerdos.

—Pues bien, te contaré una historia que también ocurrió aquí, hija mía, para que veas que por desgracia tu caso no es el único, igual que este que conocerás tampoco fue el primero. Verás que tu dolor es simplemente el dolor de to-

dos los que aman. Y que ese dolor puede hundirte para siempre en los infiernos o purificar tu alma si encuentras el consuelo del Altísimo.

¿Así era, María? ¿O sólo eran fórmulas que de tanto escuchar y repetir habías convertido en un resguardo para no pensar más en todo aquello? Pero Anita Moscoso la miraba, compungida y al mismo tiempo expectante, dispuesta a escuchar aquella historia que la superiora, sin saber exactamente el motivo, iba a contarle. ¿Por qué, María? No encontró respuesta y de pronto se encontró hablando.

—Has de saber que en este santo convento, cuando las guerras de independencia, entró una chica. Traía un dolor, como tú, sería más o menos de tu edad. La estoy viendo. Eran sin embargo tiempos más convulsos y difíciles para todos los que le tocó vivir a aquella desdichada. Yo era muy joven también, cuando todo aquello...

La luz de los candelabros hacía espejear las joyas en los cuellos de las señoras y las medallas en los pechos orondos de los militares que bebían jerez y aceptaban los delicados entremeses que servía un pequeño ejército de disciplinados camareros. Así, a ojo de buen cubero, calculó José Manuel Goyeneche, habría una centena larga de invitados que disfrutaban de la velada ofrecida por el marqués de Matallana y su esposa, en el palacio que tenían en la calle San Mateo. Había allí una profusión de dorados intensos, de bruñidos bronces, de tapices primorosos traídos de Toledo y aún más, según decían, de la lejana Persia. Por todos lados se encontraban esculturas que brillaban bajo la luz de las arañas colosales, y un tumulto manso circulaba hacia otros salones contiguos, de donde provenía un sólido runrún de voces y risas. Flotaba un olor enjundioso de perfumes y aguas de colonia que aplacaba en algo el aroma de las bandejas que circulaban bajo la dirección del maestresala, un hombre regordete, moreno, de hirsutas patillas que miraba con veneno a los camareros y recorría el salón con gestos de general.

Al entrar al vestíbulo del palacio, Goyeneche se había ajustado un poco la chaqueta de terciopelo tocándose nervioso los botones, fugazmente sorprendido por cierto embarazo de ir con aquel uniforme de corte: tricornio de galón, calzón corto, medias de seda y zapato de hebilla. Pero se tranquilizó después de observar que muchos militares —por no decir todos— iban vestidos igual que él, aunque algunos llevaban calzón *collant* de gamuza y botas granaderas.

Fue recibido por un lacayo ampuloso y estricto que rápidamente se hizo a un lado y anunció con voz rotunda:

«El teniente general José Manuel Goyeneche, conde de Guaqui, vocal de guerra de las Indias y Gran Cruz de Isabel la Católica», y el murmullo de la fiesta se fue apagando. Muchos se volvieron para dirigirle una mirada llena de curiosidad. Entonces Goyeneche vio que se encaminaba hacia él un hombre tripudo de chaqueta entallada y botones de plata, cuya cabeza era coronada por una cabellera castaña y más bien leonina. Estaba acompañado por una mujer menuda, notablemente más joven que él y de grandes ojos negros, luminosos, como si estuvieran permanentemente cuajados de lágrimas.

—Es un honor tenerlo en esta casa, general —el marqués de Matallana le tendió una mano rotunda y firme, sumiendo el abdomen en un gesto que pretendía ser marcial. Parpadeaba constantemente, como si tuviera una molestia en los ojos, con lo que daba a quien lo observara la extraña sensación de que algo causaba en él un continuo y teatral estupor, pensó Goyeneche, desviando la mirada hacia la esposa del marqués.

La marquesa lo medía con el sigilo y la quietud de un gato. Le extendió una mano pequeñica, muy blanca, y José Manuel Goyeneche hizo el ademán de besarla. Las mejillas de la joven se encendieron tenuemente, casi como si su carita redonda hubiera recibido el atento retoque de una criada invisible.

—Me encantará presentarle a nuestros demás invitados y estoy seguro de que ellos arden en deseos de conocerlo, vocal Goyeneche —dijo la marquesa con una voz inesperadamente ronca, muy atractiva, señalando hacia unas personas que se habían acercado.

—Un verdadero honor, señor vocal —dijo un hombre alto y muy moreno que se presentó como el marqués de Alcañices.

—Todo un placer conocerlo, general —saludó otro, más menudo, que llevaba un gran pañuelo de seda al cuello: el vizconde de la Calzada.

—Ya era hora de verlo por aquí, general Goyeneche —dijo una mujer de sobrio vestido azul y ojos verdes que le fue presentada como la condesa de Carballo—. Todos teníamos curiosidad por conocerlo, y quienes ya han obtenido ese gusto no han dejado de contar maravillas de usted...

Los ojos de la mujer parecieron intensificarse con una hermosa sonrisa y Goyeneche sintió la espuma del halago corriendo por sus venas.

—Ya nos contará usted cómo está la situación en esas provincias americanas —clamó otro más, cuyo nombre no pudo retener Goyeneche, entretenido en estrechar manos, y que le miró con cierta impertinencia que no pasó desapercibida al militar.

Continuó intercambiando algunas formalidades con los anfitriones y de pronto se dio cuenta de que, entre murmullos y comentarios, se habían ido acercando más y más invitados. Los hombres buscaban estrecharle la mano y las mujeres lo miraban con indisimulada curiosidad susurrando entre ellas, mientras él respondía como podía, tratando de recordar nombres y cargos: el Madrid cortesano que Goyeneche había frecuentado —poco y en malos momentos, también era cierto— parecía muy distinto, y le costó identificar a sus viejos conocidos, como Antonio Lasarte, que había esperado con una sonrisa llena de guasa a que se disolviera el corrillo de salutaciones para acercarse a su amigo peruano. Goyeneche respiró aliviado de encontrar por fin una cara conocida y se abrió paso entre los demás para darle un efusivo abrazo a Lasarte.

Sevillano, cinco o seis años más joven que él, tirando a rubiales y de grandes ojos castaños que las mujeres encontraban terriblemente seductores, alto y de buena planta, poseedor de considerable fortuna, Antonio Lasarte era uno de esos pocos amigos leales a los que José Manuel Goyeneche buscó nada más abandonar Cádiz para instalarse definitivamente en la villa y corte. Había servido bajo el mando del general peruano y éste lo quería un poco como se quiere a un hermano menor.

Pero no se habían podido ver mucho, porque aunque Lasarte era capitán de guardias del rey y Goyeneche, a su llegada a la corte, fue rápidamente nombrado vocal del consejo de guerra, su actividad frenética apenas le había dejado tiempo para socializar en un Madrid que él encontraba bastante cambiado. La primera reunión a la que acudió, al cabo de casi un mes de llegar a la capital y fijar su residencia en la calle de Atocha, fue la tertulia que el viejo conde de Sabiote ofrecía en su casa. Después de haberse cruzado de vez en cuando con Lasarte en palacio y por asuntos estrictamente laborales, éste le propuso que le acompañara a donde Sabiote —de cuyo hijo era compañero en las guardias de la Real Persona— para que entrara nuevamente en el círculo madrileño pues en sus salones, además de jugar al ecarté o al monte, se discurría de política y se tomaba buen oporto. De aquello había pasado más de una semana, y el militar americano no guardaba muy buen recuerdo.

—Te veo muy bien, Pepe —Antonio Lasarte le dio un abrazo al que Goyeneche correspondió con calidez.

—Lo mismo te digo, hombre —y continuó con una vieja broma, aunque se hubieran visto hacía muy poco—. ¿Sigues soltero? Entonces eso debe de ser...

—Como tú, bribón, como tú.

Ambos soltaron la risa y cogieron sendas copas de jerez que les ofreció un camarero. Alzaron las bebidas mirándose a los ojos y se dijeron salud. Cerca de ellos cruzaban fuentes de tartaletas, hojaldres y panecillos tostados con guarniciones de olores deliciosos. Lasarte decidió que tenía hambre y cogió uno casi al vuelo. Luego tomó del brazo a su amigo Goyeneche para llevarlo por el salón principal, donde el rumor de las conversaciones y las risotadas de quienes ya habían bebido lo suyo le daban un ambiente de efervescencia al lugar.

—Me alegra mucho que hayas venido. No quería que te quedaras con mal sabor de boca por lo de la tertulia de Sabiote el otro día.

—Olvídalo, ya pasó —mintió Goyeneche, encogiéndose de hombros.

Pero no, claro que no había pasado. El general se había quedado con un regusto desagradable en los labios, sobre todo porque no se hallaba cómodo en Madrid. Al poco tiempo de llegar de América a Cádiz —donde se le concedió la medalla de la Constitución y todos los honores— se vio llamado a presencia de Fernando VII, recién regresado el monarca del forzoso exilio francés. Nuevas encomiendas y cargos lo decidieron a quedarse en la villa y corte, y aunque llevaba muy poco tiempo, algo le decía al general peruano que no se terminaría de encontrar a gusto. Ojalá se equivocara, pensó dejándose conducir mansamente por Lasarte en medio de aquel bullicio festivo de gente desconocida. Mejor así, mejor no pensar en la tertulia de Sabiote.

Todavía se encontraba débil y le costaba caminar, pero se había opuesto tajantemente a que Abelardo la llevara en brazos o transportada a lomo de mula, como quería su padre, porque no deseaba ser la comidilla de los vecinos. «De ninguna manera, papá», había dicho incorporándose trabajosamente de la cama, con la madrugada todavía lejos, cuando sus padres vinieron a verla a su habitación para abrazarla y despedirse, para recomendarle acaso que lo pensara, hijita, pero ella ya lo tenía todo bien meditado, les recordó. Y no quiso que se le llenaran los ojos de lágrimas, así que les pidió que la esperaran en el salón, por favor. Además, ya había llorado —o eso creía— todo lo que nadie nunca podría haber llorado desde que despertara en su habitación hacía casi un mes y fuera, poco tiempo después de recobrar la memoria, devastada por la realidad de lo ocurrido. Pero no les dijo ni una palabra de eso a sus padres, que se limitaron a salir de allí rumbo al comedor.

Juanita esperaba en la puerta con la palangana de agua tibia y los paños limpios, con sus enaguas y los jabones para que ella se pudiera asear en la intimidad de su habitación, restregándose fuertemente la piel hasta dejarla enrojecida, como si así también pudiera arrancarse otros ascos más profundos. Evitó mirarse al espejo mientras se aseaba. Sabía de las ojeras violáceas que rodeaban sus ojos, de sus pómulos tensos y de la piel tan translúcida que dejaba ver las venitas azules que le surcaban el rostro y las manos. Sabía de ese talle que alguna vez alguien había acariciado con deseo y que ahora era sólo hueso. No quiso pensar más y se echó por encima el mantón para combatir el relente nocturno.

Con aquella prenda oscura se veía aún más demacrada, un espectro que seguramente causaría conmiseración y espanto. Al cabo de unos diez minutos se encaminó al comedor cruzando el rosedal, el pequeño huerto de las naranjas y el despacho de su padre. Se sentó a la mesa con ellos con un aire de fingida naturalidad, pero apenas probó el chocolate ni mucho menos las cebollas hervidas que su madre le dejara junto al vaso de agua de lima; no se veía capaz de tragar nada. «Pero tienes que comer algo, hija mía», había adelantado hacia su mejilla una mano áspera y cálida su padre, ya vestido para faenar en el campo. Ella negó con suavidad, seguro las monjitas le tendrían algo rico, mintió sin ruborizarse. En realidad, lo único que quería era salir de allí cuanto antes, si no se pondría nuevamente a llorar hasta caer exhausta, febril, con ganas de morirse. Por fortuna, Abelardo ya había terminado de cargar su baúl en la mula y entró al comedor para anunciar que si quería él iba llevando las cosas donde las monjas. Y María Micaela, al cabo de remolonear un ratito, se levantó de su asiento, les dio un beso y un abrazo a sus padres, y les pidió que por favor la dejaran ir sola. Juanita la esperaba en la puerta con su pequeña cesta y le alcanzó el bastón con empuñadura de marfil que María Micaela había dejado apoyado en la mesa del comedor. Ella la acompañaría al convento, le dijo la chiquilla con unos ojos redondos y llenos de firmeza en cuanto supo que la amita había decidido refugiarse allí, no se sabía si sólo temporalmente o para siempre.

Ahora la joven y la niña caminaban muy juntas buscando escapar del frío que se desprendía de las gruesas paredes blancas de la calle de Ejercicios, por donde andaban despacio, María Micaela apoyando el bastón con impericia entre los adoquines resbalosos, Juanita pendiente de ella, rozándola con sus manos de niña, cuidado, amita, mirándola con devoción y también con pena, como habían hecho sus padres momentos antes, en el portón de la casa. «No se diga una sola palabra, claro que te acompañamos», insistió su padre intentando ser firme cuando se daban un abrazo. Pero ella, María Micaela, lo fue más: de ninguna manera, dijo, ya Abelardo había llevado el baúl con sus cosas y ella tenía a Juanita para lo que necesitara. Eran apenas unas cuadras. Además, que usara bastón no la convertía en una completa inválida, afirmó y sus ojos relampaguearon con un fuego amargo. Su madre —también con ojeras, también con el rostro demacrado, pequeñita al lado del padre— hizo un gesto de resignación, de entendimiento, y apretó el brazo del marido. Ella no volvió la vista atrás y trató de que su caminar fuera digno, pero supo que sus padres la miraban abrazados, a punto de correr y llevarla en brazos a cualquier lugar del mundo, aunque fuera a ese convento donde ella se quería enterrar. Pero ¿se quería realmente enterrar? Más de una vez, en todo este tiempo desde que despertó nuevamente a la vida, se lo había preguntado. Por eso quizá no quiso que su decisión fuera tomada como algo definitivo sino temporal. Ella misma pidió hacer las gestiones con la madre superiora del convento de Santa Catalina, que era además prima de su mamá, y con el procurador don José Menaut, amigo de su padre. A la primera le escribió una larga carta explicándole su decisión y rogándole que la aceptara un tiempo mientras decidía si finalmente se hacía novicia; al segundo, su padre le dijo sin muchos rodeos que seguro que al convento no le vendría mal un estipendio de cuatro o cinco mil pesos fuertes anuales y cincuenta carneros añejos de Castilla.

El sol empezaba lentamente a aparecer a lo lejos —apenas una intuición detrás del volcán de Arequipa— y, aunque todavía faltaba mucho para que su calor entibiara el recio sillar blanco de las casonas y el empedrado de la calle por cuyo centro murmuraba impasible la acequia, María Micaela sintió alivio de que a esa hora apenas se topara con beatas embozadas en hábitos oscuros y que cruzaban como presencias fantasmales ante ellas, sin prestarles atención, ajenas a las recuas de llamas que venían del sur cargadas con sus arrobas de chuño y vino de Locumba, y que dejaban a su paso una penetrante tufarada de almizcle en el límpido aire de la ciudad. ¡Hic, hic, hic!, las pastoreaban los indios, indiferentes al crudo frío matinal, masticando aquella bola de hojas de coca que siempre llevaban en la boca, sobresaltando a los animales con una vara que de vez en cuando golpeaba las ancas lanudas. Juanita, al fin y al cabo una niña, se detuvo un momento para ver aquella enorme tropilla que cruzaba silenciosa por la calle, una comparsa de animales de ojos tiernos y nariz vibrátil que también habían conmovido a María Micaela cuando era pequeña. Le puso una mano en el hombro a la corita y le susurró: «Vamos, Juanita, que se nos hace tarde». Y siguieron caminando, ella apoyada en el bastón y Juanita llevando la cesta con algo de pan y queso, con unos pañuelitos de encaje y otras prendas de batista. Y la última carta de Mariano, escrita probablemente desde Apo poco antes de que lo capturaran, y que María Micaela había escondido entre las telas bordadas. Allí, al final de la carta que le escribiera su buen amigo, venía el postrer recado de José María Laso: generoso y amable, como siempre, deseándole felicidad eterna.

No, definitivamente el general Goyeneche no quería pensar en aquella reunión en casa de Sabiote, pero el malestar era más fuerte que él y además Lasarte había sacado el tema mientras bebían el delicado jerez en el palacio del marqués de Matallana. Porque lo cierto era que estuvo a punto de soltarle una bofetada al petimetre aquel cuyo nombre ya no recordaba cuando sugirió, muy suelto de huesos, que quizá Goyeneche era un afrancesado. Sólo su sangre fría y el cálculo de que no era una buena carta de presentación entrar así en el Madrid cortesano lo contuvieron.

Lasarte lo miró de reojo, como si adivinara en qué estaba pensando en ese momento Goyeneche. Ambos terminaron sus copas y las dejaron en una bandeja.

—Es éste un tiempo muy confuso, ya lo sabes —el capitán de guardias hizo una breve reverencia a dos señoras que se abanicaban junto a una mesa de pasteles y los seguían con la mirada—. Aquí hay verdaderos devotos del teatro de Moratín, pero lo dicen con la boca pequeña desde que tuvo que huir a exiliarse a Francia con el sambenito de afrancesado. Y lo mismo ocurrió con Rodríguez de Lista, abanderado de la causa josefina: otro más que se fue a que le dieran pisto los gabachos.

Goyeneche recordó algunos versos de Lista publicados en *El Correo Literario de Sevilla*. Pasables. Pero creía más bien que el cura era de la causa patriótica. Lasarte tendría que ponerle al día en muchas cosas, pensó. Porque en Cádiz procuró acomodar sus asuntos mercantiles y retirarse de inmediato al campo, a descansar y olvidarse de la guerra y de la política. Y ahora en Madrid estaba un poco perdido, la verdad. El capitán se detuvo un momento, le puso una mano en el hombro y lo miró con gravedad.

—Sería una tontería que nada menos que a un recién nombrado vocal de guerra y súbdito leal de Fernando lo tomasen por un afrancesado. La gente tiene muy mala idea, Pepe, y aunque muchos te admiran, otros quisieran verte ya caído en desgracia. A mí también me ocurre, claro, y a otros más, que queremos la regencia pero no por ello un país atrasado. En fin, tú conoces mis ideas...

José Manuel Goyeneche no supo qué responder. Claro que la gente solía tener muy mala baba, y que los detestables tiempos de la guerra habían dejado un país no sólo económicamente exhausto sino lleno de inquina y arribismo. Le sorprendió un poco ese clima tóxico que se respiraba en torno al rey, con quien había despachado personalmente nada más llegar de Cádiz. Ese día Fernando estaba fastidiado a causa de la gota y con un humor de mil demonios, según le dijeron. Lo tuvieron esperando una buena hora, y cuando el gentilhombre de cámara —un tipo pomposo llamado Villar Frontín— lo hizo pasar, el monarca fue hosco y poco se interesó por lo que ocurría en el Perú, no obstante mostrar respeto por Goyeneche, quien, pese a haber sido designado por la Junta de Sevilla, había actuado con honor defendiendo al rey y la Corona en la convulsa América. Eso a Fernando le constaba. De manera que despacharon cerca de una hora porque el general se empeñó en dar un informe prolijo de la campaña contra los insurgentes en tierras sudamericanas y ante su firmeza el rey pareció desconcertado. Sin embargo, aceptó a regañadientes escuchar lo que el peruano intentaba exponer. «Esa América», refunfuñó todavía, envuelto en el humo de un apestoso cigarro, y repitió: «Esa América». Fue un encuentro que sólo resultó medianamente agradable cuando el general, antes de retirarse, deslizó un comentario liviano acerca de la mesa de billar que había en aquella cámara. El monarca lo miró entonces de otra manera, sus ojos de doncella se iluminaron súbitamente interesados, y sin decir palabra le lanzó un taco que Goyeneche cogió al vuelo, divertido, como si se tratase de un envite bélico. Jugaron tres y hasta cuatro partidas en silencio, y Fernando se mostró como un jugador habilidoso y sagaz aunque mal perdedor, pues Goyeneche no pudo resistir la tentación deportiva de superar a su rival, que sólo pareció calmarse cuando ganó el último lance. Entonces soltó una carcajada basta que hizo estremecer su barriga y abrazó al militar con rotunda familiaridad de arriero: «Es muy difícil que alguien me gane, amigo mío. Lo felicito por lo bien que ha jugado. Pero ya ve, al final triunfa el mejor».

A los pocos días de aquella cita, el general Goyeneche supo que la noticia de su largo encuentro regio había corrido no sólo por los salones del Palacio Real sino por los demás palacios de la corte, distorsionadas aquellas partidas de billar hasta convertirse en la celebración del reencuentro de dos viejos compinches. Incluso dijeron que también se enfrascaban en ardorosas partidas de ajedrez, sabedores de que tanto el monarca como el general gustaban de este sofisticado juego de estratagema.

De ahí que no le extrañara lo que le advertía Lasarte, entregado ahora a disfrutar de las vistas: un corrillo de damas jóvenes que bebían refrescos cerca de los ventanales. Estaban junto a una mesa de frutas y pasteles que picoteaban con moroso descuido, observando la fiesta.

—En fin, Pepe. Qué te voy a decir yo que tú no sepas —dijo el capitán sonriendo seductoramente hacia las jóvenes—. Hay muchos que quieren verte caer..., pero otros tantos que no. Y dejemos ya de hablar de política, que hay unas damas que estoy seguro sí quieren verte. Y conocerte.

Se encaminaron entonces hacia el grupo de mujeres y Lasarte, todo zalamería y requiebros, tuvo una frase ingeniosa, vivaz o en el borde mismo de lo picante para cada una de ellas, que respondieron esponjadas de placer. Luego se volvió a Goyeneche, que esperaba a ser presentado.

—¿José Manuel Goyeneche? —preguntó la que parecía la más joven, con unos ojos pardos e inmensos, colmados de un asombro genuino e inocente. Se alborotaron sus rizos y sus manitas se movieron con gracia, alisando la mantilla.

Goyeneche hizo una pequeña reverencia, más divertido que solemne.

—Eso afirmo...

Antonio Lasarte observó que seguramente no era necesario abundar en la presentación del teniente general, vocal de guerra y conde de Guaqui, que acababa de regresar de las provincias americanas, donde se había batido durante cinco largos años como un león para sofocar las revueltas que tantos disgustos estaban dando a la Corona. Hasta allí había viajado en 1808 como ministro plenipotenciario del rey Fernando VII, encomendado nada menos que por la Junta de Sevilla, la misma que el propio Fernando ahora desdeñaba... Las mujeres escuchaban arreboladas, sin perder palabra de lo que decía Lasarte, siempre con un puntito de socarronería.

Junto a la más joven —casi una niña, anotó mentalmente Goyeneche— aguardaban para saludar tres mujeres más. Una de ellas era bajita y de rostro encarnado, de mofletes graciosos y cabellos recogidos en un moño muy castizo. Hablaba con un inconfundible acento extremeño y no paraba de darle codazos a la más pequeña, que parecía siempre querer intervenir en la charla. Hermanas casaderas, seguro. Otra era alta y de rizos oscuros, de una esbeltez rotunda y reposada. Miraba con disimulo a Lasarte, como esperando que éste le propusiera ir a otro salón, donde al parecer se bailaba ya un minueto. La última en ser presentada al militar peruano, y que le resultaba lejanamente familiar, no dejó de mirarlo con toda intención y un punto de coquetería al llegar su turno. No era muy alta, pero sí armoniosa.

Muy blanca de piel, tenía largas pestañas moriscas que parecían ocultar una mirada llena de inteligencia, y un rostro delicado pero al mismo tiempo resuelto, de pómulos elegantes. Llevaba una basquiña azul de bordes negros por los que asomaban apenas unos coquetos zapatitos de raso. No contaba los veintidós, pensó entristecido Goyeneche, porque de pronto entendió que se hacía viejo: en poco tiempo llegaría a la cuarentena.

—Mercedes Aguerrevere y Ordóñez —dijo Lasarte, y la mujer extendió una mano un poco lánguida para que él la besara.

—¿Ya no te acuerdas de mí, querido tío? —dijo la joven sin dejar de sonreír, probablemente divertida porque al escuchar su nombre, y por un segundo, José Manuel Goyeneche perdió el aplomo y se quedó atónito. ¿Sería posible?

Entonces, contrariado por su descuido, recordó que él la había visto cuando apenas era una niña y que Josefa, su madre —viuda del primo Santiago, qué muerte más tonta—, había requerido de su presencia nada más se instalara Goyeneche en la corte madrileña, asunto que él fue dilatando acuciado por urgencias de palacio, sin atender como debía a la carta de la viuda y que un propio le hiciera llegar a su casa, hacía ya una semana.

La chica lo observaba divertida, los ojos brillando maliciosos, disfrutando de aquella confusión en la que parecía haber incurrido el gran Goyeneche, su tío, que por un instante no supo qué decir. Fue Lasarte quien lo sacó del atolladero, con un requiebro propio de su estilo.

—¿De modo y manera que ésta es la pequeña sobrina de la que tanto me hablabas en tus cartas? Pues yo diría que ya es más que una niña...

Las otras jóvenes seguían el esbozo de sainete sonriendo y sin entender muy bien lo que ocurría. Mercedes volvió hacia el rubio militar sevillano una mirada cargada de malicia.

—Sí, así parece, querido Antonio —dijo al fin Goyeneche recobrando presencia de ánimo y buscando la mano aún extendida de su sobrina para darle un beso galante en el envés—. El tiempo pasa sin que nos percatemos y, fíjate, la pequeña Mercedes ya es una mujer.

—No te preocupes, tío —dijo ella cogiéndolo del brazo con calidez y familiaridad, mientras Lasarte empezaba a conversar con las otras mujeres—. No nos vemos desde hace más de diez años, ¿verdad? En la finca familiar de la Isla.

—Por cierto —se apresuró a decir Goyeneche—. Siento mucho lo de tu padre. Era un buen hombre, decente a carta cabal...

Mercedes cogió una uva de una fuente cercana, le quitó el hollejo con los dientes como ganando tiempo y murmuró una formalidad, antes de engullir la fruta. Pero luego sus hermosos ojos volvieron a cobrar vivacidad y aquella sazón de malicia que Goyeneche empezaba a apreciar.

—Quien sí que te quiere ver es madre...

Antes de que Goyeneche pudiera explicar su conducta, Mercedes lo atajó.

—Sabe perfectamente que acabas de llegar de Cádiz y que de seguro no has tenido un momento de descanso. Todos entendemos que eres un hombre muy ocupado.

—¿Cómo podrían saberlo? —dijo entonces el militar.

Mercedes buscó otra uva y practicó la misma operación que con la primera, sorbiendo golosamente el fruto, que desapareció entre sus dientes. Entonces volvió sus ojos vivaces hacia él:

—Porque aquí todo se sabe, querido tío. Todo.

No le gustó nada a Goyeneche el trasfondo oscuro que percibió en aquella frase aparentemente inocente. Y de inmediato volvió a venirle a la cabeza la malhadada tertulia del conde de Sabiote.

Al llegar a las puertas del convento, María Micaela fue recibida por una monja de rostro níveo, cuyos ojos celestes la registraron perspicaces y desconfiados desde el ventanuco que abrió al oír los aldabonazos. O quizá así parecía porque sus pestañas eran tan tenues como una telaraña. En cualquier caso, parecía estar esperándola, porque, nada más traspasar la puerta que daba a los locutorios donde solían aguardar los parientes, las visitas y los recaderos a que acudieran las monjas del claustro, golpeó la aldaba y al instante escuchó unos pasos y el herrumbroso accionar de llaves y pestillos. Un momento después la pesada puerta se movió.

—María Micaela Mogrovejo y Benavente, ¿verdad? —la monja que le abrió era pequeñita y algo mayor de lo que en un primer momento le había parecido—. Tu criado acaba de traer un baúl.

La mujer se presentó como la madre Antonia de la Resurrección, la encargada de la portería, agregó, una vez que hubo abierto del todo la puerta y le pidió que la siguiera, e hizo un gesto enérgico antes de echarse a andar. Tenía los ojos tan celestes y las pestañas tan transparentes que diríase ciega. Además no parecía mirar a los ojos sino a la frente de su interlocutor, o a algo superior que exaltaba sus palabras, como si de un momento a otro pudiera extender sus brazos para alabar al Señor, pensó María Micaela cuando la escuchó —sin enterarse de mucho— decirle de carrerilla horarios de rezos y misas, prohibiciones y rutinas. Se frotaba las manos con insistencia, seguramente a causa del frío, que parecía más intenso allí, en ese recinto oscuro, que en la calle.

—Sí, claro que te esperábamos —dijo la monja volviéndose a mirarla con fijeza y como si dominara las secretas artes de la adivinación, porque María Micaela no había preguntado nada, pero lo había pensado. Luego continuó caminando por el largo locutorio, que se abrió a un patio exterior: el del antiguo claustro de las novicias, con el árbol de caucho que ella recordaba de sus años de pupila en Santa Catalina, porque allí mismo estaba el aula, la escuelita para las niñas, y de repente la cabeza se le llenó de canciones y rezos, de una monjita muy dulce que les enseñaba a persignarse y las primeras oraciones.

María Micaela y Juanita a su lado echaron a andar detrás de la madre Antonia de la Resurrección, que daba pasitos rápidos y ágiles, sin percatarse de que ella apenas podía seguirla con el bastón. ¿Lo habría visto?, se preguntó María Micaela mientras cruzaba otro pasadizo y luego un patio con perfumados rosales que ella no recordaba. Salieron a una calle estrecha, sinuosa y empinada y la monja murmuró: «La calle de la escalinata», antes de continuar su marcha impertérrita. «Allí el claustro mayor y detrás la iglesia y su campanario.» Ella la seguía apretando los dientes porque el dolor de pronto se había vuelto un tizón que caldeaba su muslo, y la monja ahora giraba por otra calle larga hablando como para sí misma, rezongos, refunfuños u oraciones, quién lo sabía, pensó María Micaela. Pero a ella qué más le daba. Juanita iba detrás, apresurando su tranco infantil para ponerlo a la par que el de su ama. Un piar de gorriones hervía inubicable en aquel patio crudo, grande, con una musgosa fuentecita central y cercado por recios muros pintados de rojo que cruzaron: «La plaza de Zocodover». La caminata proseguía sin que la religiosa se detuviera un instante, haciendo sonar a cada paso decidido el manojo de llaves que llevaba atado en la cintura. Alcanzaron después otra calle estrecha y larga como un bostezo, colmados sus ventanucos de geranios rojos como ascuas que festoneaban también aquel estrecho pasadizo que conducía hacia el nuevo claustro de las novicias. El cielo empezaba lentamente a teñirse de un celeste desvaído y triste.

Aunque María Micaela había estudiado sus primeras letras con las monjas catalinas no recordaba bien aquel lugar, ni tampoco el trazado laberíntico de esas callejuelas, quizá porque siempre fue una niña con la cabecita llena de pájaros que apenas si seguía con atención el catecismo y sólo pensaba en salir a jugar, o tal vez simplemente porque en su recuerdo aquel primer patio era todo su mundo habitado y conocido, se dijo entristecida por aquel recuerdo fugaz de su infancia, mientras seguía a la madre Antonia de la Resurrección, que ahora resoplaba un poco en un pequeño e inadvertido pasaje que también ella remontó con cierta dificultad. Recién entonces la monja se volvió algo acezante para decirle que en un momento las hermanas irían a rezar al Señor de la Caridad, precisamente a la segunda plazuela que habían cruzado, que ella la llevaría hasta su celda y después se verían durante la mañana. Entonces se volvió hacia una puertita de madera oscura que estaba al final de aquella callejuela estrecha y le dijo que ésa era su celda. Que si quería asearse para los oficios y que si las acompañaba, con mucho gusto sería recibida. Estaban a tiempo.

—Naturalmente —se apresuró a responder ella con un hilo de voz.

Pero en el fondo de su corazón, lo que más deseaba en ese momento era que la dejasen sola, que por favor no se le acercaran a hablarle, ni a consolarla, ni a decirle una sola palabra de nada. Y otra vez sintió que la anegaba una marea oscura que provenía de sus entrañas.

La madre Antonia de la Resurrección la miró nuevamente con esos ojos como de ciega astuta y estuvo a punto de agregar algo cuando desde el fondo de aquella calleja aparecieron tres, cuatro monjas que venían en derechura hacia ellas. Y nada más verla, como si la hubieran reconocido, corrieron hacia María Micaela.

—Tú eres la chica Mogrovejo, ¿verdad? —dijo la más alta con una sonrisa de dientes grandes, caballunos. Tendría más o menos su misma edad y un acento indisimulablemente chapetón, lleno de zumbidos y ceceos propios de Castilla.

—¿Vas a hacer los votos para novicia? —preguntó otra, bajita y castaña, que la miraba como se mira a un animal fantástico.

—Mejor aquí que en el convento de Santa Marta —dijo otra más, frunciendo la naricilla.

Antes de que María Micaela pudiera contestar, las otras dos ya empezaban a parlotear entre ellas como chiquillas, a tocar su vestido, a hacerle mil preguntas que chisporroteaban en su cabeza, a quitarle la cesta a Juanita, que retrocedió unos pasos algo asustada, incapaz de entender qué ocurría, por qué su amita se veía de pronto como si hubiera llegado a una fiesta sin cuya presencia todo languideciera. La madre Antonia de la Resurrección frunció el ceño y pidió un poco de tranquilidad, hermanas, que en verdad actuaban como niñas, qué ejemplo era ése. Las monjas parecieron recomponer su actitud.

—Disculpe, madre —dijo una de ellas, todavía arrebolada por la excitación—. Sólo queríamos saber si la chica se encontraba bien, si necesitaba algo.

—Sólo va a necesitar que la dejéis un poco en paz —insistió la madre Antonia de la Resurrección con un gesto agrio.

Por el extremo de aquella calleja se acercaron algunas otras monjas y también, al verla, corrieron excitadas, parloteando, tocándola como a un ser extraño, riendo y haciéndole caricias. María Micaela, que había aguantado como pudo aquel mareante interrogatorio, intentó responder y sonreír, sí, claro que estaba bien, contestó atribulada a las preguntas, se vio rodeada, asfixiada, y súbitamente sintió una angustia, una flojedad de piernas, no alcanzó a ver el agujero en el que puso el pie y se precipitó al fondo de un pozo sin un grito.

El conde de Sabiote pellizcó un poquito de tabaco y lo aspiró con un movimiento rápido. Luego sacudió la cabeza y se limpió la nariz con un pañuelo. A continuación miró a sus invitados con aire ausente, como si de pronto no se explicase qué hacían allí el conde de Teba, el duque de Montemar y el marqués de Valmediano. Pero no era eso, sino que había sido repentinamente raptado por otro ensueño, como a menudo le ocurría ya no sólo por las noches, cuando le costaba dormirse y se quedaba atrapado en unas imágenes inexplicables que el canónigo Escoiquiz le había dicho que eran mensajes del Señor, mensajes irrefutables sobre el papel importantísimo que jugaba el conde para salvar España y al amado Fernando.

—El punto, mi estimado amigo, es lo que vamos a hacer para neutralizar las perfidias del peruano —carraspeó el conde de Teba, como temiendo haber sacado muy bruscamente de su ensueño al viejo con el tema que habían dilatado casi hasta el final de la conversación.

Ya todos estaban al tanto de aquellos inexplicables momentos que secuestraban repentinamente al conde de Sabiote y que otorgaban al sopor habitual de sus ojos legañosos un atributo metafísico en el que algunos de ellos habían creído encontrar cierto arrebato místico, sobre todo desde que supieran el diagnóstico del canónigo Escoiquiz, preceptor de Fernando VII. El caso es que el anciano conde, luego de aquellas extrañas fugas oníricas, carraspeaba como para liberarse de flemas e indecisiones y los arengaba con fluida persuasión. No en vano, las tertulias de charla política que cultivaban él y su hijo en el palacete familiar hacían bullir en la cabeza y en los corazones de los contertulios la idea de que era necesario salvar España de las necedades liberales y conservar el buen orden que sólo la monarquía podía. En eso y en que lo mejor que había hecho Fernando nada más regresar a España era abolir esa dichosa Constitución firmada en Cádiz. Pero surgían discrepancias sobre cómo llevar a buen puerto aquellas ideas y, fundamentalmente, sobre cómo lidiar con los enemigos que acechaban, lobos con piel de cordero que sembraban en aquel grupito de leales a Fernando resquemores y desconfianza. Por eso se habían reunido aquella tarde, en *petit comité,* convocados por el duque de Montenegro, hijo del conde de Sabiote, un joven brillante —quizá un punto soberbio— y monárquico de corazón, capitán de guardias del rey, que los había alertado desde hacía tiempo sobre un astuto al que ahora deberían enfrentar: el general Goyeneche.

Afuera el cielo se había encapotado súbitamente, como un militar enfurruñado. Sobre la mesa había tazas de café, cigarros puros a medio consumir, copas de brandy y de jerez y un denso olor a encierro.

—¡No permitiremos que doblleguen y engatusen al rey! —el conde de Sabiote enrojeció de súbito al dar un golpe seco en la mesilla que hizo vibrar las copas, y los miró a todos con un estupor repentino, como si acabase de aterrizar de un nuevo ensueño místico entre sus invitados.

El marqués de Valmediano se atusó con nerviosismo el bigote. Era un hombre más bien alto y de rostro lozano, que cuidaba en extremo su imagen. Vestía una elegante casaca de seda azul y de una de las bocamangas extrajo un pañuelo oloroso que pasó por su frente con delicadeza. Al fin pareció decidirse a hablar:

—Debemos estar seguros de que Goyeneche no es leal a Fernando. Hasta el momento no ha dado pruebas de que sea así... Quizá nos estemos precipitando, caballeros. No podemos olvidar su papel decisivo en América.

Alonso, el duque de Montenegro, que hasta ese momento escuchaba apoyado en una columna, algo alejado del grupo, dio dos pasos hacia el marqués y lo miró de arriba abajo, amedrentándolo, pese a su juventud.

—Y ya sabemos, señor marqués, cómo va esa América...

—¡Pero sería injusto achacarlo precisamente a Goyeneche! —el de Valmediano pareció exasperarse y observó a los demás como buscando alguna muestra de apoyo.

Al ver aquellos rostros cansados y graníticos, continuó: él era monárquico y fernandino como el que más, y estaba a mil leguas de cualquier idea liberal, pero como hombre de principios se oponía a lanzar acusaciones de esa índole sin fundamentos, por favor, dijo de carrerilla antes de volver a pasarse el pañuelo por la frente, como si estuviera aquejado de fiebre.

—No se trata de que la culpa de lo que ocurre en América sea de Goyeneche, claro que no —contemporizó el duque de Montemar, que había estado callado, extendiendo las manos de vez en cuando para mirarse la cuidada *manucure*, como un aburrido espectador de aquella charla que los había llevado por derroteros argumentales más bien penosos— . Se trata de saber si es cierto lo que hemos oído: que Goyeneche está o estuvo aliado con quien todos sabemos.

—Y, si aquello es cierto —el duque de Montenegro dio un golpe en su palma abierta—, sería una infamia que ahora lo cubran de honores, que lo nombren caballero de Santiago y conde de Guaqui. Nuestra obligación es saber qué tramaba en América y desenmascararlo ante Fernando. Se dice que tuvo tratos con los independentistas y que nada más llegar a Cádiz se entrevistó con Francisco de Miranda.

—¿No está ese masón encerrado en el penal de las Cuatro Torres?

—Claro que sí, pero se dice que allí mismo lo visitó Goyeneche. Y tenemos noticias de que también estuvo en contacto con gente muy poderosa durante sus años en América, gente con quien planeaba traicionar a la Corona...

—Fernando lo trata con un respeto y casi diríase un afecto que reserva para escasos preferidos —el conde de Teba pareció pasar por alto la frase del joven Montenegro—. Y sabemos que en estos tiempos de crisis y confusión, con tantos enemigos a la vuelta de la esquina, nuestro amado Fernando, joven e impulsivo como es, puede errar en sus afectos.

—Para eso estamos, caballeros, para eso estamos —el conde de Sabiote se replegó en el sillón orejero que ocupaba, las manos pacíficas cruzadas sobre el regazo—. Para averiguar finalmente si podemos confiar en el americano o más bien reunir pruebas y alentar a nuestro rey de que en la corte se ha infiltrado un traidor y desleal. Alguien que conspiró en su contra.

Los cinco hombres se quedaron un momento pensativos, sin saber qué agregar a aquella frase rotunda que los ponía ante una difícil tarea. Porque de un tiempo a esta parte iba llegando a sus oídos, gracias a la red de informantes que habían dispuesto para contrarrestar las conspiraciones de la masonería, una serie de especies que relataban la buena relación de Goyeneche con los insurgentes, ¡nada menos! Debido a la fortuna y la influencia de su familia en la región, de ganar los antiespañolistas la batalla de su independencia podían perderlo todo y, claro, Goyeneche quería jugar bien sus cartas para evitarlo. Según el duque de Montenegro, el general peruano había estado en contacto con alguien muy poderoso para pactar una capitulación a cambio de poder: quizá el propio virreinato del Perú. Y ése era el tema que los convocaba en las últimas semanas. Eso y su lucha contra los masones.

Se solían reunir los viernes, e invitaban a más gente que, como ellos, había visto el regreso de Fernando, secuestrado por el impío Napoleón durante casi seis años, como el retorno de los valores cristianos, monárquicos y españoles que hacían grande a la patria. Y miraban con malos ojos aquella espuria Constitución promulgada en Cádiz y que con buen tino suprimiera Fernando nada más volver a detentar la Corona, sofocando las zarandajas del democratismo que alentaba. Incluso a alguna de aquellas reuniones fue invitado José Manuel Goyeneche, cuando recién regresó de América y todos pensaron que era tan monárquico y fernandino como ellos. El militar había conducido campañas importantes en la América levantisca con decisión y valor, era cierto. Pero luego, de aquí y de allá, empezaron a recibir aquella información que los alarmó porque ponía en abierta tela de juicio la lealtad que todos daban por sentada en alguien que había peleado para el rey en esa América ingrata y parricida que ahora, precisamente ahora, quería prescindir de la España materna, contaminados todos aquellos súbditos americanos por la peste de los mamones y lameplatos de los liberales y constitucionalistas españoles... Cada tertulia era más encendida que la anterior y no faltaba quien no supiese desbrozar la paja del trigo, ora reclamando ciertas torpezas del Gobierno, ora dándoles la razón a los americanos, soliviantados por las malditas Cortes de Cádiz, que habían esparcido por los cuatro vientos de España nociones enfermizas de una mal entendida libertad e igualdad. Por eso, poco a poco fue cerrándose una pequeña capilla de verdaderos amantes de Fernando y fieles a la Corona que ahora se reunían ya no sólo para entregarse al debate, sino a la defensa de todo aquello en lo que creían. Y que por primera vez se enfrentaba a un problema tan real como peliagudo: averiguar si todo aquello que empezaba a decirse del vocal de guerra, el peruano José Manuel Goyeneche, era cierto. Si era verdad que había jugado sus propias cartas desde que partiera de la Península para supuestamente defender a Fernando y arengar contra los franceses...

—Por lo pronto, debemos intentar interceptar su correspondencia con el tal Lostra, ese socio sevillano con quien tiene negocios desde tiempos ha, y con el que al parecer no ha dejado de mantenerlos —el conde de Teba blandió un puño ofuscado—. Sabemos bien que esa sociedad, Sobrinos de Aguerrevere y Lostra, ha hecho pingües negocios en América mientras Goyeneche estuvo allí. Y para colmo, tiene tratos con masones, como ese Pedro Casimir Timerman en Londres. Quién sabe qué habrán financiado...

—Pero... ¿Goyeneche qué tiene que ver en aquel negocio de Lostra y Aguerrevere? ¿Es acaso agente? —preguntó el marqués de Valmediano, moviendo la cabeza confundido.

—Goyeneche es Aguerrevere por la rama materna —zanjó el duque de Montemar buscando el habano chupado que había dejado en el cenicero y volviendo a darle fuego—. Y creo que sería necesario interceptar también esa correspondencia que llega desde su tierra, Arequipa, donde tiene familiares poderosos que no sabemos qué tratarán de hacer para hundir al virrey. Dicen ser fieles a la Corona, pero son americanos, no lo olvidéis, señores. Yo puedo encargarme de ello.

Cuando abrió los ojos, por un momento fue incapaz de decir a ciencia cierta dónde se encontraba. Un pequeño ventanuco apenas cubierto por una cortina celeste filtraba el tenue haz de luz del exterior. ¿Qué hora sería? El camastro mullido y tibio crujió con sus movimientos perezosos, desconcertados. Sentía un ligero zumbido en los oídos y los músculos desmadejados. Frente a ella había una mesita austera y ennegrecida por el tiempo, una jofaina y un aguamanil de agua, unas zapatillas de raso a sus pies, una bacinica. También una biblia y un par de libros más. Y la jarrita de cristal y el vaso. Ahora recordaba...

Escuchó el ruido mínimo de la puerta, por donde apareció el rostro cetrino de Juanita.

—Le he calentado un poco de leche con unas ramitas de romero, ama —dijo la niña. Llevaba los cabellos atados en dos trenzas largas, un vestidito morado e iba descalza.

Entonces recordó del todo dónde se encontraba. Y supo, eso sí, que había llorado, porque tenía los ojos aún húmedos y el corazón dolido. Se incorporó de la cama y Juanita se acercó a ella para ayudarla, pero María Micaela se zafó con brusquedad de la mano de la niña. No tuvo siquiera fuerzas para arrepentirse. Detestaba que todo el mundo, hasta esta pequeña india, la tratara como a una inválida o peor aún: como a una alelada. Bebió unos sorbos del cuenco de leche que le alcanzó con celeridad su criada y sintió un leve mareo. El ayuno, sin duda.

—La madre Mencía de Jesús me ha mandado a preguntar si se encontraba usted bien, si quería que llamaran al doctor Ceballos.

A ráfagas, como se recuerda un mal sueño, le vinieron a la memoria imágenes que la ayudaron a recomponer poco a poco que casi se desmaya —o se desmayó, ya no lo sabía con certeza— cuando a las cuatro monjas preguntonas que la recibieron se les unieron otras más, que fueron apareciendo por aquella callejuela conventual y angosta, y aquel vértigo de voces, risas y preguntas insistentes le hizo poco a poco retroceder, chocar con otras que venían por detrás de ella, una parvada de cuervos, pensó, un olor ácido, un festín de manos que tocaban sus vestidos, su piel, sus cabellos, una languidez que de pronto alarmó a las mujeres cuando notaron la extrema palidez de María Micaela y escucharon el llanto impotente de Juanita, que pedía que la dejaran respirar. Se supo llevada casi en volandas a la celda que ahora ocupaba, la tendieron en la cama, le dieron a oler agua de azahar, la abanicaron con insistencia mientras se atropellaban en torno suyo y ella quería llorar, gritar que la dejaran en paz, pero no podía, hasta que una monja —¿la propia madre Antonia de la Resurrección?— alzó la voz y de dos órdenes como ladridos hizo que aquel alboroto se disolviera como el repentino despertar disuelve un mal sueño.

—Hija, ¿te encuentras bien? —y sintió una mano fresca aliviando el calor de su frente.

Despertó y no encontró los ojos de ciega de la madre Antonia de la Resurrección, sino otros, más bien negros y vivísimos, súbitamente dulcificados por una sonrisa.

—Sí —dijo con una voz muy queda—. Sólo estoy un poco mareada.

—Pues tendrás que descansar si no quieres que vuelva a ocurrir —la madre frunció el ceño—. Ya me encargaré yo de que nada altere tu reposo —agregó severa y mirando a las demás hermanas, que habían retrocedido hasta la puerta, recelosas y ofuscadas, murmurando entre sí.

La monja de los ojos como el carbón pidió con una voz enérgica que por favor la chica tenía que reponerse y que seguro querría estar sola. Remolonamente, las demás religiosas empezaron a salir de la habitación y cuando ella también se iba María Micaela la detuvo.

—Priora... —empezó a decir, pero la religiosa la contuvo con una sonrisa.

—No soy la priora, hija, aunque a veces lo parezca —hizo una pausa y se sentó a los pies de la cama—. Soy la vicepriora, la madre Mencía de Jesús, y me encargo de las cuentas y el economato. Y de ayudar a nuestra bendita superiora, la madre María de los Ángeles, que bastante tiene ya con todo lo que ocurre últimamente en este convento...

La madre Mencía de Jesús dejó escapar un suspiro y por un momento pareció irse muy lejos de aquella pequeña celda donde descansaba María Micaela, que aprovechó para fijarse mejor en ella: tenía un rostro limpio de imperfecciones, rosado y saludable, una nariz alerta cuyas aletas vibraban por el esfuerzo de respirar, quizá ya cerca de la cincuentena, pensó María Micaela. Pero sus movimientos estaban llenos de vigor y resolución, como animados por un fuego santo y secreto. De pronto, la madre Mencía de Jesús volvió a clavar sus intensos ojos en ella, tal que si ya estuviera de vuelta de su largo viaje místico. María Micaela se sobresaltó.

—Supongo que la madre Antonia de la Resurrección, la portera, te habrá aclarado los horarios de nuestras oraciones, las misas y las procesiones, las labores a las que nos entregamos, pues no todo por desgracia es oración. Hay que hacer la colada, cocinar, planchar, cuidar nuestro huerto, a veces arreglar puertas y tejados, dar clases a las pupilas...

—Sí —contestó—. Algo me dijo acerca de eso...

—Pero es igual —Mencía de Jesús le dio una palmadita jovial en la mano—. Tú no estás obligada a nada de ello.

María Micaela calibró un segundo si había algún vestigio de reproche o sarcasmo en el comentario de la religiosa, que había vuelto a fugarse a ese mundo cuyo horizonte parecía tan lejano de éste. Pero se dijo que no: ella sabía muy bien que la renta que su padre abonaba por esta especie de retiro le venía estupendamente al monasterio, últimamente necesitado de recursos.

—Espero incorporarme a alguna labor —sugirió con cautela, como temiendo despertar a la monja de su ensueño. Rescató su mano, asida aún por la de la madre: una mano vigorosa y con algunas callosidades...

—No es necesario —dijo de pronto sor Mencía de Jesús sin dejar de sonreír, otra vez terrenal, otra vez a su lado—. Pero una rutina como la del convento alivia cualquier pena. Incluso las del amor...

María Micaela sintió una bofetada de calor que le subía al rostro. Quiso protestar o decir algo pero la madre Mencía continuó hablando, esta vez con un tono menos vigoroso, como suavizado por el tacto.

—Sí, hija, sí —volvió a suspirar—. Aquí, aunque estemos fuera del siglo, se sabe todo lo que ocurre allá afuera. Y más en estos tiempos de enajenación y caos, de traiciones y pillaje, de gentes sin ley que quieren destruir el país y renegar de lo más preciado. Por eso también sabemos los motivos por los que estás aquí. Y nadie te va a importunar, tenlo por seguro. Aunque eso te haya parecido hace un momento...

María Micaela se mordió el labio y miró a Mencía de Jesús: le costaba saber exactamente qué quería decirle, si simplemente estaba sonsacándole para que ella le abriera su corazón o si de verdad sabía lo que había ocurrido, lo que le había pasado. *A ella*. El corazón se le llenó de pronto de una rabia sorda.

El hijo del conde de Sabiote se paseó con las manos entrelazadas a la espalda por el amplio salón, embebido en murmullos y soliloquios, despejándose de vez en cuando el mechón que caía sobre su frente: espigado, de espaldas anchas y breve cintura, con una nariz afilada como un estilete y ojos llenos de pasión, el joven Alonso, duque de Montenegro, tenía una planta soberbia que a veces echaba a perder con exabruptos que le contraían el bello rostro en una mueca de desagradable furor infantil. Así fue como se volvió a los demás.

—No sé si interceptar la correspondencia de un vocal de guerra y casi casi un preferido de nuestro rey resulte una buena idea —bufó con desprecio el joven—. Ni siquiera la veo factible.

Había pasado un mes desde que se plantearan seriamente tratar de averiguar con discreción y sutileza todo lo que pudieran sobre aquellas especies que circulaban acerca de Goyeneche y que, contradictorias y ponzoñosas, dejaban en un territorio muy mal iluminado la figura del general peruano. Pero, insistía el duque de Montenegro, cualquier desliz, cualquier torpeza pondría sobre aviso al vocal de guerra. Por si fuera poco, por aquí y por allá crecían las confabulaciones de los masones, con los que Fernando había demostrado una magnanimidad peligrosa dejándolos campar a sus anchas por toda la corte: al decir de algunos, los cafés hervían de liberales, de afrancesados, de conspiradores, y era más que notorio que incluso en el seno del propio ejército se levantaban voces insolentes para con la Corona. El duque de Montenegro lo sabía muy bien y había organizado *motu proprio* una red de informantes que le empezaban a rendir valiosas cuentas sobre las andanzas de los masones conspiradores. Ya no sólo se trataba de bravuconerías propias de las tertulias de café, sino de verdaderos complots maléficos para acabar con Fernando y hacer peligrar la Corona. El duque tenía sus particulares planes y entre ellos estaba el aproximarse a la órbita más cercana al rey. Era necesario actuar con mucha cautela y sin atolondrarse ni dar pasos en falso, como ahora pretendía el marqués de Valmediano.

—Pero si el propio embajador ruso, Tatischeff... —empezó a decir el duque de Montemar.

—¡El embajador Tatischeff, y ese aguador Chamorro y hasta el esportillero Ugarte, son los ojos y oídos de Fernando! —el joven duque de Montenegro tenía los mismos malos modos que su padre—. Con ellos no podemos contar: basta con que se vuelvan contra nosotros. Pero ¿no os dais cuenta de la clase de gente que son?

—Dicen incluso que en más de una ocasión lo han acompañado donde Pepa la Malagueña —guiñó un ojo lúbrico el conde de Teba, buscando la complicidad de los otros.

—¿Acaso no lo comprendéis, señores? Esa camarilla de Fernando, esa vil chusma, ha tomado demasiado poder y sería peligroso enfrentarla o intentar contar con ella. Somos sólo nosotros —y giró un dedo casi acusatorio en torno, sobresaltando a algunos— los que podemos averiguar las lealtades de Goyeneche. Y de otros que están con él...

La frase dejó flotando una alarma en el aire cargado de humo. Un criado se había acercado a ellos con pasos cautos y se disponía a recoger y vaciar ceniceros, a rellenar las copas, a preguntar casi inaudiblemente si necesitaban algo más...

—Sí —respondió furibundo el joven duque de Montenegro, volviéndose a él como si fuera a ensartarlo con un florete—: Que desaparezcas de aquí ahora mismo.

Luego miró a los demás, hizo una pausa que todos supieron teatral y bebió su copa de un trago.

—Si no te explicas, hijo mío... —dijo el conde de Sabiote impaciente, arrebujándose un poco en su gruesa capa y mirando a través de los ventanales la fina lluvia que empezaba a caer—, muy difícil será que sepamos a qué o a quién te refieres.

El duque de Montenegro se contuvo furioso contra su padre, a punto de decirle «por qué no lo averiguas tú a través de tus ensueños», pero se contuvo. En realidad, aquellos capigorrones de peluca, vejestorios de otra época, apenas si se daban cuenta de lo que ocurría en el reino; el duque aceptaba reunirse con ellos porque siempre era mejor tenerlos de aliados. Por lo que pudiera suceder. Pero sabía demasiado bien que era con otros con los que debería contar. Respiró hondo para no perder nuevamente la paciencia, pues en los últimos días le había llegado una noticia que era una verdadera bomba. Una conspiración se había puesto en marcha contra Fernando. Estaba hábilmente urdida, tuvo que admitir con frío rencor cuando se enteró de su funcionamiento, propio del maquiavelismo masónico... Hubiera sido fácil alertar al rey y al propio duque de Alagón para detener a los miserables y colgarlos como se merecían. Pero entonces el mérito no sería suyo sino de los otros, como tantas otras veces le había ocurrido. Debería pues desarticularla él mismo, sin más ayuda que la que pudiera reclutar entre quienes no aspiraban más que a un buen dinero. Y hasta el momento su plan de vigilancia y el ardid para desenmascararlos a su debido tiempo marchaba bien, pero temía que las tertulias en casa de su padre, cada vez más enardecidas, llamaran demasiado la atención y pusieran en alerta a los conspiradores, entre los que se encontraban incluso algunos miembros de la guardia de la Real Persona. Y uno de ellos era gran amigo de Goyeneche, por lo que sería fácil implicar al peruano en la conspiración. Dos pájaros de un tiro, Alonso. Pero no debía precipitarse. Tenía que dar con los cabecillas y hacerlo además de manera dramática, poco antes del atentado. Entonces la gloria sería sólo para él. Ahora la cuestión era serenar a los contertulios de su padre.

—Goyeneche no está solo —dijo al fin—. Tiene amigos. Y es a través de esos amigos como vamos a llegar al fondo de la cuestión. Dadme tiempo.

—Podría ser un poco más claro, Alonso —pidió el marqués de Valmediano, a quien todo aquello le parecía que desbordaba ya no los límites de una tertulia, rebasados hacía mucho, sino que empezaba a ser una barca empujada leve y feamente hacia la conspiración contra un miembro del Gobierno, casi un héroe. Pero también calló.

—Muy sencillo, mi querido amigo —dijo el duque sin dejar que en sus palabras se percibiese ese tonito fastidioso que tanto detestaba el marqués—. Goyeneche tiene no pocos compañeros, aduladores más bien, aquí en la misma corte. Desde que se entrevistó con Fernando, con quien juega al billar y al ajedrez, según dicen, no han parado de acercarse a él petimetres, ministros y también melifluos cortesanos. Pero sobre todo es amigo de Antonio Lasarte, un capitán de guardias del rey...

—Como vos mismo —aseveró el marqués de Valmediano.

—Exacto. Como yo mismo. Y conozco a Lasarte, por quien el propio duque de Alagón, jefe nuestro, ha dado sobradas muestras de afecto.

—¿Y? —se impacientó su padre, mirando la lluvia que por momentos parecía arreciar allí afuera. Le dolían las articulaciones cada vez que llovía.

El joven duque de Montenegro lo miró sañudamente.

—Que hace tiempo que sospecho que este Lasarte es un conspirador, un vendido a los liberales, y que trama, junto a otros traidores, atentar contra nuestro amado Fernando. ¿Y amigo de quién es? Del perulero Goyeneche, claro. No me extrañaría que el general esté urdiendo la caída del rey.

Ante la callada estupefacción con que los demás recibieron aquella noticia, el duque continuó:

—Pero no os preocupéis, amigos, porque eso lo averiguaré en breve. Tengo un plan. Estoy seguro de que Goyeneche es también un conspirador. Pronto ambos caerán en desgracia.

—Pero ¿cómo averiguaréis, querido Alonso? —preguntó el de Montemar sintiendo que le temblaba la voz: nada más placentero que desenmascarar a los felones.

El duque lo miró largo rato sin contestar. Luego dio media vuelta y se marchó con paso decidido hacia la puerta. Desde allí, algo teatralmente, como era su estilo, les dijo:

—Ya lo veréis.

Al parecer ajena a su agitación, la madre Mencía de Jesús se incorporó de la cama con lentitud, se acercó a la mesita, donde destellaba una jarra de cristal, y sirvió un vaso de agua que la obligó a beber antes de añadirle unas gotitas que vertió de un frasquito translúcido. Luego cruzó las manos sobre el regazo y la miró con dulzura un buen rato, como midiendo exactamente lo que iba a decirle. Al fin habló:

—Hija, has venido aquí para escapar de ese mundo loco de ahí afuera, como muchas, como casi todas. Pero has venido también para huir de un dolor tan grande que no sabes cómo soportar. Quizá ahora pienses que será difícil de sobrellevar y que nada tiene sentido. Pero no es así. Y es cierto que la oración te proporcionará el mejor de los consuelos, que es el que ofrece nuestro Señor misericordioso. También sé que ese consuelo vendrá de la mano de la rutina, del quehacer cotidiano. De todas formas, no sé si éste es el mejor lugar: a veces Satanás se mete entre los más puros y los más inocentes, y desde allí incordia, malquista y tienta. Y no es fácil presentarle batalla. No, señor.

Se persignó fugazmente y se acercó de nuevo a ella, que tenía los ojos enrojecidos, y puso su mano fresca sobre la frente afiebrada. Ahora, lo que tenía que hacer era descansar, susurró mirándola como se mira a una hija. «Anda, bébete ese poquito», añadió con una voz ya remota. Ella hizo caso y sintió que se le cerraban dulce y pesadamente los párpados, y todas las malas imágenes que desde hacía un mes danzaban como en un aquelarre en su cabeza parecieron empequeñecerse, esfumarse, disolverse como las gotas de lluvia en un estanque...

Ahora todo esto lo recordaba como un sueño, como si hubiera ocurrido hacía mucho tiempo y no apenas un momento atrás. Confusa y embotada, se sentó en el borde de la cama después de haber tomado apenas unos sorbos más de leche. Desde fuera le llegaba un rumor de pájaros, de voces y pasos casi inaudibles. Juanita la miró desde la puerta, adonde se había retirado, como temerosa de otro exabrupto, pero siempre al alcance de cualquier orden, de cualquier necesidad. ¿Qué le había puesto Mencía de Jesús en el agua? Tenía la cabeza pesada y la boca pastosa. O quizá simplemente era el cansancio que llevaba a sus espaldas desde que despertara en su casa hacía casi un mes, y se encontrara con el rostro chupado del presbítero Pereyra y Ruiz diciendo rezos y responsos junto a sus padres y a su hermano Álvaro, que tenían las manos fervorosamente unidas y rezaban entre hipidos y sollozos. María Micaela tuvo la horrible sensación de estar asistiendo a su propio funeral y por un momento no supo si ya estaba muerta. Pero el chillido de Domitila, la cocinera, que rezaba desde la puerta junto a Abelardo, Manuelillo y otros sirvientes, le constató que no, que no era su funeral: «¡Ha abierto los ojos!, ¡la amita ha abierto los ojos!». Su mamá la miró incrédula, rescatada vertiginosamente de las salves, y lanzó un quejido o un aullido, se llevó las manos a la cabeza, cayó de rodillas como fulminada por un gozo intenso y de pronto todo fue confusión: el rostro de su papá se descompuso en una mueca de alivio y pavor, de gratitud e incredulidad como ella nunca había visto. Su hermano lanzó una exclamación como un rugido y el presbítero se quedó con el semblante como reseco por la impresión, con el hisopo detenido en una mano y el acetre en la otra. Le estaban dando la extremaunción, pensó maravillada, incapaz sin embargo de levantarse, medio asfixiada porque su mamá se había lanzado rodeándola con sus brazos y balbuceando alabanzas, como todos allí, como si hubiera resucitado.

Y más o menos así había sido, recordó en su celda del convento, nuevamente vencida por la fatiga, retirando de su alcance el cuenco de leche, para decepción de Juanita, que no se atrevió a decirle nada y salió de la habitación dejándola sola, exhausta, acorralada por sus recuerdos: porque bien se podría decir que había resucitado, sí, señor, cuando ya la daban por perdida, según le fueron desgranando en los días siguientes a aquel jubiloso despertar, como se refería a ese momento su papá. Y al principio los suyos daban largos rodeos, contaban a grandes rasgos lo ocurrido, pues ella parecía haberlo olvidado por completo, por mucho que se empeñara en averiguar cómo, desde cuándo, por qué estaba en cama, qué le había pasado. De pronto era asaltada por imágenes fragmentarias e inconclusas. Pero eran fogonazos que estallaban en su cabeza iluminando una escena tan violentamente que al instante quedaba ciega por aquel resplandor de nitidez: su caída por aquel pedregal en las inmediaciones ¿de Apo?, su propia voz delirante cuando la encontraron aquellos pastores en medio de unas zarzas, los rostros graníticos de unos hombres, el cielo estrellado ya llegando a Arequipa... Pero nada más, no recordaba nada completo.

El doctor Cornejo decía que aquel olvido era producto de la impresión, que le dieran todos los días una dracma de agua de llantén y dos onzas de hervores de cebolla con unos polvos que le había mandado preparar al apotecario, que le aplicaran cataplasmas de mostaza y aloe de Socotra en el pecho para descongestionar los humores contenidos, y que poco a poco se iría sintiendo mejor. En cuanto a la pierna, había meneado la cabeza con pesadumbre tras chasquear la lengua, que la tuvieran bien vendada y le pusieran compresas de agua muy caliente y barro sulfuroso del volcán. Y María Micaela vivió esos días como en un nimbo custodiado celosamente por sus padres, sin poder recordar cómo había sufrido aquel accidente, cómo se había dañado así la pierna —que le dolía sorda, persistentemente, pese a las recetas del doctor Cornejo—, sin saber por qué no podía recibir visitas, incapaz de acordarse de nada más que de esas imágenes que surcaban su mente como las estrellas que caen por el lado de Sabandía en las noches más claras, empeñada en recordar, incapaz de hacerlo, con una furia y un pavor que crecían a medida que pasaban los días y las semanas, como si fuera poco a poco acechada por la amenaza de un cataclismo cuyas claves estaban enterradas en lo más hondo de sí misma, como si una parte de sí tuviera un miedo cerval a recordar. Pero ¿qué?, se preguntaba enfurecida, enajenada por esa lucha que pugnaba en su interior y que no la dejaba en paz ni un segundo: mientras daba unos torpes pasos apoyada en un bastón que le encargó su padre, mientras era ayudada por Domitila y Juanita a asearse por las mañanas, mientras bordaba con su mamá, que no dejaba de parlotear como queriendo que ella no recordara. «Te perdiste y ya está. Gracias a Dios te encontramos. Eso es lo único que importa, hija mía.» Y ella veía el terror creciente en los ojos de sus padres, de su hermano Álvaro, de los criados, que la miraban como esperando el estallido cuando al fin ella rememorara, rezando quizá para que nunca lo hiciera. De pronto una mañana despertó bruscamente, se incorporó en el lecho y con los ojos bien abiertos recordó todo: como si jamás lo hubiera olvidado, con una nitidez que le traspasó el cuerpo con la celeridad mortífera de un relámpago. Y aulló de dolor como nunca antes lo había hecho. Aulló hasta quedar exhausta, hasta que tuvieron que llamar al presbítero, a una monjita que decían que hacía milagros, a un curandero de Huaranguillo. Pero nadie pudo sofocar el terrible dolor que significó la muerte de sus dos amigos, a quienes tenía presentes con tal intensidad y desesperación que en la casa temieron por su vida. Ni la eterna maldición con que despertaba todos los días del Señor cuando

le venía a la mente la infamia de aquel otro, cuyo nombre
no quería ni oír ni pronunciar. Gritó, injurió, maldijo hasta quedarse afónica, atemorizando a sus padres, que no se
atrevieron a contradecirla cuando ella pidió, exigió que la
dejaran sola en su habitación, adonde apenas subían platos
de comida que languidecían en su puerta mientras ella escuchaba las oraciones monocordes, insistentes, empecina-
das de su madre y las sirvientas.

A los pocos días de aquel cataclismo de lágrimas y
maldiciones, decidió que nada ni nadie podría aliviarla y que
si no quería terminar matando a alguien, debía irse de su
casa, de la ciudad, del universo mundo. Por eso estaba
aquí, en el convento de Santa Catalina.

El carruaje esquivaba los charcos malolientes y la turba de pedigüeños que extendían las manos sucias dejando sus huellas en la lustrosa madera. José Manuel Goyeneche miró con desgana por entre los cortinajes del coche que daba tumbos y crujía cuando giraba en las esquinas. Estuvo a punto de decirle algo a Celestino, pero éste, además de estar sordo como una piedra de sillar, poca cosa podía hacer en aquella ciudad tan dejada de la mano de Dios. Aún no han alcanzado la calle del Pez y todavía falta un largo trecho para llegar a Atocha... Pero en realidad la cabeza del militar no estaba para eso: la entrevista esquiva con su socio Lostra nada más arribar el general a Cádiz para ocuparse de los negocios, luego las cartas que le enviara éste cuando Goyeneche se instaló en Madrid y los pliegos que recibió ayer por la mañana desde Arequipa lo tenían confundido, irritado, sin saber muy bien qué hacer.

Con una prosa meliflua y llena de recovecos, Juan Miguel Lostra insistía —por enésima vez— en que era necesario cortar toda relación con el Banco de Londres, por muy buena amistad que ambos tuvieran con Pedro Casimir Timerman, porque los negocios eran los negocios y la sociedad Sobrinos de Aguerrevere y Lostra requería toda su atención y «estudiada astucia» para sacar mejor provecho en estos tiempos convulsos que corrían. Había también —y al pensarlo se removió inquieto en el asiento— un cierto reproche por todo el tiempo que no había estado codo a codo con él llevando los negocios. Y no era la primera vez, no, señor: nada más llegar a Cádiz, durante la entrevista que sostuvieron en las oficinas que tenía la compañía cerca de la plaza de San Antonio, Juan Miguel Lostra se mostró esquinado y algo distante, llenas sus frases de rodeos y cautelas para explicar la situación económica de España, la languidez comercial que la guerra americana había traído a la ciudad y sus muchas preocupaciones por el futuro de la compañía. Goyeneche quedó un poco perplejo porque, aunque era cierto que no corrían buenos tiempos para nadie, tampoco era menos cierto que sus cuentas estaban bastante saneadas y que tenían en perspectiva buenos negocios. Era cuestión de tener un poco de paciencia. Lostra se limitó a asentir con ausentes movimientos de cabeza mientras fingía anotar algo en una libreta, luego sonrió educadamente y dijo que sí, que todo eso lo sabía pero que en fin. En fin ¿qué?, se preguntó Goyeneche. Le faltaron reflejos y ganas de replicar: no llevaba ni una semana en Cádiz, después de un viaje fatigoso en extremo desde que saliera del Callao casi cuatro meses atrás, todavía acosado por dudas y remordimientos, sin haberse podido despedir de los suyos en Arequipa, ni siquiera de sus hermanos, ni de su valerosa prima María de los Ángeles, cuando tuvo que regresar a España intempestivamente. Aquella extraña entrevista con Lostra pasó pues a un segundo plano y él se retiró a su casa de la Isla a descansar antes de partir a Madrid, donde era requerido con la mayor brevedad.

En la carta que acababa de recibir tampoco decía nada con exactitud Lostra —sí, ése era su estilo—, de manera que nada tampoco se podía reclamar, y el ígneo Goyeneche se sentía atado de pies y manos para contestar como debía: que esos años fuera no estuvo rascándose las partes, como cualquier perillán de tres al cuarto, sino que había estado al servicio de su majestad, luchando a brazo partido por España, poniendo además de su propia hacienda para transformar aquella tropa de desharrapados que le dieron en un ejército de eficacia prusiana. ¿Acaso

Lostra no lo sabía? Ya en sus primeras cartas andaba machacando con aquella cantaleta, cada vez más impertinentemente. Quizá debería haber parado aquello desde el principio cuando se entrevistaron en Cádiz y espetarle en aquella ocasión: «Oye, Lostra, me vas a decir qué cojones te pasa».

Porque no sólo se ocupó de los asuntos del rey, no, señor. Demasiado bien sabía Lostra que en todos esos años que pasó en América, Goyeneche no había dejado de velar por los intereses de la sociedad con la misma diligencia y empeño que si hubiera estado presente en las oficinas gaditanas; y que podía recitarle de carrerilla los envíos, real a real, que había hecho cada vez que sus apoderados en Lima cerraban los negocios según sus instrucciones. Sin ir más lejos el último, remitido por su hermano José Mariano, de 234.000 reales, nada menos, producto de las ventas que él, personalmente, había hecho en La Paz, Arequipa y Cuzco antes de partir de regreso a la Península. Y ahora, a tenor de lo dicho en aquella carta que llevaba con fastidio en el bolsillo del chaleco, Goyeneche recibía el reproche injusto de su socio y la recomendación de no tratar más con Pedro Casimir Timerman, un tipo leal y un financista de los mejores que se movían en los altos círculos londoneses. Insinuaba en aquellos pliegos Lostra que los tiempos no estaban para hacer negocios con los masones —y Lostra juraba que Timerman pertenecía a la logia del duque de Wharton, qué disparate— porque Fernando VII los detestaba y no era conveniente malquistarse con el rey, él debería saberlo mejor que nadie, como vocal de guerra que era... Terminaba además apelando a un patriotismo bastante lacrimoso y de gallardía impostada, moneda corriente en estos días, se dijo ensombrecido el general. Miró por la ventanilla del carruaje: ya se encendían algunas luces aquí y allá, borrachos cantaban y gritaban en el fondo como de socavón de las tabernas cercanas a San Bernardo, chulaponas vestidas con desvergüenza se pavoneaban de una esquina a otra y soltaban carcajadas estridentes cuando recibían las zalamerías rudas de los hombres con los que se cruzaban. Notó que la berlina se había detenido y sacó la cabeza por la ventanilla para preguntarle a Celestino qué pasaba. Éste escondió el grueso cogote entre los hombros, hizo un gesto indicando hacia delante: varios coches de colleras se amontonaban allí mismo, obstaculizando el tránsito de otros vehículos, seguro detenidos a la puerta de alguna fonda donde remataban el día los arrieros, aguadores y chisperos. Todo tenía un aspecto depauperado y gris: un país de bandoleros.

¿Qué había pasado en estos años en los que él había estado afuera? Era algo que no dejaba de preguntarse, pese al casi año completo que llevaba ya instalado en la villa y corte. La guerra con los franceses había mermado el erario, era cierto, y las juntas que se formaron aquí y allá, y de cuya profusión él tuvo noticia estando en el otro extremo del mundo, habían ocasionado una confusión extrema en el país, pero este sentimiento de deriva y desgobierno desde que Fernando VII había vuelto a la regencia no era de recibo. El rey se había pasado por el forro las zarandajas liberales y constitucionalistas que habían embrollado todo y salpicado incluso a la América española, restableciendo un mínimo orden monárquico, era cierto. Pero pasaba el tiempo y nada más parecían crecer el desorden y la corrupción, las prebendas y las camarillas conspiradoras en el propio palacio, los hidalguetes de gotera que se creían con derecho a esquilmar al Estado sin que nadie —y el primero el rey— se mostrara escandalizado. ¡Quia! Los propios ministros, cuando no ineptos, parecían atados de manos por unos chuscos que le habían sorbido el seso a Fernando y que se habían erigido en corte paralela, poderosa y capaz de cortar cabezas sin miramiento alguno. Una gentuza de la que ya le había alertado Lasarte, una chusma que hacía y deshacía en la corte del Borbón. Un aguador, un esportillero, gente de jaez similar que adulaba zafiamente a Fernando. Y al parecer éste vivía encantado con ella... ¿Qué más faltaba para arrastrar por los suelos el prestigio español? Y todo bajo la complacencia de un Fernando más bien fatuo y poco regio. Qué error más grande cometiste, Goyeneche, se dijo el general con una mueca de amargura, pensando que el destino de la América española hubiera podido ser otro mucho mejor y no este sombrío, ahora que ya era un hecho el desmembramiento de los virreinatos. Era cuestión de pocos años y sólo los tontos del culo no lo querían ver así, ocupados en inventar una realidad grandiosa para un imperio que se caía a cachos. Qué mal has jugado tus cartas, general, se dijo gravemente.

De manera pues que todos los días María Micaela apoyaba los pies descalzos en el frío suelo a las cuatro de la mañana, se desperezaba un buen rato, batallando con los vestigios del cansancio y las pesadillas que la acosaban todavía, y luego se preparaba para el largo día que tenía por delante. A veces era ella quien despertaba a Juanita, que dormía en un jergón junto al calorcillo de la cocina, ¡pronto, Juanita!, y la indiecita aún somnolienta le preparaba toallas y jabones, una palangana de agua bien fría que la despertase del todo para acompañar a las monjas al coro de laudes y maitines. Allí, en ese primerísimo momento de la madrugada, las religiosas no rezaban. Más bien cantaban con fervorosa pausa, muy sentidamente, con sus voces muy dulces y dolientes, para luego hacer una oración íntima, devota y recogida durante media hora.

A María Micaela esa media horita de rezo en silencio, buscando el sosiego en los rincones más recoletos del monasterio, la reconfortaba en lo más profundo de su ser, y a ello se entregaba con toda devoción, sobre todo para expulsar de su alma esos pensamientos envilecidos que según Mencía de Jesús eran un ardid del Maligno para pudrir y descomponer su corazón. Había que olvidar, explicaba Mencía, había que perdonar, pero aquello le resultaba cada vez más difícil a María Micaela, pese a la oración diaria, pese a la total entrega que había ofrecido a nuestro Señor desde que ingresó en el cenobio. Porque aunque no se había planteado realmente hacerse novicia, ella asistía como las demás religiosas, las de velo blanco y las de velo negro, a misas, novenas y procesiones, participando como una más en la vida de Santa Catalina. No era la única mujer en el convento que no había tomado los hábitos. Además de las esclavas, sirvientas y donadas: durante los últimos cincuenta años, las catalinas habían acondicionado la ciudadela no sólo para albergar una escuelita de pupilas y otros talleres para jóvenes casaderas donde se les enseñaba a bordar, a preparar dulces y demás labores propias del hogar, sino para recibir esporádicamente a mujeres que no tenían adónde ir, viudas sin asistencia, señoras de alcurnia y hastiadas de una vida disoluta, solteras sin familia e incluso durante un tiempo, y para consternación del obispo, a mujeres de la calle, prostitutas maltratadas y vituperadas a quienes era menester —según palabras de la abadesa de aquel entonces— pastorear nuevamente por el sendero marcado por Cristo, arrepentidas magdalenas que se integraban pacíficamente en la vida conventual. Aunque en la ciudad no faltaba quien sugería, con muy mala idea, que en realidad las prostitutas entraban allí para dedicarse a ser sirvientas, casi esclavas, de las monjas más pudientes...

Pero, ante todo, el convento había sido desde tiempos inmemoriales el refugio de los arequipeños cuando eran castigados por los apocalípticos terremotos que asolaban con escalofriante frecuencia aquellas tierras por lo común plácidas, fértiles y soleadas, o bien cuando los vientos turbios de la guerra soplaban con furia haciendo que mujeres, ancianos y niños (y a veces hidalgos sin ganas de guerrear y mucho que proteger) buscasen refugio entre sus sólidas paredes, en aquella «pequeña ciudad dentro de la ciudad que es Arequipa», como le gustaba repetir a Mencía de Jesús.

Habitualmente rumorosas y sosegadas, sus callejuelas y patios, sus placitas y jardines, sus recogidas celdas y capillas eran pues invadidas muy de tanto en tanto por un tumulto empavorecido que buscaba más la protección física que el consuelo espiritual. Pero ello no importaba a las religiosas, que en aquellas ocasiones habilitaban para los refugiados una especie de barriada, más allá del seglarado —área destinada a las jóvenes que se educaban en el convento—, en la zona nueva del monasterio, comunicada con la parte antigua por un pasaje escarpado y frío que desembocaba en tres claustros pequeños, de elegante construcción, tapizados de escuálidas viñas. Al otro lado, el monasterio antiguo era un dédalo de pasadizos acotados por las celdas de las monjas, algunas con patios amplios donde las religiosas criaban aves y donde se encontraban las cocinas y el alojamiento de las sirvientas. El refectorio antiguo había sido abandonado, lo mismo que el dormitorio común. Los tres grandes jardines se utilizaban como huertos, pues las religiosas cultivaban flores en sus propios espacios.

Allí, en ese extremo de Santa Catalina, la vida de los refugiados temporales no interfería demasiado en la rutina pía y silenciosa de las monjas, aunque a veces aquello era inevitable. Había ocurrido unos meses atrás, cuando las tropas insurgentes de Pumacahua doblegaron a los regimientos del rey en la brutal batalla de Apacheta y, soliviantadas por los arequipeños que se llamaban a sí mismos patriotas y peruanos, entraron a la ciudad gritando muera el rey y la Corona. Si bien fueron recibidos con vítores, flores y una algazara tan gritona como falsa por parte de quienes no querían malquistarse con los momentáneos triunfadores —según recordaba María Micaela—, muchos que se habían declarado leales a la Corona vieron en peligro sus posesiones y corrieron al convento con cuadros, cofres, bolsas y sacos repletos de joyas familiares, de monedas de oro y peluconas, de candelabros y pedrería variada, rezando al Altísimo para que aquella chusca tropa de indios gritones y malnacidos no cometiera más pillaje que el que no pudieran contener los encargados de defender la ciudad. Pero todo aquello era doloroso de recordar.

Mientras paseaba concentrada en las cuentas de su rosario de palorrosa —regalo de la madre Mencía de Jesús—, María Micaela se perdía un poco en divagaciones que la transportaban otra vez a la ciudad, ahora nuevamente en vilo, según le contaban Juanita y algunas sirvientas que cotilleaban todo cuanto ocurría fuera del convento. El fragor de la guerra llegaba cada vez con más intensidad a la ciudad. Pero ella no quería saber nada de nada (apenas si admitía la correspondencia familiar, pero no visitas, había suplicado a sus padres, al menos por un tiempo), porque aquello disparaba sin remedio los recuerdos: la batalla de Apacheta, el cautiverio de su padre y su hermano, su loca carrera a lomos de una mula al borde mismo de la madrugada, el frío y la desolación de aquel camino remoto por donde se extravió, su desesperación por avisar a sus amigos, la imagen que la asaltaba por las noches de aquellos dos, fusilados, víctimas de una indescriptible y horrorosa traición. ¿Cómo pudo ser tan tonta, tan ingenua, tan infeliz de no darse cuenta? ¿Habrían pensado en algún momento —y esto era algo que la atormentaba como el peor de los suplicios— que ella los había delatado, que ella había sido desleal para con su amistad? ¡No!, no podía ni pensarlo sin sentirse de pronto traspasada por un dolor vivísimo.

Entonces, enjugándose unas lágrimas, se obligaba nuevamente a concentrarse en la oración de su rosario hasta que a las seis y media volvía a la capilla, a la misa que oficiaba el venerable padre Joaquín Orihuela, un sacerdote enclenque, de rostro encarnado y ojillos siempre llorosos, que entraba en combustión cuando dejaba los latines de la liturgia para lanzar encendidas diatribas contra los traidores a Fernando VII, ¡nuestro rey!, decía el viejo sacerdote dándose un golpe en el pecho que retumbaba como un sonoro trueno en las concavidades de la capilla y parecía una acusación sin paliativo. Algunas monjas, sobre todo las más jóvenes, despertaban del piadoso recogimiento de la misa al escuchar tales sermones y entonces se levantaba un crepitar de murmuraciones que había de ser acallado con presteza y autoridad. La madre superiora hacía visibles gestos de fastidio, porque aunque ella, como buena arequipeña, estaba en completo acuerdo con la fidelidad regia, creía que era necesario dejar a Dios las cosas de Dios, y al césar las cosas del césar. Al parecer, ya se lo había sugerido al padre Orihuela: no estaba bien que Santa Catalina, oasis de devoción y recogimiento, se viera contaminada por las barbaridades que ocurrían fuera de la ciudadela, donde padres luchaban contra hijos y hermanos contra hermanos. Aquello era intolerable y doloroso, estaba desangrando al virreinato y de un tiempo a esta parte se había convertido en un verdadero desastre que los llevaba directos al caos que tanto gusta a Satanás y en cuyo lodazal de azufre éste se mueve a sus anchas.

Algunas monjas, sin embargo, no pensaban así. Algunas monjas, ya se había percatado María Micaela en el poco tiempo que llevaba en el convento, creían que el Perú tenía que declararse un país libre —como ya empezaba a ocurrir en otros territorios americanos— y que los españoles de la lejana Península debían dejar que fueran los propios peruanos quienes administrasen su hacienda, esquilmada por el apetito insaciable de la Corona española, más aún desde que Napoleón secuestrara a los reyes españoles y manejara el país con despotismo y mano de hierro. Y sin que las juntas que se habían formado aquí y allá para sostener la viabilidad de la Corona pareciesen hacer realmente nada más que pedir y pedir oro a las provincias americanas para guerrear contra el invasor. ¿Y cómo tratan a nuestros padres y hermanos?, pues como a ciudadanos de segunda. Aquello era intolerable... Sobre todo, claro, eran las criollas las que opinaban así. Revueltos sus —por lo normal— pacíficos humores, las jóvenes monjas que provenían de viejas familias arequipeñas, fuertemente vinculadas entre sí por casamientos y negocios, por heredades y rancias genealogías, empezaban a mirar de mal modo a las religiosas que pertenecían a familias españolas o directamente eran chapetonas. Y de tales había en el convento unas cuantas. La madre Antonia de la Resurrección, una de las madres porteras, se encendía como un ascua cuando se hablaba de los insurgentes y de los realistas, y muchas veces se acercaba al locutorio donde las monjitas recibían a familiares y amistades, el rostro congestionado y un temblor en la voz, para llamar la atención primero a la monja escucha, que acompañaba a la que tenía visita y era la encargada de que la charla discurriera por el camino de la prudencia y la contención. Luego amonestaba a la monja que recibía visita, y a veces terminaba echando a voces a los familiares o a las amistades. «Aquí no se habla de políticas», «no vengáis con vuestra maledicencia a este santo lugar», repetía con su acento asturiano, y era un fastidio para muchas, que ya se habían quejado de aquella intromisión a la madre superiora. Imposibles de contener, por lo demás, las quejas, los reclamos, las divergencias, el cotidiano resquemor de ésta contra aquélla y de tal contra cual. Por aquí y por allá, la sociedad arequipeña empezaba a resquebrajarse entera, como si la robustez de su sillar hubiera sido apenas una fachada de débil mampostería. Y lo mismo parecía ocurrir en Santa Catalina.

Sí, señor, España se caía a pedazos, mal manejada por una turba de pillos y tunantes, por un rey fatuo y fondón, malencarado y ordinario. Goyeneche había tardado un poco en darse cuenta de todo esto, era cierto, probablemente porque su nombramiento como vocal de guerra y los continuos despachos con Lostra lo tenían enfrascado en un ajetreo del que sólo era rescatado por su sobrina Mercedes y por Lasarte, que prácticamente lo arrastraban a bailes y recepciones. Un día en casa de los condes de Somontano, el viernes en el palacio de Liria, y él a veces se sentía cansado de esa parte frívola en que Madrid era como un baile sin fin, lleno de murmuraciones y turbiedad tronante, donde se maldecía a los afrancesados y se reivindicaba un casticismo rabioso que a veces parecía más impostura que devoción, lleno de zafiedad peleona, como si el vulgo hubiese envenenado con su griterío a las clases ilustradas. Así no se sacaba a un país de la ruina, le dijo la otra tarde al ministro Vázquez de Figueroa, y éste hizo un gesto de impotencia e incredulidad. Los ministros parecían monigotes pintados en palacio, donde mandaba más esa camarilla de rufianes que rodeaba a Fernando, ¡bah!

Sintió un sacudón, un quejido de maderas y el carruaje se puso nuevamente en marcha por la estrecha calleja llena de charcos malolientes: todo aquello lo había discutido con ardor en aquella tertulia del conde de Sabiote donde fue recibido nada más llegar a Madrid, y al principio no se dio cuenta de que sus palabras eran acogidas con cierta incomodidad cuando no con abierta beligerancia. Al fin el buen Lasarte se lo dijo en un aparte, cuando salieron a respirar el fresco del atardecer, dejando a los otros enrocados en un debate lleno de calor y encono:

—Ni se te ocurra decir una palabra aquí a favor del franchute...

Goyeneche quedó un poco desconcertado: no estaba defendiendo al Gobierno intruso que había llevado las riendas del país hasta hacía poco y por casi cinco años, nada de eso. Pero era cierto que Madrid se había modernizado durante los años de Bonaparte, se habían derribado cochambrosas viviendas, manzanas enteras y conventos ruinosos. Se habían multiplicado así las plazas, plazas que él no conocía: la de Santa Bárbara, la de San Miguel y hasta la que se llamaba de Oriente, a la vera del Palacio Real, donde antes crecía un muladar de casuchas... Un impulso modernizador que no debían perder.

—El rey Plazuelas, lo llamaban —se rio Lasarte con su risa un poco nasal, chupando el tabaco que encendió con voluptuosidad.

—Por eso no entiendo que todo parezca caer ahora en el abandono —Goyeneche rechazó el cigarro que le ofrecía Lasarte—. La ciudad está sucia y descuidada y la economía del país, en estado de calamidad.

Y no era que defendiera al «franchute», como le había llamado el capitán de guardias, o como lo llamaban otros con más desprecio y altanería: Pepe Botella... Pero las cosas como eran: se le llevaban los demonios cuando alguien sugería su afrancesamiento, y se le congestionaba el rostro, la voz se le volvía agudísima al contestar al insolente, decirle aquello precisamente a él, qué coño pasaba, la otra vez pegó un puñetazo en la mesa del café de la Alegría que sobresaltó a los concurrentes cuando un capigorrón de alcurnia se atrevió a mencionar esos rumores que corrían acerca de su connivencia con el Botella. Goyeneche lo agarró del pañuelito que llevaba al cuello y si no es porque Lasarte y otros lo contuvieron, lo habría sacado a la calle para darle a aquel necio una cuera como se merecía. Decirle a él que era un josefino...

Pero no era ciego, y veía que en esos años en que no estuvo presente, Madrid había experimentado una notable mejoría y lucía mejor trazado, un aire europeo y actual, como el que él mismo había visto, *in illo tempore,* en París y en Hamburgo, en Londres y en Viena, adonde fuera con el marqués de Casa Palacio por encargo del ministro Godoy... Sí, Madrid ahora lucía un trazado un poco más moderno, de no ser por el descuido en que pronto caían aquellas nuevas calles y plazas.

Muchos lo miraban con cierto desdén, con la simpatía con que se mira a un niño que no sabe lo que dice, e incluso los que lo defendían alegaban que había estado largo tiempo por las Américas y que no entendía bien lo ocurrido en España en estos años vertiginosos, llenos de hambre y de insidias, de liberales y conspiradores masones. Y eso era lo peor: que cada vez que acudía a un salón, a una fiesta, la conversación derivaba poco a poco hacia lo que estaba ocurriendo en la convulsa América, hacia su participación en 1808 como plenipotenciario de la Junta de Sevilla y del rey Fernando VII, y si al principio todo eran alabanzas y elogios a su gestión, parecía que oscuramente se ponía en movimiento la sórdida maquinaria del potro y lentamente su torniquete iba oprimiendo: era entonces preguntado, al principio sibilinamente, luego con verdadera inquina, sobre qué era lo que ocurría en las provincias de Ultramar —no faltaba quien insistía en llamarlas «las colonias»—, qué querían ahora esos americanos, ¿no tenían acaso bastante con ser súbditos de la Corona española?, y Goyeneche, leal y patriota como pocos, se sentía malamente injuriado, acusado por los otros, como si él fuera un traidor a la regencia española. Sucedió en la recepción que ofreció su viejo amigo Pedro Téllez, el duque de Osuna, pasó nuevamente en el baile de los duques de Liria, adonde había ido acompañando a su sobrina Mercedes...

Pasaba en tertulias y recepciones diplomáticas, y aunque el peruano acudía a tales galas con escaso entusiasmo, no dejaba de darse cuenta de lo que ocurría. Así se lo confió a Lasarte y también a su sobrina, que le decían que no le diera importancia alguna.

La berlina avanzaba ahora a buena marcha con la ciudad del todo oscurecida y poco transitada. Pronto alcanzaría la red de San Luis. En escasos minutos llegaría a la tranquilidad de su casa, se serviría un buen brandy y encendería los leños de su chimenea para ver las llamas azules y rojizas, el tornasol del fuego donde fijaba la vista, como si aquel decaimiento de abuelo fuera la única actividad a la que gustara dedicarse de un tiempo a esta parte, hombre, le había reclamado Lasarte la otra tarde que pasaron juntos en su casa, jugando una partida de ajedrez y recordando anécdotas de su pasado de mozalbetes bravos que luchaban contra los perros ingleses de Nelson. Él no supo qué decir, se limitó a gruñir una excusa, que estaba cansado.

—Cansado, sí —insistió y continuó, ya sin poder detenerse—: Cansado del apocamiento que veo en la capital, pero sobre todo de que parezcan acusarme siempre de americanista, de libertario, cuando no de cosas peores... A mí, coño, que he peleado para el rey dejándome los testículos en esas tierras.

—Nadie te acusa, Pepe —Lasarte se había puesto súbitamente serio pero luego atemperó un poco la voz—. Lo que pasa es que todos andan a la que salta con lo que ocurre en las provincias americanas, con esos a quienes llaman levantiscos y desleales. Y yo, la verdad, no iría tan lejos en las acusaciones, para entenderlos no hay más que ver lo que ocurre aquí y cómo se les trata.

Goyeneche gruñó algo, sin saber qué contestar. Si decía que en el fondo la deslealtad corría más bien de parte de la Península sólo ahondaría en la idea de que no era leal a la Corona. Pero el propio Lasarte parecía pensar así, sólo que ninguno de los dos se atrevía a expresarlo en voz alta y siempre estaban dando rodeos y remoloneando en torno a la decepción que sentían ambos por Fernando y por esta España cuya causa los había llevado a dejarse la piel en distintos frentes. Porque Lasarte había peleado contra Napoleón por toda la España ocupada, y Goyeneche no había dado abasto para sofocar las insurrecciones americanas desde que le confiaran tal misión. Y así les pagaban.

Un país cainita y miserable, pensó oscurecido cuando sintió que el vehículo se detenía por fin, las gruesas botas de Celestino saltando al suelo empedrado, la portezuela que se abría: un país de bandoleros.

O quizá sólo era su estado de ánimo, pensó, las murmuraciones constantes, el batallar en la corte, la grosera fatuidad de Fernando, la maldita carta de Lostra, que le dejaba un regusto amargo por la enésima queja encubierta. A fuer de ser sincero, se dijo, desde que regresó del Perú no se había sentido del todo cómodo en Madrid. Al principio lo atribuyó a las fatigas del viaje, al cansancio de esos años deplorables que le habían mermado las fuerzas y también los ánimos. A las tribulaciones que pasaba su familia allá, en la lejana Arequipa, y a ese dolor con el que emprendió la demorada travesía a Cádiz y luego a la capital del reino. Pero no era sólo aquello, claro que no. La carta que acababa de recibir de su prima, la priora de Santa Catalina, no le había permitido pegar ojo en toda la noche.

María Micaela asistía callada a estas discusiones sobre la independencia y el acatamiento a la Corona que resultaban cada vez más encendidas y eran rápidamente sofocadas por las monjas de más años y autoridad durante el desayuno colectivo, pues aunque ella podía tomarlo en su celda había preferido acomodarse plenamente a la vida conventual. Así, mientras despachaban en el refectorio una jícara de chocolate con pan francés y algún bollo dulce, las religiosas se trababan en ardorosas pugnas políticas que continuaban durante sus labores de limpieza, repostería, lavado y planchado de hábitos, o bien en el huerto o los talleres. O donde se terciara, a veces a la puerta de la biblioteca o incluso después de un concierto de piano que alguna interpretaba para las demás. O durante los domingos de mercado, cuando se juntaban con las seglares y las noticias y las opiniones corrían de aquí para allá a la velocidad flamígera e imprevisible de la pólvora. Porque además de las conversaciones que sostenían en el locutorio —pese a los afanes didascálicos de la madre Antonia de la Resurrección—, cada tanto las monjas recibían noticias de las sirvientas o de las donadas que salían a la calle a recoger recados, encomiendas, súplicas, consejos y chismes, cosa que preocupaba mucho a la superiora, quien ya no daba abasto para reconvenir, amonestar o simple y llanamente prohibir tales liberalidades y tanta opinión política. Incluso se había presentado el caso de dos monjas que, llevadas por el calor de la discusión, se habían tirado de los pelos al defender una las acciones del general Goyeneche en su paso años atrás por tierras americanas y la otra al bando independentista, donde su padre había perdido la vida, peleando precisamente contra el general arequipeño, de quien decían que aplastó a la población de La Paz con una violencia horrorosa... Tuvieron que ser separadas por otras hermanas entre gritos, avemarías y lamentos. De tal guisa que decidieron mantener el locutorio cerrado una semana, a manera de escarmiento, porque aquello sí que era un verdadero escándalo, afirmaba la vicepriora Mencía de Jesús, haciéndose eco de la madre abadesa. Felizmente, aquel castigo y las sentidas palabras de la priora después de la liturgia de sextas conmovieron y persuadieron a la comunidad catalina de que no debían dejarse tentar por el Chivo, y las aguas parecieron volver a su pacífico cauce. Las mismas monjitas que ayer peleaban aguerridas evitaban ahora hablar del asunto o se reconvenían con afecto de hermanas cuando alguna deslizaba una palabra por aquel espinoso sendero. Y la madre superiora sonreía complacida.

Fue precisamente ésta una de las primeras que le dijo a María Micaela que sería bueno que se integrara en la comunidad, que eso la ayudaría a paliar el dolor. Ocurrió a los pocos días de que la joven llegase al convento. La priora la mandó llamar y, luego de preguntarle por su familia y especialmente por su mamá —aquella madre superiora, sor María de los Ángeles, era una tía lejana de María Micaela—, pasó a contarle que aunque no era en absoluto obligatorio que se uniera a las devociones propias del convento, ella se lo recomendaba vivamente. «No tienes que decir nada ahora mismo, hija —agregó con dulzura, tomándola de ambas manos—, pero piénsatelo. No encontrarás mejor bálsamo para el dolor espiritual». Y luego, casi sin transición, la religiosa miró su pierna malherida, el bastón en el que se apoyaba no sin esfuerzo. Frunció el ceño y sugirió que siguiera un tratamiento que sor Josefa de la Crucifixión, la madre apotecaria, le administraría. María Micaela iba a protestar, pero sor María de los Ángeles levantó su mano perentoria: no aceptaría que se negase a eso. De manera que todos los días, antes de acostarse, Juanita le daba unas friegas con alcohol alcanforado y unas cataplasmas pestíferas hechas con vinagre, sarcocola y lodos que fueron poco a poco paliando el dolor, mas no recuperaron la salud de la pierna. Y ella se resignó a cojear de un lado para otro del convento: a veces con furia y ardor, otras con resignación y casi gratitud. Puesto que nadie querría de esposa a una coja, nada la arrancaría ya del convento.

Al principio, sin embargo, después de unos días de soledad y llanto, demasiado fresco aún el dolor y el recuerdo de lo vivido antes de entrar en el monasterio, María Micaela pensó que jamás saldría de su celda. Se dijo que no tendría valor de enfrentar la vida comunal, que no querría recibir dulces ni mazapanes, ni recaditos, ni estampitas ni rosarios de las monjas que se preocupaban por su salud. Apenas si aceptaba la visita de sor Mencía de Jesús, que llegaba a su celda como si fuera propia, con una familiaridad que no molestaba a María Micaela, pues la vicepriora no le llevaba regalitos ni la trataba como a una enferma o una inválida. Más bien venía con un libro y le comentaba como al descuido tal o cual pasaje, azuzando la curiosidad siempre inquieta de la joven. Entonces tomaba asiento frente a donde ella bordaba, se servía un vasito de vino que se hacía traer por Juanita y empezaba a leer las vidas de los santos: Catalina de Siena, por supuesto, pero también Francisco de Asís, san Cayetano, santa Clara o san Nicolás. Aunque a veces Mencía de Jesús llegaba con los sonetos de algún poeta castellano o algún otro libro más audaz, como el Robinson, cuya aventura de náufrago en el dulce acento de la madre distraía a María Micaela, haciéndole olvidar todos los pesares, al menos hasta el anochecer. Porque cuando apoyaba la cabeza en la almohada para intentar conciliar el sueño su mente se llenaba con espantosas imágenes, heridas que aún no cicatrizaban. Y revivía una y otra vez la pesadilla de aquel temerario viaje que había hecho a lomos de una mula para alertar a sus amados, sin que nadie en su casa supiera cómo se había agenciado aquella cabalgadura ni a qué hora había salido, ni en qué dirección... La encontraron medio muerta a quince leguas de la ciudad, porque de puro milagro alguien al anochecer la había visto pasar rumbo al camino de los volcanes, como quien va para Chivay.

No sólo pues gracias al consejo de la priora, que preguntaba siempre por su salud y su ánimo, sino también para espantar aquellas imágenes con la gratificante calma que trae el cansancio, se avino a salir de su celda y poco a poco disolverse como una monja más en la rutina monástica: el oficio divino, en el coro alto, de suaves cantos, la misa de las seis y media en el coro bajo, el desayuno, la tercia y después las obligaciones no religiosas, donde ella participaba con ahínco, aprendiendo tan pronto a organizar e inventariar la despensa como a lavar bien los hábitos en el patio de los lavaderos, acudir en ayuda de la madre apotecaria para preparar fórmulas y pociones, o ese jabón de perejil que tanta fama le daba al convento, pues quitaba las manchas de la piel y su venta arrojaba buenos dividendos que se destinaban a sufragar misas y fiestas religiosas; confeccionar los platos arduos que se cocinaban en las marmitas del convento, o cuidar el huerto, que daba verdes lechugas, dulcísimas zanahorias y olorosos rocotos.

Así que una mañana ya estaba entre las monjas, cantando y rezando con ellas, bastante conocedora de las calles, callejuelas y pasajes que hacían del convento un dédalo intrincado de recoletas celdas, austeros dormitorios comunes, silenciosos patiecillos y severos claustros por donde gustaba de pasear sin que nada ni nadie la molestara. Seguramente Mencía de Jesús había aleccionado bien a las monjitas, pues ninguna se acercó nuevamente con revuelos, fiestas ni muchísimo menos pregunta alguna sobre su desgracia, y al verla aparecer la primera vez en la capilla la saludaron como a una más, apenas un leve asentimiento de cabeza, un guiño durante el canto en el coro, un beso volado cuando pasaban dos monjitas del brazo, riendo o conversando antes de las oraciones de tercia. Y luego en el refectorio también se sintió una más, mientras compartían el carnero de la pitanza escuchando a la madre lectora, que les leía libros de temas religiosos, salvo los viernes, en que se leía la regla durante la comida y el testamento de Santa Teresa durante la cena.

Las friegas diarias contribuyeron en algo a calmar los dolores sordos de su pierna, pero ella supo que tendría que resignarse a que así sería siempre, como le advirtió Josefa de la Crucifixión una tarde en que se acercó hasta su celda para mirarle aquel miembro tullido. La madre tocó el muslamen de la joven con unos dedos reconcentrados y en silencio, el entrecejo fruncido. María Micaela la conocía bastante bien, pues la había ayudado un tiempito con sus labores: pese a su cabello color tizón, era monja ya mayor, algo encorvada y de ojos muy oscuros que resaltaban en su piel rosada. Se pasaba la vida con la nariz entre morteros y retortas, machacando aplicadamente hierbas, diluyendo en agua azufres y sales diversas, recogiendo plantas en un huertecillo que crecía detrás de su celda y anotando sus fórmulas en un cuaderno forrado de piel, con una caligrafía demorada y angulosa, difícil de entender. A Josefa de la Crucifixión acudían las monjas cuando tenían alguna dolencia, o ella misma era quien se acercaba donde las enfermas para auscultar —además conocía de huesos y contusiones—, proveer y calmar, a veces ayudada por la madre Flor de María de Nuestro Señor, monja callada, regordeta y circunspecta: la hermana enfermera. Y así le dijo esa vez sor Josefa a María Micaela, sin asomo alguno de dulzura: «Esta pierna te molestará siempre. Pero podemos tratar de que sea soportable». En fin, pensó, a ella qué le importaba ahora aquello, con el tremendo dolor que latía incandescente en su alma...

Así, poco a poco, fueron pasando los meses en Santa Catalina, sin recibir más que esporádicas noticias de afuera y alguna que otra misiva de sus padres, que parecían resignados a que su hija viviese en el monasterio: al fin y al cabo como había ocurrido desde siempre en Arequipa con las jóvenes de buenas familias. Y quizá estos tiempos terribles de guerras fratricidas, reflexionaba su padre en una de sus primeras cartas, era mejor pasarlos en la tranquilidad que sólo proporcionaban la oración y la cercanía de Dios. En Santa Catalina nada malo podía ocurrir. Eso sí: los pliegos del infame, María Micaela los devolvía sin la compasión de una ojeada, y la única ocasión en que su madre insinuó que tal vez debería escucharlo ella le contestó que si lo volvía a mencionar tampoco respondería las cartas familiares. Y no volvieron a nombrarlo.

Mercedes le ofreció su brazo con naturalidad y José Manuel Goyeneche, algo envarado, lo enroscó en el suyo. Dejaron a Celestino dormitando en el carruaje y se internaron a pie por un camino poco transitado de los jardines del Buen Retiro. Ahora, al cabo de un rato de conversar de naderías, su sobrina le estaba contando que la condesa de Miraflores había preguntado insistentemente por él.

—Sin recato alguno, querido tío —agregó cuando el militar quedó callado, tratando de recordar a la condesa.

Los ojos vivísimos de Mercedes, aferrada a él, no dejaban de mirarlo con travesura, pendientes de su reacción. A Goyeneche de pronto le vino a la memoria la imagen de la tal condesa en una fiesta de hacía un par de meses, en casa del embajador austríaco, el conde de Brunetti: una dama muy pálida, que parecía recibir con languidez los saludos que los militares le hacían tanto como las reverencias de las mujeres. Llevaba a modo de fajín los entorchados de teniente general de su marido, muerto en Arapiles, más que como un verdadero valiente como un tonto, le informó Lasarte al oído en aquella ocasión.

—¿Preguntó por mí? ¿Y qué quería? —alcanzó a decir Goyeneche un poco confundido, porque eran otras cosas las que lo tenían preocupado.

Oyó la risa de Mercedes como un tintineo de cristales, advirtió el apretoncito condescendiente que diera a su brazo.

—Qué ingenuos pueden ser los hombres —exclamó la joven como para sus adentros.

Goyeneche se incomodó al escuchar aquello de boca de una chiquilla que se permitía reconvenirlo así, como si él fuera un crío. Pero era más o menos con ese desenfado que lo trataba ella desde que se reencontraran en la fiesta de los marqueses de Matallana. Y él se dejaba hacer porque su sobrina tendría la misma edad que su hermana María Presentación, a quien apenas había visto en los días tumultuosos que pasó en Arequipa y a quien recordaba suave y pacífica, de una dulzura tenaz que le llenaba el corazón de cariño y nostalgia.

Caminaron un buen rato en silencio, entre la hojarasca que había dejado una crepitante alfombra sobre el sendero de aquel rincón del Retiro. Mercedes le había sugerido el paseo casi una semana antes y él no supo encontrar excusas. Pero para qué negarlo, le complació que ella se lo propusiera, que lo mirara un poco como una niña a la que resulta imposible negarle nada. Y él había descubierto con cierta sorpresa que no era inmune a sus requiebros y zalamerías. Sí, tales astucias lo dejaban sin mucha voluntad frente a aquella jovencita a quien había visto en la Isla de León cuando era apenas una niña, la hija de su primo Santiago Aguerrevere, un baztanés adinerado que había muerto hacía poco de una absurda caída de caballo.

«Claro que no te acordabas de mí», le había reprochado Mercedes después de aquel encuentro en el palacio de los Matallana, pero en su reproche había más diversión que otra cosa. Esa noche conversaron hasta muy tarde y ella lo llevó a donde estaba su madre, de la que Goyeneche tampoco se acordaba con claridad y que lo saludó con efusión y simpatía, sin dejar que el militar peruano pudiera empezar a disculparse por no haber contestado con celeridad su carta. En esa ocasión, en el palacio de los marqueses de Matallana, charló con la viuda de su primo y con su sobrina Mercedes, que en un momento dado pareció aburrirse y se alejó hacia donde Lasarte alborotaba con otro grupo donde había también mujeres jóvenes, despreocupadas y bastante más seguras, o libres quizá de lo que Goyeneche recordaba en las féminas de apenas hacía cinco o seis años, como si este tiempo bajo el control napoleónico hubiera llevado aires más laxos a la corte madrileña.

Y es que Mercedes —como muchas chicas de su edad que seguían solteras— disponía de su tiempo a su antojo, iba y venía como mejor estimaba, tan pronto asistía a funciones de teatro —o ella misma montaba con gracia algunas obritas en su casa— como tomaba clases de piano o canto, acudía a reuniones con otras amigas, o emprendía excursiones a los prados cercanos a la ciudad. Así pues, desde la fiesta en el palacio de los marqueses de Matallana, se las había arreglado para encontrarse con su tío, bien en otras recepciones y bailes a los que él se había dejado arrastrar, primero por las insistencias de Lasarte y después por las zalamerías de la propia joven, que le iba indicando quién era quién en el Madrid cortesano. Entre ella y Lasarte terminaban por confundirlo o hacerlo reír, por los aguafuertes que pintaban sobre tal dama aristócrata o sobre cual vejete diplomático. Pero Goyeneche no se llamaba a confusión: la joven Mercedes no era —como tampoco lo era Lasarte— una ingenua o una frívola que sólo sabía bromear de esto o de aquello. De ninguna manera: podía mantener una conversación seria cuando se terciaba y sus opiniones inteligentes a veces resultaban aceradas como un sorpresivo estoque, incluso incómodas para algunos, entre los que se contaba él mismo, por desgracia. Espoleada por los aires liberales que soplaban de un tiempo a esta parte, Mercedes leía con desparpajo no sólo novelitas galantes como otras muchachas de su edad, sino libros de filosofía y de conocimientos generales, se encendía en los debates y parecía siempre acicateada por Lasarte, que divertido le dejaba decir lo que se le antojase. ¡Pero si hasta tenía un preceptor con quien desentrañaba al arduo Aristóteles y leía los epigramas de Marcial!

El caso es que en otras oportunidades se habían acercado hasta algún café a la hora de la merienda —al del Gallo, muy cerca de Mayor, o a La Fontana de Oro e incluso al elegante café de Sólito— y, tomando un oporto o al calor de una taza de chocolate espeso acompañado de crujientes churros, conversaban de asuntos mundanos en los pocos momentos libres que Goyeneche encontraba. Todo esto al principio lo tenía confundido porque las reglas sociales de Madrid resultaban más relajadas de lo que él jamás imaginó, e incluso amigos como Lasarte y otros tendían a ver con buenos ojos esa alegre irrupción de las mujeres en las contiendas verbales que se daban en salones y cafés y hasta en las tertulias que empezaban a florecer por aquí y por allá y donde no era raro encontrar a señoras muy dispuestas a dar a conocer sus pareceres a quienes quisieran escucharlas. Tertulias, por otro lado, hirvientes de sediciosos, levantiscos y masones...

Pero muy en el fondo de sí mismo, el general Goyeneche sabía que aquello resultaba no sólo inatajable sino que muchas veces era necesario; el resarcimiento de un manejo largamente injusto: había visto con sus propios ojos cómo las mujeres americanas eran las primeras en levantar las barricadas contra los que se hacían llamar patriotas, había conocido en primera persona la lucidez y la valentía de muchas de ellas a la hora de ponerse al frente de sus haciendas y de llevar las riendas del patrimonio familiar como cualquier hombre, había visto la decisión y la astucia de la reina Carlota Joaquina en esa corte brasileña llena de felones y miserables —como el ponzoñoso Coutinho, Dios lo confundiera—, de manera que si bien no se esperaba nada de esto en Madrid, tampoco tenía argumentos, si quería ser justo y obrar decentemente, para rebatir la cada vez más cotidiana presencia femenina en asuntos que hasta hacía poco le hubieran escandalizado. Así y todo...

Luego de la comida, mientras las monjas conversaban, atendían a las esporádicas visitas que se acercaban por el convento, escribían o leían cartas, se reunían o simplemente se echaban la siesta, María Micaela solía pasear por el umbrío claustro de los Naranjos, menos bullicioso y ajetreado que el patio de Zocodover —aquel de fuentecita musgosa y recias paredes rojas que viera nada más llegar— e incluso que el patio que llevaba el nombre del Silencio, donde siempre encontraba a una monja muy anciana bisbiseando el rosario o leyendo un libro de oración de tafilete que temblaba en sus manos arrugadas. De ella, de la madre Ramira de la Concepción, decían que había sido priora hacía muchísimos años, pero que ahora apenas si recordaba quién era, y salía a flote de una ciénaga de confusiones y reblandecimientos de octogenaria que, la verdad, daba pena verla... María Micaela a veces se encontraba con ella y ésta le pedía que le leyera un poco, y parecía prestar atención un momento pero luego escapaba su mente frágil a un laberinto desconocido y le preguntaba que quién era, mamita, o la acusaba de haberle robado su devocionario o una estampita o cualquier otra cosa.

A partir de la una de la tarde el convento entero parecía sumirse en un profundo silencio que tenía algo de trascendente y durante el cual las religiosas se ocupaban de sus propias labores y se entregaban a la meditación. Era un tiempo especial, mágico, dulcísimo, en el que apenas si se oía el susurro de la brisa entre los árboles o el canto mínimo de algún gorrioncillo que buscaba la frescura y la sombra de las calles más angostas, desde donde parecía reclamar la atención con su triste piar. Aquellos momentos le llenaban el corazón de zozobra a María Micaela, que sólo quería olvidar lo de allí afuera, las noticias terribles de más muertes y batallas, de saqueos, del fragor de combates que nuevamente se iban acercando a la ciudad, escindidas ya las familias por el doloroso distanciamiento entre monárquicos y libertarios.

Pese a que ella seguía sin acercarse por el locutorio ni recibía visitas por propia decisión, las criadas y las esclavas iban y venían con noticias que sólo le traían perplejidad y angustia, porque así nunca iba a cerrar del todo la herida de su corazón. Cada vez que llegaba a sus oídos conocimiento de una nueva batalla entre insurgentes y monárquicos, de unos fusilamientos, de la muerte de algún conocido, de una incursión de montoneros, María Micaela evocaba su pesadilla particular, aquella que no se atrevía a contar nunca a nadie. Cerraba con fuerza los ojos, pero era inútil. Porque de inmediato le venía a la cabeza la imagen de sus amadísimos amigos con el pecho reventado a balazos, tan jóvenes, tan gentiles y al mismo tiempo tan gallardos. A veces trataba de reconfortarse pensando que ambos sabían, cuando partieron para unirse a las tropas del cacique rebelde Pumacahua, que la herida mortal entraba dentro de lo probable. Claro que lo sabían, y que la muerte de alguien que caía por sus ideales era la mejor de todas las posibles. Pero no por esto dejaba de pensar en que, de alguna manera, ella había sido el secreto instrumento de sus asesinos, que haberse dejado engañar fue culpa de su tonta ingenuidad y de su obcecación. El amor la había cegado de la peor manera. De nada sirvió que fuera en busca de sus amigos para advertirles, de nada sirvieron su esfuerzo ni su temeridad, su loca carrera a lomos de una mula. Pensarlo le arrancaba lágrimas ardientes que sólo calmaba buscando el refugio de las horas más solitarias.

Por eso mismo, aquel paseo por el claustro de los Naranjos aquietaba en algo su dolor, y el toc-toc de su bastón pautaba sus pasitos ora furiosos, ora lánguidos por el suelo de aquel recogido patio que ya empezaba a conocer como la palma de su mano, con los ojos cerrados: los cuatro arbolillos en sus esquinas, las añosas cruces en el centro, las baldosas de mármol blancas y negras y la nítida marca de su angostado perímetro, desde que el terremoto de 1784 obligara a reducirlo. Allí se encontraban las habitaciones de las novicias graduadas —por esas fechas, vacías—, y muy cerca la sala de Profundis, la capilla ardiente con los cuadros de las monjas más devotas y queridas colgados de sus paredes rojizas.

Pero después tocaba la hora nona y todas se apresuraban para rezar en el coro la corona franciscana o bien hacer una oración íntima y recogida en sus celdas y sumergirse así en los siete gozos de María, aquella plegaria que ella había aprendido de pequeña y que ahora más que nunca la confortaba en sus penas, Dios mío, ven en mi auxilio, Señor, date prisa en socorrerme... Luego dos salmos más, labores, tejido, huerta, bordado, lectura y finalmente vísperas, para entregarse al rezo del rosario de la Virgen, la letanía, otros salmos y nuevas devociones hasta la hora de la cena. Allí, en el mismo refectorio, se rezaban las completas y luego todas se retiraban a sus celdas. María Micaela caía rendida de cansancio en su cama y así, a la luz de un candil, rezaba nuevamente, Oh, María, pobre y humilde corazón, enséñanos a no juzgar... Aunque si debía ser sincera, en la cabeza continuaba zumbándole, como el revoloteo de una parvada de jilgueros, la cháchara de las sirvientas, las voces de las donadas reprendiendo a las esclavas, pero sobre todo las conversaciones de las monjas. ¡Tan parecidas que podían resultar en algunas cosas y tan distintas en otras! Tan niñas para demostrar alegrías, enfados y curiosidad, tan sabias y profundamente conocedoras por lo demás. Las monjas catalinas se visitaban unas a otras, asistían a las que se encontraban enfermas, organizaban pequeños jolgorios por cualquier motivo y, en los momentos en que no estaban dedicadas a las labores comunales o a la liturgia religiosa, no era extraño escuchar un piano o el rasgueo de una guitarra, las voces bien entonadas y alegres, como si fueran unas eternas muchachitas disfrutando de la vida.

Las celdas que alcanzó a conocer María Micaela —muchas de ellas espaciosas y hasta con recibidores y cocinas— cuando no le era posible escabullirse de alguna invitación solían estar muy bien ventiladas, limpias y llenas de delicados detalles: alfombras de rica trama, cuadros con marcos de pan de oro, joyeritos de nácar, cofres de ébano y otros artículos exquisitos, pues aquellas mujeres cuidaban de su imagen con el primor con que mimaban los geranios de sus ventanas. Algunas tenían sus propias criadas, a veces hasta dos o tres, y otras en cambio vivían con una austeridad severa, casi siempre las monjas mayores, ya desentendidas de lo terrenal. Unas habían crecido allí sin asomar jamás la nariz a la calle, a la que temían como a la peste, más aún en los tiempos que corrían; otras en cambio llegaron por imposición familiar. Habían venido de pequeñas, como pupilas, y aún extrañaban un poco sus casas y la vida fuera del convento. Una que otra tomó los hábitos por un desencanto amoroso y algunas más estaban aquí por verdadera vocación, ya fuera venidas de la propia Arequipa, de Moquegua o el Cuzco. Y hasta de la lejana España.

En aquel cenobio que oscilaba entre la contrición y la alegría no sólo contaban las monjas, pues a éstas se les sumaban las donadas, que, sin dote, recomendaciones ni limpieza de sangre, habían querido seguir la regla y tomar el hábito aunque sin profesar jamás. Luego estaban las criadas. Callejeras, deslenguadas, bulliciosas, generalmente mujeres mestizas y de escasa preparación que no tenían adónde ir o que entraban al servicio para pagar deudas contraídas por sus familias o que eran castigadas con tal obligación. Como la hermana del cura de Caylloma, Ma-

nuel Zenteno, que se entregó a la causa del rebelde Pumacahua y su hermana Magdalena fue condenada durante
un año a servir como criada en Santa Catalina. Pero también debía contarse a las esclavas: indias, pardas o mulatas
que trabajaban casi siempre en las labores más duras y que
pertenecían al propio convento o a las monjas. Y finalmente se añadían las legas, aquellas mujeres que sin tomar
los hábitos habían alquilado o comprado una celda para
vivir alejadas de la ciudad, de su bullicio y malicia, y que
formaban como una comunidad aparte, periférica pero no
del todo ajena. Iban y venían acompañadas de sus criadas
o esclavas, podían salir a la calle si así lo deseaban, aunque
rara vez se aventuraban fuera del monasterio, pues en la
ciudadela encontraban todo lo que necesitaban. Y lo que
no, lo encargaban, ya que no solían tener preocupaciones
económicas. El único momento en el que todas se encontraban —había advertido María Micaela en sus primeros
meses de adaptación en Santa Catalina— era durante el
domingo de mercado, cuando en el patio de Zocodover,
el más grande del convento, las cerca de quinientas mujeres
que convivían allí intercambiaban productos variados:
chocolate por madejas de lana, carne seca por alubias,
mantas inglesas por vino de Valdepeñas, partituras de piano por una arroba de arroz... Y desde cualquier esquina de la
ciudadela se oía claramente un rumor confiado, voces y risas
que hermanaban a aquel mujerío dispuesto a vivir sin la presencia de los hombres. Aunque al respecto corrían rumores.

A María Micaela la descolocó escucharle una tarde a Juanita —que se había acostumbrado mejor que ella
al convento, pues había hecho amigas entre otras criadi-
tas— hablar de Asunción Peralta, una lega que vivía en la
zona más oriental del monasterio, arriba de la calle del
templo, y que según decían aprovechaba las horas más
profundas de la noche para meter hombres en su celda, en
connivencia con su esclava. ¿Por dónde podían entrar aquellos lujuriosos? Nadie sabía. Pero Santa Catalina, se decía,

tenía pasadizos secretos que daban a la catedral, a las casas de algunos notables e incluso al tambo del Molino, allá por el Puente Real. María Micaela reprendió duramente a la indiecita, pero no fue la única vez que escuchó aquello, pues las propias monjas, sobre todo las más jóvenes, cuando sentían que estaban un poco en confianza, contaban historias que a ella la hacían enrojecer como jamás antes le había ocurrido.

Nunca se atrevió a preguntarle nada de esto directamente a nadie, pero por las noches especulaba sobre si debía dar crédito a aquella ventisca de comentarios o archivarlos como chismes o leyendas. Fuese como fuese, con el correr de los meses le fueron llegando más historias: la monja que se escapó con un hombre que la esperaba a lomos de un caballo, los lances de una más que fue expulsada por tratar de seducir al doctor Ceballos, ¿al doctor Ceballos, tan viejito?, no, mujer, cuando era joven y buenmozo. Dicen que se arrodilló frente a él y no precisamente para rezar... Incluso aquella otra a la que encontraron en la cama de su joven criada. Comentaban que, lejos de arrepentirse, dio alaridos y echaba espuma por la boca cuando la quisieron arrancar de los brazos de su zamba: endemoniada debía de estar, ésos eran los métodos que usaba Lucifer para infiltrarse en el convento. Y los esqueletitos de niños que habían encontrado muchos años atrás, donde estaba la antigua huerta y ahora se abría el oratorio, ¿eh, qué me dicen? No, aquello no podía ser cierto. Pero a poco que María Micaela prestara atención a una frase deslizada aquí, un comentario suelto allá, la dulce imagen de santa Catalina ondulaba frente a sus ojos como un espejismo que se disolvía hasta dejar al descubierto un emplazamiento conquistado por las huestes del Cachudo.

Pero ¿a quién preguntarle? Aparte de Mencía de Jesús, que parecía haberla tomado bajo su protección desde que llegara al monasterio y que era algo así como la guardiana de la monja superiora, María Micaela había hecho buenas migas con pocas monjas. Con las legas se ignoraban obstinada y recíprocamente. Ellas tenían otro ritmo de vida y, aunque gozaban de muchísima más libertad que las religiosas con su horario laxo, María Micaela prefería estar con las monjas. Y las legas la miraban entonces con suspicacia o le concedían un liviano desdén que apenas consignaba el hecho de que ella también estaba viviendo en aquel convento. Pero era cierto que por las noches, cuando el insomnio la obligaba a arrebujarse en un mantón y salir a caminar, hasta ella llegaban, en medio de la quietud, rumores extraños, risas enloquecidas, voces y murmullos provenientes del lado de las seglares. Entonces, con una rápida señal de la cruz espantaba aquellos ruidos, atribuyéndolos a su enfebrecida imaginación.

Mercedes lo trajo a tierra aferrándose más a su brazo. Habían caminado largo rato en silencio por el Buen Retiro hasta acercarse al estanque de las Campanillas, cada quien sumido en sus reflexiones.

—No está del todo mal la condesa, tío... —insistió mirándolo de reojo, y Goyeneche coligió que era esa forma tan suya de tomarle el pelo. Tardó un segundo en entender que hablaba de la condesa de Miraflores.

—Pues fíjate que no, no está nada mal... A lo mejor hasta me animo y le propongo matrimonio.

—Vaya tonterías que dices, con este día tan precioso —zanjó ella desplegando como una saeta su abanico y fingiendo un coqueto malhumor.

Sin duda, pensó Goyeneche, hacía un día precioso y el cielo era de un añil tan intenso que parecía inverosímil, como salido de las pinceladas enardecidas de un artista. Le recordó al cielo también serrano y purísimo de Arequipa y quiso decírselo a Mercedes, pero un rescoldo de pudor lo contuvo: no quería parecer delante de su sobrina un viejo chocho, uno que no hace más que recordar el país que además dejó de ser suyo a los doce años y al que había vuelto —ahora se daba cuenta, ahora lo entendía— de la peor manera. Y no cesaban de llegarle malas noticias de allí, como si no hubiera bastado lo ocurrido todos esos años que le habían dejado la salud resquebrajada y la moral aún más, y que, peor que peor, no terminaban de disolverse como lo que ya eran, lo que ya deberían ser: el pasado.

—Mi madre quiere que vayas a casa un día de éstos —oyó la voz de Mercedes trayéndolo nuevamente al paseo, al crepitar de las hojas bajo sus pies. Había una nota de fastidio en la voz de su sobrina.

Sintió un repentino endurecimiento en el estómago. Comprendió que desde hacía mucho estaba esperando esa invitación y que, pese a ello, escucharla por fin de boca de Mercedes le había tomado por sorpresa. Pero quizá sería mejor dejar el asunto claro. Una cosa era que él tuviera debilidad por su sobrina y se portara un poco como un protector y otra que Josefa, la madre, viera en él a un posible pretendiente, más aún desde que la enfermedad la postrara en cama y le hiciera temer por su vida. Sí, sí, maldita sea, demasiado tarde se había dado cuenta de que había cometido la ligereza de permitir que en una sociedad tan maldiciente como la de Madrid lo vieran de aquí para allá con su sobrina, a quien llevaba un pico de años, era cierto, pero no los suficientes como para no despertar suspicacias. Y Mercedes era una mujer guapa y pronto en edad casi tardía para casarse. Y él era un solterón empedernido.

Pero tampoco era menos cierto que prácticamente en todas esas oportunidades había estado presente también Antonio Lasarte, más joven que él y con quien Mercedes tenía mayor afinidad, no sólo generacional sino de carácter. De alguna manera, se dijo Goyeneche, él había permanecido al lado de ellos como un simple rodrigón, velando por el buen nombre de su joven pariente. Sin embargo, la rotundidad de aquel pensamiento lo entristeció. Porque últimamente se sentía así, envejecido y prematuramente mustio. Y cada vez más le volvía a la memoria con una rebelde persistencia el recuerdo de aquella jovencita de la que se sintió tan inesperada como imposiblemente enamorado durante los días previos a los horribles sucesos del 2 de mayo de 1808, poco antes de partir primero a Sevilla y de allí a América. A veces despertaba por las noches porque era su recuerdo el que lo había desvelado: su carita hermosa, su figura delicada, la resuelta manera en que lo miró cuando él puso dos dedos en su barbilla y murmuró, temblando, su nombre: «Manuelita». Pero, claro, era apenas una costurerita a cuyo taller él había encargado algunas prendas, qué podía pasar entre ellos, qué podía haber hecho para torcerle el pescuezo al destino, Dios mío, se decía al recordarla, frágil y apresurada, caminando cerca del parque de artillería de Monteleón. Muchas veces ya no sólo le venía su imagen por las noches sino en cualquier momento, incluso cuando salía a pasear o a tomar un chocolate con Lasarte y su sobrina. Quedó consternado cuando, nada más volver a Madrid, se acercó personalmente al taller donde trabajaba la chica y preguntó como al descuido por ella. ¿Manuela, Manuelita Malasaña? La encargada de pronto se echó a llorar: la habían matado los franceses en las revueltas de 1808, general, una verdadera desgracia... Y cuando miraba a Mercedes pensaba en ella porque acaso tendrían la misma edad, de estar viva Manuelita.

El caso es que entre Lasarte y Mercedes se encargaban de que aquellas veladas que compartían los tres no languidecieran, y con sus gracias sevillanas, una y otro terminaban por alegrarle un poco el ánimo y desentumecerle la marcialidad. Iban a fiestas, pero también a caseras funciones de teatro que Mercedes y algunas amigas organizaban, y en alguna ocasión el propio Lasarte —a causa de su afición a sainetes, óperas y dramaturgias— participó sorprendiendo a todos con sus dotes para la caracterización. Sí, aquella vez rieron mucho con un Lasarte convertido asombrosamente en el conde de Sabiote viejo y gruñón. Y es que al sevillano le gustaban los juegos, los disfraces y la chirigota. «Aquí tú eres el único que no parece andaluz», se reía el capitán de guardias olvidando que, efectivamente, Goyeneche no lo era: que aunque había vivido en aquella ciudad desde mozalbete, era peruano, de una tierra lejana y volcánica que, mal que le pesara, llevaba todavía muy en el corazón.

—Te has quedado callado, tío —Mercedes detuvo la caminata, obligándolo a mirarla a los ojos. Había momentos en que, efectivamente, aquella moza parecía mayor de lo que en realidad era.

—Estaba pensando cuándo sería el mejor día para visitar a tu madre...

—Mientes espantosamente, Pepe.

José Manuel Goyeneche sabía que cuando Mercedes lo llamaba «Pepe» era que empezaba a tomarse las cosas con seriedad. Le desconcertaban un poco esos bruscos cambios de dirección en el temperamento de su sobrina. La tarde empezaba con lentitud a declinar y un rosa muy pálido se empeñaba poco a poco en disolver el azul intenso del cielo y rizar suavemente las aguas del estanque. Quizá era hora de desandar el camino y volver para tomar un chocolate con picatostes en Ceferino o en alguna otra buena pastelería de las muchas que se encontraban por Alcalá y alrededores, propuso, y Mercedes le miró con seriedad, que no cambiara de tema así, no le gustaba nada esa condescendencia que a veces mostraba con ella, como si fuese una niña.

—Si no quieres ir a casa, no tienes más que decirlo —se cruzó de brazos, enfurruñada.

—No es eso, querida sobrina —dijo él sabiéndose arrinconado y además sin encontrar cómo salir airosamente de aquel atolladero.

Porque Josefa no se andaría por las ramas, y la ligereza con que él había dado pie a las habladurías que de seguro habían llegado a oídos de la madre de Mercedes lo estaba poniendo en un verdadero aprieto. Y también a la honra de su sobrina. Josefa exigiría formalizar algo que ni siquiera existía y él tendría que hablar con sumo tacto para no ofender a nadie. Y quizá tomar un poco de distancia con Mercedes para no estorbar las pretensiones de quienes se quisieran acercar a ella. Como Lasarte o el duque de Frías, petimetre algo pomposo que rondaba a su sobrina relamiéndose como un gato.

—¿Entonces? —dijo Mercedes nuevamente cruzada de brazos, esperando la respuesta.

—No quiero que tu madre piense mal y que todo se deba a una lamentable confusión.

Los ojos de la joven se encendieron como yesca.

—¿Una confusión? ¿Qué tipo de confusión?

De pronto Goyeneche se sintió cansado de aquel jueguito de su sobrina.

—Sabes muy bien a lo que me refiero, Merceditas. Que tanto acudir juntos a galas y fiestas ha terminado por provocar que la gente hable y que crea que tú y yo... Bueno, ya sabes.

—¿Tú y yo, tío? —Mercedes tenía las mejillas levemente enrojecidas como si le hubiera dado mucho el sol—. Pepe, el confundido eres tú. Mi madre sólo quiere que la visites un poco más frecuentemente porque aquí no tiene a nadie de la familia y se siente sola. No te va a encañonar con un trabuco para que me propongas matrimonio, si eso es lo que has pensado —soltó una risita divertida—. Quizá lo que en realidad quiere es que se lo propongas a ella. Aunque ahora se encuentra malita todavía está de buen ver.

Goyeneche quiso que en ese momento se abriera la tierra y se lo tragara para siempre.

—Tienes razón. Vamos, tontaina, vamos a por un chocolate.

El día empezaba a enfriarse con esa rapidez tan propia de Madrid, pensó el militar con un escalofrío.

—Por cierto —dijo Mercedes—, ¿has visto a Antonio últimamente? Anda como alma en pena y creo que se trata de algún asunto del corazón. ¿No te ha dicho nada?

—La verdad, Merceditas, no sé en qué anda metido nuestro querido capitán.

Una de aquellas monjas con las que María Micaela entabló mejor relación al principio era sor Francisca del Tránsito y Morato, una abulense austera, morena y de nariz afilada que parecía estricta y dura como un pedernal, pero que era suave y delicada con ella, y sobre todo sabía respetar su silencio. La madre Francisca del Tránsito había llegado desde su lejana tierra con su marido, un capitán de milicias que falleció a los tres meses de afincarse en Arequipa, durante una expedición a las faldas del volcán, donde al parecer inhaló los vapores mortíferos de aquel Polifemo y murió a los pocos días, entre terribles convulsiones y dolores. Francisca Morato quedó pues viuda y sin hijos en una tierra en la que apenas se había instalado. Como desde pequeña había sentido inclinación religiosa, no le resultó difícil acercarse al convento para tomar los hábitos. Y ya llevaba dieciséis años allí, sin apenas conocer la ciudad, asaltada vagamente por recuerdos de su Ávila natal, y como María Micaela le preguntara por su tierra, la monja, mientras bordaba o paseaba por el patio del Silencio —su preferido—, le iba desgranando detalles, imágenes, paisajes secos y fríos, una ciudad pequeñita y amurallada que María Micaela creía poder atisbar en los ojos negros y nostálgicos de la madre. Siempre tenía para ella un consejo honrado, una recomendación prudente, el detalle de un pasaje de la Biblia, la admonición de un misterio de la Virgen que la hacía reflexionar durante la noche.

Sor Francisca del Tránsito se encargaba de la lavandería y con ella estuvo María Micaela las primeras semanas, aprendiendo y ayudando a las sirvientas y a las monjas encargadas, pues para tal labor siempre faltaban manos. En los lavaderos —veinte enormes tinajas cortadas por la mitad y vertebradas por una cañería central que las surtía de agua fresca— el trabajo les dejaba la piel enrojecida por el agua intensamente fría que corría allí, las rodillas en carne viva, la espalda hecha una pena y los nudillos llenos de sabañones, pero sor Francisca era la primera en llegar, la última en irse y la única que no se quejaba jamás. La madre Francisca ayudaba también con las cuentas del convento y era incondicional y devota de Mencía de Jesús, toda vez que ésta era el principal soporte de la superiora, últimamente un poco delicada de salud y presa de unas fiebres misteriosas que la dejaban exhausta por las noches. Y como Santa Catalina, a raíz de los acontecimientos de fuera, parecía por momentos perder el rumbo y los dineros necesarios para mantenerse, era menester redoblar esfuerzos y vigilar que todo funcionara. Así pues, mientras Mencía de Jesús pastoreaba aquel rebaño de monjas y sobrellevaba la intendencia de la ciudadela, Francisca del Tránsito se convertía en su leal servidora, su escudera, su custodia indiscutible. Callada, estricta, fervorosamente entregada a la causa del monasterio, siempre estaba prestándole algún servicio a la madre Mencía, haciéndole un recado, preocupándose con ella y por ella, actuando de enlace entre la vicepriora y las demás monjas, mientras Mencía de Jesús se ocupaba personalmente del cuidado de la abadesa y le daba sus alimentos, las friegas y las medicinas que el doctor Ceballos había encargado a la madre Josefa de la Crucifixión que preparase.

De tal manera que las tareas de Francisca del Tránsito se multiplicaban y tan pronto llevaba las cuentas como daba clases a las pupilas, o resolvía asuntos de intendencia, lidiaba con los alarifes que de vez en cuando efectuaban alguna reparación o vigilaba la limpieza escrupulosa de la capilla. Pero según le confesó a María Micaela una mañana mientras lavaban, todo aquello lo hacía con gusto, como una muestra de amor y ofrenda al Altísimo y a santa Catalina. Y al decirlo levantó los brazos al cielo como para alabar al Creador. Pero su rostro se arrugó como contraído por un terrible tormento. Sólo días después supo María Micaela que ese gesto fue debido al cilicio que llevaba sor Francisca todos los días y que había alarmado al doctor Ceballos cuando la tuvo que atender. Pero ella se había negado en redondo a quitárselo y discutió con el médico tan fuertemente que tuvo que intervenir Mencía de Jesús. Al final Francisca del Tránsito se salió con la suya y María Micaela, desde ese momento, experimentó un extraño sentimiento de fascinación y repulsión por aquella mujer. Un sentimiento que la mantuvo un poco distanciada de ella.

La otra monja cuya compañía gustaba a María Micaela era la madre Donicia de Cristo y Landázuri. La madre Donicia era todo lo contrario a la rigurosa Francisca del Tránsito. Se trataba de una joven arequipeña por los cuatro costados, fresca, juguetona, de naricita delicada y sobre todo devota de los más variopintos ensueños románticos. Había entrado al convento con catorce años y por estricta imposición familiar. Fue el padre, un comerciante adinerado y pío, quien dispuso que así como su primer hijo sería militar, su primera hija sería religiosa. Y como ésta había muerto antes de llegar al primer año de vida, entonces decidió que sería la segunda la que cumpliera tal deseo. O sea, ella. Y de nada sirvió el carácter indómito de la joven Donicia, ni sus maldiciones, ni sus dos fugas de la casa paterna, ni que se arrojase al pozo de la huerta familiar, de donde la rescataron *in extremis* dos robustos criados. Estuvo en un tris de morir de inanición cuando, llevada por el desespero, decidió no probar bocado durante más de una semana, y fueron inútiles los ruegos y los castigos de su padre. Peor aún cuando se enteraron de que la rondaba un joven abogado, bien parecido y seductor, recién regresado del Cuzco, adonde había ido para graduarse en Derecho. Éste era un joven de familia antigua y trabajadora pero sin recursos. Aunque ella apenas había intercambiado con el mozo unas miradas llenas de complicidad durante un paseo por la alameda, y al cabo una cartita de verso encendido, aquello fue la gota que colmó el vaso de la paciencia paterna. Como ella persistió en su decisión de no comer, la obligaron a hacerlo *manu militari* —abriéndole la boca y embutiéndole los alimentos—. Tal situación ya se había convertido en una terrible contienda entre el padre y la rebelde Donicia que traía a todos de cabeza. Pero al final fue el señor Landázuri el que doblegó el carácter chúcaro de la niña con una estolidez y un cerril empeño a los que la joven ya no tuvo fuerzas que oponer. «Si es necesario, te llevaré cadáver al convento, pero allí irás. Se lo debo a tu santa madre y a nuestro Señor todopoderoso.»

De manera que los nueve años que Donicia de Cristo llevaba en el convento los sobrellevaba lo mejor que podía. No se había amargado, como otras que estaban en Santa Catalina contra su voluntad, nada de eso. Simplemente en algún momento entendió que o procuraba disfrutar de las pequeñas cosas cotidianas, o enloquecía para siempre, sepultada viva entre las paredes de sillar del monasterio. Y cumplía con sus obligaciones religiosas y no religiosas sin perder la sonrisa, pero no le importaba consagrar su tiempo libre a leer novelas de amor, historias de viajes, descripciones de países lejanos o de vez en cuando cantar acompañándose de una guitarra. ¿Y aquel joven enamorado?, preguntó María Micaela una vez, y Donicia se encogió de hombros, sonrió con tristeza y sopló un pétalo de rosa que había caído en su mano. ¡Qué sería de él, pues, mamita!

Donicia cantaba, tocaba el piano, era animosa y feliz, pero sobre todo gustaba de cuidar con paciencia y primor un rosedal, que nadie podía dejar de admirar y que la propia madre superiora había elogiado en alguna oportunidad con entusiasmo y llenándola de orgullo. De eso, decía Donicia, hacía mucho tiempo. La superiora ahora no paseaba nunca por el rosedal, pues estaba malita y nadie daba con el origen de su dolencia...

Cuando se enteró del motivo por el que María Micaela había arribado a Santa Catalina, Donicia de Cristo prácticamente la acosó preguntándole todos los detalles de su historia, pues su hermano estuvo en el regimiento que peleó bajo las órdenes de José Manuel Goyeneche, el militar arequipeño que había venido de España para luchar por el rey en 1809. ¿María Micaela lo recordaba?

Ella era por entonces una mocita que apenas se interesaba por lo que estaba ocurriendo en el país: recordaba, sí, los festejos que recibieron al general, las fiestas y bailes en su honor, su paso fugaz por Arequipa, y poco más. Ése fue el año en que también llegó el obispo Luis Gonzaga de la Encina, ¿verdad?, y con él, el agradable presbítero Antonio Pereyra y Ruiz, quien fuera buen amigo de Mariano. Sí, todo ello era para María Micaela como una confusa mezcla de recuerdos propios y cosas que le habían contado.

Pero Pedro Ugarte y José María Laso sí lo recordaban muy bien, pues cuando la llegada de Goyeneche a Arequipa ellos ya estaban estudiando en el seminario. Tiempo después de que el general regresara a Madrid, José María y Perico todavía se enzarzaban en agrias discusiones al recordar su paso por tierras arequipeñas, uno defendiéndolo y otro atacándolo. Pero por muy encendidas que fueran sus discusiones, ¡quién hubiera pensado en cómo iba a terminar la relación entre esos dos!

Qué cara habría puesto ella cuando sor Donicia le preguntó por ese tiempo que de inmediato, arrepentida de su fisgonería, la abrazó con fuerza, diciéndole al oído que no recordara mejor, que no hablaran si ella no quería, mamita linda, mejor se olvidaba y conversaban de cosas más alegres, ¿qué tal? Y nunca le preguntó nada más, como ocurrió con las demás monjas, pues todas sabían que ella estaba allí por una desgracia de amor pero a nadie le confió ni nombres ni detalles: eso quedaba para su más profunda intimidad.

A María Micaela le gustaba Donicia de Cristo porque era apenas unos años mayor que ella y se entendían bien. Siempre andaba alegre, aunque confesase sin rubor que estaba allí porque a su padre se le metió entre ceja y ceja que fuera monja. Y eso que supuestamente nadie podía recibir los hábitos de manera obligada. Pero ella se encogía de hombros como diciendo: «Ya ves, así son las cosas». Solía visitarla cuando venía de su paseo diario por el claustro de los Naranjos y se encaminaba por la calle de las tres columnas hasta el rosal donde le gustaba trabajar a la monjita. Y se pasaban mucho tiempo conversando para después ir juntas a las liturgias, como las dos buenas amigas que empezaban a ser. Pero sobre todo a María Micaela le gustaba aquella madre porque aparte de ese pequeño exabrupto de indiscreción, siempre fue comprensiva y delicada con ella. Y no tenía reparos en confesarle sus sueños románticos. Sueños, por otro lado, imposibles. Pero daba gusto verle el arrebol que tenía sus mejillas cuando hablaba de lo que más anhelaba.

—¿Sabes qué, mamita? —decía con sus tijeritas de podar en la mano y los ojos entornados—. A mí me hubiera gustado que me amaran con locura. Que un hombre me estrechara en sus brazos hasta hacerme desfallecer. Y entonces podría morir en paz.

Antonio Lasarte apartó el plato de perdices escabechadas con cierta desgana, terminó de un trago el vino que había en su vaso y puso una mano tapándolo cuando el criado se acercaba para volvérselo a llenar. No quería tener la cabeza embotada esa noche, cuando se reuniera con Rafael del Riego, Queralt y los otros, allí en la trastienda de la barbería de Baltasar Gutiérrez. Se dijo que aún tenía tiempo para fumarse un cigarro puro en la tranquilidad del salón de lectura, aunque esta vez sin añadir la copita de orujo habitual, una pena porque una de las pocas cosas de las que disfrutaba el capitán de guardias en los últimos tiempos eran precisamente esos momentos en los que se hacía llevar un frasco de buen aguardiente al salón para acompañar con una copa el cigarro que le ayudaba a pensar mejor o para entregarse sin remilgos al desasosiego que últimamente lo tenía como partido por la mitad. A la cabeza le vinieron los ojos bonitos, los hoyuelos deliciosos, el talle fugaz de Charo, pero de inmediato también las soflamas de Riego, la gravedad de Queralt, el rostro avinagrado de Pepe Goyeneche: preocupaciones y sólo preocupaciones. Intentó leer un poco esperando que fuera la hora de partir, pero le resultó imposible. Al cabo de unos quince minutos cerró con violencia el volumen que había escogido al azar porque no se estaba enterando de nada. Pero además de todas las preocupaciones que le impedían dormir, de un tiempo a esta parte tenía la clara sensación de que lo vigilaban, de que alguien siempre andaba a hurtadillas a sus espaldas, de que cuando entraba a un café —incluso cuando acudía al inofensivo de Sólito— alguien siempre escuchaba con disimulo sus palabras y tomaba buena nota de ellas. Entonces Lasarte perdía el hilo de su argumentación, se distraía, se quedaba un poco pasmado, coño. «Es natural que te ocurra», le explicó Queralt con su gravedad habitual, una tarde que paseaban por los jardines del Retiro, saludando a unos y a otras, fingiendo también la inocencia de un paseo. «Esto no es un juego y sabemos a lo que nos arriesgamos —agregó Queralt descubriéndose graciosamente al paso de una dama—. Siempre cabe la posibilidad de que seamos seguidos, oídos, vigilados. Y más vale no bajar nunca la guardia, aunque al final aquello acabe por desgastar el ánimo. Pero somos soldados, ¡qué diablos, Lasarte!». Queralt, preocupado y pálido como siempre, había hablado aquella tarde con vehemencia.

Sí, claro que sabía a lo que se arriesgaba, pensó Lasarte acercando una pavesa a su cigarro y dándole dos enérgicas chupadas que llenaron de humo espeso el saloncito. Pero últimamente esa sensación lo mantenía ofuscado, siempre con la mano a punto de bajar al sable por un quítame allá esas pajas, ya se lo dijo Mercedes, un poco asustada de la reacción que tuvo Lasarte, de natural tan alegre y viva la vida, cuando tropezaron con unos borrachos al salir de la misa adonde la acompañó hacía pocos días. También se lo advirtió el duque de Alagón la mañana en que volvían de unos ejercicios y unos arrieros con quienes se cruzaron parecieron increparlos por algo o quizá hacer algún comentario burlón o despectivo. La brigada siguió de largo, levantando una nube de polvo, pero Lasarte se volvió enfurecido a aquellos desgraciados y a punto estuvo de cortarles el pescuezo. Su caballo se encabritó como contagiado del nerviosismo de su amo y él casi cae de la montura. Alagón, que al igual que el resto de guardias se había detenido a ver qué diantre ocurría, se acercó trotando hacia él para ponerle una mano firme en el hombro: qué cojones pasaba, capitán. Los ojos de su superior brillaron suspicaces, auscultándole hasta el fondo del alma. ¿Sospecharía? Los arrieros se habían encogido en el suelo exagerando clemencia al ver que el jefe del militar lo llamaba al orden, y Lasarte sintió un reflujo de sangre que le subía a la cabeza al saber que los hombres aquellos, con tal súplica, en realidad insistían en la burla. Pero no hizo nada. Y felizmente, pues nada más ocurrió, aunque el capitán sabía demasiado bien que ello se debía a su estado de ánimo. Además, desde que llegara Pepe Goyeneche a Madrid, todo se había vuelto más confuso y difícil: porque no se decidía a decirle nada a su amigo, claro, pero era evidente que Pepe se daba cuenta de lo que estaba ocurriendo en España con el desgobierno de Fernando, la tranquilidad y la desvergüenza con que había desbaratado de un plumazo la Constitución de 1812 y perseguido a quienes se habían jugado el pellejo por él, contra los franceses. Pensó que Goyeneche, que había peleado para el rey en la América insubordinada, sería un hueso duro de roer. Era un súbdito leal no sólo a la Corona sino al propio Fernando, quien nada más llegar lo había nombrado vocal de guerra, concediéndole además el condado de Guaqui por su valentía en la batalla contra las tropas insurgentes en aquella región del Alto Perú. Y pensaba Lasarte, ¿tendría pues, llegado el momento, que enfrentarlo, considerarlo un enemigo? No quiso comentar nada de aquello ni con Queralt ni mucho menos con Riego. Demasiado bien los conocía, demasiado bien sabía qué tan entregados estaban a la causa que los convocaba cada vez con mayor sigilo. Le dirían que sí, sin dudarlo: Goyeneche era el enemigo. Riego sobre todo, que desde que regresara de Francia, adonde lo deportaron, vino completamente encendido de ideas liberales y de justicia y había encontrado en ellos, en Queralt, en Lasarte y en los demás, el auditorio que necesitaba. No es que a él lo hubiesen convencido de nada, se dijo el capitán dando otra furiosa chupada a su cigarro, observando por los ventanales de su casa el cielo que lentamente empezaba a oscurecer: nadie lo convenció. Él tenía ojos como para ver lo que ocurría. Riego, con esa pinta de presbítero inofensivo y su verbo encendido, sólo le dio forma y claridad a lo que él ya pensaba. Vamos, que él también había estado en Inglaterra y en la Francia, donde pudo reconocer los aires de los nuevos tiempos.

Por eso sabía que el asturiano sería el primero en prevenirle contra Goyeneche, en advertirle que el futuro de una España mejor estaba en juego. Nadie podía pues andarse con sentimentalismos ni arriesgarse a poner en peligro el pellejo de quienes se lo estaban jugando por una causa a todas luces justa. Pero al poco tiempo de su reencuentro con el general peruano, Lasarte comprendió dos cosas: que Goyeneche venía realmente estragado y harto de guerrear, y que también se encontraba como oscurecido por cierta perplejidad, un desencanto por lo que había visto allá... y por lo que veía aquí. Nunca se lo dijo así, con esas palabras exactas, pero Lasarte conocía bien a su amigo, y era fácil suponer la mar revuelta donde zangoloteaban sus convicciones, sus lealtades, sus propios principios, quizá. Goyeneche había dejado su ciudad natal a los doce años y había crecido en la España peninsular, había combatido contra los ingleses siendo apenas un chaval, había sido delegado por Godoy para redactar, junto con el marqués de Casa Palacio, un informe acerca de los ejércitos franceses, ingleses y prusianos, había visto mucho mundo antes de ser encomendado para defender la Corona española en América: claro que el peruano se daba cuenta de lo que ocurría en Europa y por supuesto que su larga estadía en América le debía de haber abierto los ojos respecto a la verdadera naturaleza del reinado de Fernando. Como le había ocurrido a él mismo, siendo todo un capitán de guardias reales, nada menos. Pero por encima de su cargo, como decía Riego, estaban la patria y la instauración de un orden nuevo, más justo y coherente con los tiempos. Aunque cuando el asturiano y Vicente Ramón Richart lo citaron en la barbería de la calle Leganitos y le confiaron los verdaderos planes se quedó de piedra. ¿Conspirar contra Fernando? Sí, contra ese enemigo de España, le dijeron. El plan era sencillo, dijo Richart en aquella ocasión, con admirable frialdad: secuestrar al rey y obligarlo a jurar la Constitución abolida. ¿Y si se negaba? Los hombres guardaron un significativo y oscuro silencio. Lasarte comprendió la magnitud de aquello pero no dijo nada. Prefirió preguntar cómo burlarían la vigilancia. Lo abordarían en el camino real de Aragón —explicó Richart—: aquel que se prolongaba más allá de la Puerta de Alcalá, un lugar que solía frecuentar Fernando, adonde viajaba en carroza para después caminar un poco y mitigar sus dolores de gota. O bien cuando hacía una de aquellas incursiones lúbricas donde Pepa la Malagueña. Sería fácil.

Vaya, vaya, se dijo el sevillano y pidió un tiempo para pensarlo. Los demás lo miraron con cierta desconfianza. Rafael del Riego le puso una mano en el hombro. «Confiamos en que tomes la decisión acertada. Confiamos en tu discreción, capitán.» ¿Así era, así había sido, Lasarte?, se preguntó el capitán de guardias, que últimamente no dormía bien, que se sentía asediado, vigilado, perseguido. Sería, como le había dicho Queralt, cuestión de acostumbrarse, que aquélla también era una manera de no bajar la guardia, porque quienes querían preservar el régimen tal como estaba, quienes guardaban sus propios intereses y orquestaban en torno a Fernando una corte paralela y bastarda también andaban moviendo sus piezas. Lo que el propio Queralt no sabía era que se estaba organizando un plan perfecto o casi, ideado por el valenciano Vicente Ramón Richart y el propio Riego: la Conspiración del Triángulo, lo habían llamado ellos mismos... Parecían tenerlo todo muy claro. Dos días después Lasarte aceptó formar parte de aquel peligroso envite.

El capitán de guardias lanzó la colilla de su cigarro a la chimenea, donde desapareció engullida por las llamas, que contempló un momento absorto, igual que a veces encontraba a Pepe Goyeneche cuando lo iba a visitar: con un libro entre las manos al que apenas le prestaba atención, sentado frente al fuego, incapaz de escuchar o atender debidamente. Al principio, Lasarte atribuyó aquellas distracciones de su viejo compañero de armas a la fatiga de sus muchas obligaciones, pero no tardó en darse cuenta de que había algo más de fondo, algo que lo tenía también sumido en un cenagal de confusión. Y Lasarte estaba casi seguro de que se trataba de lo que el peruano veía en un país que parecía irse a pique a causa del desgobierno, de la desafección de Fernando para con las provincias americanas, que, aunque a regañadientes, había que reconocer que reclamaban con justicia un trato más favorecedor. ¿También Goyeneche pensaba como él? Y si era así, ¿cómo podría admitirlo el general, que acababa de llegar de allí, precisamente de batallar contra los alzados? Sí, seguro que era eso lo que lo tenía en medio de la zozobra, se dijo Lasarte. Y saberlo lo animaba a decidirse de una buena vez y contarle lo que pasaba, lo que tramaban Riego, él y otros patriotas. Pero nada más tener esta convicción, ¡maldita sea!, era asaltado de nuevo por las dudas. ¿Y si se estaba equivocando de medio a medio con Pepe Goyeneche?

Naturalmente, reflexionó, aquello lo tenía enrabietado y confuso todo el día. Pero no era sólo aquello, claro. También era Charo Carvajal, quien lo traía por la calle de la amargura. Bella, hirviente, zalamera, coqueta como ninguna hembra a la que él hubiera conocido, aquella moza le había sorbido el seso, y si al principio pensó que era sólo un juguete, un pasatiempo con el que llenar sus horas muertas en Madrid, paulatinamente fue comprendiendo que no era tan así como creía. No, señor, porque aquella actriz desenfadada y de ojos como no había otros en todo el reino se le había ido metiendo poco a poco en el corazón y ahora éste naufragaba lleno de angustia, de celos, de hartazgo y sufrimiento. ¿Quién era el juguete en manos de quién, capitán?

Pero quien en realidad era la monja más buena de todas, la más dulce y amable, ésa era sin asomo de dudas sor Patrocinio: un poco regordeta, de fina pelusilla que cubría su rostro de nodriza, algo atolondrada a la hora de tomar decisiones pero con un corazón que no le cabía en el pecho, había sabido granjearse el cariño y la confianza de María Micaela desde el primer momento. Debía de tener poco más de cuarenta años, aunque su espíritu fresco y alegre siempre la hacía parecer más joven.

Después de dedicarse a la lavandería —donde duró pocas semanas, pues la pierna mala apenas la dejaba trabajar—, María Micaela pasó un tiempo con Josefa de la Crucifixión, la madre apotecaria, que era otra fiel devota de la superiora. Monja taciturna y algo gruñona, intimidaba un poco a María Micaela, que aprendió a duras penas algunas nociones de hierbas, sales, ungüentos y cataplasmas, pero poco más porque la madre Josefa de la Crucifixión rara vez tenía tiempo para otra cosa que pedir que le alcanzara aquello o moliera lo otro. La propia vicepriora, al darse cuenta de la incomodidad surgida entre ambas mujeres, destinó a la joven a un nuevo oficio.

Así se encontró María Micaela un buen día entre las refectoleras, monjas y donadas que se ocupaban de la cocina y la intendencia del comedor comunal. Allí conoció a María Antonia del Patrocinio y Ballón, la madre Patrocinio, quien era la dueña y señora de aquellos fogones donde se guisaba sin descanso todo lo que se comía en Santa Catalina. Un despliegue de órdenes y estrategias de rigor militar conseguía que aquella cocina tuviese siempre

listos los más variados y finos manjares, las apetencias y antojos de quien recibiera un agasajo, los dulces de Cuaresma, la dieta prescrita por el doctor Ceballos para alguna
hermana enferma, las cenas de la Pascua de la Natividad
del Señor, las comidas propias de las fiestas de guardar y,
en fin, la alimentación cotidiana de monjas, novicias, donadas, sirvientas y hasta esclavas. Muy temprano por la
mañana, la madre Patrocinio —que era monja de velo
blanco y por lo tanto no estaba obligada a cumplir con todos los oficios religiosos— organizaba la intendencia repasando primero con las criadas recaderas la compra del día:
que si un carnero por el que no debían pagar más de cincuenta reales, que si maíz para las humitas del desayuno
dominical que debía ser de Locumba, como el chocolate de
Apolobamba, que si ocho azumbres de vino, pero sólo si es
El Dorado Cabello o Elvira Rosa; que si una arroba de
mantequilla, pero que por favor estuviera tan fresca como
los camarones recién pescados... Nada se le escapaba a sor
Patrocinio a la hora de encomendar sus compras y luego
así poder llevarle las cuentas claras a Mencía de Jesús.
Cada mañana, pues, donadas y sirvientas escuchaban una
arenga acerca de las virtudes de llevar bien la cocina, del
papel importante que tenían todas y cada una de ellas en
la buena marcha del convento y que el Señor premiaría sus
afanes para que las monjas estuvieran siempre bien alimentadas. Pese al amago de severidad que ponía en sus
palabras, sor Patrocinio era incapaz de tener un gesto agrio
con nadie y por eso las donadas, las sirvientas y las esclavas la adoraban y se desvivían por ella.

Después de que las cholas hubieran salido del convento con los encargos de mercado, ya las donadas tenían
terminado el primer pan y ahora se dedicaban a desollar
conejos y cuyes, a hervir cebollas, a saltear legumbres, ají
y huevos, a encender los fogones que la madre Patrocinio
vigilaba con celo. Allí apareció María Micaela una mañana. Llegó sin tener mucha idea de nada —siempre había

sido una niña consentida y apenas si sabía algo de cocina— y, aunque al principio resultó lenta y entorpecía la
eficacia prusiana de las demás, la madre Patrocinio sólo tenía palabras dulces para ella. Fue la propia Mencía de Jesús
quien le encargó a sor Patrocinio el adiestramiento culina-
rio de María Micaela, que, aunque seglar, estaba decidida
a integrarse en la vida conventual, pues no descartaba hacerse novicia, le dijo. Desde ese momento, sor Patrocinio,
seguramente ya al tanto de sus desgracias, y quizá también
afligida de verla apoyada en un bastón como un pollastre
herido, decidió cobijarla bajo su ala bienhechora. Así que
a más de enseñarle el secreto para hacer el contundente chu-
pe de camarones, con queso, tocino y huevos, o un buen
cuy chactado, el picante de chuño, la deliciosa tanquita con
ocopa, el chaguaicho o los porotos con carne estofada, la
orientó en la delicada elaboración de la infinita repostería
que salía de sus manos: camotillos, huevos de mazapán,
mazamorra de chancaca, bizcochuelos de licor, bocado de
rey, alfajores de miel, buñuelos de chirimoya o espolvorea-
dos con pétalos de rosas, queso helado... ¡Ah!, pero sobre
todo los pastelillos, aves conservadas en leche de almendras, que eran la verdadera debilidad de la madre Patrocinio, pues ponía los ojos en blanco cada vez que sus voraces
dientecillos daban cuenta de algún dulce hecho por sus
donadas o por ella misma. Además, como gran devota de
san Nicolás de Tolentino y de las ánimas del purgatorio, sor
Patrocinio aportaba el dinero para los gastos que ocasiona-
ban las misas de sufragio y que ella disponía con las limos-
nas recibidas por sus delicias reposteras.

La madre Patrocinio olía muy tenuemente a pan, a
canela y sémola, olores suaves y llenos de dulzura, como si
cualquier otro de los muchos efluvios de la cocina —la
sangre de los carneros, la fritanga de cerdo, la densidad de
la cebolla o la coliflor hervida— no pudiese adherirse a su
humanidad como tampoco parecían hacerlo a su espíritu
los malos modos o los gestos ásperos. Por eso, andando el

tiempo, cuando no rezaba con Francisca del Tránsito o paseaba con Donicia de Cristo —la monjita soñadora—, María Micaela buscaba la compañía de la madre Patrocinio, que siempre tenía una naranja o un maicillo para ella, como si fuese una niña.

Y a veces, cuando María Micaela se encontraba abatida por ese dolor que nada podía paliar, la buscaba sólo para llorar en su regazo. La madre Patrocinio no le decía nada, y se limitaba a acariciar sus cabellos y a murmurar «mi niña, mi dulce niña, todo pasará, ya verás». Era, pues, como el complemento de la vicepriora Mencía de Jesús, que la trataba más bien como se trata a una adulta. Y ella, en el fondo de su corazón, para ciertas cosas no se sentía aún así, aunque ya tenía casi veinte años. Por eso buscaba aquel tibio consuelo de la madre Patrocinio. A veces, mientras deshojaban unas lechugas o lavaban el rocoto para el almuerzo, la madre Patrocinio evocaba su infancia. Preparaba mejor que nadie en Arequipa el ante con ante: vino, jarabe, almendras, canela y muchas rodajas de limón. Bebía un vasito y entonces, con los colores encendidos, se ponía a hablar.

Sor Patrocinio había llegado al convento con diez años, luego de quedar huérfana de madre por culpa de un sangrador borracho que no hizo bien su trabajo. Como su padre no supiera cómo criar a su hija él solo, enfrascado como estaba en una batalla legal para recuperar unas parcelas injustamente expropiadas, decidió acudir al convento en busca de ayuda. Aquellos litigios habían llevado a su padre a la extenuación y, aunque le prometió a su hija pequeña que sólo estaría con las monjas de manera temporal, su quebrantada salud no resistió ultrajes, acusaciones y expolios, de manera que aquel buen señor murió de una apoplejía cuando el intendente de la ciudad mandó pasearlo encadenado por las calles de Arequipa aduciendo que era él quien había querido timar al poderoso con el que sostuvo litigio. Todo era mentira, aquellas tierras más allá de

Porongoche habían sido de la familia paterna desde siempre, pero un arequipeño copetudo y ambicioso como pocos no dudó en arrebatárselas —la madre Patrocinio nunca decía el nombre de aquel hombre poderoso y María Micaela no se atrevía a preguntárselo—. Todo pues fue una terrible injusticia para con el desdichado señor Ballón, porque, como siempre había ocurrido, los ricos hacían lo que querían, se encendían los colores de sor Patrocinio cuando hablaba de ello. Este mal hombre, de ilustre abolengo pero negro corazón, se había encaprichado de las tierras que poseía su padre y al no poder comprarlas después de numerosas ofertas no vaciló en calumniar, perseguir y finalmente derrotar a éste con litigios y leguleyadas que llevaron al padre de sor Patrocinio a la tumba. Muerto aquél, la pequeña ya no salió jamás del convento. Fue tomada bajo la protección de una monja de familia acaudalada, la madre Bernarda de la Presentación y Gamio, ya fallecida, que se apiadó de la niña huérfana y de sus terribles circunstancias. Cuando la madre Patrocinio contaba esto, sus bellos ojos azules se enrojecían y su voz se entrecortaba. Gruesos lagrimones rodaban por sus mejillas lozanas y María Micaela se quedaba callada, sin saber qué hacer ni qué decir. Pero la madre Patrocinio secaba al momento sus ojos y continuaba contando.

Al principio regó sus días de lágrimas y miedo, pues aunque aquellas mujeres la trataban con cariño, le eran completamente extrañas y le daba temor el sólo verlas pasar, vestidas de negro, cantando rumorosas en una lengua que no entendía, asistiendo a las misas y liturgias tomadas de la mano. Por las noches, en la oscuridad húmeda de su celda se arrebujaba bien, abrazada a una muñeca de trapo que hasta ahora conservaba consigo, y así, envuelta en su tosca manta de arpillera, el corazón trepidando de pena y miedo, cerraba con fuerza los ojos y procuraba que nadie oyera sus sollozos...

La mujer se revolvió con pereza entre las sábanas y desde allí, adormilada aún, contempló el cuerpo musculoso frente al espejo que el hombre había colocado ante sí. Admiró el culo pequeño y rotundo de su amante, sus cabellos rubios, las manos fuertes dando brochazos enérgicos en el rostro antes de pasar con cuidado una navaja por las mejillas y el cuello. Se supo advertida en la imagen del espejo: con toda intención apartó la sábana para mostrar sus pechos llenos a la mirada codiciosa del hombre, que siguió afeitándose sin quitarle la vista. El rubio contrajo repentinamente el rostro y del cuello brotó, entre la espuma, un botón rojo.

—Cuidado con esa navaja, mi rey —hizo un puchero con su boquita de niña—, que te quiero enterito para mí.

El hombre sonrió limpiándose la herida y se volvió hacia la mujer, que se arrebujó en las sábanas como un animalillo mimoso. Luego, cuando él se sentó a su vera, la joven se destapó del todo para mostrar su cuerpo sabiéndolo un regalo. Él pasó una mano por las piernas carnosas y rotundas, como apreciando el género que se le ofrecía.

—Ay, Charito mía, qué voy a hacer contigo —dijo luego con su acento sevillano.

—Ponerme una casa y darme vida de marquesa —soltó ella volviendo a cubrirse con las sábanas coquetamente.

—Si eso es lo que quieres, a fe mía que te lo daré.

La mujer lanzó una carcajada y luego pasó una mano tierna por la mejilla de su amante, como si fuera un niño.

—Estás loco, tarambana, que yo no quiero pertenecer a nadie ni deber nada de nada, ni mucho menos dejar nunca de ser actriz —luego se inclinó hasta rozar su oreja—: Ésa es mi pasión.

Por la frente de Antonio Lasarte flotó una nube oscura. Era cierto lo que decía Charo, ella jamás dejaría su trabajo como actriz, y a diferencia de muchas de sus compañeras de oficio, que se entregaban sin recato al primer vejete adinerado que las galanteaba, la Charo resultaba inmune al hechizo de sus piropos y a su devota presencia en el teatro cada vez que ella representaba *La desdeñosa* o *Hércules y Deyanira*, donde, por cierto, había estado espléndida. De hecho, en aquella representación en el teatro del Príncipe Lasarte se enamoró como un becerro de aquella criatura que se paseaba por el escenario con tal salero y contoneo de caderas, con tales desplantes y caídas de ojos que por un momento la imaginó una superchería más de la obra: aquella epifanía le tuvo el corazón dando brincos en su pecho una larga semana.

Inmunes a los gritos zafios y las tumultuosas batallas que se producían entre el populacho procaz que asistía al teatro sin otro ánimo que aullar obscenidades y ascos plebeyos, Lasarte y otros amigos —Carlos de Queralt, el duque de Montenegro, también capitán de guardias del rey, y el poeta Vicente Pérez y Zúñiga— mantenían una devota e inalterable atención por la trama de aquellos enredos y emboscadas dramáticas a los que eran tan aficionados. Se reunían de vez en cuando para asistir juntos y así tener de qué conversar luego en la tertulia de la fonda de San Sebastián o, a veces, en alguna tabernota de manolos en el Avapiés. Es cierto que todos extrañaban obras como *El gran cerco de Viena* o alguna pieza de Batteux, pero no corrían buenos tiempos para reclamar a Moratín o el buen teatro de los franceses, de manera que se conformaban con aquellas obras ligeras, zarzuelas y sainetes, sátiras de Comella o Mazagatos de las que a veces se cansaban un poco.

Así que Lasarte empezó a acudir al teatro del Príncipe de vez en cuando por su cuenta, hasta que se topó con aquella hermosa actriz de boquita dulce y ojazos vivísimos sin atreverse —¡él!— a acercarse a la guapa después de la función y limitándose a enviar unas flores, unos chocolates o unas postales con un avispado mozalbete que, a cambio de unos reales, tenía la consigna de no revelar el origen de tales galanterías. Al menos hasta que Lasarte supiera qué hacer. Y no lo supo hasta muy tarde.

Desde el revoltijo de sábanas y almohadones, Charo Carvajal lo miraba con sus ojos avellanados, fijamente. En la habitación nadie había encendido el brasero y empezaba a hacer un frío desapacible.

—Te has quedado callado, mi rey —dijo la actriz con una voz suave, casi dolida.

Él volvió su rostro pensativo y ella contuvo un respingo. ¿Sabría? De pronto, además de ese arrepentimiento que le daba tarde sí y tarde no, tuvo miedo. Pensó en los papeles que había hurtado de sus bolsillos. Miró las manos gruesas y hermosas del capitán de guardias, manos que acariciaban con sabia dulzura pero que también podían tornarse amenazantes cuando el militar era presa de alguna contrariedad como ocurría últimamente...

—Me he quedado pensando en el tipo de hechizo que me has lanzado, bandida —dijo Lasarte sintiendo que era un personaje de aquellas obras que ella representaba.

—Será al revés, hermosura, que esta que ves aquí ya no tiene vida sin ti.

—Sí, claro —dijo él amenazando con un pescozón que terminó en caricia, aunque su voz sonó agria—. Que sabemos muy bien los dos quién ya no vive por quién...

—Mira, prenda, mejor dejemos el tema —dijo Charo levantándose de la cama envuelta en las sábanas, con un pudor extemporáneo que habitualmente divertía a Lasarte—. Vamos a pedirle a Paloma que vaya a por unos bollos, chocolate y anís...

—No, lo siento —interrumpió afligido el capitán—. Se me hace tarde y debo estar en palacio ya mismo.

Charo Carvajal no protestó, ni pidió zalamera que se quedara un poco más, como otras veces, y aquello fue para el sevillano como si le hurgaran las carnes con un cuchillo. ¿Saldría con el tal Del Monte? El capitán estaba casi seguro de que Charo se la pegaba con alguien y eso, de sólo pensarlo, le descomponía el estómago. Estuvo a punto de hablarle de la carta pero se mordió los labios y no dijo nada, terminó de vestirse con su uniforme de guardia real en silencio, observado por los ojazos recelosos de la chica, y luego se volvió para buscar sus labios y darle un largo y sorpresivo beso. Ella le puso la mano en la entrepierna como quien mide lo que hay allí y le murmuró una obscenidad y que se quedara, vida.

Lasarte se rio un poco. Dijo que no podía, que la buscaba por la noche, y bajó a la calle. Decidió ir caminando hasta palacio para que el aire matutino le refrescara un poco las ideas, para que se llevara su acritud. Un gentío de pregoneros y vendedores, de carruajes y mulas estorbaba la estrecha calle de la Reina, por donde enrumbó, pensativo. Porque la verdad, Lasarte, se dijo, esto no era vivir. Se sorprendió él mismo de la contundencia de su frase e intentó no pensar más en el asunto, sobre todo porque después de darle mil vueltas a la propuesta de Riego y Richart había aceptado participar en el secuestro de Fernando. Y eso sí que era grave, se reconvino. Mejor dejar de pensar en la Carvajal y entregarse a lo que se venía. El plan incluía a un grupo de conjurados de los que él no conocía más que a cuatro: Riego, Vicente Ramón Richart, Carlos de Queralt y el barbero Gutiérrez. Cada uno de ellos tenía que buscar el apoyo de otros dos, a los que sólo él conociera. Y así sucesivamente. De esta manera, si alguno caía, le explicó el asturiano Riego, no podría delatar más que a dos personas. Pero toda aquella precaución, lejos de tranquilizar a Lasarte, lo mantenía en ascuas. No obstante, se

guardó muy mucho de confiar sus temores, no fueran a til-
darlo de cenizo o, peor aún, de pusilánime. Había dado
un paso más en su descontento para con el rey, y los hermanos de la logia suspiraron aliviados de saber que contaban con el valiente capitán de guardias, pues ¿qué hubiera
ocurrido si el militar sevillano se hubiera negado a participar? Mientras se dirigía a palacio Lasarte no dejaba de pensar en Goyeneche, en lo mucho que hubiera necesitado hablar con éste y confiarle lo que ocurría, pues estaba seguro
de que el peruano era antimasón sólo de boca para afuera,
impulsado su supuesto antiliberalismo por enmohecidos
resortes de clase social. Pero todo lo vivido en América,
donde había peleado tan arduamente, seguro le había cambiado la perspectiva de las cosas: últimamente se le agriaba
el gesto cuando alguien mencionaba a Fernando y sus dis-
parates, se quedaba callado, murmuraba con desgano, hacía
una mueca de reprobación y tristeza. Sí, se dijo Lasarte detenido en la esquina antes de cruzar Fuencarral mientras
encendía un cigarro. Debería hablar con él.

Sólo con el paso del tiempo la madre Patrocinio fue acostumbrándose a su nueva vida, sin olvidar jamás a sus padres fallecidos, a quienes les dedicaba las más sentidas de sus oraciones. Se acostumbró a asistir a las clases que daba sor Mariana del Espíritu Santo, la monja encargada de las pupilas en aquel entonces y ya finada, que el Señor la tuviera en su dulce gloria. Hizo algunas amigas entre las demás niñas, aprendió a echar cuentas y a leer. Los patios y las callejuelas de Santa Catalina se convirtieron así en su mundo, y cuando tuvo edad para decidir qué hacer con su vida, se dijo que no quería saber nada del siglo —que es como las monjas llaman a la vida fuera del convento, instruyó— y que no estaría en ningún otro lugar del mundo mejor que aquí. Lógico, se encogía de hombros la madre Patrocinio cuando hablaba de esto mientras pelaba papas, desgranaba choclos o comprobaba la sazón de un guiso: no tenía dote alguna, apenas conocía la calle y guardaba una secreta pero poderosa animadversión hacia los hombres. Esto último no lo decía así, pero era fácil entender que la madre Patrocinio hacía culpables de todos los males a los hombres que allí afuera habían matado a su madre y habían hecho morir de humillación e injusticia a su padre. Cuando llegaba a este punto su agradable timbre de voz se enturbiaba y sus ojos habitualmente limpios como el propio cielo de Arequipa se oscurecían como interferidos por el paso de una negra nube. La religiosa parecía darse cuenta y entonces esgrimía un comentario liviano, se llevaba una mano a la frente como reprochándose sus tontas furias y continuaba contando...

Con aquella decisión de no salir nunca más al siglo, resultó pues obvio que se decidiera a pasar a la escuela de novicias. Para ello era necesario en Santa Catalina que la postulante expresara su deseo de entrar a la Orden sin presiones de nadie, por propia voluntad, que estuviera sana y que pudiera pagar la dote necesaria para su manutención. La madre Bernarda nuevamente se encargó de todo, y como ella acababa de alcanzar los quince años, cumplía todos los requisitos, puesto que además garantizaba su virtud y limpieza de sangre. El noviciado duraba un año, tiempo suficiente para familiarizarse con la regla y el carisma de la Orden, que sor Patrocinio conocía desde niña.

—Fue un paso natural, un regalo del Señor, que ahora me encuentre aquí —decía la madre Patrocinio juntando ambas manos con fervor—. Y verás que tú también estás aquí por un propósito que todavía no sabes descifrar, aunque es designio del Altísimo.

María Micaela no sabía si quería dar ese paso. Simplemente había huido de la sociedad, de su familia, pero sobre todo de los espantosos acontecimientos que, aún entonces, la hacían despertar en plena noche como si hubiera estado a punto de caer a un abismo negro e insondable en el que veía los rostros de sus dos amigos, sus semblantes oscuros que parecían acusarla desde la remota lejanía del más allá. ¿Cómo había podido ser tan ingenua y no darse cuenta de la negrura del alma de aquel cuyo nombre no quería ni podía pronunciar sin que se le revolvieran las tripas?

Antes de que la guerra lo trastocara todo y lanzara a las familias a luchar entre sí con un odio tan encarnizado que daba náuseas, José María Laso y Pedro —Perico— Ugarte eran dos jóvenes como muchos otros que estudiaban en el seminario de San Jerónimo para concluir allí su aprendizaje o bien para continuar luego en la Universidad del Cuzco o en la de Lima, normalmente Derecho o Teología. Compartían una vocación calavera que los llevaba a las chicherías que se levantaban cruzando el Puente Real, el amor por las pugnas dialécticas y un encendido espíritu crítico y libertario, «muy probablemente azuzado por los buenos libros que el obispo Chávez de la Rosa donó al seminario, Micaelita», explicaba con un guiño de ojo José María. «Y por las estupendas clases de don Paco Luna Pizarro, también». «Aunque a éste jamás lo verás en las chicherías», acotaba Perico, y los tres se echaban a reír de buena gana.

A ella la conocieron porque eran amigos de su preceptor, un seminarista que la instruyó más allá de lo habitual, con algo de latín y lecturas más complejas que las vidas de santos. Se trataba de un muchacho apasionado que se encendía como una antorcha si alguna de sus primas lo miraba con algo de coquetería. A María Micaela le daba un poco de pena y también un poco de ternura aquel joven doctor que siempre llevaba bonete negro, chupa, calzón oscuro y unos zapatones gruesos de cinta ordinaria, vamos, un seminarista reconocible a la legua, que vivía casi en las afueras de la ciudad, en la calle Puno. Mariano, que así se llamaba el joven preceptor, fue haciéndose amigo de María Micaela paulatinamente, pues al fin y al cabo apenas le llevaba unos pocos años, y además de abrirle su corazón y contarle lo perturbadoramente enamorado que se encontraba de una mujer que parecía burlarse de él, una tarde en que ella paseaba con sus primas y tías por la alameda junto al río Chili, le presentó a sus dos amigos del seminario. Perico Ugarte y Barreda y José María Laso de la Vega. Y éstos rápidamente empezaron a rondarla con galanura y astucia, aceptados en casa porque ambos eran de buena posición, de familias conocidas de su padre, jóvenes de provecho, devotos y serios —decía su madre—, y María Micaela sintió el primer halago de saberse deseada, fruta apetecida, pero también experimentó las primeras vulnerabilidades del corazón. Recibía versos que se deslizaban justo en el límite de lo prohibido, a veces crípticos florilegios en latín que so pretexto de ser traducidos requerían la presencia del autor; pequeños regalos que no traspasaban las buenas costumbres arequipeñas, frasquitos de agua de rosas, estampas de santos. Con el tiempo también empezó a recibir alguna visita, siempre y cuando sus primas estuvieran en casa y los jóvenes fueran merodeados por los mayores, que se reunían en otra cámara para hablar de políticas y negocios, de regadíos y cosechas. De manera que ellos tenían espacio suficiente para charlar, cantar con desenfado y en alguna ocasión hasta para bailar una zamacueca o un minué en el que también participaban sus padres y tíos. Luego bebían tisanas de cebada o un poquito de aguardiente de pisco que encendía las mejillas de todos y acompañaban con algunos confites, conversando y riendo.

A veces eran Perico Ugarte y José María Laso los que leían versos graciosos, sátiras jocosas escritas por ellos mismos, o instaban al retraído Mariano a que leyera alguna de esas fábulas de animales que tan bien escribía o incluso algún fragmento poco lisonjero que el despecho y el dolor habían inspirado y que dejaban en todos el sabor dulce y al mismo tiempo amargo del amor. Porque Mariano seguía tozudamente enamorado de una mujer que no le hacía caso y que en sus cartas, para cumplir con el decoro de ocultar la identidad de la rondada, se llamaba Silvia. Una tarde, animado por sus amigos y por los dos vasitos de pisco que había bebido, entonó acompañándose de la guitarra una sentida y regia endecha que sin embargo añadía el sabor más hondamente triste de los harawis que cantaban en las picanterías los artesanos y mestizos pobres de la ciudad. No sonaba nada mal, no, señor. Era una mezcla curiosa, española e india, ilustrada y popular a la vez. Extraña y conmovedora. «Una composición propia —atinó a decir ante el desconcierto de todos— que aún no tengo muy bien encaminada».

Mientras tanto, entre Perico Ugarte y José María Laso la pugna por conseguir los favores de María Micaela era cada vez más encendida y a veces bastante enconada, un poco más allá de lo que la amistad permitía, dejando atisbar unos enojos antiguos y macerados por el tiempo. Los billetes con mensajes instándola a decidirse por uno de los dos la halagaban y le llenaban la cabecita de coqueterías que sus primas Carmen y Dominga alentaban y su madre censuraba sin que ella sintiera deseo aún de decantarse por aquel a quién le entregaría su corazón.

Pero el tiempo pasaba y la ronda de aquellos jóvenes lejos de menguar se fue haciendo cada vez más decidida y pugnaz, incluso en los meses en que Mariano marchó una temporada a Lima y su presencia ya no era excusa para las visitas. Fue por entonces que María Micaela empezó a prestar más atención a su vestimenta y a su figura. Entre risas y picardías, sus primas —que eran un poco mayores— la instruyeron en el arte de elegir los más lindos borceguíes o los elegantes chapines de raso y sin tacón, los guantes de piel, los peinetones de concha o los encajes de Manila, así como a usar los afeites de albayalde y de clara de huevo, los perfumes que confeccionaba el farmacéutico don Paco Documet o los que traía desde la lejana Francia *monsieur* Morinière, que se había instalado en la calle de los Mercaderes...

¡Qué lejanos le quedaban aquellos días! Como si se tratase de una superchería de esas que ofrecen las linternas mágicas, a la cabeza de María Micaela venían imágenes tan nítidas y al mismo tiempo extrañas, inverosímiles y llenas de una melancolía para la que no se encontraba nunca preparada, por mucho que se abocase al rezo y a la contrición, a la dura rutina a la que se empleaban las monjas de Santa Catalina con devotísima alegría, siempre atentas a las necesidades de los demás, siempre dispuestas a dar consuelo y refugio a quien lo necesitara. Porque ese tiempo feliz e inocente poco a poco fue atufándose con el azufre infame que esparce Belcebú cada vez que siembra el mal, y la Arequipa tranquila y despreocupada que ella conoció se convirtió de pronto en una ciudad de enardecidos que lanzaban vivas a la independencia del país y mueras furibundos a Fernando VII. Ya hacía tiempo que el sur de América andaba agitado, ya hacía un tiempo que el general Goyeneche, venido de España con órdenes de la propia Junta de Gobierno del secuestrado Borbón, había recalado por esas tierras para sofocar motines en La Paz, Cochabamba y otros territorios del Alto Perú. María Micaela recordaba que ella y su familia, como casi todos los arequipeños devotos del rey, habían salido a recibir con vivas al ilustre paisano, que era nada menos que el ministro plenipotenciario del monarca. Pero aquel general enteco, mayestático y de rostro avinagrado se quedó apenas un par de semanas en Arequipa antes de partir primero a Lima y después a los Andes, a luchar por la Corona, cada vez más vulnerable y atacada. Y luego, por lo que ella supo, regresó a Madrid, de donde no se habían vuelto a recibir noticias suyas...

El caso es que Arequipa empezaba a vivir por ese entonces cada vez más revuelta. Como todo el Perú, como toda la América española, en realidad. Por las mañanas aparecían pasquines incendiarios que llamaban a la rebelión, a romper las cadenas, a echar a los españoles del país, a esos chapetones. Y la indignación de los que eran súbditos leales de Fernando VII, preso aún en la Francia napoleónica, crecía como la torrentera de un río, pues consideraban que aquellos ultrajes sólo se podían lavar con sangre. Una tarde le destrozaron la tienda a *monsieur* Morinière y le pegaron en la puerta unos pliegos que instaban a echar a los franceses de la ciudad y daban vivas a Fernando VII. Otra vez fue un muchacho muerto de un trabucazo cuando se enfrentó a unos borrachos que gritaban a favor de la independencia...

Pero lo peor, recordaba María Micaela en sus paseos ensimismados por los patios conventuales, fue que esa pugna llena de odio y resentimiento contaminó también a sus amigos. Pedro Ugarte, hijo de navarro y arequipeña antigua, con el tiempo había devenido en fiero defensor de la causa fernandina y de la monarquía; José María Laso y Mariano abogaban por la independencia, alentados por las noticias de insurrecciones que llegaban de Cochabamba, Buenos Aires y Caracas, pero también de pueblos más cercanos. Las discusiones, le explicaba el desolado Mariano, subían cada vez más de tono y la animosidad que había nacido entre ambos por causa de María Micaela encontraba un campo de batalla perfecto para soliviantar viejos rencores larvados. Y ella, que tenía el corazón dividido entre Perico Ugarte y José María Laso, empezaba también a sufrir el desgarro que pronto sacudiría como un terremoto la América entera.

Era cierto, pensaba el capitán de guardias mientras caminaba hacia palacio fumando ensimismado, vuelta a su cabeza como un desvarío persistente la imagen de la hermosa actriz: desde el mismo instante en que vio a Charo —¿cinco, seis meses atrás?—, con su vestido azul celeste a la turca y sus zapatillas de raso, con esos gestos imperiales y aquella voz tan linda, no había tenido un momento de sosiego, y al mismo tiempo supo huidos de sí todo el temple y la audacia con que había conquistado a otras mujeres. Se limitó a entregarle anónimamente aquellos profusos ramos de flores, aquellos frasquitos de aguas de colonia, y a mirarla con intensidad en las funciones con la esperanza de que ella se diera cuenta, porque estaba seguro de que la curiosidad de la actriz había sido debidamente azuzada y que se preguntaría en cada función quién de todos esos hombres podía ser el que le enviaba las olorosas gardenias y los perfumes costosos.

Mientras tanto, Lasarte averiguó todo lo que pudo acerca de ella. Que era huérfana y natural de Villacañas —un pequeño pueblo toledano—, que a los doce o trece años se había escapado a la capital del reino y desde entonces había vivido con su abuela, primero en una corrala vetusta del Avapiés y luego, a la muerte de la buena señora —y ya cuando la suerte le sonrió un poco—, en una casa de la calle de la Reina, con dos criados y simón a la puerta. Y también que el teatro era su devoción y que había tenido un romance tempestuoso con Rodrigo del Monte, un actor y montador de obras teatrales que prácticamente la había rescatado de peor vida ofreciéndole un papel secundario en una de sus obritas cuando la chica apenas contaba dieciséis años y que ella convirtió de pronto en la catapulta de todo su espléndido arte. Rodrigo del Monte, adorado por una cohorte de incondicionales desde los tiempos en que dirigía a Rita Luna, a la Caramba o a la Tirana, seguía escenificando con bastante éxito obras de Comella y otros seguidores que a la muerte de éste mantenían una envidia cordial para con Moratín y que ahora, con el gran dramaturgo exiliado en Francia, campaban a sus anchas por los teatros madrileños ofreciendo piezas más castizas, sí, pero también con menos enjundia. Esto se lo había insinuado Lasarte a Charo una noche, después del amor, y la actriz casi lo echa a patadas de su cama y de su casa: que qué sabría él, qué cultura dramática tendría, so candelejón, aclerigado y otras joyas por el estilo. Lasarte no dijo nada, un poco enternecido y un poco divertido también por el temperamento y la ignorancia de Charo Carvajal, que nada había oído de Ovidio, de Boccaccio o tan siquiera de Luzán. Pero no dijo ni pío porque se sentía perdido como un niño entre aquellos brazos y aquellos pechos que ella le ofrecía cada noche.

Y aunque la joven no tenía conocimiento del teatro como género, sí tenía una gran avidez por conocer mejor la actualidad, enterarse de lo que pasaba en el mundo, y escuchaba con devoción lo que le contaba Lasarte de países y de personajes. Éste le regaló una *Descripción del Imperio de la China* con profusión de grabados que la actriz agradeció conmovida, colgándose de su cuello para comérselo a besos. Y soñaba, algo ingenuamente, en viajar a las provincias americanas, donde le habían dicho que una buena actriz cotizaba su peso en oro. «Y tu Charito no está en los huesos, precisamente», agregaba ella con una mano coqueta apoyada en la cadera. Pero Lasarte le quitó muy rápido esa idea de la cabeza contándole todo lo que ocurría en la convulsa América española. Charo parecía no entender nada de nada y el capitán andaluz sintió ger-

minar en él una vocación pedagógica que la chica agradecía con besos y carantoñas, con mil preguntas y comentarios, a veces atinados y otros jocosos, que lo llenaban de
dicha y de ganas de meterse con ella en la cama para seguir instruyéndola, además de en asuntos ideológicos y
palaciegos, en otros saberes más deliciosos y galantes.

Por eso, lo único que sacaba de quicio al militar
era oír el nombre de Del Monte, ese beatón que ahora pertenecía a la Cofradía de la Virgen de la Novena. Charo juraba y rejuraba que ya no tenía nada con aquél, pero Lasarte, perro viejo y resabiado, no terminaba de creérselo.
Más de una bronca habían tenido ya en el escaso tiempo
que hacía que se veían en casa de la chica y un poco a escondidas. Porque aquel romance estaba condenado al fra-
caso y Lasarte tenía que hacer todo tipo de cabriolas para
no ser descubierto por sus compinches, que a veces lo
acompañaban al teatro o a las tabernas de la calle Mayor,
a beber Valdepeñas peleón y enamoriscar mozas sin más
interés que pasárselo bien esa noche. Y Lasarte, confundido como si fuera un crío, no veía ocasión de contarles
nada a sus amigos, que además hablaban de las actrices
como si fueran putas. «¡Por Dios, qué brutos sois!», les re-
clamó una vez Lasarte, y los otros se quedaron a dos velas.
«Y a ti ¿qué mosca te ha picado, Antoñito?», le dijo el duque de Montenegro, que pasaba por buen amigo, ofreciéndole el jarro de vino. «¿Un mal de amor, alguna actriz,
quizá?», y Lasarte se confundió de manera patente, los
mandó a tomar por el culo, se marchó de ahí en busca de
su amante, pero en su casa le dijeron que ella no estaba,
que no había dicho adónde iba ni nada de nada. Y Lasarte esa noche, como otras similares, terminó emborrachán-
dose en las peores tabernas de Madrid para despertar al
día siguiente aturdido y en su cama, casi siempre rescatado por su fiel Indalecio, criado de la familia desde que el
capitán era apenas un niño, y que éste se trajo para Madrid.

Acabó por confesárselo a Pepe Goyeneche, a cuya casa acudió pidiendo consejo. A fuerza de ser sincero, no fue mucho lo que sacó en claro de todo lo que le dijo con más empeño que enjundia Goyeneche sobre el particular. Casi se arrepintió de haber buscado a Pepe para tales asuntos. Lo encontró frente a su chimenea, pensativo, preocupado, fumando ante el fuego. Lo atendió con afecto y cierta sorpresa, también. Y no, no sacó nada, salvo unas cuantas palabras, casi al final de su reunión: «Ten cuidado con dónde te metes, Lasarte», cosa que enfadó mucho al capitán de guardias del rey, pero que tenía que admitir a regañadientes como cierta. Porque Charo Carvajal tenía una vida bastante agitada, por así decirlo, y se defendía como una gata cada vez que Lasarte intentaba tomarle cuentas. La otra se enfurruñaba y contestaba con monosílabos o trabucazos: «por ahí», o «qué coño te importa a ti. Es mi vida». Y terminaban peleando a grito pelado. No importaba que hubieran pasado una noche deliciosa, llena de lujuria y deseo, como la anterior. Porque Charo no tenía ningún remilgo a la hora de desnudarse y hacer el amor. Al contrario, sus labios de niña enrojecían como si se los hubiera repintado, se le afilaban las facciones y los ojos le brillaban como los de una fiera. Y aullaba, mordía y jadeaba como una verdadera loba en celo.

En esos momentos Lasarte pensaba en dejar todo por aquella mujer: su puesto, su casa y su fortuna, si es que, como parecía en verdad, a ella nada de eso le interesaba. Pero después, cuando discutían y la actriz soltaba tal cantidad de sapos y culebras por aquella boquita de pimpollo, el capitán de guardias reales pensaba que era una locura y que Charo estaba para lo que estaba. Y nada más pensar esto se sentía el más vil de los hombres, un descastado sin honor ni hidalguía. Sentía además que con su actitud mezquina y clasista traicionaba los ideales que ardientemente defendía y que lo habían llevado junto con otros por terrenos peligrosos en los que en esos momentos no quería pensar... Ni en Riego, ni en la orden ni en nada más.

Y por último, ¿acaso el propio conde de Teba no andaba de amores con la hija de un comerciante, inglés para peores señas? Pero nada de eso le ofuscaba tanto como el haber recibido esa maldita nota en su casa, cuyas escuetas frases él leyó y releyó sintiendo que el veneno de aquella caligrafía sinuosa empezaba a correr por sus venas. Había ocurrido dos noches atrás y no podía quitarse de la cabeza tal insidia contra su amante. Pero sobre todo: ¿quién estaba al tanto? ¿Quién podría saber de sus amores con la actriz como para escribirle aquellas maledicencias? Indalecio jamás lo traicionaría y Pepe Goyeneche... Ni pensarlo. Aunque lo pensó. Peor aún se sintió por ello. Debía averiguar quién era el miserable o la miserable —¿Mercedes lo sabría?— que había escrito aquella pérfida nota que se había filtrado como una turbiedad en su alma, enfangando todo su amor y toda su confianza por Charo Carvajal.

Una mañana particularmente soleada, después de la liturgia de tercia, María Micaela decidió dar una vuelta por el claustro de los Naranjos, pues sabía bien que a esa hora muchas monjas estaban entregadas a sus labores y oraciones, y ella podría encontrar la paz y la soledad tan ansiadas sin necesidad de recluirse en su celda. Juanita había salido para visitar a Domitila, su madre, y volvería por la tarde. Apoyada en el bastón, rengueando por la estrecha calle de la escalinata —eclosionada de geranios frescos en los ventanucos que daban a esa vía—, caminó hasta el claustro, en cuyo centro se alzaban tres cruces de madera y donde todos los Viernes Santos se representaba la Pasión de nuestro Señor. Era su preferido, sin lugar a dudas: sus paredes pintadas de añil, el espejeante suelo ajedrezado tan diferente de los otros, los cuatro naranjos que perfumaban su silencio apacible... Era hermoso y solitario, y en más de una ocasión había visto allí a la madre abadesa, entregada a la lectura de su devocionario o simplemente meditando o rezando el rosario. La última vez que se encontró con sor María de los Ángeles, y antes de que ella se pudiera escabullir, azorada por su presencia, ésta la tomó del brazo con confianza y le preguntó por su familia, por cómo se sentía en el convento. La madre le habló con calidez mientras paseaban, como si fueran dos amigas charlando de asuntos leves y triviales que deshicieron el nudo de tensión que sentía María Micaela. Antes de retirarse, la madre superiora se detuvo un momento y reflexionó en voz alta: aquel patiecillo bello y recoleto era el que realmente debería llamarse del Silencio. ¿Ella no lo pensaba así? Luego, sin esperar respuesta, le dio un beso en la frente y se marchó taciturna, pues ya empezaba a sentirse enferma por esos días.

De manera que esa mañana de luz intensa y tibia se encaminó hasta allí para leer la carta que sus padres le habían hecho llegar dos días atrás. (También había recibido carta del otro pero, como siempre, la devolvió sin abrir, sin un gesto.) En ella sus papás le contaban que la yegua Bienhechora había parido un potrillo hermoso, que los campos de la hacienda familiar estaban dando abundantes cosechas, que su prima Carmen se casaría en unos meses y que la prima Dominga había tenido una preciosa guagua con los mismos ojos de su padre: las pequeñas situaciones que pautaban la vida fuera del convento. Pero se guardaban mucho de decirle nada relacionado con las batallas, cuyas noticias llegaban al monasterio por las criadas recaderas. Sus padres no querían preocuparla, pues lo más probable era que Álvaro se hubiera unido definitivamente al ejército realista del general Ramírez Orozco para luchar contra los sediciosos que traían desde el sur los reclamos secesionistas desde hacía ya varios años y cada vez con mayor ímpetu. Su hermano apenas tenía dieciséis años cuando peleó contra Pumacahua, pero también un corazón fogosamente monárquico, y ello había llevado a que discutiera con Mariano cada vez que el joven preceptor insinuara, persuasivo, amistoso, suave, que el Perú debía buscar su independencia.

María Micaela se acomodó junto a un arbolillo, en uno de los extremos de aquel patio impregnado del perfume que la suave brisa esparcía de aquí para allá, como si fuera el aliento del propio Dios. Miró las cruces de madera, que le daban tranquilidad porque le traían el recuerdo de la oración, y se dispuso a releer la carta familiar. Pero a los pocos minutos sintió que alguien se aproximaba con sigilo y se dio la vuelta: allí frente a ella, encorvada y como al acecho, estaba la madre Ramira de la Concepción, la octogenaria monja que vegetaba en una de las celdas de la parte más antigua del convento y que siempre deambulaba por el patio del Silencio. A María Micaela le extrañó que se hubiera acercado hasta el claustro de los Naranjos. De hecho nunca la había visto allí, como si la monja hubiese trazado un enajenado perímetro del que no se apartaba, temerosa Dios sabía de qué, pues las demás monjas solían ser cariñosas con ella aunque la mayoría de las veces la ignoraban, quizá cansadas de sus lloriqueos constantes. Cruzaba como una sombra temblorosa de aquí para allá, siempre angustiada, a veces sobando las cuentas de su rosario en una oración ininteligible, otras preguntando por algo que había perdido: un misal, un librillo, unas estampas que le había regalado décadas atrás el obispo fray Miguel de Pamplona, una dichosa llavecita que decía le habían robado y que sin embargo siempre llevaba colgando del cuello... Y entonces daba vueltas entre las religiosas tironeando de sus mangas, reclamando atención, exigiendo que le devolvieran lo que le habían sustraído. Y rompía en llanto como una niña, acusando a ésta o aquélla de que le habían quitado sus cosas. Se enardecía especialmente con la pobre Donicia de Cristo, quien elevaba unas cejas llenas de paciencia ante los espumarajos de furia de la viejecita: «Ladrona, nunca debí confiar en ti, ¡te he visto por allí abajo, donde mora el Cachudo!», y durante un buen rato seguía soltando extravíos. Entonces venía corriendo la parda que la superiora había dispuesto para que se encargara de sor Ramira, y se la llevaba nuevamente a su celda, donde la monja pasaba la mayor parte del tiempo. Ya en varias ocasiones habían reprendido a aquella sirvienta descuidada por abandonar a sor Ramira a su suerte. Una noche la habían encontrado dando vueltas, perdida, como un alma en pena, cerca del campanario, al otro extremo de donde estaba su celda. Y lo más inexplicable: en cierta ocasión, sin saber cómo, se había escapado del monasterio y la tuvieron que traer dos recaderas que la toparon cerca de la catedral. ¿Cómo podía haber ganado la calle? Esa vez echaron a su cuidadora y regañaron duramente a la tornera, que no se explicaba cómo había ocurrido. Pero de eso hacía años...

Ahora la monja, temblorosa, casi ciega a causa de la resolana, se acercó a ella con su voz desfallecida, para pedirle por favor que la ayudara a encontrar su devocionario. Y María Micaela tuvo un repentino asalto de temor y repulsión que rápidamente sofocó, arrepentida. La anciana sor Ramira de la Concepción la miró con sus ojos pequeñitos y suspicaces, acercando su rostro arrugado al de ella, como si le costara reconocerla.

—¿Me ayudas a encontrar mi devocionario, hijita? —insistió la monja con su boca desdentada muy cerca de María Micaela, que apartó el rostro con aversión.

—¿No lo habrá dejado en su celda, hermana? —dijo con cautela, procurando tranquilizarla, temerosa de despertar uno de esos ataques de llanto e histeria que a veces sufría aquella desdichada senil.

—No, no lo he dejado en la celda, muchacha —replicó la monja mirándola fijamente y tomando una de sus manos con la suya. Estaba helada—. Lo puse aquí mismo, justo donde tú te encuentras. Me he dado la vuelta y ya no está. Qué casualidad, ¿no?

María Micaela miró en torno a ella. No había nadie. ¿Dónde diantre estaría la criada?, pensó con un punto de ofuscación. Le empezaban a latir las sienes. La monja seguía mirándola duramente y ella la tomó de un brazo, con mucha delicadeza, para decirle que si quería lo buscaban juntas, quizá lo había dejado en algún otro lugar, y cogió su bastón para echar a andar hacia las celdas. Pero sor Ramira de la Concepción se zafó con inesperado vigor de la mano de María Micaela y se alejó unos pasos, ahora con una expresión de miedo y desconfianza encendida en sus pupilas.

—¡Tú me lo has robado! —exclamó con la voz esponjada de ira—. Te he reconocido, enviada de Satanás. ¡Todas quieren quitarme mis cosas!

María Micaela, al separarse bruscamente de la monja, soltó el bastón y estuvo a punto de caer. Tuvo que apoyarse en una de las cruces de madera, sintiendo que se clavaba innumerables astillas en la mano. La religiosa se apartó un poco más, gimiendo, a punto del llanto, repitiendo que ella le había robado su devocionario, que se lo devolviera si no quería arder en los infiernos, adonde se iban de cabeza las ladronas.

—Tranquilícese, madre, por favor. Vamos a buscarlo juntas...

Pero sor Ramira ahora trastabillaba alejándose de María Micaela, como si se tratase del mismísimo Lucifer, y daba unos chillidos agudos, llenos de pánico, espantando con sus manos huesudas las de María Micaela, que temía que la anciana tropezara y cayese. La siguió unos pasos más, cojeando, procurando tranquilizarla con palabras amables que sin embargo parecían enardecer más a la monja. Cuando ya no sabía qué otra cosa hacer y ella también se encontraba al borde del llanto apareció por un extremo del patio, apresurada, Donicia de Cristo, seguramente alertada por los gritos: «¡Mi devocionario! ¡Ladrona!».

—Pero sor Ramira —dijo con los brazos en jarras y el ceño fruncido—. ¿No se acuerda de dónde ha dejado su devocionario? ¡Si acaba de olvidarlo en la capilla, con la madre superiora! —y le hizo un guiño a María Micaela.

Entonces la anciana pareció calmarse tan repentinamente como se había enfurecido. Su rostro se dulcificó y en sus labios se formó una sonrisa, probablemente sin reconocer del todo a la monja con la que más se ensañaba.

—¿Lo he dejado en la capilla? Pero qué tonta soy...

En ese momento apareció la criada, refunfuñando, cogió a la madre Ramira por un brazo y se la llevó de allí sin que la anciana diera muestra alguna de enfado. Ambas mujeres se fueron despacio, hasta desaparecer por la esquina más alejada del patio, que recobró su tranquilidad como si nunca hubiera ocurrido nada.

—No hay que asustarse de esa pobre infeliz, sonsita —dijo entonces Donicia de Cristo pasando un brazo por los hombros de María Micaela, que temblaba.

—No, claro, ya lo sé, lo que pasa es que me tomó por sorpresa y no supe qué hacer...

—¡Achachay! —exclamó de pronto la monja inspeccionando las astillas en la palma de María Micaela—. Déjame curarte esa mano, mamita.

La madre Donicia se la llevó de allí, charlando despreocupadamente, intentando tranquilizarla con su plática risueña, contándole que aquella pobre mujer tenía la cabeza cada vez más ida, que eran raros sus momentos de lucidez y que la propia superiora les había pedido caridad y paciencia para con ella, pero estaba claro que esa criada parda zángana que habían dispuesto para el cuidado de sor Ramira de la Concepción merecía que la echaran del convento. Como a la otra, la que hace años dejó que se escapara del monasterio, qué barbaridad. Tendrían que hablarlo con la madre abadesa, aunque ahora se encontraba un poco delicada de salud, seguramente María Micaela estaba al tanto, nadie sabía qué mal le aquejaba, pero estaba cada vez más malita. Pero... ¿qué tenía, exactamente? ¡Ah!, eso era un misterio. Parecía cosa del demonio. Y se fueron caminando, despacito, la una cojeando, la otra ofreciendo su brazo. Al llegar a la calle de la procesión se cruzaron con Flor de María de Nuestro Señor y con Grimanesa del Rosario. María Micaela pensó al ver a la primera que nada más natural que pedirle ayuda para extraer aquellas dolorosas astillas que hacían hervir la palma de su mano, pero al advertir sus intenciones, Donicia la abrazó fuerte, saludó a las monjas —ambas mayores, severas, circunspectas— con exagerados adioses, impidiéndole a María Micaela decir nada. Luego, al ver la expresión perpleja de la joven, sonrió.

—Ni las molestes, mamita, que andan siempre atendiendo a todas las hermanas por cualquier mínima dolencia. Y yo te voy a sacar esas astillas, verás qué bien.

Y ella pensó que Donicia siempre estaba pendiente del bienestar de todas, de apenas molestar a sus hermanas de congregación.

El duque de Montenegro bebió de un trago su vaso de vino y sacó de la faltriquera una elegante cajita de tabaco para aspirar un poco antes de volver a mirar a uno y otro lado, y finalmente a su acompañante, no muy convencido.

—Vendrá, don Alonso, es cuestión de armarse de paciencia. Las mujeres ya se sabe...

Las paredes de la taberna de Juanillo el Maragato estaban oscuras de grasa y humo acumulados seguramente desde los tiempos de Carlos III, igual que las mesas y sillas, pringosas como si jamás nadie se hubiese tomado la molestia de limpiarlas en todos esos años. Pese al humo picante de los cigarros y algunos braseros que creaban una densa niebla en el ambiente, asaeteaban unas malignas corrientes de aire frío allí en el rincón donde se habían sentado el duque y su acompañante, refugiado el uno en el embozo de su capa, y casi oculto por el ala de su sombrero el otro. Llevaban toscas ropas ambos, aunque sólo el duque no parecía el gañán que pretendía ser: chaquetilla raída, unos pantalones negros ajustados y botines sucios de barro que dejaron sus huellas confundidas con las del tumulto parroquiano que entraba y salía de la taberna entre juramentos y torpezas beodas, derramando vinillo agrio y rompiendo jarras. El patrón miraba aquello indiferente, apoyado en el mostrador por el que de vez en cuando pasaba un paño más mugroso aún —si cabía— con una desgana de la que sólo parecía salir a flote cuando alguna gresca amenazaba con desbordarse. Entonces pegaba dos gritos o lanzaba un chirlo a la cabeza del pendenciero, que no se atrevía a protestar al medir la envergadura de aquel hombretón de aspecto torvo que respondía al absurdo nombre de Juanillo.

—Ya llevamos aquí más de media hora, Collado —bufó el duque sacando fugazmente su reloj holandés para ver la hora.

—Ya verá como viene... por la cuenta que le trac —dijo el tal Collado con aire soporífero. Era alto pero desarbolado como por una apatía congénita, y en su ojo izquierdo flotaba una nube; tenía manos ásperas y, aunque lentas, amenazantes. Cada tanto se acomodaba el chalequillo que parecía venirle estrecho en los sobacos.

Bebieron los hombres en silencio. Con un gesto, el duque de Montenegro pidió otra jarra de aquel aguado vino que estaban tomando y un criado se acercó de inmediato con un trozo de queso, pan duro y unas olivas resecas.

—Para que acompañen vuesas mercedes la bebida, cortesía del patrón —dijo el chico, y el duque hizo un gesto hacia el mostrador, donde el hombre apenas lo miró.

No tenía caso: por mucho que el duque se vistiera como un chispero del barrio, su porte y sobre todo sus malas pulgas de señorito acostumbrado a mandar no pasaban desapercibidas. También él se había dado cuenta de las miradas de reojo que le dirigían, de las conversaciones fingidamente indiferentes de aquellos malencarados que ocupaban una mesa cercana y que de vez en cuando murmuraban, le echaban un vistazo y prorrumpían en carcajadas estruendosas, para luego fingir que bromeaban con las pelanduscas que los acompañaban, cacareando éstas con estrépito cada vez que alguna tosca mano se colaba por entre las enaguas. El duque de Montenegro metió la suya por debajo de su capa para comprobar el filo de su puñal, escondido en el fajín. Por si algún trapalón de aquéllos tenía la mala idea de propasarse con las bromitas, que ya le estaban tocando los cojones. Y mucho.

En ese momento, desde la puerta se coló nuevamente un vientecillo frío como la hoja de una navaja y el
duque, que estaba de espaldas —una tontería de Collado
haber elegido aquel rincón—, no tuvo tiempo de volverse para ver quién le decía al oído:

—Vaya lugar para citarme, señor duque.

Junto con la voz hosca pero rica de matices le llegó
el perfume de su dueña. El duque se volvió para mirar los
ojos desafiantes de aquella mujer hermosa que ahora se
quitaba la mantilla y le regalaba la visión de sus hombros
morenos. Collado se levantó con una finura extempora-
nea, quitándose malamente el sombrero y derramando
algo de vino. La joven lo fulminó con la mirada. Más quisiera el gato lamer el plato, pensó con un rictus de desprecio en los labios. Que se ahorrara aquella galantería, Collado, dijo evitando mirar el ojo turbio, que le producía
repelús. Luego se sentó con los dos hombres, consciente de
que todos en la taberna la miraban. Se volvió a poner la
mantilla sobre los hombros.

—Siempre tan bella, Charito —dijo Alonso de
Montenegro sin quitar los ojos del escote palpitante de la
mujer—. O quizá más que otras veces.

—Pues ya podría usted mostrarme en mejores sitios, señor duque, que esto parece la corrala del moro —insistió Charo Carvajal mirando con asco el lugar. Luego
cogió un vaso y se sirvió vino, que bebió con ansia.

—¿Vienes sedienta, querida?

En la voz del duque siempre había un relente de sucia indagación, una manera de insinuar oscuridades que al
principio a ella le daba un escalofrío de placer, sobre todo
cuando éste se acercaba por detrás, ponía dos manos lar-
guísimas en sus hombros y acercaba sus finos labios al nacimiento del cuello para desde allí hablarle, haciendo que
el vello se le erizara: en un comienzo eran simples zalamerías, después procaces sugerencias y al final, andando el
tiempo, también sordas amenazas, órdenes y palabrotas

que no obstante la encendían como una antorcha y le arrebataban cualquier presencia de ánimo, como si fuera uno de esos negros a quienes en la lejana Haití los brujos los despojaban de entendimiento, según había leído en un libro que el rubiales le regalara. Simplemente no podía con el duque, que se había convertido, para su completa desgracia, en su amo y señor. Aquello muchas veces se le retorcía en las entrañas y le hacía maldecir como una cualquiera, porque sentía que era víctima de un hechizo, un mal de ojo que la había convertido en una indefensa afiebrada, adicta a las caricias y malevolencias de aquel hombre.

—Bueno, a lo que venía —dijo más que nada por acabar con aquella incomodidad.

—Y además de sedienta, malencarada —el duque se volvió a mirar a Collado, que seguía la escena en silencio—. ¿Se habrá enamorado, la criatura?

Ambos hombres rieron, cómplices, turbiamente felices. Charo Carvajal miró con odio a los ojos de su amante tratando de que éste desviara la vista, pero fue ella quien la bajó primero.

¿Cuánto hacía que tenía tratos con él? Uf, ya había perdido la cuenta de los años. Pero si desde el principio tuvo claro que, como le decía Ana la Embrujadora, aquel hombre jamás la sacaría de allí para darle la vida decente que ella se merecía, también supo con meridiana claridad que sería incapaz de dejarlo cuando éste se acercó luego de una función en el viejo teatro de los Caños del Peral y le hizo una venia, recogió su mano para besarla —como jamás nadie había hecho hasta entonces— y ella sintió que un incendio pavoroso se había desatado en su vientre para alcanzar con un suspiro sus mejillas y hasta la raíz del pelo. «De todos los pelos», como decía la cochina de su criada Paloma. Desde entonces recibió obsequios caros y extravagantes que la desconcertaban y divertían, para espanto y celos de Rodrigo del Monte. «Te hará sufrir, Charito», «mira dónde te metes», «ese hombre será tu desgracia y de paso nuestra perdición, ya lo verás». Y terminó por ser cierto, pero ella en ese momento sólo pensaba en que eran los celos los que hablaban por boca del dramaturgo con quien había vivido un romance en el que, al menos por su parte, hubo más agradecimiento que otra cosa. Porque Del Monte, con lo caradura, tiquismiquis y ofuscado que solía ser con sus actores, tenía un buen fondo, un resto de ternura entre paternal y noble en el que Charo siempre encontró un refugio. Un refugio que ahora necesitaba más que nunca.

—Bueno, si así lo quieres, tú misma y tu carisma —dijo el duque con dureza—. Espero que me tengas algo más que tus cotilleos de buscona.

La joven se contuvo de cruzarle la cara de un bofetón a aquel mequetrefe. «Mira que te desgracias, Charo Carvajal», se reconvino apretando los dientes. Porque el duque de Montenegro no sólo era poderoso sino también rencoroso. Y sin un así de escrúpulos. Eso la actriz lo tenía claro. Lo mismo le devolvía el bofetón con creces —ya había ocurrido—, que era capaz de mandarle un par de alguaciles para que la metieran presa por un quítame allá esas pajas. Y entonces ¿qué iba a hacer ella? El duque destrozaría a Del Monte, pues sabía demasiado bien el cariño que le profesaba la actriz al viejo dramaturgo. «En mala hora —se dijo la chica—, en mala hora te enamoraste de éste cuando el otro bebe los vientos por ti». Nada más pensarlo sintió que enrojecía, descubierta por los ojos indiscretos del duque. Porque en los últimos tiempos Charo Carvajal se sorprendía esperando al rubiales, impaciente cuando se retrasaba y felicísima cuando éste le decía aquellas zalamerías de crío en el oído. Aunque hacía mucho que no era un crío, claro. Más bien un hombre con todas las de la ley. ¿Por qué no se enamoraba del barbilindo y en cambio perdía las entendederas por este patán que la trataba como a una cocota? Era algo que ella jamás podría entender, porque ante la presencia de Alonso de Montenegro la actriz perdía toda capacidad de reaccionar, como si le hubiesen dado un bebedizo que atontaba su conciencia. Y vaya cómo la tenía de un tiempo a esta parte, precisamente por culpa de Montenegro.

Lo cierto, explicaba ahora Donicia mientras subían por el estrecho pasaje de las donadas, era que sor Ramira de la Concepción no sólo era la monja más anciana de todas cuantas vivían en Santa Catalina, sino que había hecho mucho por el convento, que puso en orden la relajación que se vivió en sus claustros en los días del obispo fray Miguel de Pamplona, sí, señor. Aquellos momentos, decían las monjas más antiguas, fueron realmente espinosos para la Orden. Y se decían cosas de la superiora de ese entonces...

—¿Cosas? ¿Qué cosas? —preguntó María Micaela.

Pero Donicia de Cristo calló bruscamente, el rostro teñido de rubor, temerosa de haber ido demasiado lejos quizá en su recuento del acontecer conventual en aquellos tiempos ya lejanos. Estaban llegando a la celda de la religiosa, luego de atravesar otros dos pasajes sinuosos y llenos de sombra que sin embargo se abrían a un pequeño patiecillo con una minúscula fuente cantarina en el medio. El aposento de Donicia de Cristo era pequeño, de unos diez pies de ancho por quince de largo, pero estaba primorosamente arreglado: una alfombra granate cubría todo el suelo, una mesita, un diván azul cielo lleno de cojines mullidos y unos pequeños bancos de tapicería cuzqueña junto a la cama componían el mobiliario principal. Había también un altar cerca de la ventana y muchos floreros con rosas frescas. Sobre la mesita de estudio, un velón bastante consumido, un misal forrado en terciopelo violeta y una jarrita de vino que la propia Donicia sirvió en dos copas talladas. Lo que más llamó la atención de María Micaela fue el armario enorme y negro, de curvas y fornidas patas, que había apoyado contra la pared más alejada de la puerta.

—¿Has visto qué feo? —dijo Donicia advirtiendo la mirada de curiosidad que María Micaela dirigía a aquel mueble vetusto—. Lo dejé allí porque no hay quien lo mueva. No sé desde cuándo estará aquí, pero cuando yo llegué, allí mismo me lo encontré. Hay uno igualito en la celda de sor Ramira.

La madre Donicia se quedó un momento pensativa y pareció reflexionar en voz alta al decir que por eso creía que la madre Ramira le exigía que le devolviera su dichosa llavecita, porque era igual que estas que ella tenía. Y mostró a María Micaela un par de llaves negruzcas. Luego se encogió de hombros, como cómicamente resignada a tener aquel tremendo armatoste. A continuación rebuscó en un cofrecito de nácar y se volvió hacia su amiga con unas pequeñas pinzas. Luego la tomó de las manos y se puso a hurgar en busca de astillas, ayudada por una especie de lente de aumento. Mientras lo hacía, empezó a hablarle del concierto del sábado en que ella iba a interpretar al piano unas piezas de Rossini para beneplácito de la priora, quien amaba la música de aquel compositor italiano por sobre todas las cosas. Pero María Micaela se las arregló para volver a llevar la conversación a aquellos años en que sor Ramira de la Concepción era la abadesa de un agitado convento de Santa Catalina. Y Donicia de Cristo, ante su insistencia, la miró con sus ojos castaños y pícaros.

—Sí, sin duda fueron años difíciles, mamita —se rindió al fin—. Y circularon muchas historias en el monasterio...

Sor Donicia de Cristo se quedó mirando una astilla con el rostro perplejo, como dudando de las palabras que debía elegir para empezar su narración. Porque, según ella supo, por lo que las monjas mayores deslizaban aquí y allá, nada más llegar a Arequipa el obispo fray Miguel de

Pamplona —haría de esto treinta años largos— se quedó espantado de lo que ocurría en Santa Catalina, donde encontraban refugio prostitutas, borrachas y mujeres descarriadas de todo pelaje, y donde las seglares entraban y salían cuando les daba la regalada gana, como si los santos muros de Santa Catalina no albergaran más que una simple posada, un tambo de indios perdido en los Andes, pues. Eso ya lo sabía María Micaela, pero no quiso interrumpir el relato de Donicia de Cristo, intrigada por la historia de sor Ramira de la Concepción.

—Lo que pasó... —continuó la monja Donicia en susurros, volviendo a su tarea—. Bueno, la superiora de aquellos años era una monja llamada María Ana del Amor de Dios y Olaguivel. Sor Ramira de la Concepción seguía siendo por aquel entonces una simple monja de velo blanco que había llegado al convento muchos años atrás, huérfana de padre y entregada por su madre cuando apenas contaba nueve años. Aquí creció y aquí se hizo novicia, como yo misma —Donicia de Cristo se secó una lágrima fugaz—. Pero debido a su fervor, a su inteligencia y a la devota entrega que profesaba a la Orden, había ido ganándose el respeto de las monjas de velo negro desde mucho tiempo atrás. Se movía por el convento como un diestro marino con una aguja de marear, se encargaba de ayudar a resolver asuntos de economato e intendencia gracias a su buena cabeza para los números, sabía jurisprudencia canónica como el mejor de los teólogos y siempre disipaba sin vacilar cualquier confusión respecto a la regla o la menor duda que surgiera en la congregación. Y eso que era una simple monja que se encargaba en realidad de la lavandería de sayas.

»Debes tener en cuenta que en aquellos años la diferencia entre las monjas de velo negro y las de velo blanco era muy grande. Las primeras sólo se dedicaban a la oración y las otras eran poco menos que criadas. Pero sor Ramira, ya te digo, supo granjearse el respeto de todas, sobre todo la confianza de la recién nombrada superiora, como ya había ocurrido con las anteriores prioras. Y con ella, con María Ana del Amor de Dios, y seguramente porque el Señor intercedió para que así fuera, llegó a ser la vicepriora durante los años del obispo aquel, Miguel de Pamplona. La madre María Ana del Amor de Dios confiaba en ella para todo y nada hacía ni dejaba de hacer sin su consulta. Eran buenas amigas, además.

»Pero cuando se empezaron a recibir prostitutas en el monasterio y todo comenzó a relajarse peligrosamente, la devoción y el alto sentido del respeto a la Orden hicieron que sor Ramira se enfrentase a la superiora, exigiéndole acatar las directrices del obispo para así encauzar de nuevo a Santa Catalina por los preceptos indicados en la regla. Lo primero: echar a las Galas, que según se dice eran dos hermanas seglares que vivían tan ricamente aquí y entraban y salían cuando querían, amparadas por la propia superiora, que era amiga de ambas. Ya el obispo le había advertido en varias ocasiones acerca de esas señoras. Y lo más importante: expulsar a las mujerzuelas que habían encontrado cobijo en el convento. Pero no sólo eso, no. Era menester volver a los votos de pobreza. Y convertir el monasterio de Santa Catalina en un ejemplo de austeridad y devoción, y no de frivolidad y relajación. Dicen que la superiora la destituyó como vicepriora y la relegó a cuidar las gallinas. Y como ella se negara, la superiora la encerró en su celda como a una reclusa.

—¿La encerró en su celda? —articuló María Micaela, incapaz de creérselo.

Donicia de Cristo bajó aún más la voz para continuar, como si temiera ser escuchada por quien no debía:

—En efecto. La tuvieron encerrada en su celda. Pero, milagrosamente, la madre Ramira logró escapar y avisar del asunto al obispo. Las monjas no se explicaban cómo pudo llegar hasta él y volver sin que nadie en el monasterio se diera cuenta. ¿Era un milagro de Dios o la obra del Maligno? Dicen que el convento quedó dividido entonces en dos facciones: las monjas que estaban con la superiora y las que pensaban que sor Ramira llevaba la razón. Entre ellas no sólo no se hablaban, sino que evitaban asistir a los oficios juntas, se pinchaban con alfileres cuando pasaban cerca unas de otras, dejaban notas horribles en las puertas de las celdas, aparecían ratas muertas en los estanques particulares, incluso hubo un amago de incendio en la celda de la superiora... Aquello estuvo a punto de destruir para siempre la paz catalina porque el obispo, al enterarse de todo lo que sucedía, destituyó a la madre María Ana del Amor de Dios y mandó poner como priora a sor Ramira de la Concepción.

»Pero las cosas no quedaron allí. María Ana del Amor de Dios siguió en sus trece, malquistada por completo con sor Ramira, dispuesta a batallar con todas sus fuerzas por recuperar el control del convento. Aceptó las penitencias impuestas y dejó que pasara el tiempo. Su familia era suficientemente poderosa como para influir en la restitución de la religiosa como abadesa de Santa Catalina. Removieron Roma con Santiago para que depusieran a fray Miguel de Pamplona, un varón de armas tomar que no obstante se veía incapaz de luchar contra tan influyentes enemigos. Lo peor fue que muchas de las donaciones y estipendios que recibía el convento se acabaron repentinamente y las monjas pasaron verdaderos momentos de zozobra y necesidad, pues el dinero que conseguía para ellas el obispo apenas si alcanzaba para su manutención. Sor Ramira, inmune al desaliento, continuaba llevando las riendas de Santa Catalina. Fueron muchos meses de agonía. Y de pronto, sin que nadie supiera de dónde salía el dinero para mantener a las religiosas, éste empezó a alcanzar para todo.

—¿Y de dónde salía ese dinero?

Donicia la miró acercando mucho su rostro al de ella y tomándola de ambas manos.

—Algunos dicen que... del propio demonio. Que sor Ramira había, en su soberbia purificadora, pactado con el Maligno.

María Micaela sintió que unos dedos helados corrían por su espinazo sorpresivamente. Donicia de Cristo la tenía sujeta de las manos, como si intuyese que había estado tentada a escapar de aquella historia. Pero lo peor estaba por venir, continuó. Porque cuando por fin María Ana del Amor de Dios recuperó su puesto de priora gracias a la intercesión nada menos que del virrey don Agustín de Jáuregui, y relegada nuevamente sor Ramira a las labores de lavandería, sobrevino el terremoto de 1784 que destrozó la ciudad. Y parte del convento. Sólo murió una monja, víctima de un sillar desprendido que le aplastó el cráneo. ¿A que no adivinaba María Micaela quién fue la monja que murió?

—Efectivamente —respondió la propia Donicia—: La madre María Ana del Amor de Dios. Y ese mismo año, a los pocos meses, también murió el virrey Jáuregui de un increíble accidente: al parecer se atoró con el hueso de una cereza, fruta a la que su merced era muy aficionado.

—¿Y qué ocurrió entonces con sor Ramira?

—Dicen que desde aquel día, arrepentida quizá del furor destructor de su venganza, se encerró en su celda durante meses y al cabo salió convertida en la anciana senil que ya no tiene ni idea de quién es. Pero es igual: seguro nos sobrevivirá a todas.

La madre Donicia respiraba violentamente por la boca, el rostro muy cerca del de María Micaela, que sintió algo extraño al mirar los labios embravecidos de la monja y decidió apartarse un poco. A los pocos minutos, y alegando obligaciones, se retiró a su celda.

Ya hacía frío en la ciudad y la gente apresuraba el paso embozada en capas y mantones, las manos ateridas por el recio viento que soplaba del norte. Charo Carvajal buscó las calles más estrechas, inmune a las miradas codiciosas de los hombres que se cruzaban con ella, y alcanzó por fin la taberna donde la esperaba Montenegro. Ella se sentó a la mesa sin decir palabra y levantó la mirada para encontrarse con los ojos amenazantes del duque.

—Espero que esta vez me hayas traído algo de sustancia, tal como me prometiste —insistió éste alargando la mano hacia ella como exigiendo a una criada—. Que no tengo tiempo para tus tonterías.

La había citado en la misma torva taberna en que la emplazara una semana atrás. Y como en aquella ocasión, el duque se había hecho acompañar por el hosco Collado. Allí estaban los dos, mirándola fijamente, sin asomo alguno de amistad, cansados de fingir con ella una calidez que no sentían. Como le ocurría también a la actriz, que desde el anterior encuentro se había sabido no sólo asqueada de sí misma sino temerosa de lo que le pudiera ocurrir. Porque Montenegro exigió que aquel encuentro fuera realmente provechoso, que no toleraría más largas ni zarandajas. Y al decirlo le había acariciado el cuello, amenazante. Ahora ella estaba allí, esperando acabar con todo de una maldita vez. ¿Cómo había podido amar alguna vez a aquel hombre?

Y lo peor, pensó Charo Carvajal, era que tal como le vaticinaran su buena amiga Ana la Embrujadora y el propio Del Monte, el duque, después de rondarla con devoción y dulzura, con audacias y caricias, se la llevó a la cama, donde ella sintió que se consumía hasta el vértigo. «Si un hombre te da de eso, cordera, vas aviada», le dijo la Embrujadora cuando ella se lo confió una noche luego de la función. Y era cierto. Al tiempo, cuando ya era apenas un juguete en sus manos, el duque empezó a ir cada vez más lejos, primero como si fuera un juego, después sin recato ni disimulos. Pero ya era tarde. ¿Cuándo dejó de ser un juego para convertirse en un abierto maltrato? No lo sabía, pero Montenegro iba y venía por su vida como le daba la gana. Y de pronto pareció cansarse de ella, dejó de frecuentarla, le llegaron noticias de que se veía con otras. «No me estarás corneando con una lagarta», se atrevió a decirle una noche, y el duque le volteó el rostro de un manotazo. El primero pero no el último. «A mí no me pides cuentas, guapita de cara», le dijo y se fue como si tal cosa, mordisqueando con apetito una manzana. Esa noche Charo Carvajal lloró desesperada y juró que la próxima vez que se le acercara le clavaría un puñal en las entrañas. Aunque luego la colgaran. Pero otro día el duque volvió a su casa como al principio: con dulzuras y zalamerías. Y aunque ella opuso resistencia y quiso arañarlo como una gata malherida, de nada le sirvió ante los ruegos, los besos, los juramentos. Así estuvo una semana o quizá más, fino y galante, dulce y hecho un toro en la alcoba, y ella pensó primero que qué mosca le había picado, después con ilusión se dijo que estaba rectificando, que se había dado cuenta y que tal y cual, Pascual. Y ella, tontalaba que siempre fue, flotó sobre una nube por un tiempo irreal que no sabría precisar. De manera que cuando el duque le pidió lo que le pidió, Charo Carvajal ya no era dueña de sí misma. Y aceptó enredar al otro, portándose peor que una furcia: como una traidora. Ahora había ido demasiado lejos y no había vuelta atrás: cuando quiso abandonar aquel juego despreciable, el duque la amenazó.

—Tengo esto, que le hurté de los bolsillos la otra noche —dijo Charo Carvajal de malos modos, con ganas de terminar todo aquello y largarse a su casa. A dormir y a olvidar, si era posible. Asco de vida.

El duque arrancó sin contemplaciones el papel que le ofrecía la actriz y se levantó para acercarlo a un candil. De pie, lo leyó con atención. Su rostro se iluminó, primero con una sonrisa despectiva y maligna. Y después decepcionada. Luego se volvió hacia la actriz, que esperaba en silencio.

—Tonterías, nada que me sirva. Tú misma no me sirves ya para nada —dijo dejando unas monedas en la mesa y levantándose aparatosamente, cosa que imitó Collado. Luego dijo, dirigiéndose a éste—: Vamos a tener que abandonar, Collado. Nada de nada.

Apenas oído esto, Charo Carvajal sintió que le volvía el alma al cuerpo y agachó la cabeza. Advirtió la mano del duque en su barbilla y pensó que después de todo le daría un beso o le diría alguna amabilidad. Porque Alonso de Montenegro también sabía ser galante y dulce cuando quería. Pero no.

—Ni se te ocurra decir ni pío de esto a nadie, Charito, que la tenemos.

—Descuide, duque —replicó ella mirándolo sin pestañear—, que yo no le hablo a nadie de usted. No quiero pasar vergüenzas innecesarias. Faltaría más.

Montenegro rio de buena gana, estremeciéndose todo y con las manos apoyadas en las caderas.

—Así me gustan a mí las gatas, Collado —dijo—. Peleonas y de armas tomar.

Charo Carvajal esperó un momento a que Montenegro y el otro se fueran y, ajena a las voces de unos manolos beodos que le decían piropos como trabucazos, se bebió otro vaso de vino aguantando unas espantosas ganas de llorar. ¿Qué había hecho? ¿Cómo podía haberse portado así con Lasarte? Y pensar que el infeliz creía al duque de Montenegro no sólo un colega de la guardia real, sino un buen amigo. Y éste mientras tanto merodeaba intentando buscar algo que lo comprometiera. Gracias a Dios, se dijo arrebujada en su mantón y saliendo a la calle, por lo visto Montenegro parecía haberse cansado de aquel juego de espionaje, pues en realidad nada pudo decirle ella de lo que el duque pudiera sacar provecho. Pero una cosa tenía clara Charo Carvajal: debía dejar de ver al maldito Alonso, y también a Antonio Lasarte. A uno por cabrón y miserable. Al otro porque se le caía la cara de vergüenza al recordar que mientras éste le ofrecía su cariño sin condiciones ella se había limitado a sonsacarle información sobre sus actividades, en las que el duque de Montenegro estaba visiblemente interesado. ¿Sería acaso que Lasarte, como le había insinuado Del Monte, andaba con los masones? Pero la verdad de las cosas era que el andaluz nunca había dicho nada de eso. Y a ella qué más le daba.

Una corriente de viento helado la hizo guarecerse en un portal cerca de la Puerta del Sol, arrebujándose en su mantón. Siguió apresurada su camino hacia la Red de San Luis, todavía llena de gente que iba y venía hurtándose al frío como ella. ¿Lasarte, con los masones? Pues jamás ella le había escuchado ningún elogio. Pero hablaba con cierto enfado del rey Fernando y de su corte. No te jode, pensó la actriz, ¿y quién no, en estos tiempos de escasez y desgobierno, con aquellos pillos iletrados que conspiraban bajo las mismas narices del Borbón? Hasta hacía poco, ella sabía más bien nada de políticas, de liberales y democratismos, de constituciones y chuminadas, apenas cuando la revuelta contra los gabachos en 1808, pero eso no fue cuestión de política sino de honor, qué coño. Y sin embargo, de tanto fingir un interés que no sentía por la política, Lasarte fue sembrando en ella un desasosiego extraño, una indignación distinta por el estado de las cosas. «Hija, si hasta hablas con palabrejas raras, que parecen los latines del padre Gaspar», la amonestó la Embrujadora la otra noche. Y Del Monte también le dijo algo así cuando ella protestó, lanzando un juramento contra el ministro Eguía. Por eso mismo, maldición, pensó ya alcanzando la calle de la Reina, debía romper con todo y con todos, porque a quien le romperían cierta parte del cuerpo sería a ella, si no se andaba con tino. Ya la tenía del cogote el duque. Y si Lasarte se enteraba... Bueno, no quería ni pensarlo. Por eso, en los últimos tiempos, sin decírselo a nadie, ni a la Embrujadora ni a Del Monte, había empezado a juntar su dinerillo, por si las cosas se ponían feas. Quizá Paloma sospechaba algo, pero no se lo decía abiertamente. «Reina, que pone usted una cara como si se hubiera caído de una cuerda de morcillas», le soltó la otra vez. Pero a ella qué le importaba. Y tenía, aunque como una imagen todavía liviana flotando en el horizonte de su futuro, una idea que persistía poco a poco, inflamando su corazón: partir hacia América. A Cartagena de Indias o a La Habana o a Lima, donde una actriz podía hacerse realmente rica. ¿Que eran malos tiempos para tal viaje? Vaya novedad para alguien como ella, que siempre había vivido malos tiempos. Sí, pensó rabiosa cuando alcanzaba ya su portal: se iría a América. Con un par. Y a los otros que les den.

Aquella historia de la madre Ramira de la Concepción la había dejado confusa y, tenía que reconocerlo, con algo de miedo. No era la primera vez que escuchaba en el monasterio historias de aparecidos y de ánimas en pena, como la de una monja que había vivido allí más de cien años atrás, María Eufrasia de la Santísima Caridad, joven cuzqueña que fue ingresada en Santa Catalina de viva fuerza porque su padre, un poderoso terrateniente, no quería que siguiera de amores con el joven mestizo y pobre que la cortejaba, allá en su tierra. Y que aquella infeliz, sin resignarse a vivir entre las catalinas, urdió un plan para escapar del convento. Con la complicidad de la monja tornera y de una criada, consiguió meter el cadáver de una mujer al monasterio y llevarlo hasta su celda. De la primera se hizo amiga pacientemente, durante casi dos años de zalamerías, regalitos y halagos. A la segunda la compró con una buena cantidad de pesos. No fue fácil, claro, pero María Eufrasia estaba decidida y no le importó esperar a que se dieran tales condiciones, en extremo complicadas. Pasaron pues dos años hasta que por fin la criada, en contacto con unos enfermeros del hospital de los Agonizantes, consiguió el cuerpo de una mujer recientemente muerta. Una vez ingresado el cadáver de la infortunada desconocida en su celda, la joven novicia le prendió fuego, pues según su plan, alertando a voces a las demás religiosas y aprovechando la confusión, se apresuraría a huir. Así, cuando encontraran el cadáver irreconocible de la mujer, pensarían que se trataba de María Eufrasia. De manera que no había tiempo que perder. Pero algo ocurrió, quizá el fuego se extendió con demasiada rapidez o aquella desdichada se tropezó con un mueble al tratar de huir... El caso es que no pudo escapar. Decían que sus alaridos se oían a varias cuadras del convento y que fue imposible rescatarla. Al día siguiente, entre los rescoldos humeantes del incendio, encontraron dos cuerpos carbonizados e irreconocibles. Uno de ellos parecía aferrarse con desesperación a las piernas del otro, como si hubiese decidido no dejarlo escapar. Y que desde entonces, algunas noches se escuchaba el muy quedo y sin embargo desesperado grito de auxilio de aquella pobre mujer...

Circulaban más historias de este tenor, historias que alborotaban a las novicias y que eran llevadas y traídas sobre todo por las criadas, mujeres del pueblo, supersticiosas y ávidas de cuentos de fantasmas, pese a las reprimendas de las monjas mayores, que las obligaban a confesarse y hacer penitencia cada vez que llegaban a sus oídos tales patrañas. Incluso Mencía de Jesús en algún momento había reunido a todas las criadas para exigirles que cesaran en su cháchara ignorante so pena de expulsión. Pero era en vano, cada cierto tiempo volvían a escucharse aquellas sombrías historias.

María Micaela se negaba a creer en ellas, y no obstante lo que le contara Donicia de Cristo la otra mañana en su celda le había dejado una sensación desagradable. Era cierto que esta monja, coqueta como una niña del siglo, más bien dada a la ensoñación, no era precisamente de fiar cuando su espíritu fantasioso desplegaba las alas. Pero algo hubo en sus frases que a María Micaela le contrajo el corazón.

Recordó, mientras se enfrascaba en un bordado poco antes del rezo de vísperas, que también Pedro, José María y Mariano se entretenían contándoles a ella y a sus primas historias de aparecidos, de las ánimas que vagaban por el cementerio de Miraflores, adonde los muy tontos decían acudir por las noches para declamar versos y latinajos encendidos. Y todo aquello hacía estremecer de miedo y delicia a sus primas, claro, aunque no se le escapaba que las muestras de arrojo y los desafíos que contaban iban destinados a ella, que no terminaba de decidirse por ninguno. El pobre Mariano estuvo actuando de recadero un tiempo, pero al fin se hartó de aquel papel de candelejón que sus amigos, en el fervor de la contienda por los favores de María Micaela, habían reservado para él. Y mientras tanto el seminarista, extraviado de amor por la tal Silvia, iba y venía como alma en pena. María Micaela y sus primas Carmen y Dominga estaban intrigadas por la identidad de aquella muchacha. ¿Quién podría ser? Decían que María Santos. No podía ser, ¡pero si era una chiquilla! Ya, pero el otro muere por sus huesos. Ya ves...

Lo cierto, reflexionó en la tranquilidad de su celda, era que a ella le hubiera gustado que alguien la amara con la devoción y la constancia de Mariano. Al pensar en él sintió sus ojos anegarse por una marea artera y salada, dejó el bordado y cogió su rosario para entregarse a un misterio, a una plegaria, algo que le calmara el dolor de pensar en todo aquello, que volvía a enterrarse en su alma una y otra vez, como una daga.

Porque por aquellos días, tarde sí, tarde no, Domitila, su criada, le llegaba con un billetito, con un pliego que envolvía una pequeña flor, ora con la caligrafía esmerada de Perico Ugarte, ora con los versos inflamados de amor de José María Laso. El primero era más bien moreno, de ojos taciturnos y mandíbula robusta, de movimientos enérgicos que le daban un cierto aspecto de prepotencia; el segundo era más alto pero también más delgado, seguro de sí mismo, con una voz tronante y al mismo tiempo risueña; ambos eran gallardos, bravos, un punto alocados, pero sobre todo temibles cada vez que se enzarzaban en pugnas dialécticas que hacían el solaz de los presentes cuando eran invitados a casa, donde poco a poco era más difícil hablar de otra cosa que no tuviera que ver con la independencia del Perú o el acatamiento a la Corona. Empezaban casi invariablemente discutiendo la *Carta dirigida a los españoles americanos,* del abate Viscardo y Guzmán, arequipeño errante y temperamental, entusiasta de la causa revolucionaria y que había muerto en Londres hacía ya unos cuantos años. Pero luego continuaban por derroteros que a ella se le hacían difíciles de seguir y que sin embargo escuchaba con la atención de quien de veras quiere comprender lo que ocurre. El fragor de las batallas aún quedaba lejos y las campañas del general Goyeneche no habían llegado más que como noticias a Arequipa, donde la vida seguía su curso obstinado y rutinario. Así, decían de Goyeneche que tan pronto había pacificado Charcas como pulverizado a los insurrectos en Desaguadero, perseguido a los cochabambinos rebeldes y apagado los mil fuegos del levantamiento. Pero también que había mordido el polvo de la derrota por culpa de una mala estrategia de Pío Tristán y el pundonor de los otros, alegaba José María Laso, y era cosa de meses que los patriotas llegaran hasta la misma ciudad de Arequipa. ¿Patriotas?, preguntaba entonces, burlón y despectivo, Pedro Ugarte, aquellos sólo eran unos desharrapados que querían acabar con el orden y la monarquía.

—¿O querrás, mi querido José María, que os arrebaten esas buenas tierras que tu señor padre posee en Porongoche? Porque eso harán, a fe mía.

—Esos desharrapados, como tú alegremente los llamas, siguen a quienes ya han promulgado una constitución liberal nada menos que en Cádiz, querido amigo.

—¡Pero jamás en nombre del rey Fernando ni de la Corona!

—En nombre de la libertad sagrada de los hombres, dueños de su destino, como ha escrito el Rousseau que tan bien conoces.

—Y cuyas ideas han incendiado Europa, como ya sabes, reteniendo a la familia real secuestrada...

Y así se estaban horas, hasta que en el límite del enfado que el decoro no permitía expresar sin tapujos se retiraban, olvidados también de ella y de sus primas, enfrascados en su discusión agria y llena de calculados reproches.

A su padre le encantaba agasajarlos y sabía que su niña era codiciada por aquellos dos, hijos respetables de la Arequipa ilustrada, poseedores de vastas tierras y con el propósito ambos de educarse en Lima o en el Cuzco... si la guerra les dejaba continuar sus planes. Sin embargo ella vivía otra batalla, acaso tan inflamada pero más íntima, y había huido de aquel estruendo y del parlanchín asalto de sus primas para decidir de una vez por todas a quién quería de aquellos dos. Necesitaba un reposo y una paz que no lograba, de manera que por intermedio de Mariano —que planeaba retirarse a Majes a rumiar en soledad su propio dolor despechado— les rogó a ambos que le dejaran pensar, que en breve les tendría una respuesta.

Y pasó un tiempo sin salir de casa, bordando y leyendo, ayudando a su madre en pequeñas labores, trabajando en el huerto y escribiendo por las noches unos pliegos que no tenían otro destino que entenderse ella misma y deshacer aquel nudo imposible que la mantenía indecisa. Al fin, una noche después de bordar sin mucha atención durante horas, lo comprendió: tanto por José María como por Pedro sentía un cariño entrañable, dulcísimo y feliz, igual que el que le profesaba también al buen Mariano, eso era cierto. Pero aquel cariño de hermana pequeña, suave y lleno de ternuras, últimamente se tornaba de otra manera con la presencia de uno solo de ellos. Cada vez que él la miraba, María Micaela sentía que se le desbarataba el compás del corazón, que su presencia encendía una repentina flama en sus venas, y se daba cuenta de que enrojecía hasta la raíz del pelo sin saber cómo evitar su mirada. Al otro en cambio lo buscaba como refugio, sin ningún temor, como buscaría al propio Mariano. Y así fue que entendió que a uno quería como se quiere al buen amigo y al otro como se ama a un hombre. Esa noche durmió un poco más tranquila. Por la mañana comunicaría su decisión a sus padres, y esa misma tarde daría la respuesta al amado. Y también, claro, tendría que hablar con el otro.

II

La superiora calló un momento y bebió un sorbito de agua. Había estado hablando casi para sí misma, extraviada en el laberinto de sus recuerdos, ajena ya a la presencia de Anita Moscoso, entregada por completo a revivir esos años turbulentos y florecidos de dolor en que América se resquebrajaba como se resquebrajaba el corazón de la joven María Micaela Mogrovejo, impelida por decidir a quién entregaría su amor y, poco tiempo después, arrastrada por el lodazal de acontecimientos en el que se vería envuelta, encargada de custodiar un secreto poderoso, del que sin embargo apenas sabía nada en ese entonces...

—Es necesario comprender que años antes de estos hechos que pasaré a relatarte —continuó la superiora después de una pausa—, al principio de los levantamientos americanos, un valiente militar arequipeño, el general Goyeneche, había venido desde Cádiz con el encargo de advertir a los leales de América que, aunque el rey Fernando estaba secuestrado por Napoleón y las tropas de éste usurpaban el Gobierno del Reino español, las juntas patriotas no reconocían aquel mandato espurio del hermano de Napoleón, José Bonaparte.

»Goyeneche viajaba pues encomendado como ministro plenipotenciario para afirmar el Gobierno de España en tierras americanas. Sin embargo, un emisario de Napoleón, el barón de Sassenay, había partido tres días antes que Goyeneche en un brick que lo traería también a estos lares con el propósito contrario: avisar que Napoleón era el nuevo rey de España y que por lo tanto las colonias americanas debían rendirle obediencia. No sabía, el muy ingenuo, que los americanos jamás aceptarían ser súbditos franceses.

»Nada más llegar al Río de la Plata, Sassenay se puso en contacto con el virrey de aquellas tierras, el francés Santiago de Liniers, quien por su origen levantaba las suspicacias de los americanos que seguían siendo leales a Fernando VII. Y ello pese a que el decente virrey desconoció las órdenes de Napoleón que le llegaban por intermedio del barón de Sassenay y mantuvo inquebrantable su compromiso de lealtad para con la Corona española. Y claro, como tampoco gozaba de los favores de los independentistas, se encontraba así en un trance espantoso y su vida ya no valía un ochavo. Nada más tomar estos últimos el poder, lo mandaron matar. Sin piedad alguna, como sólo lo hacen los cobardes. Como hubieran hecho los fernandinos de La Plata si hubieran podido, vaya, que la maldad no tiene bandera y es algo que aprenderás con los años. El único que no dudó de la lealtad de Liniers fue el general Goyeneche, que supo ver en el francés a un patriota leal a su rey y no a su nación de origen. De nada sirvieron sus buenos oficios y seguramente, en aquella entrevista que mantuvo con Liniers nada más llegar al Río de la Plata, adivinó en sus ojos la muerte que le estaba esperando, impaciente, a la vuelta de la esquina.

»Pero cuando ocurrió esto y luego de mil peripecias, Goyeneche ya había partido de La Plata rumbo a Arequipa porque no había tiempo que perder y era necesario que su mensaje llegara a todos los pueblos americanos. Fue un viaje arduo, evitando pantanos y abismos, sorteando pavorosos desiertos e inesperados ataques de indios, devorado por los mosquitos y la fiebre, enfermo de altura... Un viaje de mil leguas tierra adentro portando los pliegos que le otorgaban plenos poderes en América: ¡era el representante del rey, nada menos! Pero las cosas no iban a ser nada fáciles, no, señor. El continente había sido sembrado ya con la vehemencia independentista y el general Goyeneche tuvo que pelear con quienes descreían de él y de la validez de su misión en el Alto Perú. Hubo de poner todo su ingenio en persuadir a los suspicaces, toda su firmeza en ordenar que se cumplieran los mandatos reales, todo *su valor en sofocar a los que ya se levantaban contra el poder de Fernando VII y desconocían las juntas que en la Península se organizaban contra el invasor francés. Por doquier se escuchaban los gritos de libertad de quienes creían que el Imperio español vivía sus últimos momentos. Las insurgencias florecían aquí y allá en toda nuestra tierra americana ante el estupor del general Goyeneche.*

»Toda aquella situación resultaba cada vez más difícil, pues una pregunta daba vueltas en la cabeza del militar arequipeño: ¿qué sería de la América española de afianzarse el francés invasor en la España peninsular? ¿Pasarían los ricos virreinatos españoles a ser colonias francesas, postradas por el yugo del corso tirano? ¡No, eso de ninguna manera! Era necesario considerar una salida ante tan ominoso futuro, hija mía, una alternativa mejor, de prolongarse la agonía española bajo la bota napoleónica. Piensa que cuando vino Goyeneche a América, a finales de 1808, todavía faltaban unos cuantos años para que Fernando volviera a ocupar el trono y todo era muy incierto en la amada España, bajo el mando de José Bonaparte.

La superiora se incorporó nuevamente para dar unos pasos vacilantes con las manos entrelazadas en la espalda, pensativa. Desde el fondo de la habitación le llegó a Anita Moscoso, al cabo de un momento, la voz todavía alerta, didáctica, reflexiva:

—De manera que Goyeneche contemplaba con pesimismo la posibilidad de que la América toda se escindiera en republiquetas espurias y sin la cohesión vigorosa de la monarquía, como querían los independentistas, por lo que era urgente encontrar una alternativa. Si no iba a ser el rey Fernando, tampoco serían los independentistas, contaminados por los masones, tan dispuestos a entregarse a la América del Norte o a los ingleses. ¡O a la misma Francia!, pensaba Goyeneche en esos momentos. Era imprescindible encontrar una vía de escape a tal situación.

»Y cuando más angustiado se encontraba, cuando más había perdido la fe en su misión, esa salida le llegó por

vía de otra persona, alguien importantísimo, que tenía planes personales para América, cosa que a Goyeneche no se le ocultaba, pero al mismo tiempo sabía que podía ser una opción. Un buen día, por intermedio de unos amigos fieles, le llegó una primera carta. Y una propuesta concreta.

»¿Entrar en tratos con algún grupo independentista? —se preguntó retóricamente la superiora como si se adelantara a la pregunta que podría haber formulado la chiquilla Moscoso.

»Nada de eso —continuó con una sonrisa suave, casi compasiva—. El general jamás pactaría con ellos, contra quienes guerreó incansablemente. Así las cosas, Goyeneche se encontraba ahora en una delicada situación: por un lado mantener su lealtad a la junta que lo había encomendado para defender el trono de Fernando VII, y por otro arriesgarse a salvar a la América española de las garras francesas aunque esto significara desoír su real encargo: si no era Fernando, tampoco serían los rebeldes. Pero debía actuar con extrema cautela.

»Empezó pues entre el general y aquel personaje inesperado y poderoso una vertiginosa correspondencia en que debatían qué era lo que se debía hacer. Persuadía el uno, dudaba el otro. Ofrecía aquél, vacilaba éste. Tentaba el primero, se acautelaba el segundo. No era, como comprenderás, una situación fácil. Además, Goyeneche nada más llegar de Río de la Plata se quedó un par de semanas en Arequipa y de inmediato partió a Lima, poniéndose a disposición del virrey del Perú para guerrear contra los insurgentes, sofocando a diestro y siniestro los alzamientos que incendiaban el virreinato, por lo que si aquella correspondencia era interceptada por unos u otros, su suerte quedaría echada: sería considerado un traidor a Fernando por los leales. Y si eran los insurgentes quienes se hicieran con las cartas, se frotarían las manos ante aquel deshonor. El descrédito de Goyeneche sería enorme, y pondría en peligro la confianza del pueblo en la Corona. No es de extrañar el gran sufrimiento que aquello supuso para el militar

arequipeño durante esos cinco largos años. Agotado, con la sa-
lud resquebrajada, con aquella correspondencia en sus alfor-
jas, no encontró más salida que confiar en una de las pocas
personas en cuyas manos habría encomendado su vida sin va-
cilar, una prima suya que ejercía el monasterio aquí en San-
ta Catalina, una mujer inteligente y sin más temor que a la
ira de Dios, quien aceptó de inmediato hacerse con la custo-
dia de estos papeles, pues si al principio el general pensó en su
hermano el oidor Pedro Mariano Goyeneche, tuvo que des-
cartar tal elección, ya que éste se encontraba bajo sospecha del
propio José Fernando de Abascal, virrey de aquel entonces. Su
prima no sólo aceptó: recién elegida priora, aquella religiosa
le propuso al general que toda la correspondencia de este per-
sonaje poderoso llegara directamente al convento, donde na-
die sospecharía nada. Así pues, entre la monja y el general se
urdió la manera de que las cartas viajaran por una serie de
conductos ocultos, esquivos, casi siempre arriesgados, pero in-
finitamente menos comprometedores. La religiosa guardaría
las cartas y Goyeneche pasaría a recogerlas o enviaría a al-
guien de su entera confianza para que así lo hiciera: su propio
hermano Sebastián, a la sazón sacerdote y protonotario apostó-
lico. Y de igual manera dejaría sus respuestas para ser sacadas
con toda suerte de precauciones de Santa Catalina rumbo a su
destino. La priora no quiso saber con quién mantenía aquella
vital correspondencia, no sólo porque no era de su incumben-
cia, sino porque así evitaría la tentación de juzgarlo mal y pron-
to. Fueron cuatro años de una larga e intensa correspondencia
que pasó por el convento y que cesó abruptamente cuando el ge-
neral Goyeneche, cada vez más agobiado por batallas sin fin,
partió repentinamente a España, reclamado por otros asuntos
de urgencia. Primero estuvo en Cádiz y luego fue llamado a la
corte de Madrid. Según decían, lo querían allí para pelear
contra los franceses, a quienes la valentía y el arrojo de los espa-
ñoles estaban haciendo batirse en retirada, pues pronto volve-
ría Fernando para refrendar la Constitución que, sin embargo,
poco después él mismo aboliría. Según otra versión, Goyeneche

se había enfrentado con el virrey del Perú, pues éste empezaba a temer por su posición. Al cabo, el propio Abascal se había convertido en un enemigo. Y poderoso, naturalmente.

»Fue tan inesperada su partida que no hubo modo de que la priora de esta santa casa pudiera entregarle al general aquella correspondencia guardada por tanto tiempo. La situación se había tornado con el paso de los años demasiado peligrosa, demasiado comprometida: los caminos hervían ahora de asaltantes, de tropa realista y batallones independentistas, de desertores de uno y otro bando, de indios que huían de sus pueblos asolados por la guerra, de menesterosos capaces de cualquier tropelía por unas monedas, de espías e informantes extranjeros que venderían su alma al mismísimo diablo por unos pesos fuertes. Los puertos tampoco escapaban a esta incertidumbre y los barcos de cualquier bandera eran atacados, apresados, hundidos. Los papeles quedaron pues aquí, en el convento, a la espera de tiempos mejores para hacerlos llegar a su destinatario, ya asentado en la capital del reino.

»Pero lejos de mejorar, las cosas en el país se agravaban. La guerra asediaba a la ciudad de Arequipa y no era infrecuente que el convento se convirtiera en temporal refugio para los arequipeños de todas las clases sociales, como ocurrió hace unos años, cuando el levantamiento de la ciudad contra el presidente Echenique... Pues bien, la religiosa supo que esos documentos corrían peligro casi al alcance de cualquiera, ya que también nuestra sagrada Orden catalina se había contaminado de la lucha fratricida que asolaba el país y pronto todo el convento hervía de rumores y conjeturas, de enfrentamientos entre las propias religiosas, que hasta ese momento habían convivido en la dicha cristiana y ahora peleaban como perro y gato. ¡Ojalá sólo hubiesen sido peleas pasajeras, llevadas por el calor de los combates de allí afuera, donde luchaban hermanos contra hermanos! Pero no: el mal se había metido del todo entre estos muros de una manera que probablemente jamás se había visto y que esperemos jamás vuelva a ocurrir. Así *pues, obligada por unas dramáticas e inesperadas circunstan-cias que pusieron su vida en peligro, sin nadie a quien recu-rrir, la superiora encomendó la custodia de aquellos documen-tos a la joven pariente que por esos tumultuosos días se había refugiado en el convento debido a una pena del corazón. Como tú. Sí, sí, se trataba de la joven María Micaela Mogro-vejo. Como te digo, a ella también le había tocado vivir de cerca el horror de la guerra y quizá, de no haber sido por aquella difícil encomienda, hubiese permanecido extraviada en su propio y mezquino pesar. La divina Providencia quiso que no fuera así y que en ella se delegara la terrible responsa-bilidad de salvaguardar, si era preciso con su vida, aquellos documentos a la espera de que viniera quien se los llevaría de vuelta donde el general Goyeneche, pues éste ya había sido alertado por su prima de que era urgente rescatarlos, ponerlos a salvo para siempre. O destruirlos. Pero las cosas no fueron fáciles y tamaña responsabilidad hizo tambalear la fe de la jo-ven y peligrar la vida de muchos...*

Madre e hija compartían un caserón en la calle del Rollo, nuevo de construcción, cómodo y lo suficientemente espacioso para ambas y la servidumbre, quizá algo excesivo y bullicioso para el gusto del peruano, que ya había estado en otras ocasiones —más felices, por cierto— en aquella vivienda. Pero desde que Josefa cayera enferma el general Goyeneche no se había prodigado en visitas y era visible el estado de la madre por el semblante de la hija, a quien el militar veía de vez en cuando: las facciones agostadas por el desvelo, la piel sin brillo, la sonrisa apagada. Aunque ella insistiera en explicar a quien le preguntara que su madre «sólo se encontraba un poco pachuchilla», era obvio para todos que aquello tenía muy malas pintas.

Recordaba el proceso de decaimiento perfectamente. Porque fue por esos días en que Goyeneche recibió la carta de su prima, la superiora del convento de Santa Catalina, y la verdad sea dicha, no tuvo cabeza para preocuparse mucho por la enfermedad de Josefa, era tal el estado de malestar que se había apoderado de su espíritu desde que recibiera aquella misiva en que María de los Ángeles le daba noticia de las persecuciones a que se veía sometido su hermano el oidor Pedro Mariano por parte de los revolucionarios y el frío desdén con que lo trataba el virrey, sin dignarse a prestarle ayuda. También le informaba de los asuntos económicos familiares, muy mermados de un tiempo a esta parte, y de que se encontraba enferma, víctima de unas fiebres inexplicables que la atacaban por la noche y la dejaban exhausta el resto del día. Felizmente tenía la ayuda de la congregación y la protección de la Virgen y nuestro Señor todopoderoso.

Aquellas noticias, pues, lo preocupaban en extremo porque le hacían temer lo peor. Sin embargo, imposible sustraerse del todo a la vida cotidiana en Madrid, y por el cariño que le tenía a su sobrina Mercedes, les había enviado a casa un médico de su total confianza, el berlinés Titinger, que resultaba, con diferencia y sin miedo a equivocarse, mil veces mejor que cualquiera de esos matasanos que pululaban por la corte por obra y gracia de la chusma de la que se rodeaba Fernando. El doctor Titinger vio pues a Josefa, la auscultó con semblante inescrutable y murmuró que le dieran unas friegas de unas hierbas que él mandó a buscar a un criado, recetó unas píldoras cuya fórmula magistral era propia y después habló con Goyeneche, convertido de pronto en algo así como en el páter familias de aquella casa de hembras solas. «Se muere», fue lo único que dijo el galeno. Se negó a cobrar un real y subió a su calesa. No obstante, y contra todo pronóstico, la enferma dio rápidas señales de recuperación y Mercedes recobraba su encanto y picardía a ojos vistas. Incluso se animó a acompañarlos a él y a Lasarte —otro que iba como alma en pena últimamente— a una fiesta que ofrecía el embajador de Sajonia, donde por algunos momentos se divirtieron como en los viejos tiempos y todo parecía ahora bien enrumbado. No obstante, luego de esa leve mejoría que a todos les parecía un milagro del Señor misericordioso, Josefa volvió a sentirse cada vez peor y ya prácticamente no se levantaba de la cama.

Hacía dos noches un sirviente picado por la viruela se acercó hasta su casa de la calle de Atocha para entregarle una nota de Josefa. En ésta le pedía por favor discreción y que fuera a verla el jueves cuando Mercedes estuviera haciendo sus ejercicios espirituales en el convento cercano de las Carboneras. El mancebo se fue corriendo Atocha arriba, negro como una estampa de ese tal

Goya y calado hasta los huesos por la lluvia torrencial, y el militar se quedó contemplando la figura de aquel sombrío emisario desde las ventanas de la casa, estremecido y con la nota entre las manos, precisamente cuando había llegado a su poder la segunda misiva de su prima María de los Ángeles: una verdadera bomba. Esa noche se había levantado, impelido por el desvelo y la preocupación. Abrió un cofrecito que tenía en la mesa de trabajo y sacó una llave que miró largo rato. ¿Acaso había llegado el momento de usarla?, se preguntó ensombrecido.

Así que el jueves, Goyeneche, después de asistir a misa en la iglesia de San Ginés —que todavía conservaba las huellas del terrible incendio de 1756—, decidió prescindir del carruaje en este punto e ir dando un paseo para sosegar su espíritu, pues la casa de sus parientes quedaba muy cerca de allí. El general tenía de todo menos ganas de visitar a Josefa en esos momentos, que el cielo lo perdonara por aquellos mezquinos pensamientos, pero era así. Porque aquella segunda carta que recibió de su prima la priora del convento de Santa Catalina lo había puesto en un estado tal de desasosiego que apenas si le dejaba dormir. De esto hacía muy poco. Todavía llevaba consigo los pliegos —ya ajados— para leerlos una y otra vez, incapaz quizá de creerse lo que allí le contaba María de los Ángeles o buscando en aquellas frases intencionadamente sinuosas una pista clara que le permitiera decidir qué hacer. Porque si en la primera carta la desdichada priora le contaba muy por encima que se encontraba algo mala, «resentida del estómago y con unas fiebres que no amainaban», y agregaba que sin embargo su preocupación era otra mayor, pues se trataba de asuntos que implicaban a la familia entera «y aún más», como bien sabía él; en la segunda ya era claro que el malestar físico y la preocupación terminaban siendo una sola: en pocas palabras —ahora cifradas con el viejo código familiar, que era bastante simple, de tipo numérico— la religiosa le explicaba que creía que estaba siendo envenenada por «quien aviesa y torticeramente se quiere hacer con los tales documentos que me encomendaras en su momento y que cuidé todo este tiempo con celo y perseverancia». Ella por el momento los había dejado a buen recaudo y bajo la protección de Dios, y le decía que por otros medios «más seguros que este tal» le haría llegar en un próximo envío la manera de rescatarlos, «porque de que alcancen tus manos depende ya no sólo la suerte tuya y de la familia, sino también la del país, en estos tiempos revueltos por el Impuro. Te llegará otra carta, querido primo, que escribo apresurada esperando la oportunidad de hacerla salir de aquí discretamente. Y sabrás leerla. Confía en la infinita bondad y sabiduría de nuestro Señor, que te iluminará en todo momento».

Entre la primera y la segunda misiva había transcurrido casi el tiempo en que Josefa había caído enferma y pasado por el calvario que le suponía el mal que le aquejaba el hígado, según le dijo luego el lacónico Titinger cuando Goyeneche quiso mejores noticias. «Y por lo tanto incurable, querido amigo», agregó con su marcado acento tudesco. Poco más de tres meses pues, y leyendo entonces la primera carta de su prima era fácil advertir que en sus líneas de apariencia rutinaria la religiosa había querido alertar a su pariente de que la cosa pintaba fea. La segunda carta era más larga y más concisa, escrita con la libertad de estar cifrada, pero por lo mismo más grave, según entendía el general las veces en que repasaba los pliegos intentando encontrar algo más, bebiendo brandy y fumando sin tregua. Terminaba la religiosa pidiéndole paciencia, que en breve le llegaría la señal y el modo de saber dónde escondía ella aquellos papeles «que tanto comprometen», y entonces Goyeneche tendría que buscar los medios para ir a Arequipa o hallar a quien «de manifiesta y probada confianza» se hiciera con esos documentos. Sí, pensaba Goyeneche una y otra vez, alguien tenía que rescatar toda aquella correspondencia que su prima había escondido durante años. Era urgente traer esos papeles a Madrid. Era urgente encontrar a alguien «de manifiesta y probada confianza, pues enviarlos por cualquier otro conducto resultaría extremadamente peligroso». Pero ¿quién podría ir?

Se había terminado sabiendo de memoria aquella carta, y la murmuraba, la repetía como si fuera un conjuro que le desvelaba y le distraía de sus obligaciones, obligaciones que, por otro lado, cumplía cada vez con mayor desgana, habida cuenta del pitorreo que se traían ministros y cortesanos, enfrascados con más enjundia en resolver sus asuntos personales y pedir canonjías, moratorias y mil prebendas para sus parientes o entenados que en ocuparse de los asuntos del país. El embajador ruso, Dimitri Tatischeff, había vendido a España unos barcos de los que todo el mundo se mofaba porque era seguro que no llegarían más allá del Estrecho sin irse al fondo del mar. ¡Sesenta y ocho millones de reales destinados a convertirse en leña, en el mejor de los casos! Fernando parecía no darse por enterado de aquella situación, mientras los virreyes americanos ya no podían apenas contener a los rebeldes en Río de la Plata, Cochabamba, Cuzco, Caracas y Lima. «Si mi maldito orgullo no me hubiera mandado escribir aquella carta de dimisión», pensó Goyeneche..., pero el virrey Abascal lo puso entre la espada y la pared: someramente, le echaba la culpa de haber sido vencidos en Salta por los insurrectos. Aún hoy, pese al tiempo transcurrido, sentía que se le espesaba la sangre al recordar los párrafos venenosos de Abascal, el condescendiente vituperio del viejo militar asturiano. A él, coño, que había formado un ejército eficaz y que de no haber sido por la idiotez de Pío Tristán para lanzarse a la carrera tras el ejército de Belgrano... Pero no tenía sentido pensar en todo ello. Había regresado a España para así olvidar esos años terribles, creyendo que zanjaba todo y que como el Cortés de México quemaba las naves, y mira tú. Del pasado no se podía escapar, pensó ensombrecido. Porque durante todo este tiempo en la corte no había podido olvidar los quebrantos, sobre todo emocionales, que le supuso temer por el destino de la América española. Y aquella correspondencia que creía bien guardada en Santa Catalina corría peligro. Nuevamente. Porque si caía en manos indebidas, su vida no valdría nada. Y quién sabía qué pasaría en América.

Si en ese momento alguien le hubiera explicado a María Micaela que la dicha que iba a vivir a partir de su decisión iba a durar tan poco e iba a ser luego tan revolcada en el lodo más infame, no lo habría creído. A veces, cuando no podía más con el desasosiego de sus recuerdos, acudía donde Mencía de Jesús, porque aquella mujer siempre tenía la reflexión adecuada. En unas ocasiones era la lectura de cierto pasaje de la Biblia, en otras unos fragmentos de la vida de un santo o de la misma Catalina de Siena, donde María Micaela se refugiaba buscando el consuelo de la meditación; otras veces en cambio sólo quería correr donde sor Patrocinio para enterrar el rostro en su regazo y llorar hasta quedar exhausta. En algunos momentos era la compañía austera y sobria de sor Francisca del Tránsito la que la distraía, invitando con el ejemplo a templar su alma, y otras más la risueña alegría de Donicia de Cristo, aunque ésta fuera fabuladora, romántica, exagerada y por lo mismo siempre proclive a dar vueltas a su alrededor como la abeja asedia a la flor para chupar el néctar de la confidencia galante, el chismorreo de amor. Y todo estaba demasiado fresco aún en su memoria como para desprestigiarlo así.

—El dolor purifica. Entrégate a él —recomendaba Francisca del Tránsito.

—El Señor te ha liberado del dolor que provocan los hombres —alentaba sor Patrocinio—. Ya cantarás, hija mía.

—No encontrarás más consuelo que en la oración y en la entrega al Señor, que no traiciona nunca a su rebaño —indicaba Mencía de Jesús.

—Tú estás así, mamita, porque estás purgando una culpa que no es tuya —le explicaba Donicia de Cristo—. Verás como pasa todo.

Pero ni el dolor parecía purificarla, ni sentía que los hombres en general eran los culpables, ni a veces la oración la consolaba. Quizá todo aquello junto era lo que ayudaría a que con el tiempo ella encontrara por fin la paz y la resignación. Todo junto, es decir, la vida en el monasterio, como le explicó la madre superiora cuando, a los meses de haber entrado a Santa Catalina, la mandó nuevamente a llamar. Por esos días, recordaba María Micaela, la superiora empezaba a encontrarse débil a causa de un mal cuyo origen los médicos no podían diagnosticar, pero todavía no se había convertido en el espectro que apenas salía de su celda y que en las últimas semanas había levantado un revuelo de murmuraciones y también de plegarias y novenas a las que se entregaban las hermanas, rezando por la salud y el rápido restablecimiento de sor María de los Ángeles. Ésta, en contra de lo habitual, había sido reelegida tres veces consecutivas por el consejo de las catalinas, la primera justo cuando se concluyó la construcción del claustro del noviciado, durante el priorato de sor Clara de Juan Arismendi. Y lo había sido por unanimidad y sin oposición ni del obispo Pedro Chávez de la Rosa, primero, ni de Luis Gonzaga de la Encina, quien conocía y respetaba a la madre María de los Ángeles desde que llegara a Arequipa en 1810... Tiempos difíciles, sin duda, en los que las religiosas del monasterio habían confiado en aquella monja para que las pastoreara por los caminos del Altísimo, según decían, y para que las protegiera de los graves acontecimientos de fuera.

—Tonterías —espantó las frases sor María de los Ángeles durante esa segunda cita con María Micaela—. De no ser por la ayuda de mis hermanas, yo no tendría fuerza alguna para llevar este monasterio. Aquí, hija mía, la priora es la más humilde de las siervas de nuestro Señor.

Le ofreció asiento y una taza de té de canela, aromático y humeante, que sirvió de una teterita de Sèvres. La celda de la superiora era amplia y con escaso mobiliario, con un crucifijo de madera frente al reclinatorio. Tenía un sofá, la cama era estrecha pero con sábanas de holanda y un delicioso aroma a espliego. Y una biblioteca con muchos libros. Y una mesa donde reposaba un tablero de ajedrez con piezas de marfil, estilizadas y sobrias, que María Micaela miró con interés.

—¿Has jugado alguna vez?

—No —confesó la joven, que había visto un tablero así en el despacho paterno.

La madre superiora sonrió con indulgencia. La verdad, ella tampoco habría sabido nada de este juego de estrategia si no hubiera sido por un hombre que fue para ella como su padre. Y aquello —dijo picoteándose la sien con un dedito alerta— le había enseñado a pensar con inteligencia pero sobre todo con prudencia. Y mucha astucia, que era lo que les haría falta para defenderse de todo cuanto sospechaba empezaría a ocurrir aquí mismo.

Sor María de los Ángeles deslizó un dedo suavemente por la cabeza de un alfil y luego acarició la cruz que coronaba la testa de otra pieza, haciéndola oscilar y al fin caer: el rey.

—Nos ha tocado vivir tiempos muy difíciles, hija mía. Quizá sea el fin de una época.

María Micaela bebió un sorbito de su té, sin saber qué decir. Aquella mujer, la superiora, era alta, de cejas claras y como pintadas por un delicado pincel, igual que la nariz, primorosa y altiva. Por mucho que quisiera portarse con humildad y simpatía, flotaba en torno a ella un halo de elegancia que intimidaba un poco. Repentinamente se dio la vuelta para toser contra un pañuelito que sacó de entre los pliegues de su hábito. María Micaela se abalanzó hacia ella para ayudarla, pero la superiora le dijo que no era nada, que estaba bien. Se sentó finalmente frente a ella y la miró con detenimiento.

—Eres igualita a tu madre —le levantó la barbilla con delicadeza—. Aunque creo que no has sacado el carácter pacífico de mi querida prima, por las noticias que han llegado hasta mí...

María Micaela quiso protestar, acaloradas sus mejillas de inmediato, pero sor María de los Ángeles buscó su mano y le dio un apretoncito, que no se preocupara, no había querido decir nada malo con eso. Estaba al tanto de todo lo que había vivido, de la decisión temeraria pero valiente que tomó por ayudar a unos amigos en peligro. Al decirlo, los ojos de la superiora se fijaron en el bastón en el que se apoyaba María Micaela.

—Y aunque aquéllos no fueran más que un par de ovejas descarriadas que se creyeron el cuento de la independencia, no merecían la traición —en los ojos de la superiora brotó una chispa intensa—. Ningún ideal se defiende con esa horrible arma sin quedar desprestigiado. Sin embargo, ya verás que siempre hay más gente dispuesta a usar el puñal que la espada, querida... Tu corazón debería estar en paz.

Luego de decirle esto, y al ver que María Micaela había bajado la cabeza, la superiora la atrajo a su pecho. Entonces ella lloró sin poder contenerse, sin decir una sola palabra, sólo escuchando los siseos tranquilizadores de la monja, sintiendo con gratitud sus palmaditas en la espalda.

Y ahora, con la madre superiora tan enferma que apenas si salía de su celda, con los rumores de que se preparaba un nuevo ataque de los insurgentes a Arequipa, los chismorreos de una vida oculta y libertina a la que se entregaban algunas seglares e incluso monjas —¡monjas!, no podía ser...— y las leyendas de fantasmas y almas en pena que parecían correr por las callejuelas de Santa Catalina sin que Mencía de Jesús ni las otras religiosas pudieran hacer nada para atajarlas, María Micaela no sabía dónde encontrar refugio. Porque no se le escapaba que de un tiempo a esta parte, tras las paredes del convento parecía crecer una amenaza siniestra, torva y desconocida que de inmediato, como un mal presagio, le hizo recordar las palabras del joven presbítero Antonio Pereyra y Ruiz, quien había llegado junto con el obispo don Luis Gonzaga de la Encina desde Tenerife, en la lejanísima Canaria. Éste se había hecho buen amigo de Mariano —aunque luego se distanciaran por razones políticas, claro...— y andaba por ese entonces recopilando datos de Arequipa y palabras que nunca había escuchado y le divertían horrores. Mariano lo llevó alguna que otra vez a casa de ella y el canario, hombre reservado y pío, pero también de curiosidad inagotable, preguntó aquí y acullá por tal o cual término que no conocía y por esta u otra costumbre de lo más común y natural para ellos pero extraña para el presbítero isleño. Un día, sin embargo, éste reflexionó en voz alta de esta guisa: «En estas tierras todo parece cubierto por un velo de equívoco y las cosas nunca son lo que aparentan». A María Micaela, cuando conoció al joven cura de acento cantarín, aquello le sonó un poco a exageración. También creyó encontrar un cierto desdén por su ciudad en aquella frase y el canario, al advertirlo, se apresuró a matizar que Arequipa le recordaba mucho a su tierra, donde también había un volcán majestuoso y donde también las apariencias no siempre coincidían con los hechos que las sustentaban. Y ahora, mucho después de haber escuchado esas frases, ella empezaba a pensar que el joven presbítero tal vez no se había equivocado y que las cosas no eran como a simple vista parecían.

No, definitivamente las cosas nunca son como creemos, se dijo Goyeneche pensando en la fugaz y engañosa mejoría de Josefa. Una vez que vio alejarse su berlina con el buen Celestino en el pescante, el general cruzó la calle Mayor casi sin darse cuenta hasta alcanzar la plazuela de San Miguel, encharcada por el agua sanguinolenta que salía de los tenderetes de venta de pescado y encendida por el griterío de las mujeres que discutían el precio de sus compras. Luego tomó por el pasadizo del Conde de Puñonrostro, hasta llegar a la calle del Rollo, donde estaba la casa de Josefa y Mercedes.

Como si lo hubiera estado esperando con impaciencia, un criado lo hizo pasar rápidamente a un pequeño y recoleto salón desde cuyos ventanales se ofrecía la techumbre de los edificios cercanos. Al cabo de un momento el mismo criado lo invitó a pasar a las habitaciones, donde lo aguardaba, enflaquecida como un espíritu, su prima Josefa. Tenía unas ojeras violáceas que destacaban como pintadas torvamente en su piel tan blanca, y las manos huesudas como las de la Parca. Estaba apoyada en varios almohadones que una joven criada reacomodaba cada vez que ella se movía para encontrar mejor posición.

—Pepe, qué alegría que hayas venido —le dijo dándole un abrazo débil, y él sintió que podía contar las costillas de aquel triste saco de huesos en que se había convertido aquella mujer que hasta hacía nada conservábase, si no bella, sí altiva y elegante.

Quiso mentirle que la veía mejorada, pero no se sintió con fuerzas para tal cosa. Tenía a Josefa por mujer inteligente y no especialmente proclive a las galanuras de fórmula. De manera que se limitó a sonreír y a sentarse en el sofá que le indicaba Josefa, a la vera de la cama. Al momento apareció el criado con una bandejita, dos copas y una botella de cristal que destellaba a la luz de la tarde. Josefa se empeñó en servir ambas copas con tal esfuerzo que los criados y Goyeneche estuvieron pendientes de que no se le cayera la botella de las manos. Al fin, como si hubiese pasado una prueba, la mujer extendió la copa al militar y levantó la suya. Luego les hizo un gesto a ambos criados y éstos se marcharon haciendo reverencias.

—Por mi Mercedes y por la memoria de Santiago —dijo entonces con algo de solemnidad, como cortando la ligera forma en que hasta el momento se había comportado.

A Goyeneche le vino de inmediato la imagen de su primo: alto, algo gordo ya desde joven, con un rostro barbilampiño y unos párpados ligeramente caídos que le daban una imagen soñadora y menos viril de lo que sonaban su voz y también sus desplantes de hidalgo. Aunque era navarro como lo era la propia familia de Goyeneche, llevaba varios años afincado en Sevilla y sus negocios abarcaban muchos rubros. Tenían una finca muy cerca de La Isla de León, donde pasaban los veranos, y donde Goyeneche conoció a la pequeña Mercedes, cuando ésta tendría diez u once años y él acababa de regresar de un largo viaje por Europa con el marqués de Casa Palacio, ocupados de aquel prolijo informe militar que les encomendara el ministro Godoy. Aquella vez habló largo y tendido con su primo sobre la posibilidad de hacer negocios juntos, como en efecto pudieron hacer, a través de la sociedad Sobrinos de Aguerrevere y Lostra, mientras Goyeneche partía a América. Después de todo, el Aguerrevere por vía paterna era Santiago. Desde entonces había sido su socio Lostra quien se encargara personalmente de tratar los asuntos comerciales con el primo Santiago, y Goyeneche supuso que su viuda había tomado las riendas de todo aquello desde la muerte de su marido. Las cosas entre Goyeneche y Lostra se habían deteriorado tan rápidamente desde que aquél llegara a España que ni siquiera había preguntado por los asuntos de Josefa, temeroso de que su socio lo tomara como una intromisión o quién sabe qué... Por un prurito similar se abstuvo de preguntar nada a su cuñada porque al parecer nada necesitaban ni ella ni Mercedes. Mejor para todos.

—Primo —le dijo Josefa—: Me muero.

Aunque era sabido que de ello iban a hablar, Goyeneche no pudo menos que quedarse de una pieza al escuchar aquel dictamen implacable. La voz de Josefa había resonado con toda su terrible simpleza, sin que él supiera qué demonios contestar.

—Qué puedo hacer por ti, prima. Me tienes a tus órdenes.

El general jugueteó nerviosamente con los botones de su chaleco de donde pendía la cadenita de su reloj. Trató de que su voz no sonara tan fría, pero no se dejó tentar por el deseo de suavizar la contundencia con la que Josefa proponía establecer la conversación.

La mujer se incorporó fatigosamente en los almohadones y detuvo el gesto de Goyeneche cuando se incorporó e intentó ayudarla.

—Puedes hacer mucho —contestó al fin, exhausta—. Pero no te preocupes, que no se trata de dineros.

—Así lo fuera.

Josefa lo miró detenidamente, y en sus ojos había una solicitud amable y casi maternal para con el militar, mayor y más vivido que ella.

—Lo primero: necesito saber qué opinión tienes de tu socio Juan Miguel.

Goyeneche se mordió los labios. Difícil pregunta.

—Es un hombre probo. Algo puntilloso. Quizá en exceso. Y desconfiado hasta la pared de enfrente.

Josefa sonrió con los ojos cerrados.

—Si fueran tuyos los negocios de mi difunto Santiago, ¿los llevarías con él? ¿O los invertirías en otro lado?

Hasta el momento Juan Miguel se ha limitado a darme informes sobre la marcha de los asuntos que dejó Santiago y aunque soy mujer de cortos alcances, algo me enseñó mi padre, de manera que todo ha ido bien. Pero no sé, en los últimos tiempos he sentido, cómo decirte, que me querían marear un poco la perdiz, ¿entiendes? Sobre todo con las inversiones que Santiago hizo junto con algunos comerciantes gaditanos durante el asedio francés, ya sabes...

Vaya que sabía, sí, se oscureció recordando, incómodo. Durante aquel terrible asedio que sufrió el puerto de Cádiz, mientras muchos comerciantes como su primo compraban tan ricamente patentes en blanco para montar corsarios, él partía comisionado por la Junta de Sevilla para alertar a la América española de la ilegitimidad del reinado de José Bonaparte. Imposible olvidar ese viaje en la goleta Nuestra Señora del Carmen, el salvoconducto del almirante Collingwood con los pliegos para el almirante Smith, por si fueran sorprendidos en alta mar por los aliados ingleses...

—... Y ahora que voy a faltar —estaba diciendo Josefa—, en fin, que Mercedes, con lo inteligente que es, resulta todavía muy joven y no quiero que se la merienden los lobos. Porque tengo la impresión de que Lostra guarda aquellos papeles, ¿sabes? Papeles que podrían comprometer seriamente a Santiago.

—Explícate, por favor.

—Una tontería que hizo Santiago...

Mientras Josefa hablaba con fatiga y visible incomodidad, desgranando poco a poco aquellos negocios de su marido, de los papeles que supuestamente estaban en manos de Lostra y de cómo estos últimos tiempos sin Santiago ella había tenido que ponerse al frente de la casa familiar y de los negocios que tenían, Goyeneche no podía dejar de pensar en su propia familia arequipeña —al fin y al cabo, Josefa también le hablaba de documentos—, en las cartas de su prima la priora, en la dificultad que significaba encontrar a alguien para enviar al convento y resca-

tar esos papeles comprometedores para él. O para los suyos, tanto monta. El Perú seguía revuelto y aquello parecía
un proceso imparable. Su familia acechada por el rencor
vengativo de los libertarios. Y él sin saber cómo resolver
aquel dificilísimo trance. Intentó concentrarse en lo que
decía Josefa con su voz débil y algo lejana, sólo reverdeci-
da cuando mencionaba a su hija, en la soledad en la que se
encontraría cuando ella faltara, sin saber atender los negocios y a merced de quién sabía qué interesado, porque ella
era joven y guapa, y en breve dueña y señora de una no
muy modesta fortuna...

—¿Quieres que me encargue de ello, Josefa? —interrumpió el militar, con gravedad— . ¿Quieres que vele
por Mercedes?

Josefa lo miró largo rato, muy seria. Luego sonrió
con dulzura.

—Nada me dejaría descansar más en paz, querido primo, que saber que mi hija queda bajo tu cuidado y
protección.

Esa mañana, María Micaela decidió que además de unirse a la rutina de oración y a las liturgias consagradas con las demás monjas, de compartir su pan y sus plegarias, sus labores y esfuerzos diarios, debía hacer algo más, algo que realmente representara un verdadero esfuerzo para ella. Porque ¿acaso la oración suponía un sacrificio? De ninguna manera; muy al contrario, se dijo, representaba un alivio poderoso, de la misma forma que asistir a sor Patrocinio en la cocina, donde apenas si ayudaba en nada. Ni tampoco lo suponía observar sin desmayo la regla catalina, porque precisamente lo hacía con devoción. Y aunque a veces pensara que nada disolvía su dolor, lo cierto era que sí, que la oración, las liturgias, las labores iban poco a poco horadando esa piedra oscura que se había alojado en su corazón. Por eso mismo, entendía que todo lo recibido en el convento eran dones gozosos que el Señor le otorgaba, y que madrugar, llenarse las manos de sabañones cuando lavaba, fatigarse de pie durante horas en las procesiones, no eran de ninguna manera sufrimientos, o al menos apenas eran incomodidades que pagaban escasamente el alivio recibido a cambio, el dulce bienestar de saberse protegida por el manto de la Virgen y el amparo de nuestro Señor. Quería pues encontrar una forma de sentir que lo que hiciera fuese un verdadero esfuerzo, algo que difícilmente haría, algo que —Dios la perdonara por pensarlo así, pero era cierto— le causase desagrado o aprensión o temor, en todo caso un malestar irreprimible. Y sabía muy bien qué era aquello, de manera que sin reflexionarlo más allá de lo necesario se encaminó después de rezar las sextas hacia la procuración, donde encontró a Mencía de Jesús, atenta a un gran cuaderno de cuentas donde aplicaba la pluma con tanta diligencia y concentración que la joven dio media vuelta para marcharse y volver en otro momento. La religiosa, sin levantar la vista de su cuaderno, la llamó.

—¿Qué te trae hasta aquí, hija?

María Micaela se apoyó en el bastón y giró sobre sus talones. La vicepriora seguía afanada en sus cuentas.

—En realidad —balbuceó— venía a ver cómo estaba usted, madre, y a pedirle que si tal vez me permitiera dedicarme a otra labor...

Mencía de Jesús levantó la vista de sus pliegos, dejó la pluma a un lado y se quitó los quevedos como para enfocarla mejor. ¿No estaba contenta acaso en la cocina? ¿Era muy duro, quizá? María Micaela se apresuró a decir que no, que no era eso, al contrario, estaba muy bien con sor Patrocinio, quien la trataba con cariño y le había instruido en los fogones como ella nunca pensó que..., en fin. No era eso, sacudió la cabecita, desalentada, sin saber cómo explicarse, más aturullada aún por el silencio paciente de la madre. Lo que quería era ofrecerse a atender a la madre Ramira de la Concepción, dijo de carrerilla.

—Sí —se apresuró a añadir—: Ya sé que tiene a una criada y todo eso, pero yo pensaba que quizá podía ayudarla, ofrecerle consuelo, leerle... —su voz se disolvió en un murmullo al ver el rostro inescrutable de la religiosa.

—Entiendo —dijo al fin ésta con una voz tan inaudible que María Micaela apenas la oyó.

—Quiero sentirme útil de verdad, útil para alguien. Quizá dando consuelo y asistencia encuentre yo olvido para mis penas, que son tan pueriles.

Mencía de Jesús sonrió con ternura.

—Querida mía: las penas de amor, del amor humano, se entiende, suelen ser pueriles, apenas menudencias que nos afligen más de lo debido a causa de nuestra débil condición terrenal. Pero no por eso dejan de ser penas. Y causan estragos en un joven corazón como el tuyo.

La madre se quedó un momento callada, como meditando qué más debía agregar, y María Micaela se aferró a la empuñadura del bastón con fuerza.

—Si eso es lo que deseas, hija, me parece bien —dijo al fin la monja y al momento añadió—: Todas hemos pecado aquí de descuido para con la madre Ramira. Todas sin excepción, pobres siervas mezquinas y pecadoras. Menos nuestra querida superiora, que siempre ha tenido una palabra de amabilidad con la anciana, siempre la ha visitado para ver cómo se encontraba, como un ángel bondadoso que protege bajo su ala al más débil. Claro que hace ya un tiempo que no puede asistirla a causa de su enfermedad —hizo una pausa meneando la cabeza apesadumbrada—. En fin, ya sabes que sor Ramira es difícil, que no tiene el entendimiento claro, que olvida todo, que a veces se porta como una niña caprichosa e incluso se hace sus necesidades encima, es testaruda para comer, protesta y chilla fuera de sí... Alma de Dios.

—Sí, sí, sé todo eso —se apresuró a decir María Micaela—. Pero no me importa. Quiero hacerlo.

Mencía de Jesús la miró largo rato con expresión neutra hasta que al fin sonrió con dulzura. Bueno, carraspeó, esperaba que todo fuera bien. María Micaela contuvo el deseo de correr hacia ella y llenarla de besos, pero se limitó a apretar los labios y hacer un gesto con la cabeza.

—Gracias —dijo. Y salió de allí.

De manera que al día siguiente se presentó al amanecer en la celda de la madre Ramira de la Concepción, que quedaba cerca de los gallineros, en la parte más antigua del convento y cuyos muros todavía mostraban, como feas cicatrices, los estragos del terremoto de 1784. Pensar en ello fue pensar también en lo que le contara Donicia de Cristo hacía un tiempo y sintió un estremecimiento. Tocó la puerta quedamente y al instante aparecieron en la penumbra los ojos achinados y somnolientos de la parda que se encargaba de Ramira. Llevaba el cabello sucio y revuelto, estaba descalza y arrebujada en una manta áspera.

—Soy María Micaela Mogrovejo —dijo— y venía a...

—Ah, sí —dijo la mujer con desgano haciéndose a un lado para que ella pasara. Al parecer la había arrancado de su sueño.

María Micaela puso un pie en aquella oscuridad de la celda y sintió como una bofetada la mezcla de fluidos ácidos: orines, encierro, ropa mohosa, polvo... ¡pero desde cuándo no se limpiaba esta pocilga!, exclamó apretando los puños, cómo era posible que la madre viviera en esas condiciones, se volvió con el rostro encarnado hacia la criada, que miraba todo con ojos ausentes.

—Ahora mismo vas a limpiar esto —si la mestiza esa estaba pensando que por ser joven no tenía arrestos suficientes, se equivocaba—. Si no quieres que avise a la madre Mencía y haga que te boten del convento hoy mismito.

La criada pareció impelida por un resorte y se arrojó a los pies de María Micaela, que por favor la perdonara, es que había estado malita, con dolor de panza, mamita linda, y no pudo hacer nada, pero ahora mismo limpiaba todo... Y le daba besos en la mano, besos que eran como picoteos y de los que ella se zafó con brusquedad.

—Ya, no seas zalamera y trae ahora mismo agua y jabones. Y vamos a abrir las ventanas para que entre un poco de aire. ¡Vamos!

En efecto, la celda, aunque espaciosa —tenía cocina, una habitación grande que daba a un patiecillo—, permanecía oscura como un mal presagio. María Micaela recorrió con la vista el lugar: una alfombra gruesa y ajada que seguramente habría que sacudir y orear, una mesita de madera renegrida con algunos platos sucios encima y al lado un misal o un devocionario. Un sofá desvencijado lleno de cojines raídos y al fondo un armario inmenso, robusto y negro, idéntico al que había visto en la celda de Donicia de Cristo. Era un mueble prehistórico, lleno de repujados y arabescos, con dos puertas de grandes manijas de bronce. ¿Cómo lo habrían llevado hasta allí? ¿Y cuándo? Enfrente justo de aquel armatoste solemne, al lado de una mesilla de noche, vio la cama, también grande, y el revoltijo de sábanas y almohadas desde donde la seguían atentos unos ojos como de comadreja. María Micaela contuvo un sobresalto al darse cuenta de que, callada, con una sonrisa maligna bailoteándole en los labios, había estado siendo observada en su registro de la celda por la madre Ramira de la Concepción. Sí, pensó, esto era precisamente lo que debía hacer, a lo que tenía que entregar toda su entereza y sacrificio.

—Con su permiso, don José Manuel —Celestino se acercó hasta la cámara donde Goyeneche leía, despachaba correspondencia o simplemente se adormecía con una copa de brandy en las manos, mirando el fuego de la chimenea. El militar acababa de llegar de la calle y se había quitado las polainas.

—Dime, Celestino.

—Han entregado esto para usted —el criado pareció vacilar—. Pero no lo ha traído el encargado de postas... Se lo ha dado un hombre a Guillermina cuando volvía del mercado de la Cebada. «Para don José Manuel», es lo único que le ha dicho algo bruscamente, antes de desaparecer entre el gentío. Mi mujer se ha quedado un poco asustada.

En las toscas manos del criado temblaban unos pliegos. Al ver el lacrado de aquellos papeles, Goyeneche supo de inmediato de qué se trataba.

Había regresado temprano a casa porque no se sentía bien, y pese a ello decidió pasar antes por donde Josefa, que empeoraba a ojos vistas. La encontró acompañada de Mercedes y una criadita que le daba de beber un caldo de ave y un poco de menestra que la pobre mujer aceptaba con desgana, fatigada y ajena. Mercedes también estaba demacrada, y no obstante sus esfuerzos por parecer la joven divertida de siempre resultaba difícil esconder la realidad. Con un pañuelito empapado con agua alcanforada enjugaba la frente de su madre. La casa estaba apaciguada y en muchas habitaciones se habían cerrado los densos cortinajes. Los criados andaban de puntillas y se reconvenían unos a otros, chitón, cada vez que alguno hablaba en voz alta. Una lluvia muy fina caía sobre los tejados de las casas vecinas, inundando todo de una tristeza sin fin. Goyeneche habló un poco de esto y de aquello con Mercedes y también con Josefa, y finalmente decidió que debía partir para que la pobre mujer descansara y Mercedes marchase a casa de su buena amiga la marquesa de Montoro, para rezar unas novenas y bordar un poco. «Y quizá —agregó al despedirlo— seguir afanándonos con Aristóteles, que es arduo pero distrae». Sólo entonces recordó el general que Mercedes tenía un preceptor, ¡vaya pasatiempos para una muchacha!

Goyeneche regresó a su casa dando un paseo, como ya era su costumbre, para despejarse un poco la cabeza sobre todo. El tráfico caótico de calesas, coches de posta, berlinas, simones y todo tipo de carruajes que cada vez con más frecuencia colapsaban la ciudad lo enfurecía y lo traía de vuelta a la sórdida realidad de una capital de reino dejada de la mano de Dios. Así pues, caminó el general peruano hasta su casa y se encontró, cuando ya se disponía a leer y despachar asuntos urgentes en su gabinete de trabajo, con aquella carta que le traía Celestino y que hizo que le diera un vuelco en el pecho. Había estado esperando las nuevas instrucciones de su prima María de los Ángeles, tal como ella le había hecho saber en su segunda misiva, y hete aquí que éstas le llegaban finalmente por manos misteriosas. ¿Cómo se las había arreglado aquella mujer que jamás había puesto un pie en Europa, que no conocía a nadie en Madrid —o eso creía él...—, para hacerle llegar los pliegos? Éstos debían de haber sido escritos casi inmediatamente después que los anteriores, para que llegaran tan pronto.

Sin poder dominar su impaciencia, el general se sirvió un poco del recio aguardiente de Pisco que se había traído del Perú y rompió el lacre de aquellos papeles que se dispuso a leer con la máxima atención tras anunciar a la servidumbre que no lo molestaran bajo ningún pretexto. «Sólo si se tratase del señor Lasarte», agregó con voz más queda, medio arrepentido, pues sabía muy bien que no se había portado correctamente con su amigo cuando éste quiso contarle aquel asunto amoroso con la actriz esa cuyo nombre no le venía ahora a la memoria. Cuando él interrumpió su historia con frases frías y displicentes, el rostro de Lasarte se tiñó con el rubor de la contrariedad, vaya que sí, precipitando algo bruscamente su despedida. Desde entonces no se habían visto y en el general pesaba una incomodidad que no se podía quitar de encima. Y por añadidura, Josefa agonizaba sin que nadie pudiera hacer nada. El berlinés Titinger le recetó un poco de láudano para paliar los dolores, pero poco más.

Despejando aquellos sombríos pensamientos se sentó frente al bargueño toledano donde solía trabajar, se caló los quevedos y dispuso toda su concentración en lo que aquella carta decía, pues era consciente de que iba a resultar de trascendental importancia para las decisiones que tomara en adelante. Pero al cabo de media hora, y después de leerla varias veces, acabó por llevarse una mano a la frente en un gesto de impotencia, de exasperada claudicación. Bebió otro trago de aguardiente y encendió un cigarro, perplejo, mirando aquel embrollo como el devoto mira los lebrillos en que otros leen el futuro. No entenderías menos si hubiera estado escrito en caldeo, vamos, se dijo. Como la anterior, la carta estaba redactada usando el viejo código familiar, y bastaba con reemplazar aquella sucesión de números por las letras correspondientes. Enviarle aquellas instrucciones en un código tan vulnerable hubiese resultado una temeridad, por eso Goyeneche sabía que una vez reemplazados los números por las letras —como podría haberlo hecho cualquiera con un poco de astucia y empeño— el mensaje sería legible, sí, pero seguiría estando cifrado. Cifrado por no decir caótico, porque aquello que tenía ahora entre sus manos resultaba un completo galimatías...

El general caminó hacia las ventanas y las abrió de par en par, tratando de serenarse y pensar. Se llevó un pañuelo a la frente, oscurecido, viendo cómo se esfumaban sus esperanzas de recuperar aquellos malditos documentos en los que le iba tanto. Por mucho empeño e ingenio que puso, cuanto más leía la carta menos la entendía. Porque en medio de frases de salutación y cotidianidad, la priora pasaba a manifestar unas reflexiones que hicieron pensar con pánico al general que efectivamente estaba siendo envenenada, si es que no estaba muerta a estas alturas —muchos meses habían pasado desde que escribiera aquellas líneas—, y que su cerebro había sido deteriorado por el sedicioso vigor del veneno. Por ejemplo decía: «... y ya no sé qué pensar de esta nuestra amada tierra, ahora convulsa, donde los que se esfuerzan y trabajan no tienen tiempo para nada más. Ahora bien, los muy vagos tienen todo el tiempo del mundo y si, como se dice últimamente, el tiempo es dinero, resulta pues que los vagos tienen más dinero que los trabajadores. Cosa fácil de ver si, como me cuentan las donadas, te das una vuelta por la ciudad, llena de indolentes y vagos que gastan los reales en vino o aguardiente. Malos tiempos, querido primo».

O comentaba cosas menudas de la intendencia del convento, como una pueril discusión con una india al servicio de la cocina y a quien ella explicó en cierta ocasión que nada hay mejor que la bondad eterna de nuestro Señor. «Imagínate lo que me responde esta mujer, primo querido, cogiendo un tomate: que si éste es mejor que nada, entonces un tomate es mejor que la bondad eterna de nuestro Señor. Y yo digo pues que si el mal y la estulticia están allí afuera, en estas guerras odiosas contra la España amada que tanto dolor nos traen, ese mismo mal de avieso signo también ha entrado al propio convento.» Y seguían otros párrafos de febles reflexiones, que nada parecían guardar en común unas con otras. Y cuanto más leía el general aquella carta tratando de buscar una pauta, un código cifrado, una alusión a algo conocido por ambos, más se convencía de que estaba frente a párrafos escritos por una demente. La madre superiora cerraba la carta con cariños, una advertencia y una evocación afectuosa de la niñez que compartieron, «cuando tu amantísimo padre, que también fue como el mío propio, nos enseñaba los secretos del ajedrez, pasatiempo que aún, con mis desmejoradas fuerzas, disfruto en los escasos momentos de sosiego que el manejo de este convento me permite. ¿Lo sigues haciendo tú? Aún recuerdo con devoción y cariño aquel librillo donde aprendimos tantas inteligentes estrategias de este noble juego. Por desgracia mi memoria falla y no retengo el nombre de su autor, creo que por cierto era italiano». Recién al cabo de unas horas de lectura afiebrada Goyeneche dio un respingo, ¡cómo no lo había visto antes! Su prima no sólo no estaba loca como llegó seriamente a temer, sino que demostraba una sutilísima inteligencia al deslizar, casi al final de su larga y aparentemente extraviada carta, las claves para desentrañar el mensaje.

En los días siguientes y ayudada por la mestiza —de nombre Jacinta— María Micaela fregó suelos, limpió cristales, sacudió alfombras y sábanas percudidas, lavó ropa, restregó paredes y maderas hasta quedar exhausta, con los brazos temblorosos y un terrible dolor de espalda. Pese a sus evidentes dificultades para moverse con soltura, no quiso que la negligente Jacinta se ocupara ella sola de la celda y sus enseres. No le gustaba nada esa mujer, pero tampoco se sentía con derecho a correr donde Mencía de Jesús y acusarla. ¿Tan nimios contratiempos la conminaban a pedir ayuda? ¿Tan poco era necesario para espantarla de la obligación que ella misma había contraído con sor Ramira? ¿Tan poca, la devoción por nuestro Señor? Podía imaginarse la decepción, el disgusto, la contrariedad formando pliegues, rictus, ceños fruncidos en el rostro de la vicepriora. Era cierto que iba desde la mañana a la noche donde la anciana y luego, cojeando apresurada, a las liturgias. El tiempo se le escurría de entre las manos como arenilla, de manera que llegaba a su propia celda extenuada y con calambres, molesta por las intemperancias seniles de la madre Ramira, que muchas veces la hacían pensar seriamente en claudicar de sus propósitos. Pero de eso precisamente se trataba, se decía, de que aquello fuera un sacrificio que entregaba como ofrenda a nuestro Señor.

Aunque les tomó mucho tiempo adecentar aquella celda inmunda y convertirla en un lugar higiénico y habitable, también se ocupó de la propia monja. Ese primer día ordenó a la criada que pusiera a hervir varios calderos de agua y le dieron un buen baño a la madre Ramira, que protestó con un resto de pavor en los ojos, y tuvieron que batallar con ella —era increíble la fuerza que mostraba aquel saquito de huesos— hasta que por fin la zambulleron en un barreño enorme de agua tibia como si fuera un bebé decrépito. El repelús, el asco de ver aquella especie de momia llena de colgajos acartonados y frotar esa piel de batracio era más de lo que en un momento pensó que podría soportar. Pero lo hizo: metió las manos en el agua jabonosa y frotó y refrotó la espalda, donde podían contarse las vértebras asomando como una cordillera, repasó el torso frío y áspero, restregó la pequeña cabeza, de donde escurrieron liendres y piojos que le treparon por los dedos, ¡esto es una barbaridad!, los brazos flacos, las manos rugosas, mientras la madre Ramira se iba dejando hacer ya sin protestar, jugueteando con el agua mientras Jacinta y ella le daban órdenes para que se volviera, levantara un brazo, así, ahora el otro, mamita, como una niña monstruosa y apacible, que Dios la perdonara por estos terribles pensamientos, se dijo María Micaela, enjugándose el sudor y también alguna lágrima, disimulando una violenta arcada cuando le llegaron a la nariz unos olores ácidos porque aquella infeliz se había orinado nada más salir del barreño y tuvieron que meterla nuevamente al agua entre admoniciones y amenazas.

Esa primera noche, de regreso a su celda, María Micaela lloró con desesperación, agotada, con la espalda contraída y la pierna latiéndole insoportablemente. Tan mal se sentía que pensó que no podría levantarse al día siguiente para volver donde la madre Ramira de la Concepción. Pero lo hizo. Y al siguiente también. Y al otro. Y vio con sorpresa que al cuarto día la indolente Jacinta había ordenado ella sola la celda de la madre, abierto el ventanuco para que entrara aire, y preparado un poco de chocolate que borboteaba agradable en un cacito puesto al fuego.

La madre Ramira estaba sentada en una mecedora. Sostenía un rosario entre sus dedos esqueléticos y se cubría las piernas con la manta inglesa que María Micaela había traído de su propia celda. La joven no supo si la vieja monja dormitaba o si meditaba. Parecía, en cualquier caso, una anciana venerable entregada al descanso o al recogimiento de la oración más íntima, pues sus dedos acariciaban imperceptiblemente las cuentas del rosario. De pronto, la madre Ramira abrió los legañosos ojos.

—¿Eres tú, hijita? Ven a que te dé un besito, por ser tan buena conmigo...

María Micaela sintió rígido el espinazo. Qué mosca le había picado, pensó. Miró hacia Jacinta, pero la criada había salido al patiecillo contiguo a la celda. La podía oír regando las plantas. Volvió a mirar a la anciana con prevención. Ésta la contemplaba en silencio, sonriendo, apenas una mano levantada hacia ella en ademán de súplica o insistencia. Se acercó despacio pensando que era una tontería temer a aquella pobre infeliz. Cuando estaba apenas a un palmo de la madre, ésta sacó la otra mano de debajo de la manta y aferró con sorpresiva violencia la muñeca de María Micaela.

—¿Crees que no sé lo que buscas, bruja? —siseó como una serpiente.

—Suélteme, madre —dijo ella con la voz desfallecida—. ¡Suélteme, le digo!

Y de un violento sacudón se deshizo de aquella garra fría.

—Tú también quieres esto, ¿no? —le dijo mostrando la llavecita que colgaba de su cuello y que no se había querido quitar ni durante el baño—. Ya me arrebataron una, pero ésta no me la robarán ni tú ni el resto de demonios que la quieren. Yo sé muy bien para qué.

Jacinta ya le había explicado que últimamente le había dado por ahí, con la dichosa llavecita. Antes la tenía en un cofrecito, pero de un tiempo a esta parte la llevaba colgada al cuello. «Manías de viejita loca, pues», le había dicho. ¿Y para qué servía esa llave?, le había preguntado a la criada cuando la anciana dormía, y la parda se había acercado hasta el matusaleno armario y la había introducido en la cerradura de una de las puertas. Ésta se abrió con un gañido y mostró la oquedad de sus entrañas. «Para esto sirve, mamita. Son sus manías, pues. Antes era la Biblia, más antes una estampita y más más antes ya no me acuerdo qué más.» Unos hábitos decrépitos, unas mantas, unas zapatillas sucias, poco más había advertido María Micaela en lo profundo de aquel ropero de dimensiones extravagantes.

—Nadie le quiere robar esa llavecita de porquería, madre —le dijo María Micaela con furia, y de inmediato se arrepintió.

Pero sus palabras o quizá la brusquedad con que fueron dichas surtieron efecto, porque la madre Ramira de la Concepción escondió la mano y se replegó en su mecedora, enfurruñada.

—Sí, hazte la mosquita muerta ahora —todavía le dijo, pero ya con menos énfasis—. Eres igualita a las otras, una pérfida bruja, heredera del mal.

¿Por qué sólo cuando se enfadaba parecía tan lúcida?, pensó María Micaela fingiendo ocuparse del chocolate que borboteaba en el cacito puesto al fuego. Porque la madre Ramira de la Concepción balbuceaba como una niña de pecho o sonreía como una boba, decía tonterías sin pies ni cabeza continuamente, menos cuando algo la sacaba de quicio, cuando creía que alguien intentaba arrebatarle lo suyo. Entonces su voz sonaba fría como el acero más templado y sus frases bien articuladas revelaban un ímpetu siniestro pero muy calculado. ¿Sólo ella se había dado cuenta? Sea como fuere, se dijo sirviendo unas tazas de chocolate, el caso es que yo no le caigo bien. Y ella a mí tampoco. Era cierto: con las monjas nunca se encrespaba así, y las pocas veces que habían coincidido la anciana la miraba con desprecio y desconfianza. Por eso precisamente había querido socorrerla, ayudarla. Para ofrecerle ese supremo sacrificio al

Señor. Pero estaba resultando más difícil de lo que pensó. A veces le entraba una furia loca cuando la madre tiraba el chocolate o escupía la comida, cuando la insultaba o quería arrancarle el cabello con sus manos como zarpas. Alguna vez, descontrolada ya por tantas impertinencias, la amenazó con meterla de cabeza en el armario aquel inmenso y la anciana abrió unos ojos redondos de temor y se echó a temblar como ella nunca la había visto. Y de nada sirvió su arrepentimiento extemporáneo cuando se arrojó a sus pies para pedirle perdón sin poder calmar el ataque de pánico que sufría aquella infeliz. La guerra entre ambas parecía entrar ahora en un territorio más profundo y desolador. A veces, cuando se encontraba con la madre Patrocinio o con Donicia de Cristo, les abría su corazón y contaba todo aquello. Ellas chasqueaban la lengua, le hacían una caricia o se compadecían con preocupación sincera, y eso aliviaba en algo todas sus aflicciones, pero de inmediato se quería ir a confesar de soberbia. Más aún cuando Donicia le dijo que la superiora, tan desmejorada que ya apenas salía de la cama, había sonreído con alegría al enterarse de que María Micaela socorría a Ramira de la Concepción. «Sabía que esa muchacha era un alma buena», había dicho, y le mandaba mil bendiciones antes de volver al sopor sin redención donde parecía cobijarse de la enfermedad para desvariar recitando nombres extraños, válgame Dios. Y María Micaela, al saberlo, se sintió una infeliz pecadora, una impía despreciable.

Sí, se dijo excitado Goyeneche, levantándose un momento de su escritorio, las sienes palpitándole, eso era, ahí se encontraba la clave que le permitiría desentrañar la misteriosa carta de su prima: con algún esfuerzo le vinieron a la memoria aquellos dulces años de su niñez, en la vieja Arequipa de devoción y largos paseos por la campiña cercana, sus primeras letras en la escuelita de los franciscanos y las tardes de sábado en que su padre lo llamaba al gabinete de estudio y con infinita paciencia le explicaba aquel juego maravilloso y poco conocido en la pequeña ciudad que era la Arequipa de ese entonces. Como por ese tiempo su prima Marianilla había perdido al padre, don Juan Goyeneche se había convertido en protector de la viuda y tutor de la huérfana, a quien llegó a querer, efectivamente, como a una hija. Y también la invitaba a ella a esas tardes de aprendizaje de aquel juego, remedando primero las partidas que aparecían en aquel tratado de Luca Pacioli que había encargado a Italia. Para aquel pasatiempo la pequeña Marianilla demostró un sorprendente talento, aunque muchas veces la madre, viéndola ensimismada frente al tablero y no con el bordado o la oración, le censurara ese «juego del diablo», más propio de hombres que de señoritas... Eran tiempos distintos, se dijo el general Goyeneche, y el encendido intelecto de aquella chiquilla que con el tiempo sería la priora de Santa Catalina hubiera languidecido como una flor sin riego de no ser porque don Juan Goyeneche, baztanés tozudo y de espigada cultura, descreía de confinar a las mujeres a la hacienda de la casa, el bordado y la cocina. ¡Y eso que era Arequipa! Marianilla había crecido en casa de sus tíos, y se había beneficiado de aquella largueza liberal de don Juan, tan conservador y probadamente religioso en otras cosas, dicho sea de paso. Con él, Marianilla aprendió a leer más y mejor que con las monjas catalinas, y con él seguramente se encendió esa chispa, esa sed de conocimiento que su prima siempre demostró: devoraba los libros que don Juan Goyeneche llevaba a casa, a veces abiertamente, a veces un poco a escondidas. Hasta que el pequeño José Manuel cumpliera los doce años y marchara a Sevilla para finalizar sus estudios de cadete de las milicias disciplinadas, había sido un hermano, un amigo y un cómplice de su prima Marianilla, que lo despidió con lágrimas de vivo dolor.

Por eso, cuando el general Goyeneche regresara a Arequipa para ponerse al mando del Ejército del Rey y sofocar el levantamiento de aquellos revoltosos en 1809, nada más llegar y saludar a sus padres y hermanos se dio un tiempo para preguntar por su querida prima. No le extrañó que le dijesen que había tomado los hábitos hacía tiempo y que ahora era la priora de Santa Catalina. «Primo querido: ¿bajo qué órdenes masculinas hubiera podido dejar crecer libremente mi espíritu?», le confió cuando fue a visitarla, una tarde llena de ternura y nostalgia, poco antes de que el general se alistara para partir hacia el puerto de Quilca, donde la goleta Santa Rita lo esperaba para llevarlo sin pérdida de tiempo a Lima a fin de entrevistarse con el virrey Abascal y planear juntos la estrategia que habría de vencer a los insurgentes. Pese a los recibimientos oficiales, a los compromisos con que la sociedad arequipeña lo agasajaba y sobre todo a los familiares, no quiso dejar de ver a su prima, quien, gracias a un permiso especial del obispo, pudo pasear con él por el patio más recoleto del monasterio, el llamado claustro de los Naranjos.

Allí, en ese enclave de paz y sosiego, sin más devoción que el amor a Dios, a sus lecturas, a sus pugnaces traducciones de vidas de santos y también de Horacio y Aristóteles,

Marianilla, convertida ahora en sor María de los Ángeles, madre superiora del convento, vivía feliz, en un mundo que sin embargo poco a poco se desmenuzaba, corría peligro, acechado por el mal que había infectado, al socaire de los tiempos, a la propia integridad de las monjas.

Nada pues hacía presagiar lo que en la última carta le confirmaba. La estaban envenenando. Y todo porque él, apremiado por la difícil situación en que se vio envuelto mientras trajinaba por la patria vulnerable, la había convertido en depositaria de unas cartas y otros documentos que ponían en peligro la hacienda familiar, sí, pero quizá también los destinos de la América española y de la propia Corona, de caer en manos equívocas. Sor María de los Ángeles no había dudado un segundo en aceptar tamaña responsabilidad.

La religiosa guardó las cartas con celo todo ese tiempo en que él se vio alejado primero de Arequipa y pocos años después del Perú, llamado por el deber para con España, que lo reclamaba nuevamente en la capital del reino. Allí quedaron pues los papeles, a buen recaudo. Pero las cosas habían cambiado. Y su buena prima, una santa mujer, una inteligente mujer, estaba defendiendo con su propia vida esos pliegos. ¿Dónde estaban escondidos? Eso era precisamente lo que decía la misiva de la religiosa: era pues imperativo que descifrara aquella clave para enviar de inmediato a quien pudiese rescatar los papeles de su escondrijo. Allí había contratos de propiedad de tierras y minas, pagarés y recibos, pero sobre todo las cartas que le habían llegado al monasterio y que su prima no se había atrevido a enviarle a Madrid, esperando tiempos más propicios. Sin embargo, las cosas en la América española lejos de mejorar se habían complicado cada vez más y más, por lo que ahora era urgente que alguien las recogiera y las pusiera a salvo. Ya no lo estaban en Santa Catalina. Goyeneche no se hacía ilusiones de que al llegar aquel a quien enviara al convento arequipeño encontrase con vida a María de los

Ángeles. La propia priora así lo había sugerido y de allí la extrema cautela de aquellas misivas. Por eso mismo debía darse prisa en descifrar el contenido de su última carta.

Comió frugalmente el refrigerio que le trajo un criado por orden de Guillermina, bebió de dos sorbos una taza de café y sin esperar más tiempo, cansado pero feliz por haber dado con la clave, o al menos con la pista que lo conduciría a ella, buscó entre los volúmenes de su biblioteca el tratado de Luca Pacioli, aquel librito que contenía ciento catorce partidas de ajedrez bien documentadas y que su padre les había enseñado a ambos en aquellas tardes de placentero esfuerzo intelectual. Y también buscó y encontró *El noble juego del ajedrez,* del sirio Stamma, inmortal ajedrecista sólo derrotado por el avezado Philidor en el parisino café de la Régence, según les relatara su papá. Los niños y el feliz don Juan Goyeneche reprodujeron no pocas de aquellas célebres partidas del siglo pasado...

De manera pues que, frente a sus libros, la carta de su prima, la pluma y su cuaderno de notas, el peruano trató de pensar con calma. Intuía que en los pliegos enviados por la superiora de Santa Catalina era necesario redefinir la clave familiar —sencilla, más bien tosca, simple reemplazo de letras por números— por otra que reprodujera una partida siguiendo la notación algebraica del ajedrez, una clave que estuviera a su vez contenida en aquellas frases disparatadas, en aquel —al parecer— ilógico hilván de reflexiones.

Y a esa tarea se dedicó con paciencia: intercambiar letras por números, reasignar valores a cada letra, combinarlos para encontrar una pauta, mientras reproducía la primera de las partidas que reseñaba Pacioli en su tratado medieval. No se desanimó cuando al cabo de varias horas aquello no le conducía a nada. Pero porfió: estaba seguro de que en una de esas partidas estaba la solución. O quizá en el tratado de Stamma... Si reemplazaba la primera letra de una palabra por un número y dejaba la siguiente sin descodificar, arguyó, tendría algo parecido a una propuesta ajedrecística, formada por letras y números alternos, del tipo d4/e6; f4/e5... Así, creyó encontrar una defensa india e incluso una inocente defensa Philidor en una línea de aquella carta... Pero no terminaba de convencerlo. ¿Cuál era la pauta para reemplazar las letras y conseguir la secuencia de una partida? ¿Y adónde lo llevaría ésta?

Apenas probó los pichones estofados que le llevó Guillermina al estudio, y sólo cuando las campanadas de la cercana iglesia del Cristo de Medinaceli le anunciaron las dos de la mañana, se tumbó en la cama, exhausto y con la cabeza hirviente de fórmulas. No tuvo tiempo casi ni de descalzarse. Porque estaba seguro de que allí, sumergida en ese marasmo de frases sin sustancia, estaba la clave.

Una noche, después de rezar vísperas y escuchar a la madre lectora instruirlas con unos pasajes de la vida de Francisco de Asís, María Micaela decidió dar un paseo por el claustro de los Naranjos, subiendo por el refectorio y pasando frente a los dormitorios destinados a las novicias, por ese entonces vacíos a causa de las reformas acometidas en los últimos meses. Era una noche bastante fresca y en el cielo se despeñaban de vez en cuando estrellas fugaces, como seguramente lo había sido la que guio a los Reyes de Oriente hasta el nacimiento de nuestro Señor, según le gustaba recordar siempre a la madre Patrocinio las veces en que paseaban un poco antes de retirarse a sus celdas. Aquellas estrellas eran como pequeñas chispas que caían por el lado de Sabandía. Decían en Arequipa que si se observaban muchas y durante varias noches seguidas, era casi seguro que se avecinaba un terremoto. ¡Qué horror! Ella había vivido fuertes remezones que parecían abrir el mismísimo averno bajo sus pies, pero no había nacido aún cuando aquel de 1784 que destruyó la ciudad y parte del monasterio.

Algunas semanas después de haberse encargado del cuidado de la madre Ramira —siempre intratable, siempre mordaz con ella, siempre desconfiada— seguía recordando la historia que le contara Donicia de Cristo. Una tarde en que fue a visitar a la madre Patrocinio y aprovechando que ésta preguntara por la anciana, por cómo llevaba ella sus nuevas labores, se atrevió a indagar si todo aquello era cierto. Ésta detuvo el cucharón de madera con el que revolvía el pebre de cordero en un perol macizo y frunció el ceño. ¿Quién le había dicho tal cosa, hija? María Micaela tuvo miedo de haberse dejado llevar demasiado lejos por su curiosidad y de que, por primera vez, la buena Patrocinio la reprendiera. Pero no fue así.

—Hija mía —le dijo con su sonrisa limpia de maldad la madre cocinera—, aquí vas a escuchar muchas historias. La mayoría de ellas son falsas, producto de la imaginación de las criadas, que no saben qué inventar y tienen sus cabecitas llenas de cuentos. La madre María Ana del Amor de Dios era la priora del monasterio cuando entré yo, siendo muy niña. Y también conocí a la desdichada sor Ramira de la Concepción, que ahora está en el estado en que está, la pobre, aunque fue una religiosa activa, bondadosa e inteligente. Eran buenas amigas, eso sí. Pero nunca se pelearon. Ni mucho menos murió la abadesa en aquel horrible terremoto, ¡válgame Dios! Murió hace quince años, de viejecita. En su cama, como una candelita que se apaga. Hubo daños, sí: se rajaron algunas paredes y el suelo del patio de los Naranjos, por ejemplo, se levantó todito entero y fue necesario reformarlo, quedando un poco más pequeño; todavía se ven las marcas de las antiguas baldosas en aquel patio ajedrezado por donde tanto te gusta pasear. Y unas cuantas celdas hubieron de ser demolidas, sí, pero nadie murió.

María Micaela se quedó desconcertada después de oír aquello. Pero ya se empezaba a acostumbrar a escuchar historias contradictorias, sinuosas, llenas de alusiones, desmentidos y falsas interpretaciones. Bastante tenía ya con el tormento diario que significaba cuidar de la madre Ramira de la Concepción...

Las versiones equívocas y contradictorias también sucedían afuera, en el siglo. Ocurría sobre todo desde que la guerra llegara hasta la paz bucólica de Arequipa y desbaratara el mundo de fe y valores claros en el que ella había crecido, llevándose de paso su alegre confianza en los demás. Para María Micaela aquello había ocurrido en una fecha concreta y jamás podría arrancarla de su corazón. Porque si había que ponerle un inicio a su tragedia toda, era sin duda esa mañana azul del pasado marzo en que despertó a una pesadilla de la que no saldría indemne, cuando ya la habían dado por muerta.

Pero no: quizá era necesario ir más atrás, remontarse hasta aquel día de noviembre en que la guerra alcanzó por fin, impaciente como el amante que acude tarde a una cita, a la blanca Arequipa. Ese día la ciudad amaneció con gran agitación y desde que las primeras luces del día comenzaron a incendiar las faldas del volcán, se vio a la gente ajetreada, camino al puente y de allí a las chacras; algunos para seguir por el sendero que llevaba hacia Majes o a Vítor, para perderse seguramente en algún caserío de indios, o simplemente pertrecharse de charqui, maíz, quinua, cebada y trigo en los campos cercanos..., todo lo que pudieran necesitar por si el asedio de las tropas insurgentes que venían desde el sur duraba más de lo previsible. Y es que nadie sabía nada a ciencia cierta y las noticias que traían los indios que bajaban del Cuzco hablaban de un ejército de cientos, de cientos de miles, de no se sabía cuántos, de hombres con fusiles y bayonetas, con uniformes rotosos, y que trotaban entre los escarpados gritando mueras al rey. ¡Al rey! Sí, señor, al rey y al virrey también, y a los arequipeños, patrón, eran muchos... Pero quién les creía una palabra a estos indios *güisgüis,* se exasperó la madre de María Micaela después de hablar con el viejo desdentado cuya recua de llamas parecía contagiada del nerviosismo que ya ardía en la ciudad. ¡Habría que ir a los conventos!, alertó alguien, ¡a refugiarse a los conventos!, dijo otro, y en la calle se encrespó un rumor ácido de voces y sugerencias, un olor de turbamulta angustiada. Por aquí y por allá corrían mujeres con sus hijos en brazos, esclavos con grandes bultos en la cabeza, chumbas de leche, objetos religiosos; hombres que exhibían viejos mosquetones, trabucos del tiempo de Felipe II, fusiles herrumbrosos; curas y frailes ante quienes otros se arrodillaban sollozando, clamando con desesperación no se sabía bien qué: si perdón, auxilio,

confort espiritual o la venganza de Dios contra estos malnacidos que quieren acabar con nuestra España, ¡que viva
el rey!, ¡que viva, carajo!

De manera que por fin la guerra dejaba de ser una
noticia más o menos lejana como hasta hacía un año, cuando les llegaban avisos de lo que sucedía, y sobre todo de
cuando el bravo Goyeneche iba sofocando incendios de insurrección en batallas feroces: Desaguadero, Sipe Sipe, San-
sana, Nazareno y otras tantas cuyos ecos alcanzaban la ciudad y enorgullecían y al mismo tiempo escocían, porque
muchos arequipeños se estaban dejando la vida allí. Sobre
todo en la batalla de Tucumán, donde Pío Tristán, sin esperar órdenes de Goyeneche, se lanzó a un desafortunado
ataque contra el Ejército del Norte, comandado por ese miserable de Belgrano, y lo hicieron trizas, quedando en entre-
dicho la habilidad de Goyeneche, que no tenía la culpa de
nada, según decía con rabia el padre de María Micaela, que
iba y venía de un lado a otro de su despacho. De manera
que el general Goyeneche se había pasado más de cuatro
años guerreando para que ahora, que había regresado a España, los insurrectos ganaran cada día más y más terreno y
llegaran hasta esta ciudad, liderados además por el cacique
de Chincheros, ese Mateo Pumacahua, ¡traidor!, rabiaba
aquella mañana su padre asomándose a la ventana para ver
el alboroto de los vecinos.

Porque a María Micaela, con los ojos aún hinchados
por el sueño, aquel traqueteo matutino, aquel rebozo de gritos y pisadas, le contrajo el corazón. Pensó de inmediato en
Mariano. ¿Seguiría en Majes? ¡Ojalá! Tan loco que era capaz
de venir, tan dolido y atormentado últimamente que era capaz de cualquier cosa... Se acercó a la puerta de la casa segui-
da por su madre y Domitila, que le prevenían para que no
saliera, pero ella les hizo un gesto de hartazgo, sólo iba a la
puerta, a mirar lo que ocurría. Y ahí se quedó contemplando
a la gente correr de un lado a otro, a los caballos que trotaban
rumbo al Puente Real, a un grupo de borrachos que pasaba

cantando, seguro apestando a chicha y a esa hora, y que gritaba vagos mueras y vivas hasta que el señor Cosío —que ensillaba una jaca magra y manchada— los amonestó, blandiendo un puño furioso, ¡perillanes, palanganas, cholos del ajo!, y uno de ellos hizo el ademán de sacar una faca del fajín. Menos mal que los otros lo contuvieron.

Por fin apareció por una esquina su prometido, el hombre al que hacía muy poco había entregado su amor y su corazón: Pedro Ugarte. Traía el semblante oscurecido por la preocupación. Llevaba con gallardía su capa azul, el uniforme de botones dorados que le quedaba algo estrecho en el vientre, la espada y las espuelas de plata. Su caballo caracoleó frente a María Micaela con donaire y el joven le hizo una especie de reverencia, ensayó una sonrisa, por fin habló. Traía malas noticias, querida, dijo, de Lima nos mandan apenas un centenar de soldados del regimiento real, quinientos fusiles y veintiséis mil pesos..., pero para cuando la fragata Tomás atraque en Quilca lo más probable es que ya estén aquí las tropas rebeldes con el traidor de Pumacahua al frente. Tendrían que luchar solos. Ahora mismo se iba a reunir con el intendente Moscoso y los alcaldes Gamio y Berenguer. Hizo una pausa, como si vacilase, como si no supiese por dónde continuar.

—Tú no sabrás por casualidad dónde están Mariano y José María, ¿verdad? Hace semanas que no sé nada de ellos —preguntó al fin frunciendo el ceño, arrogante.

Los ojos de María Micaela se encendieron como un avispero, ¿qué quería decir, Perico? ¿Iría a por ellos ahora que lo habían nombrado capitán del ejército? En su pecho aleteó una emoción extraña, ¿seguiría Mariano en Majes? Ugarte suavizó la voz.

—No he querido decir nada de eso, querida, tú sabes bien que siempre hemos sido grandes amigos —pero de inmediato tiró con violencia de la brida e hizo dar un respingo a su caballo—. En fin, sólo he venido a avisar a tu señor papá, lo necesitamos en el cabildo...

De manera, pensó Lasarte, que la muy zorra me la pegaba con Del Monte tal como había sospechado. Caminaba con prisa y procurando las esquinas más oscuras, arrebujándose en la capa y calado el sombrero hasta las cejas, desafiando el frío nocturno, ocultándose cuando algún vecino aparecía en la esquina o en el balcón, estrujando enajenado aquel trozo de papel mientras tomaba en dirección hacia la calle de la Reina, sonámbulo, incapaz de creérselo. La primera nota que recibiera de aquel maldiciente anónimo, hacía poco más de un mes, quiso pasarla por alto, de sobra sabía cómo se las gastaban los envidiosos y además él pensó que, viendo las cosas con cierto juicio, Charito Carvajal —mal rayo la confunda— estaba para lo que estaba. Pero no podía Lasarte engañar a su corazón y todo lo que ella hacía o dejaba de hacer le llevaba a los cielos o lo remontaba a los infiernos, ¡qué puñeta!

Al final había terminado por confesárselo a Mercedes una tarde en que fue a visitarla a ella y a su madre enferma, pues el sevillano la consideraba su única amiga, al menos en lo tocante a temas del corazón, porque con Pepe Goyeneche había notado que resultaba imposible confiarle nada de esa índole. Lasarte casi lo manda al carajo, pero se contuvo y supo disculparlo porque en los últimos tiempos el peruano estaba siempre ensimismado, como carcomido por un problema que no sabía resolver. Y más de una vez lo sintió a punto de alguna confesión. Y más de una vez Lasarte también había estado a punto de su propia confesión, pero demasiado bien sabía el andaluz que Pepe Goyeneche jamás aceptaría aquello, lo de sus componendas con quienes querían a toda costa el regreso de la Constitución abolida por Fernando. Pondría en peligro la buena relación que tenían desde tiempos ha. Lo de Charo quizá, pero lo otro jamás de los jamases: Goyeneche era un buen hombre y un militar honrado, sí, aunque también era un aristócrata a la antigua que no comprendía los tiempos que corrían, pese a que era evidente su fastidio para con el despotismo del rey. Lasarte ni siquiera se había atrevido a contarle sus tratos con Rafael del Riego, Carlos de Queralt y los demás. Ni a su amigo ni a Mercedes, porque sabía lo que estaba en juego y era mucho comprometer a esta última, más aún sabiéndola pariente de Goyeneche y teniéndolo a éste, como lo tenían, enfilado. Y es que en esas tertulias del conde de Sabiote era patente la ojeriza que le prodigaban al «perulero», como llamaban con cierto desdén a Goyeneche. Incluso el duque de Montenegro parecía tomar distancias de Lasarte, sabedor de su vieja amistad con Pepe Goyeneche, a quien no tragaba puesto que lo consideraba un traidor. «¿Un traidor?», le preguntó amoscado una tarde Lasarte, y el duque lo miró torvamente: «Sí, un traidor». Pero se dio media vuelta y se fue. No quiso llevar el asunto más allá porque no quería malquistarse con aquellos rancios cuya tertulia él frecuentaba más que nada para saber qué pensaban los fieles del rey, como le había pedido Riego: «Averigua tú cuanto puedas, Antonio».

A nadie pues le había dicho nada del complot que urdían para acabar con el tirano, ni tan siquiera a Charo Carvajal, aunque más de una vez estuvo tentado, a altas horas de la noche, cuando su intranquilidad la desvelaba a ella, que preguntaba qué le ocurría, y él se mordía la lengua para no comprometer los planes del grupo ni delatar a los que en Cádiz esperaban noticias para actuar. Pero hizo bien en separar las cosas y conservar la cabeza en su sitio: las reuniones con el asturiano Riego, Carlos de Queralt y algunos otros tenían que mantenerse en absoluta reserva. Si se sospechaba lo que tramaban, ninguno se salvaría de la horca, eso era seguro.

¡Ojalá hubiera tenido el mismo tino para los asuntos del amor!, maldecía ahora el capitán Lasarte, furioso consigo mismo, sabiéndose un cornudo, herido en su orgullo, caminando hacia casa de su amante para descubrirla in fraganti, en brazos de aquel artistilla contra el que su instinto tanto le había advertido: cómo pudo confiar en esa furcia miserable, apretó los puños y sintió que los ojos se le empañaban, ay, capitán, compórtate como un hombre, cruzó por la calle del Biombo y avanzó dejando a sus espaldas la iglesia de San Nicolás de Bari, para alcanzar la parroquia de San Juan y Santiago y cruzar la calle del Lazo, oscura y helada como un mal presagio, pero también más tranquila: sí, mejor que por la calle Mayor por las callejas de aquella zona. Ojalá no tuviera nadie la mala idea de intentar asaltarlo precisamente en ese momento en que se lo llevaban los demonios.

Porque nada más recibir en su casa la nota que un zagal le hiciera llegar al fiel Indalecio («me la dio un señor para que la entregara aquí, nada más sé», alegó el chiquillo), Lasarte entendió que no sería capaz de resistirse a averiguar por sí mismo si lo que decían esas pérfidas líneas era cierto: que Charo Carvajal no había estado visitando a una amiga del teatro, como ella le explicó al capitán de guardias del rey, sino en su casita, tan ricamente y recibiendo a Del Monte. «Seguro con la excusa de que andan preparando una nueva obra para estrenar en breve —decía la nota— querrán salir airosos del atolladero si vuesa merced va muy pronto y los descubre conversando inocentemente en el salón. Más bien tenga en cuenta dejar para horas más tardías la inesperada visita, que a buen seguro nada podrán poner como pretexto, pues donde usía los encuentre será difícil de explicar sin faltar al decoro». Y era precisamente aquello lo que había hecho Lasarte: consumirse de impaciencia toda la tarde, fumando cigarro tras cigarro, y esperar a que los rumores callejeros se apaciguaran hasta licuarse del todo, tragados por la oscuridad de la noche, para envolverse en una gruesa capa andaluza y salir a aquella negrura solitaria y anónima, en la que, si le daba la gana, como ahora, podía maldecir y acaso permitirse unos lagrimones de despecho. El viejo Indalecio propuso acompañarlo, pero Lasarte se negó en redondo: tales asuntos los resolvía él solito y sin más testigos que su desdicha y quizá su pundonor para enfrentarla. El criado se quedó gruñendo por lo bajo aunque no se atrevió a nada más. Conocía muy bien cómo se las gastaba su patrón.

Y es que aquella mala bruja se le había metido hondo en el corazón, le explicó una y otra vez a Mercedes, desde que ésta, astuta como sólo pueden serlo las mujeres, lo mirara una tarde con fijeza y le preguntara por qué andaba últimamente cariacontecido como un perro sin dueño, y Lasarte no aguantó más y le contó a la joven lo que le ocurría, todo lo que no podía decirles ni a Riego ni a Carlos de Queralt, enfrascados como estaban en cosas más serias de las que nadie se podía enterar, qué diantres, apretó los dientes. Y estaba también el tema de sus padres, que esperaban que sentara cabeza de una vez, y que lo hiciera con una mujer de su clase y rango, como correspondía. Largas horas conversaron Mercedes y Lasarte sobre este extremo, sin llegar a ninguna conclusión. Pero en los últimos tiempos ni siquiera había tenido Lasarte el consuelo de su amiga, pues la pobre andaba como alma en pena por el reciente fallecimiento de su madre, Dios la albergara en su gloria. Lo último que le pudo comentar fue que además, suponiendo que él pudiera salvar el difícil escollo que representaría la oposición familiar, Charo no quería saber nada de matrimonio, lo que había puesto en guardia a Lasarte de un tiempo a esta parte, y así fue como empezó a darle vueltas al asunto de otro hombre, otro al que ella quería más que a él, otro que, según la nota, era nada menos que Del Monte, el dramaturgo.

A María Micaela le quedó un mal sabor de boca esa mañana al escuchar a su prometido preguntar un tanto sibilinamente por el paradero de José María y Mariano. ¿Ahora iba a ir a por ellos?, le preguntó desafiante, y éste se apresuró a negar tal cosa, que simplemente había venido a entrevistarse con su padre y apenas tuvieran tiempo pasaría a verla con más calma para hablar de la boda. Pero ella se quedó con un sordo malestar. Porque apenas unas semanas atrás, cuando dejó que su corazón eligiese al hombre al que amaba, supo que corría el peligro de perder al que quería sólo como amigo. Por desgracia, poco tiempo antes de que ella tomara tal decisión, Mariano se había refugiado en la hacienda que tenían en Majes sus amigos los Quirós, amargado de la vida, apenas alentado por el amor a la patria que declamaba de un tiempo a esta parte —desde que volvió de Lima, quizá— con la misma obstinación encendida con que renegaba de la tal Silvia en cartas de las que María Micaela tenía noticia. Y hubiera querido que su buen Mariano estuviese cerca para consolar a José María. Porque cuando ella citó a este último para decirle que entre ambos no podía haber nada más que amistad, el enamorado recibió la noticia como si le hubiera alcanzado un rayo. En realidad no fue necesario decirle nada. En cuanto entró al salón y vio la expresión de ella, el semblante de Laso se tornó ceniciento. María Micaela pensó por un instante que se iría a echar a llorar, y al estirar un brazo para consolarlo, éste la apartó con brusquedad:

—Quita, mujer, no me toques.

Luego ocultó el rostro entre ambas manos y cuando volvió a levantarlo, con los ojos turbios, ya le habló con una frialdad que a ella le congeló el corazón.

—Tienes que entender... —empezó a explicar la joven, pero se detuvo al ver la expresión de Laso. Allí, en aquellos ojos, no había ni rastro del amigo dulce y afectuoso que había sido durante más de dos años y hasta ese mismo instante.

—No tienes que explicarme nada. Te ahorraré el mal trago. Más aún sabiendo que has elegido a quien también es enemigo del Perú y por lo tanto doblemente mío.

José María Laso se levantó del sofá donde se había sentado hacía un momento. Estaba pálido.

—Pero, José María...

—Sólo te diré que estos momentos nos reclaman a los patriotas, a los verdaderos amantes del Perú libre del yugo español. Y que asuntos triviales como éste no pueden ocuparme más tiempo. Tiene razón Mariano con respecto a las mujeres —añadió con un rictus de desdén—. Pero puedes estar tranquila: esta misma tarde partiré para reunirme con otros como yo, dispuestos a derramar nuestra sangre por el país. En breve oirás de nosotros.

—¡Pero cómo! —corrió ella hasta plantarse frente a Laso—. No seas insensato, ¿adónde vas a ir?, ¿a que te maten? Sabes muy bien que los rebeldes no tienen ninguna posibilidad, que sus armas son ridículas y que el ejército del mariscal Ramírez los pulverizará como antes lo hizo Goyeneche.

José María volvió a mirarla con desdén.

—Tú qué sabrás, mujer, de estas cosas: te limitas a repetir como un lorito lo que oyes entre los tuyos, que están todos con quienes nos oprimen y de quienes nos liberaremos en muy poco tiempo, ya lo verás.

Alcanzaba la puerta cuando María Micaela quiso nuevamente detenerlo. Pero fue en vano. No lo volvió a ver ni supo más hasta que Pedro Ugarte le preguntó por él y por Mariano, esa mañana de noviembre, cuando era inminente la batalla en la entrada misma de la ciudad.

La desgraciada guerra había roto su tranquilidad, como la de tantos. Todo hubiera quedado así, todo hubiera sido más o menos señalado por la crueldad de esa guerra de locos que había ido arrasando la cordura de unos y otros —y peores cosas se esperaban, se decía ahora en el monasterio— de no ser porque muy por la noche su padre regresó junto con Pedro y otros notables a la casa familiar. Allí los criados se apresuraron a darles un refrigerio mientras ellos continuaban discutiendo en el despacho paterno, adonde María Micaela se acercó sigilosa, alertada por las voces. Arrebujada en un mantón de Manila, se dispuso a escuchar. Ya Pumacahua y Vicente Angulo, decían, habían llegado hasta cerca de Apacheta, apenas a cuatro leguas de Arequipa. Allí se estaba organizando el ataque y el cacique de Chincheros reunía un ejército de al menos cinco mil hombres y quinientos fusiles, según había sabido el intendente Moscoso.

«¿Cuántos hombres tenemos nosotros?», oyó a su padre hablando con inquietud. «No los suficientes —se desalentó otra voz que ella no pudo reconocer—. Y ya sabemos que muchos cobardes han volado y otros se han unido a Pumacahua o están a punto de hacerlo». «Entre ellos, claro, José María Laso. Sé de buena fuente que estuvo hace tiempo en contacto con los insurgentes y que ha reunido muy taimadamente armas y munición para llevárselas a Pumacahua. Ya lo hubiéramos apresado y colgado de no ser porque ha huido. Su padre está ahora en el calabozo y no quiere confesar dónde anda su hijo. El muy cabrón.»

María Micaela tardó unos segundos en entender que aquella última voz era la de Pedro, Perico Ugarte, el hombre con el que se iba a casar. Sintió que se le revolvían las entrañas, se tapó los oídos como si así pudiera evitar escuchar aquellas infamias, corrió atropelladamente hasta su habitación, en un estado tal que no podía contener los temblores de su cuerpo, como si tuviese mucho frío.

Al día siguiente, al amanecer, dando vivas al rey Fernando y a la Corona española, salió de Arequipa un ejército bajo el mando de Pío Tristán, el intendente Moscoso y el mariscal de campo Francisco Picoaga. Iba con ellos, gallardo, desafiante, el capitán Pedro Ugarte. También el padre de María Micaela y su hermano partirían a la guerra.

Ella, que no había pegado ojo en toda la noche, alegó una jaqueca tremenda cuando su padre le dijo que su prometido quería despedirse.

—Esperemos que no tengáis que ir al convento a refugiaros, hija —dijo su padre, ceniciento—. Pero la ayuda prometida de Lima no ha llegado y no podemos esperar más. ¡Ojalá estuviera entre nosotros el bravo Goyeneche!

Se abrazaron sus padres, la madre lloró y ella también, besando con efusión a su hermano, sabiendo que era inútil todo intento de disuadirlo.

Por la ventana ella y su mamá vieron pasar aquel ejército de cerca de mil hombres armados con mosquetes, fusiles, trabucos, cuchillos, espadas y boleadoras, todos encendidos, rugiendo, algunos a caballo y otros a pie, seguidos por una recua de mulas y de llamas con bultos, hasta que se perdieron rumbo al noreste, por la ruta que lleva hacia los volcanes. Entonces María Micaela, aprovechando que su madre y otras vecinas se habían reunido para rezar el rosario rogando por la victoria de sus hombres, corrió a su habitación para preparar una carta que le pidió a Manuelillo que llevara hasta Majes, a toda prisa y sin que nadie se enterara. El criado, un mulato joven que la quería mucho, abrió con espanto los ojos y retrocedió negándose, pero ella se hincó de rodillas para convencerlo:

—Te lo pido por lo que más quieras, Manuelillo —le dijo con los ojos arrasados por las lágrimas, y el hombre la levantó de inmediato, conmovido, asustado también.

Sería fácil, insistió ella blandiendo la carta, todos habían partido en dirección contraria, le dijo, y nadie lo vería salir de Arequipa. El criado vaciló todavía un momento y finalmente cogió la carta.

—Si su padre se entera, me doy por muerto, mamay.

—No pasará nada, verás —María Micaela puso una mano sobre la de Manuelillo—. Confía en Dios, que se trata de un asunto de honor. Salvarás la vida de dos personas a las que amo con toda mi alma.

—Ya lo sé, mamay —dijo el mulato con firmeza—. Don Mariano y don José María corren peligro. Al señor papá de éste lo han mandado al calabozo y don Pedro Ugarte, su prometido de usted pues, quiere cazarlo como a una vizcacha. Así mismo anda diciendo. De don Mariano no ha dicho nada, pero se le tuerce fea la mirada cuando alguien lo menciona.

Momentos después, desde la puerta de la casa, María Micaela vio el galope enloquecido del caballo que cruzaba la calle solitaria hasta perderse rumbo a Majes, donde ella esperaba que aún se encontrara Mariano. Y quizá también José María Laso...

Los recuerdos de aquellos momentos le enturbiaban el descanso desde que entró al convento, por cuyo claustro de los Naranjos ahora paseaba presa de la agitación. Tañeron las campanas convocando a las monjas para rezar el rosario, la letanía y las devociones. María Micaela se encaminó sin pensarlo hacia el coro, nuevamente precisada de ayuda divina. Porque un año después de todo aquello no había encontrado el consuelo que necesitaba para limpiarse aquel asco de saber que había elegido al desleal y mal amigo: qué equivocada, qué inconsciente había sido, se dijo llevándose el dorso de la mano a los ojos.

Lasarte cruzó sonámbulo el barrio de San Ginés y avanzó hurtándose a miradas indiscretas hasta llegar a las inmediaciones de Sol. Se internó nuevamente por callejuelas desapacibles hasta alcanzar la calle de Fuencarral y miró de soslayo el almacén de Madame Petibon, donde Charo encargaba corpiños suizos de blonda y boas escaroladas de raso, encajes y guirnaldas de perlas y cintas de terciopelo punzó para sus trajes de artista, pero también para regalarle a él con la fiesta de sus atuendos cuando lo recibía juguetona antes de llevárselo a la cama. Mala pécora.

Ni siquiera se había planteado qué haría, cuál sería su reacción en caso de que lo que decía la nota fuera cierto y él pillara a los sinvergüenzas en la cama, riéndose a sus espaldas. Otra vez sintió la embestida fría del rencor hendiendo su pecho como un estoque artero. Quizá había sido un equívoco no haberle confiado a nadie el paso que ahora daba: ni siquiera se atrevió a decírselo a Pepe Goyeneche, pues probablemente éste lo hubiese calmado, le habría dado una perspectiva más sosegada a todo el asunto, ya que la larga caminata por las desiertas y frías calles de la ciudad dormida apenas había logrado refrescar su ánimo. Antes bien, se decía Lasarte, parecía que éste se hubiese congelado en una siniestra decisión, la de acabar con la vida de aquellos dos miserables.

Por fin, en la esquina más alejada de la calle de la Reina, donde vivía la traidora, apenas si se divisaba a nadie. Dio unos pasos, decidido, pero se detuvo en seco: allí al fondo apareció la silueta de un hombre, advirtió Lasarte sintiendo nuevamente que la sangre corría siniestra por sus venas. Se acercó con cautela, casi adherido a la pared ulcerada de desconchones de una casa, fingiendo que entraba a un zaguán de donde provenía un tufo tenaz de miasmas y basuras: miró con rapidez hacia aquellas escaleras pronas y añosas, fingiendo tontamente que iba a subir. Se acercó otra vez a fisgar: era un cochero que parecía haber descendido de la calesa para hacer aguas menores en un rincón de la calle solitaria y luego volvía al embozo de su capa y al pescante del carro, de seguro a dormitar esperando a su patrón.

Caminando muy despacio, arrebujado por completo en la capa, Lasarte recorrió los últimos cincuenta metros cerciorándose de que en efecto aquella calesa estaba justo a las puertas de donde vivía Charo Carvajal. De manera que aquél era el cochero de Del Monte, pensó con una nevada furia que le hizo llevar la mano al fajín, donde pendía la espada. El hombre dormitaba entre ronquidos broncos y apenas si se dio cuenta de que Lasarte se ponía de un salto delante de él para increparle, ¡miserable, ahora mismo le iba a decir dónde estaba su patrón! Se quedó de una pieza al reconocer en el rostro lívido y basto del indefenso cochero al criado de Carlos de Queralt; no supo qué pensar, de pronto todo se le hizo un batiburrillo en la cabeza, pero entonces ¿el buen Carlos era quien se la pegaba con Charito? ¿Eso era?

—Señor Lasarte— balbuceó el criado con unos ojos inverosímilmente redondos—, ¿no estaba usted allí arriba conversando con mi patrón?

—¿Cómo dices?

—El señor De Queralt vino a una cita con usted. Yo mismo recibí hoy por la mañana su nota en la que lo emplazaba en esta dirección. Don Carlos lo espera hará poco más de media hora.

Lasarte sintió que se le humedecían las manos y que se quedaba por un vertiginoso segundo sin respiración.

—¿No ha venido nadie más? —alcanzó a preguntar con una voz estrangulada que le costó reconocer como suya.

—No, nadie desde que llegamos. La calle ha estado desierta hasta que apareció usted —en la voz del criado había un resto de reproche, seguramente por el susto que le había dado Lasarte—. Don Carlos le espera, apúrese.

Dejó al cochero en la calesa y subió de cuatro trancos las escaleras polvorientas, procurando no hacer ruido, hasta alcanzar la puerta de Charo, que tocó quedamente, sintiendo el corazón a punto de reventarle en el pecho. Volvió a tocar impaciente y al poco escuchó pasos conocidos. En la puerta apareció el bello y contrariado rostro de Charo. Sus ojos de avellana chispeaban, furiosos.

—¿Por qué demonios no me avisas de a quién citas en mi casa? —susurró con ira mal disimulada mirando de reojo hacia el salón recibidor—. Si quieres reunirte con tus amigos, hazlo en tu casa o en una taberna de esas a las que acudes con frecuencia. Que lo sé bien. O por lo menos, no me envíes notitas como si fuera tu criada...

Entonces sí, Lasarte entendió con pavorosa claridad lo que ocurría. Apartó violentamente a Charo de la puerta y avanzó hacia el salón. Allí, en una otomana carmesí, fumando y con el semblante preocupado, esperaba Carlos de Queralt.

—¿Me quieres explicar qué ocurre, Antonio...? —empezó a decir éste incorporándose, pero el capitán andaluz lo interrumpió.

—Es una trampa, Carlos —Lasarte tenía las mejillas chupadas y el rostro como cincelado en mármol—. Nos han tendido una celada.

Luego se volvió a Charo, que, petrificada en la puerta del saloncito, escuchaba con expresión confusa lo que decía su amante.

—Te juro que yo no he... —empezó a decir, retrocediendo, pero se calló bruscamente y entendió que el duque de Montenegro la había engañado también a ella. Porque desde la última vez que lo vio en la taberna aquella no había vuelto a aparecer en su vida y tampoco recibió mayores instrucciones respecto a Lasarte, de manera que ella pensó que la dejaba en paz, harto quizá de jugar a los espías. Y no: la había hecho caer en una trampa como a una tonta de capirote. ¡Cómo no lo vio!

—¡Qué has hecho, desgraciada! —Lasarte se acercó a ella y la sacudió por los hombros—. ¿Por cuántas monedas me has traicionado?

Sin esperar respuesta le cruzó el rostro de un manotazo que iluminó más de sorpresa que de dolor el rostro de la actriz.

Carlos de Queralt rescató a la mujer de las manos de Lasarte, que había enrojecido violentamente y temblaba con la diestra en alto. Alertados por el ruido se habían acercado Paloma y Serafín, que miraban la escena desde el saloncito contiguo, sin saber muy bien qué hacer, cómo defender a su señora.

—¿Me quieres explicar qué demonios ocurre, Lasarte? —preguntó Carlos de Queralt dejando a Charo Carvajal, que ahora lloraba y balbuceaba desde el suelo, extraviada en súplicas y gemidos que hacían más confusa la escena. Los criados se acercaron rápidamente para rescatar a su ama, pero ella se zafó arrastrándose a los pies de Lasarte, anegada en llanto.

Es una celada, Carlos —insistió Lasarte con una voz de lástima y desenvainando la espada con amenazante brío. Luego se asomó sigiloso a los dos balcones que daban a la calle, tres plantas más abajo, apartando con dos dedos las cortinas.

En las escaleras de pronto resonaron pasos y juramentos, órdenes e invocaciones en nombre del rey, voces broncas y confusas en medio de los ladridos de los perros y los ayes de los vecinos que se habían asomado a ver qué ocurría.

Lasarte y Carlos de Queralt se miraron un segundo, sabiéndose perdidos.

Había alcanzado una especie de tregua con la madre Ramira de la Concepción. Ella fingía leer en voz alta para sí misma y la anciana la escuchaba con atención. Aunque cuando se alteraba o tiraba el plato de sopa, María Micaela cerraba el libro y se hacía la desentendida. La monja se dejaba peinar y lavar, pero no permitía que las manos de María Micaela rozaran siquiera la llavecita que llevaba colgada del cuello. Ella se marchaba a descansar a su celda y, después de sexta y la comida comunitaria en el refectorio, alternaba su asistencia a la anciana madre con alguna visita esporádica al rosedal que Donicia de Cristo cuidaba con un esmero conmovedor. La monjita podaba, arrancaba hierbajos, y le iba explicando a ella cómo hacerlo. Eran rosales de pie bajo, advertía, y había pues que podarlos siempre en forma de vaso. A la hora de cortar una rama era menester fijarse bien en su grosor. Si era pequeño, mejor dejar tres yemas. Así, ¿se fijaba, mamita? Pero María Micaela, que ponía al principio toda su atención por complacer a su amiga, pronto se distraía, era asaltada por los recuerdos. Quizá porque su madre también cuidaba con mimo un rosal por aquellos días en que empezó la guerra, quizá porque ella guardaba una rosa seca, acomodada entre las páginas de un libro, que le había dado José María Laso una de las últimas ocasiones en que lo vio. Y todo aquello la devolvía una y otra vez a aquella aciaga mañana de noviembre...

Al llegar a la ciudad las primeras noticias de que el ejército realista de Tristán y Picoaga había sido derrotado en Apacheta por las huestes rebeldes, muchos corrieron a refugiarse en los conventos, recordó María Micaela. Decían que Picoaga había cometido un error gigantesco al colocar a las tropas en un paraje donde era imposible que la caballería pudiese maniobrar, y que los aguerridos combatientes de Pumacahua, aprovechando tal circunstancia, los habían pulverizado en un santiamén.

Aquellas noticias levantaron en la ciudad una polvareda de rezos, lamentos, llantos y gritos desesperados, mientras las campanas tañían fúnebremente. El cielo de esa tarde primaveral se había oscurecido con tonos dramáticos en los que más de uno creyó encontrar señales de la ira de Dios. Otros decidieron esperar al cacique de Chincheros y a sus tropas a las afueras de la ciudad. De pronto se lanzaron a las calles dando inexplicables y repentinos gritos de júbilo, maldiciendo a la Corona española y al rey Fernando, gritando vivas al Perú libre, lanzando piedras contra las casas de los copetudos que habían salido por la mañana para enfrentarse al glorioso ejército libertador de los peruanos. La madre de María Micaela, con el rostro demudado, exigió que se cerraran puertas y ventanas, que tapiaran pronto las más débiles, que corrieran las cortinas, que apenas hablaran. Y se sentó con su hija y las criadas a rezar el rosario.

Una vez pasada aquella desbandada general, muchos vecinos hicieron lo mismo que ellas y se encerraron a cal y canto en casas y conventos. La ciudad se sumió en un silencio irreal y tan intenso que apenas si se escuchaba el esporádico ladrido de algún perro o el murmullo persistente de los rezos que aquí y allá dedicaban con fervor quienes tenían a sus familiares en el ejército vencido. Aquel silencio tremendo duró hasta el atardecer, cuando en el camino que salía hacia el noreste de la ciudad se fue levantando un rumor mínimo, un enjambre torvo después, un tosco ronquido lleno de odio y júbilo luego, y finalmente un desaforado orfeón de voces que anunciaba a la vencedora tropa de Pumacahua entrando a Arequipa y dando ásperos mueras al rey, blandiendo lanzas, disparando al aire y jurando agravios contra la Corona. De pronto se abrieron las puertas de las casas y las mujeres corrieron hacia la humillada recua de vencidos que, encadenada, caminaba detrás de la tropa independentista, para buscar a los suyos.

María Micaela recordaba aquella imagen terrible como un grabado del apocalipsis, como un lienzo que quedaría fijado para siempre en su joven retina: eso era la guerra, eso era el dolor que traspasaba a las mujeres cuando entendían que entre los prisioneros no estaba el hijo, el marido o el hermano, y se arrojaban al suelo y se tiraban de los cabellos rugiendo de dolor o eran espantadas a culatazos cuando se acercaban a tratar de arrancar las cadenas de sus hombres, malheridos, sangrantes, con los ojos desorbitados. Ella también corrió, allí estaban su padre y su hermano, allí el brigadier Picoaga, allí el intendente Moscoso y también Pedro Ugarte, pero no pudo acercarse porque la tropa de Pumacahua —un indio arrugado, de pómulos altísimos y mirada inescrutable— se encargó de ahuyentar al mujerío, abriendo cabezas y dejando sin sentido a más de una...

¿Así había sido?, se preguntaba en la soledad de su celda, una vez que el convento de Santa Catalina se recogía y no se escuchaba ni un murmullo en sus callejuelas y patios, y daba vueltas en la cama, incapaz de dormir. Porque, en su recuerdo confuso, los acontecimientos de aquel día se sucedieron vertiginosamente y al mismo tiempo parecían estar envueltos en una niebla de oprobio y lentitud, como si fueran imágenes de un sueño. O más bien de una densa pesadilla, como las que aún la despertaban a medianoche y ella tardaba en percatarse de que ahora estaba en la tranquilidad de su celda conventual y no en su casa de ventanas tapiadas, rezando junto a su madre y la servidumbre, esperando que dejaran en libertad a su padre, a su hermano y a todos los demás. Arequipa era un hervidero de noticias confusas y mensajes alarmantes en aquellos días de noviembre de 1814, y tan pronto se decía que el virrey Abascal se había rendido ante los insurgentes como que desde Lima enviaban refuerzos para combatirlos y aplastarlos, más ahora que se sabía que el rey Fernando estaba nuevamente en el trono y mejor dispuesto que nunca a no dejar caer la América española en manos de aquellos jacobinos terroristas que se hacían llamar patriotas. Por lo pronto, había disuelto la Constitución de 1812 que tanta algarabía había causado entre los insurrectos. España seguía siendo una monarquía absoluta y muchos volvían a hablar con nostalgia de Goyeneche y afirmaban que si el general hubiera continuado al mando del ejército realista, aquellos desharrapados no habrían vencido a las tropas leales al rey. Pero Goyeneche había partido pocos meses antes rumbo a España, al parecer por diferencias con el virrey Abascal sobre cómo conducir la guerra. Había sido, decían los vecinos que se reunían en la casa de María Micaela a esperar noticias, un paso fugaz pero decisivo el del militar arequipeño. Nada más llegar a Arequipa, y luego de un par de semanas entre los suyos, partió rumbo a Lima y desde entonces, durante casi cinco infatigables años, se dedicó a formar un ejército capaz de contener a las tumultuosas tropas insurgentes en sonadas batallas que hacían estremecer de orgullo a los leales súbditos de Fernando, que vitoreaban los triunfos de ese arequipeño criado en la madre patria, decían, y que dejaba tan alto la bravura proverbial de sus paisanos. ¡No en vano se nace a los pies de un volcán!

Pero también sabía María Micaela en ese entonces que otros muchos lo detestaban y lo consideraban un infame, un miserable que luchaba contra sus verdaderos compatriotas para permitir que la usura y la rapiña de España siguiera cebándose en territorios americanos: de este parecer eran Mariano y José María, como los demás amigos que durante mucho tiempo se reunieron en la quinta de los Tirado y Abril, allí en el Vallecito, ahora visiblemente distanciados de Pedro Ugarte y de los que se decantaron por la causa realista. Como toda Arequipa: dividida en odios profundos que habían desembocado en esta guerra espantosa. Y según decían, no sería la última. Esto, explicaba su madre con una voz desconsolada, sólo era el principio del fin. María Micaela ni se atrevía a mencionar a sus amigos, claro estaba. Ya bastante tenía su mamá con el sufrimiento de saber a su esposo y a su hijo encarcelados mientras las tropas de Pumacahua se hacían con el dominio de la ciudad y lanzaban arengas contra el virrey y contra el propio Fernando VII, obligando al cabildo a reconocer el control de la alzada Junta Gubernativa del Cuzco. Pocas veces se atrevían a salir a la calle, temerosas de que aquella soldadesca de indios borrachos las atacara. Decían que habían colgado a un mestizo al que sorprendieron robando, y que cuando éste se refugió en la casa del boticario Documet rompieron la puerta a culatazos antes de sacar también al pobre señor para culparlo por lo que había hecho su esclavo. A nadie de su entorno se le ocurría ni murmurar una sola palabra de comprensión hacia los llamados patriotas, por mucho que tuvieran amigos y hasta familiares entre ellos. Hasta el propio señor Álvarez Jiménez, que fuera un querido intendente de la ciudad, tenía un hijo que se había unido a los llamados patriotas de La Plata. La vergüenza, decían, tenía al pobre anciano demolido.

Por el criado Manuelillo, a quien encomendó acercarse hasta Majes, donde sabía que se alojaba Mariano (de José María Laso ni idea, se había hecho humo), supo que éste se encontraba bien, pero que pocos días después partiría a entregarse a la causa patriótica. El criado le dio unos pliegos y le rogó que no se supiera nada en su casa.

—¿Se imagina, amita, que sus señores papás se enteraran de que he estado en comercios con un independentista? —decía el zambo con unos ojos en los que no cabía una pulgarada más de miedo.

Era cierto, pensó María Micaela, no podía poner en tales aprietos a aquel desdichado. Pero debía encontrar la manera de seguir en contacto con Mariano, hacerle desistir de aquella locura, ya que un par de semanas después de la espantosa batalla de Apacheta, los de Pumacahua soltaron repentinamente a todos los prisioneros entre gritos de júbilo y llantos de sus familiares. ¿Qué había pasado? ¿Qué estaba pasando? La noticia corrió como la pólvora: ¡Pumacahua y Angulo se marchaban a toda prisa de la ciudad! Huían, los muy cobardes. En efecto, huían alertados de que un gran contingente de tropas realistas conducidas por el mariscal de campo Juan Ramírez Orozco —el extremeño que estuviera algún tiempo a las órdenes de Goyeneche— se acercaba a Arequipa desde Puno, dispuesto «a pulverizar a los insurgentes y especialmente a capturar a Angulo», pues se decía que era éste el verdadero cerebro de todo aquello y no Pumacahua, quien un par de años antes había peleado bajo el mando de Goyeneche contra las mismas tropas traidoras que ahora capitaneaba. Sabe Dios cómo habrían convencido a aquel indio miserable para que cambiase de bando, decían con desprecio los arequipeños.

Ese mismo día recibieron con lágrimas y alborozo a su padre y a su hermano Álvaro. Estaban avejentados, sucios, con un brillo animal en la mirada, donde María Micaela intuyó el mucho sufrimiento que habían pasado. Ya las tropas del cacique de Chincheros se pertrechaban para abandonar la ciudad y vaciaron bodegas y despensas, requisaron alforjas de charqui y legumbres, azumbres de pisco y canastos de aves de corral, de frutas y de todo cuanto encontraron para replegarse en las inmediaciones de Puno, según aseguraban los informantes que los realistas habían infiltrado entre la tropa patriota. Se llevaban a Picoaga y a Moscoso como rehenes, y luego los arequipeños sabrían que aquellos bárbaros los habían ejecutado. Al atardecer, María Micaela vio la larga y desharrapada fila de hombres cetrinos, semidesnudos y de rostros inescrutables que caminaban en dirección a Puno entre arengas encendidas y miradas rencorosas hacia los arequipeños. ¿A esa gente querían unirse Mariano, José María y tantos otros como Paco González Vigil, los Quirós y el clérigo Arce? ¿Ese país era el que querían? Aguardiente y rencor, nada más, pensó cerrando las contraventanas del salón. Alguien tocaba la puerta de la casa...

Tres gruesos aldabonazos rompieron la quietud de la noche, retumbando en el silencio. José María Goyeneche leía a la luz de un candil *La república literaria* de Saavedra y Fajardo, sin prestar mucha atención, incapaz de concentrarse en otra cosa que el viaje que debía preparar sin demora para Mercedes. Todavía no se lo había pedido, pero encontraría la manera de convencerla. Porque la Providencia había jugado a su favor una vez más al recibir contestación de su socio Lostra respecto a los documentos dejados por su primo Santiago en su poder y que él, en atención a lo que le pidiera su cuñada Josefa, debía preservar. Por eso no le cabía la menor duda de que Mercedes sería la encargada de rescatar los documentos suyos y de paso los que a él pertenecían. Pero ¿cómo enviarla sola? Aquello era un quebradero de cabeza para el militar, que no dejaba de darle vueltas al asunto. Aquellas malditas cartas...

Se sobresaltó pues al escuchar el ímpetu con que llamaban a la puerta y no supo qué pensar. Oyó los pasos de Guillermina, que se apresuraba en ir a abrir, y esperó, el oído atento. Llevaba las chinelas y el gorro griego que se ponía para dormir. Se encontraba en el gabinete contiguo al dormitorio, recostado en el sillón de terciopelo donde acostumbraba a leer, y hacía rato que se le cerraban los ojos, pero se sabía incapaz de conciliar el sueño porque nada más acostarse se desvelaba. Volvieron a sonar, impacientes, los aldabonazos. El gabinete estaba separado del pasillo por dos puertas vidrieras con visillos de seda azul, por donde Goyeneche observó la silueta encorvada de Guillermina y detrás la gruesa figura de Celestino, que gruñía con una bujía en la mano y remetiéndose los faldones de la camisa. Goyeneche se quedó con el índice entre las hojas del libro y el corazón palpitando en un redoble siniestro y sincopado. Por un instante dudó si calzarse y ponerse algún atuendo para recibir a aquella inesperada visita, si es que no era un grupo de zascandiles que no encontraba más entretenimiento que aporrear puertas y desvelar a los vecinos con tales perrerías, coño. O un borracho que se ha equivocado de vivienda, por Atocha pasaban algunas noches chisperos subidos de vino y anís, cantando a voz en cuello tonadillas de moda. Algunos vivían en casas cercanas, corralas bulliciosas donde el ruido y el canto no cesaba hasta muy tarde.

—¿Quién es? —preguntó, impaciente y en alta voz cuando por fin escuchó que el portalón de calle se abría pesadamente y luego unos murmullos atropellados, palabras confusas, exclamaciones. Y una voz femenina y sollozante destacando de las de sus criados.

Se levantó cerrándose la bata y quitándose el gorro de un manotazo, saliendo al encuentro de aquellas voces, pensando si acaso se trataba de Mercedes, pobre chica, qué había pasado, tal vez venía a buscar consuelo, enloquecida de dolor por la reciente muerte de su madre, se estaba diciendo Goyeneche cuando se dio de bruces en el pasillo con una mujer joven, de cabellera rizada y enormes ojos color avellana, envuelta en un mantón oscuro que apenas dejaba ver su silueta. Al verlo, aquella enajenada se precipitó llorando hacia él y por un momento Goyeneche pensó que se trataba de una loca, ¿cómo Guillermina y Celestino habían consentido que entrase a su casa? ¿Por qué se quedaban como un par de pasmados mirando lo que ocurría?

—Por favor, don José —dijo la mujer cogiendo una mano del militar para besársela—, tiene que ayudarme, por Dios, soy Charo Carvajal...

Al general le costó reconocer el nombre y miró a Celestino y a Guillermina, que contemplaban la escena en silencio, apenados y perplejos.

—Es la... amiga de don Antonio Lasarte, general —dijo al fin Celestino sacando el morro en un gesto infantil—. Parece que lo han detenido. O quizá lo hayan matado.

Goyeneche percibió como una ondulación en el suelo que casi le hizo perder el equilibrio y se aferró a la mujer, que había vuelto a llorar desesperada.

—¿Cómo? Pero ¿qué ha sucedido, por Dios santo? —cogió de los hombros con violencia a Charo Carvajal y al verla incapaz de articular palabra le pidió a Guillermina que fuera a por un poco de agua.

Llevó a la mujer hacia el saloncito recibidor, la obligó a tomar asiento y le dio de beber una copita del aguardiente que había traído con él desde Arequipa. La bebida hizo saltar las lágrimas de la mujer, pero al cabo ella pareció serenarse un poco.

—Cuénteme, por favor, qué es lo que ha ocurrido —dijo al fin Goyeneche intentando dominar su impaciencia.

La actriz se había encogido en el sofá y procuraba calmarse sorbeteando y pasándose un pañuelito de encaje por la nariz.

—Le han tendido una emboscada..., ha sido con toda seguridad el duque de Montenegro..., esos que subieron diciendo que eran alguaciles tenían pinta de esbirros. Al pobre Carlos de Queralt le dieron una estocada en la garganta..., fue horrible..., y Antonio, Dios mío, se batió como un león...

Como se le quebrara nuevamente la voz, Goyeneche intentó que Charo Carvajal se calmase. Le dio otra copita de aquel aguardiente poderoso y después le hizo beber el vaso de agua con gotitas de azahar que le trajo Guillermina. Luego le pidió que le contara la historia despacio y con detalles. Se sentó enfrente de ella, con las rodillas rozando las de la joven y buscando sus manos para infundirles calor. Y así, poco a poco más calmada, Charo Carvajal fue contándole cómo había recibido ella el recado de Lasarte esa mañana muy temprano, cuando salía a hacer unas compras. Al principio le extrañó que Antonio le pidiera su casa para reunirse con un amigo, pero la nota era taxativa y ella, tonta como era, no sospechó nada. Ni siquiera de que Lasarte se disculpara de su mala letra por culpa de un pequeño corte que se había hecho. Charo simplemente esperó a que llegase aquel amigo, Carlos de Queralt, al parecer también capitán de guardias y a quien ella creía recordar de algunas veces en el teatro, pero no estaba segura. Él tampoco la conocía —o quizá fingió que no la conocía— y le extrañó que Lasarte lo hubiera citado así, con tanto misterio, en una casa ajena y a esas horas de la noche. Queralt explicó que no lo había visto en todo el día y, aunque fue evasivo con Charo, dejó caer que si el sevillano lo había emplazado allí y de aquella forma era que se trataba de algo verdaderamente urgente. Charo le convidó a una copa de brandy y le dio algo de charla, pero aquel hombre se mostraba distante y enfurruñado. Estaba realmente impaciente y no dejaba de echarle miradas de reproche, como si ella fuera una qué.

—Parece que Antonio no había confiado a nadie nuestro..., bueno, nuestro romance. Sólo a usted —susurró ella con una voz dolorida, sin atreverse a mirarlo.

Goyeneche se sintió asaltado por una suave pena. Le puso una mano en el hombro a la joven y le pidió que por favor continuara. Charo levantó los ojos y pareció concentrarse en un punto lejano y desde allí prosiguió hablando: al principio, ya decía, todo aquello era extraño, pero más aún cuando a la escasa media hora apareció Lasarte, como un vendaval, en la casa. Vio a Carlos de Queralt y luego fijó sus ojos en ella. Echaban chispas como Charo no había visto jamás.

Al llegar a este punto de su relato, la mujer se echó nuevamente a llorar y a balbucear al Dios misericordioso y a la Virgen María que le perdonaran, que ella nunca quiso que ocurriera así, y que no le alcanzaría la vida para arrepentirse. En pocas palabras, la Carvajal le contó a Goyeneche sus tratos con el duque de Montenegro y cómo éste la había enredado para que le sonsacara a Lasarte que estaba en componendas con los masones.

—¡Antonio, con los masones! —Goyeneche se incorporó incrédulo, indignado. Pero muy dentro de sí, el general fue alcanzado por una sensación incómoda, como de arenas movedizas.

—Yo qué sé —dijo la actriz desesperada—. Todo esto lo deduzco de lo que precipitadamente hablaron Queralt y Lasarte antes de que subieran los alguaciles. Ya le digo que se trataba de una emboscada y los tres caímos como tontos.

Sí, insistió Charo Carvajal retorciéndose las manos, cayeron en la trampa como verdaderas almas de cántaro, pero fue ella el señuelo. Porque el duque de Montenegro la embrujó, la mareó para que ella le diera cuenta de todo lo que decía Lasarte, y como éste nunca dijo nada que lo comprometiera, el duque pareció dejarla en paz. Y ella respiró aliviada porque se sentía una perra, una mala pécora, cómo había podido hacer todo eso... Al principio, cuando el duque de Montenegro la convenciera, ella apenas sentía nada por Antonio y aquel juego le pareció inofensivo, o quizá simplemente así quiso creerlo porque el otro le tenía arrebatados los entendimientos, bien que se lo había dicho Del Monte, que ese hombre la traería por la calle de la amargura, y ella, tonta de remate, no quiso ver que era así.

—Pero, Antonio... ¿está vivo? —interrumpió, ofuscado, Goyeneche.

Los ojos de Charo se llenaron nuevamente de lágrimas. Mostró unas manos impotentes y temblonas, casi una súplica.

—¡No lo sé! Nada más terminar de decirle a Queralt que se trataba de una emboscada e incriminarme a mí, y llamarme de todo, llegaron los sicarios esos y rompieron a patadas la puerta. Antonio todavía tuvo tiempo de empujarme hacia un saloncito, «¡huye, vete de aquí, infeliz!», al otro lado del recibidor que comunicaba también con la puerta de calle. Yo me refugié allí y vi... Dios mío.

Charo movió la cabeza como queriendo liberarse de unas imágenes espantosas y prosiguió contando cómo entraron los alguaciles o esbirros, tanto daba, y no le dieron tiempo de reaccionar a Carlos de Queralt, porque lo mataron de una estocada feroz en la garganta. El desdichado cayó de rodillas, haciendo un ruido horrible y echando tanta sangre como Charo no había visto en su vida, intentando inútilmente taponar el agujero por donde se le iba la vida, y Lasarte, al ver aquello, asestó furiosos mandobles a uno de ellos, pateó a otro, sus brazos parecían aspas de molino, estaba hecho una fiera y gritaba como un poseído, amedrentando a sus atacantes. Charo no pudo ver nada más porque en ese momento entró su criada para decirle que tenía que escapar, váyase, patrona, váyase por Dios que me la matan. Entonces, aprovechando que Lasarte había herido a uno de sus enemigos en el brazo y de dos trancos se había lanzado hacia el balcón para saltar de allí al de la vecina —hasta el saloncito llegaban las pisadas, las macetas rotas, la persecución de que era objeto el desdichado—, ella le dio un beso fugaz a Paloma, se envolvió en un mantón y salió a las carreras.

—Pero antes pude ver el rostro de uno de aquellos desalmados, cuando en el calor de la pelea Antonio le arrancó de un manotazo el embozo de la capa: tenía un ojo empañado por la turbiedad de una nube...

Ahora sin embargo, en este mínimo sosiego que le daba el convento, no estaba tan segura de que fuera así, de que la independencia sólo fuese el disfraz de unos enajenados que querían destruir el mundo y entregarse a Satanás y a los masones, como decía su padre, «que este vendaval lo traen los masones, que andan intrigando en esas dichosas Cortes y han alborotado a nuestros hijos con sus ideas sediciosas». Porque era a todas luces una injusticia, como le instruyó en cartas clandestinas y fervorosas Mariano, que unos hombres tuvieran más derechos que otros, que los nacidos en América fueran siempre tratados como inferiores por los que venían de España y que de entre todos ellos, los que no tenían ningún derecho eran esos indios. Pero ¿acaso no se les daba de comer, no se les proporcionaba manutención y vestido? ¿No estaban mejor al resguardo de sus amos que solos, portándose como niños cuando no abiertamente como bestias? Libertad, le decía Mariano, libertad hasta para morirse de hambre, María Micaela.

Pero en aquel momento, cuando aquella tropa de malnacidos dejó atrás la ciudad saqueada y llena de muertos a los que llorar, María Micaela dudaba del buen juicio de su expreceptor y de José María Laso, aquel hombre cuyo cariño había despreciado por entregárselo a un miserable sin honor. No, no era posible que sus amigos quisieran formar parte de aquella ignominia independentista, como empezó a decir su padre al regresar del cabildo, se acordó jurar lealtad a Fernando VII entre vivas y mueras que hicieron estremecer de miedo a María Micaela al ver aquellos semblantes familiares distorsionados por la ira y el rencor como nunca antes los había visto: se quemaban monigotes con el rostro de Pumacahua y de su lugarteniente Angulo, se mató a patadas a uno que se había declarado a favor de la independencia y que fue señalado por un vecino, se colgó a otros tres en la plaza mayor, se organizaron patrullas de hombres que recorrían las casas reclamando incondicional lealtad a la causa realista, se saquearon las pocas tiendas de víveres y chicherías que quedaban en pie y que eran sospechosas de connivencia con los insurgentes. Y al frente de aquello estaban los que se decían civilizados y monárquicos, pensó ella sin atreverse a comentar nada.

Los días transcurrieron agitados y confusos. Tan pronto se preparaban los jóvenes arequipeños haciendo entrenamientos militares como los notables se reunían en el cabildo para diseñar por un lado la defensa de la ciudad ante posibles asaltos, y por otro la preparación de un ejército con fuerza suficiente para aplastar a aquellos cobardes que habían huido hacia Puno y hacia el Cuzco. Su papá apenas estaba en casa, al igual que Álvaro, que desde el amanecer se iba a las afueras con otros muchachos para recibir adiestramiento militar.

Perico Ugarte encontraba sin embargo el tiempo para buscarla y llevarle pequeños presentes, para decirle palabras de encendido amor que ella escuchaba ahora con desapego y aversión, para contarle también que las tropas se preparaban con miras a enfrentar los brotes de sedición que aquellos desleales estaban haciendo emerger aquí y allá por la América entera. Cuando hablaba de esto parecía ofuscarse hasta perder el dominio de sí y María Micaela prefería quedarse callada, aceptando distraídamente que él le tomara la mano. Pero muy dentro de sí chapoteaba en una ciénaga de desamor. No le gustaba nada cómo se le torcía el gesto a Perico cuando surgía el tema de Mariano y José María. Respecto al primero mantenía una condescendencia livianamente benigna, un resto de tolerancia magnánima hacia quien había sido su amigo del seminario y también de aquella tertulia literaria que los convocaba en tiempos más felices para hablar de libros y filosofías. Pero de José María Laso no quería oír nada de nada. Y ella se guardaba bien de decir una palabra de lo que sabía y fingir que todo estaba bien entre ellos.

Porque ocurrió que, repentinamente, cuando ya pensaba que resultaría imposible, había encontrado la forma de mantener correspondencia con Mariano. Y gracias nuevamente a un criado. En esta ocasión se trataba de un indio al servicio de la familia de José María Laso que, si bien juraba y rejuraba desconocer el paradero de su patrón, sí sabía el de don Mariano. O quizá estaban ambos refugiados en Majes y este criado temía revelar dónde se encontraban, pensaba ella. Por cualquier eventualidad.

Y todas las tardes, simulando que salía a tomar el fresco, esperaba a ver aparecer al criado con aquellos pliegos de Mariano. Las más de las veces aquél pasaba de largo, apenas saludándola respetuosamente pero nada más, cargado con cestas de vituallas o conduciendo un borrico perezoso y de ijares enflaquecidos. Muy de vez en cuando, sin embargo, aquel hombre se daba maña para dejar caer frente a ella unos papeles o alcanzárselos disimuladamente a la pequeña Juanita, que corría con ellos hacia donde su ama intuyendo el peligro.

Aquellas cartas que empezaron a cruzarse entre María Micaela y su antiguo preceptor daban cuenta del cariño mutuo, de la soledad y perplejidad que experimentaban por lo que estaba ocurriendo. Todo aquel mundo pacífico y bienhechor que había existido hasta hacía bien poco se esfumaba como un ensueño, como si jamás hubiese existido: ni los paseos, ni los bailes, ni la alegre entonación de su madre canturreando mientras bordaba, ni los gritos de júbilo de su hermano Álvaro jugando con Manuelillo en el huerto, ni el cortejo elegante que le dedicaron durante un buen tiempo Perico y José María, cuando aún eran unos amigos alegres a los que la guerra no había distanciado. Ni siquiera aquel canto triste y extraño del buen Mariano cuando se quejaba de la indiferencia de Silvia. Nada. El corazón de su amigo seguía latiendo dolido por aquella mujer a la que le dedicaba largos y amargos párrafos en las cartas que escribía a María Micaela. Pero igual de encendida, aunque jubilosa, era la pasión que ponía en describir la patria que estaban comenzando a construir, hasta tal punto que ella empezó a pensar que aquel amor patrio sólo era una forma de despecho y castigo.

Alguna vez, sin embargo, Mariano se permitía dudar de Pumacahua. «Con este indio no se hará nada bueno», decía, pero otras veces hablaba de Vicente Angulo, un hombre valiente y sabio por el que, finalmente, se había enrolado en el ejército independentista como auditor de guerra. Había regresado a Arequipa sigilosa y fugazmente para despedirse de su familia y hubiera querido hacerlo de la propia María Micaela, mas ella «comprendería el inútil peligro al que la expondría si acaso le tendieran una emboscada», le decía en una de sus últimas cartas.

Ella tuvo desde el principio especial cuidado en guardar aquellos papeles, donde Mariano le confiaba que desde hacía un tiempo no se encontraba en Majes, sino en Apo, un caserío de indios en el valle de Chilina que ella conocía bien porque su padre tenía tierras allí cerca. «No estoy solo —decía en una de sus misivas—. Hay quien te envía recuerdos y cariños junto con sus sentidas disculpas a causa de un mal comportamiento motivado por el despecho. Vosotros sabréis. Ya te escribirá él mismo. Por ahora no puedo decirte otra cosa». Y en otra más: «Hay quien me encomienda decirte que siempre piensa en ti con respeto y devoción y que sólo quiere tu felicidad, aun a costa de la suya. En breve recibirás unas letras. El deber nos llama y nos mantiene ocupados de la mañana a la noche».

Mientras tanto el mariscal Juan Ramírez Orozco, al mando de los mil trescientos hombres que componían el regimiento 1.º de infantería de línea del Cuzco, había llegado a Arequipa el 9 de diciembre, al atardecer. Hacía un calor tibio y refrescado por la brisa y el cielo estaba despejado de nubes. Ramírez Orozco fue recibido con tremenda algazara. Desde los balcones le lanzaban pétalos de rosas y bendiciones, besos y vítores. Se organizó una fiesta en su honor y mataron varios carneros para su agasajo. En pocos meses los arequipeños rápidamente avituallaron al ejército realista con zapatos, víveres, mantas, tiendas de campaña y hasta monturas. Se recobraba el buen ánimo y la confianza en derrotar a los traidores y desleales, como decía Perico Ugarte apretando los dientes. Y a ella, al escuchar esas palabras, se le retorcían las entrañas. Porque era incapaz de asociarlas con José María y con Mariano. Muchas veces, mientras bordaba con su madre, fingiendo prestar atención a su cháchara liviana, en realidad se encontraba escuchando la conversación que sostenían su padre y su prometido, quienes invertían largas horas en liarse cigarrillos de chala y beber vino de Vítor mientras comentaban los últimos acontecimientos vinculados a la guerra. Decían que los patriotas se habían apostado en un paraje desolado, a casi cuatro mil metros de altura, entre Puno y Arequipa. Pero no era nada seguro y las tropas realistas no se iban a mover hasta que no supieran por dónde perseguir a las huestes de Pumacahua. Desplegaban planos, tomaban notas hasta muy tarde.

Una de esas veces en que se encontraba bordando a solas, escuchó que su padre hablaba con Perico en el salón. Ella no lo había oído llegar y le extrañó que su prometido no pasara a saludarla como hacía siempre. Lo que sí recordaba con claridad era que fue a finales de febrero y las tropas del mariscal Ramírez estaban impacientes por entrar en acción después de un par de calurosos meses acampados en Arequipa. Era lo que se decía y lo que ella, con gran riesgo, le contaba a Mariano en sus cartas. Hartos de esperar, se había decidido finalmente que las tropas del general Ramírez Orozco saldrían con rumbo a Cabana, según supo.

María Micaela ya iba en dirección al despacho de su padre cuando algo, un sentimiento, una intuición, vaya una a saber qué, le hizo acautelar sus pasos y afinar el oído. Quizá era el tono particularmente bajo y cuidadoso en el que conversaban. «Ha hablado, claro que sí. Lo atrapamos regresando a la casa de Laso», decía Perico. «¿Sabemos dónde se encuentran, entonces?», preguntó su padre. «Sí, no están en Majes, claro. Han volado de allí hace tiempo. Pero hay que alertar al mariscal Ramírez. Si llega a salir por donde tenía pensado, le destrozan el ejército en un tris.» Un silencio largo y espeso. «¿Qué pasará con ellos?», preguntó al fin su padre. Otro silencio. «Los colgarán. Por traidores y masones. ¡No lo sabré yo! Mañana al amanecer saldremos a detenerlos.»

María Micaela se mordió un puño para no gritar. Los trompicones de su corazón apenas le permitían seguir escuchando. Al fin, aturdida por todo aquello, mareada, se escabulló a su habitación para digerir mejor lo escuchado: habían atrapado al criado de José María y éste les había confesado dónde se encontraban Mariano y su patrón. Si los cogían a ellos, los matarían, eso sin duda. Pero antes los obligarían a descubrir las posiciones de Pumacahua. Entonces, después de darle muchas vueltas, decidió que no podía hacer otra cosa. Era arriesgado, sí, pero peor sería quedarse de brazos cruzados.

Al escuchar aquella descripción de uno de los atacantes de Lasarte en casa de la actriz, el general Goyeneche no pudo evitar una exclamación:

—¡Collado!

El peruano conocía muy bien a aquel sujeto porque siempre andaba en compañía de los toscos zalameros que como un enjambre merodeaban en torno a Fernando.

—Sí, Collado —dijo Charo Carvajal—. Por eso sé que el duque de Montenegro está detrás de todo esto.

La actriz siguió contando: en el zaguán y en las escaleras reinaba una confusión de mil demonios y ella pasó con sigilo a la casa de doña Encarnita, la anciana vecina de los bajos, quintañona amiga desde hacía mucho tiempo y un pan de Dios. Al cabo, cuando todo pareció haberse calmado, Charo alcanzó la calle, apresurada, con el corazón a punto de salírsele por la boca, buscando los rincones más oscuros, quedándose rígida y sin respirar al divisar la silueta de algún hombre por aquellas calles oscuras, sorteando charcos pestilentes, a punto de llorar, incapaz de pensar en otra cosa que en Antonio y adónde podía acudir. Por un momento le vino a la cabeza Del Monte: su viejo amigo sabría qué hacer, pero luego decidió que estando el duque de Montenegro al tanto de su buena relación con el autor, seguro la buscarían allí. Por eso se había permitido el atrevimiento de solicitar la protección de Goyeneche, por eso le imploraba su ayuda, se la suplicaba...

—Pero, hija mía, ¿Lasarte está vivo o no? —interrumpió Goyeneche sintiendo que perdía la paciencia con aquellas quejas y enredos.

—¿Cómo puedo saberlo? —gimoteó ella—. Sólo lo escuché pelear y escapar por los balcones.

El general y la actriz se quedaron súbitamente en silencio, meditando el uno, sofocando un nuevo ataque de hipos y sollozos la otra. Goyeneche paseaba de un lado a otro de la pequeña cámara donde se encontraban. Pronto darían las doce de la noche y apenas se oían de vez en cuando los cascos de unos caballos o las pisadas furtivas de algún transeúnte tardío, esporádicos ruidos que los llenaban de aprensión y que obligaban a la joven a buscar los ojos del general, invocando su protección. Pero en esos momentos Goyeneche prefería mirar a otro lado, visiblemente incómodo.

—Sé que me he portado como una perra miserable y que no merezco ni el mendrugo de su compasión —dijo al fin Charo sacudiendo sus cabellos con furia—. He traicionado a un hombre bueno que sólo me ofreció su amor y que quizá a estas horas esté muerto por mi culpa. Y vengo a pedir ayuda a quien tenía como mejor amigo, casi como un hermano... Sólo le pido que no me delate y me permita escapar. Al menos hasta mañana por la mañana. Apelo a su buen corazón, general. Nada más le pido.

Se levantó con un gesto resuelto y se acomodó el mantón que había dejado a un lado, reconfortada por el calorcillo del aguardiente peruano.

—Has traicionado a mi amigo, sí, y posiblemente esté muerto —dijo Goyeneche mirándola al fondo de los ojos, también de pie, frente a ella—. Pero estás arrepentida y sé bien que él te quería. Yo no supe creerle cuando me lo contó y pensé que lo suyo contigo era una locura pasajera, un capricho. Apenas si le atendí cuando intentó abrirme su corazón. Quizá si le hubiera escuchado ahora no estaríamos viviendo todo esto. Quizá, si hubiese escuchado todo lo que él quería decirme... Yo también he obrado mal.

Charo lloraba ahora en silencio, con el rostro escondido en el pecho. Sólo sus hombros se estremecían.

—Yo no sé cómo podré vivir con esto, excelencia...

Goyeneche puso una mano delicada en la barbilla de la mujer y la obligó a mirarlo a los ojos. Pensó fugazmente en Manuelita, la costurerilla de cuando el levantamiento contra los franceses: de seguir viva, ¿tendría ahora la edad de esta mujer?

—Los dos le hemos fallado al buen Antonio. Y por eso mismo no puedo abandonar a su suerte a la mujer a la que le entregó su corazón. No te preocupes más. Estarás a salvo conmigo.

Charo quiso besar la mano del general, pero éste se zafó suavemente, que no llorara, Lasarte era un soldado gallardo que no le temía a nada, un hombre bravo como pocos había conocido Goyeneche, y si Charo lo había visto saltar como un gato por los tejados, a buen seguro había logrado escapar de aquellos truhanes.

—¿Usted cree? —suplicó la actriz, los labios embravecidos y temblones.

—Confiemos en que sea así, hija —dijo el general—. Confiemos en la Providencia. Habrá que averiguar mañana mismo qué ha pasado. Y en cuanto a ti, te quedarás en esta casa y no tendrás contacto con nadie, ¿lo entiendes? Con nadie. La tierra te ha tragado. Al menos hasta que sepamos qué hacer después. Porque si está metido en esto el duque de Montenegro, nos enfrentamos a un enemigo poderoso. Ahora debes descansar.

Goyeneche llamó a la vieja Guillermina para que le preparara la habitación a la señorita. Ella ya sabía cuál, agregó, y la criada hizo un gesto de inteligencia. Charo Carvajal se deshizo en agradecimientos y marchó detrás de Guillermina, que le murmuró cariños y afectos, llevándola hacia una habitación especial y disimulada detrás de la biblioteca del salón que el peruano había tenido a bien encargar para cuando las cosas se pusieran feas. Como al parecer se ponían ahora.

Una vez solo, el general encendió un cigarro habano y se sirvió una copita de aquel cristalino y aromático aguardiente arequipeño. Se quedó pensativo, sin saber bien qué hacer. ¿Lasarte, con los masones? Sí, se dijo oscurecido, era posible. Porque si él no lo había escuchado apenas cuando el joven capitán de guardias le quiso contar sus líos de amor, menos lo quiso hacer cuando éste remoloneaba sin atreverse a decirle nada respecto a lo otro: y lo otro era que desde hacía tiempo el sevillano andaba enfurruñado y peleón con las tonterías de Fernando, con las intrigas palaciegas, pero sobre todo con el despotismo con el que el soberano había disuelto de un plumazo la malhadada Constitución de Cádiz, a instancias de esos mequetrefes capitaneados por Mozo de Rosales y que resultaron ser más papistas que el papa, ¡vaya diputaditos!, y que habían dejado con un palmo de narices a quienes se jugaron el pellejo mientras Fernando estaba sometido al cautiverio de los franceses. Aunque él no era precisamente constitucionalista, tampoco estaba de acuerdo con aquel desdén para quienes defendieron la patria del ataque napoleónico. ¿Y todo para qué? Para tener un país al borde de la quiebra y en manos de una chusma de advenedizos y rufianes que se repartían prebendas y ducados como si fueran los dueños de España. Claro que hubiera entendido a su amigo, por supuesto que sí. Pero había sido tibio en sus críticas a la Corona y lo había alejado de él, dejándolo solo en una empresa que era una locura. ¡Masones! En qué estaría pensando ese loco de Lasarte para meterse con tales. Sí, claro, se dijo Goyeneche, pero también tendría que haberle confiado él mismo que sí eran posibles una España y una América unidas, un reino moderno y poderoso, indivisible y más justo. Pero no con un rey. No al menos con ese rey... Sólo que no se atrevió nunca a decirle nada de sus contactos en América, como tampoco soltó una palabra sobre sus cada vez mayores dudas respecto al reinado de Fernando. Su memoria viajó fugazmente a esa tierra americana donde había batallado contra los secesionistas, cada vez con menos convicción, harto, asqueado de la guerra, de los advenedizos y de los que sólo querían sacar tajada. Tanto sufrimiento y tanto odio para qué, coño. Y mes a mes llegaba hasta su despacho el goteo continuo de noticias sobre la guerra en el Perú: fusilamientos, persecuciones, matanzas sin fin.

En el reloj del salón dio la una de la mañana. Tendría que ser muy cauto a la hora de averiguar el paradero de Lasarte, si es que continuaba con vida —y Goyeneche confiaba en que sí—. Tendría que ser muy cauto y además resolver el viaje de Mercedes. La Providencia una vez más parecía ponerse de su parte. Porque ya no tendría que proponerle a su sobrina que viajase sola a aquel convento remoto. Ahora tendría una acompañante. Supo que ya no podría dormir, de manera que, una vez más, desde que le llegaran aquellos papeles crípticos de su prima la abadesa de Santa Catalina, se dedicó a tratar de descifrarlos.

Nada pues podía mitigar ni tan siquiera distraer el dolor intenso que sentía María Micaela al recordar aquellos espantosos días en que la guerra por fin cercó a los que más quería: a su padre y a su hermano, a José María y a Mariano. Y al miserable aquel que con hechizos le ganó el corazón, ese mismo corazón que ahora querría arrancar de su pecho, vaciar de todo recuerdo. A veces ni los paseos durante las horas más solitarias y por los rincones menos frecuentados del convento ni la oración la calmaban. Ni siquiera la alejaban de tales pensamientos las noticias, los rumores, los bisbiseos que hablaban de que la madre superiora estaba más grave de lo que se creía. En Santa Catalina se especulaba últimamente con que la superiora había sido... ¡envenenada! Aquello sí que resultaba un disparate que la madre Mencía de Jesús se encargó ella misma de acallar, amenazando con la expulsión del convento a quien sorprendiera desparramando *sotto voce* aquella absurda y vil especie entre sus hermanas. ¿Acaso el Maligno había entrado en Santa Catalina? ¿Acaso ellas eran como las criadas o como las esclavas, capaces de llevar infundios de aquí para allá? El martes anterior Mencía de Jesús había convocado a las religiosas en el coro bajo. Sus facciones se habían afilado por la indignación y parecía estremecida por un arrebato de ira bíblica. Las monjas la escucharon en contrito silencio, cabizbajas, y al parecer desde ese día los rumores acerca del envenenamiento habían cesado. Pero en María Micaela crecía como un tumor la idea de que, efectivamente, el mal también podía entrar al convento y que los acontecimientos de fuera estaban contaminando Santa Catalina: había monjas que tenían familiares peleando abiertamente en uno y otro bando y ni las novenas ni las cadenas de plegarias a las que las conminaba Mencía de Jesús —que en la práctica estaba llevando las riendas del convento hasta que la priora se recuperara del misterioso mal que la aquejaba— lograban resolver esa incomodidad impía que rebrotaba con fuerza, ese silencio gravoso que se esparcía como una pestilencia de azufre por entre los muros del convento. Cierta tarde le alcanzaron unos ayes terribles y salió corriendo a ver qué sucedía. Al llegar a un patiecillo cercano a la calle del mercado, se encontró con varias religiosas que se dirigían a toda prisa hacia la celda de una de ellas. «Han matado a su hermano en la guerra», le explicó Caridad de la Encarnación, la hermana correctora. Ella se quedó petrificada, viendo cómo sacaban casi a rastras a la desdichada monja, que al parecer había querido sacarse los ojos con unas tijeras. Otro día ocurrió lo mismo cuando una novicia recibía visita de unos familiares. Malas noticias, le dijeron: el padre y su hermano habían muerto peleando en una escaramuza contra un destacamento de montoneros insurgentes, a pocas leguas de la ciudad. La infeliz dio un alarido y cayó fulminada en el mismísimo locutorio. A los dos días recogió unas pocas pertenencias y se marchó de Santa Catalina para no dejar a su madre, que había quedado sola en el mundo. De manera que la guerra entraba con ímpetu al pacífico convento. Y con ella, las heridas que empezaban a cicatrizar desde que se dedicara a cuidar a la madre Ramira de la Concepción volvían a abrirse. El dolor de la traición aún escocía muy dentro de su alma.

Porque aquella vez —¿ya casi un año atrás?, el tiempo transcurría distinto en Santa Catalina...—, nada más escuchar la conversación entre su padre y Pedro Ugarte, y enterarse así, subrepticiamente, de que habían molido de una paliza a aquel sirviente de José María Laso y éste había revelado dónde se escondía su patrón, María Micaela supo lo que tenía que hacer. No había tiempo que perder y de nuevo fue Manuelillo a quien se dirigió para que la ayudara. «No te pido que me acompañes porque conozco bien el camino, ni tan siquiera que ocultes mi desaparición, simplemente consígueme una montura y disponla escondida, cerca del rosal que da a la parte trasera de la casa», le dijo reteniéndolo con firmeza de las manos, porque el criado quiso escapar. Temblando, furioso, muerto de miedo y al mismo tiempo preocupado por ella, el mulato trató de convencerla de que era una locura, que se perdería, que se la comerían los pumas, que no se podía aventurar sola y que si él la acompañaba y los atrapaban, como de seguro ocurriría, su padre lo despellejaría vivo. «Si no lo hace antes su prometido de usted, don Perico Ugarte, que es mucho más bravo y tiene la sangre en el ojo.»

Inconmovible a las palabras de Manuelillo, María Micaela suplicó, persuadió, amenazó, lloró, chantajeó, hasta que por fin el criado aceptó conseguirle una mula. «Un caballo sería demasiado notorio y tiene que pasar desapercibida, mamay. Debe tomar la salida de la ciudad hacia Chiguata.» Sí, claro que ella sabía, porfió María Micaela. Apo era un pequeño caserío a unas ocho o diez leguas de la ciudad, y estaba situado detrás del volcán de Arequipa que algunos indios llamaban Miste. Ella había ido muchas veces allí porque su padre tenía unas tierras por aquel lugar y de vez en cuando preparaban largas excursiones familiares.

Siguiendo el camino que conducía a Chiguata bordearía las faldas de aquel coloso que escupía fuego y humo y que su padre les mostraba a ella y a su hermano Álvaro con reverencia y admiración. No podía ser difícil y, en todo caso, debía arriesgarse a salir esa misma noche para alertar a sus amigos a tiempo, de manera que ordenó al criado que le tuviera lista la mula, agua, algunas vituallas y una manta gruesa. No lo recordaba muy lejos, en realidad, pero por si acaso. Esperó temblando con impaciencia a que la casa fuera por completo presa del silencio y salió. Hacía frío y reinaba la más absoluta oscuridad. Lejanos ladridos de perros acentuaban la quietud en que se sumía la ciudad desde que se esfumaba la claridad diurna, y algunas antorchas en las esquinas le conferían un aspecto crepuscular y fantasmagórico.

Le dio unas palmadas en los flancos a la mula y luego, de un salto, trepó sobre ella. Clavó con fuerza los talones en la ijada y el animal trotó con docilidad por el adoquinado sendero de la calle por cuyo centro corría, cantarina, la acequia. Apenas se escuchaba el cloc-cloc de las pisadas del animal y a veces, traído por el viento, el rumor de voces, quizá el aguardentoso canto de algunos borrachos. Las tropas del mariscal Ramírez Orozco estaban laxamente acuarteladas al otro lado del río Chili, de manera que era poco probable que se cruzara con soldados o centinelas. Arequipa dormía apacible cuando alcanzó la iglesia de Santa Teresa y enfiló por la calle de Puno, precisamente donde estaba la casa de don Juan de Dios Melgar, el señor papá de Mariano. A medida que se iba alejando de la ciudad iba experimentando la vertiginosa sensación de estar rompiendo con su vida. ¡Qué lejos le quedaba ahora el trivial, ingenuo y limpio mundo donde se había criado! Si alguien le hubiera dicho hacía apenas un año que iba a estar cabalgando a lomos de una mula, a medianoche, rumbo a un caserío remoto de las afueras de la ciudad para salvar la vida de sus amigos, se habría reído, incrédula. Y sin embargo, allí estaba, intentando no perder el equilibrio a causa del trote cada vez más rápido y confiado del animal, que parecía conocer muy bien aquellos parajes erizados de ríspida vegetación. Un par de horas después cruzaba rauda entre envarados arbustos, evitando sobre todo los espinosos canlles, y contempló un inmenso pastizal reseco y desalentador por donde al cabo de las siguientes horas la mula empezó a caminar con dificultad: subían a más y más altura cada vez y eso enrarecía el aire, volviendo dificultoso respirar. El corazón le palpitaba como el ronroneo de un abejorro enloquecido en su pecho. María Micaela recordaba con claridad que nada más bordear las faldas del volcán se encontraría un bosquecillo de queñua, ese árbol nudoso y a menudo torcido de forma grotesca por los ventarrones inenarrablemente helados e inmisericordes que soplaban a aquella altitud. Y ya había dejado atrás el bosquecillo, a su flanco izquierdo. De eso estaba segura: un haz de plata lunar se lo había ofrecido hacía poco, como un bosque fantasmal. Ahora era cuestión de encontrar la pequeña quebrada por donde, luego de serpentear entre un roquerío amenazador, llegaría a una inmensa planicie. Al cabo, siguiendo siempre pegada a la montaña, debía alcanzar Apo. No tenía que ser tan difícil. Empezaba a sentirse fatigada, pero solo pensar en el pequeño poblado de indios donde encontraría a sus amigos le hizo redoblar los esfuerzos y espoleó a la mula para que hiciera más enérgico su trote, ahora vacilante. Avanzó así durante largo rato, ascendiendo por el sinuoso y cada vez más estrecho sendero, aferrada al cuadrúpedo hasta sentir que se le agarrotaban los dedos y que tenía las nalgas en carne viva. Durante un tiempo que no sabría nunca precisar siguió casi a tientas, escuchando el ulular del viento entre las montañas. Por fin, desalentada, se detuvo a darle descanso al animal. Ella se envolvió en la manta y se mojó los labios con un sorbo de agua fresca. Sacudió la cabeza tratando de no pensar en lo que sin embargo le parecía fatal e inevitable: estaba perdida.

En efecto, pensó el general Goyeneche: si no lograba que Mercedes se aviniera a sus planes, estaría perdido. Avanzó precedido por el criado, que lo condujo al saloncito de siempre y haciendo una breve reverencia le abrió la puerta para que pasara. Flotaba un aire enrarecido y agobiado por la penumbra, pues las espesas cortinas permanecían echadas y él tardó un momento en acostumbrarse a aquella oscuridad. Entre los dos balcones que se abrían a la calle, había una consola y un espejo de marco dorado cubierto ahora con una tela negra, y unas láminas representando escenas de la corte de Versalles —creía recordar— y, en la pared de enfrente, en un marco de caoba de considerables dimensiones, una imagen grabada en plata del Cristo de la Fe. Y un par de sillones de estampados alegres que también habían sido cubiertos con sábanas. En uno de ellos Goyeneche alcanzó a distinguir la figura enflaquecida de su sobrina, que lo esperaba muy quieta, ensimismada y con un rosario entre los dedos. Al percibir su presencia, Mercedes se incorporó y descorrió las cortinas, permitiendo que un chorro violento de luz se desbocara por el salón.

—Perdona que te reciba así, Pepe —le dijo acercándose a él para darle un beso efusivo.

Estaba más delgada, sí, pero sus facciones habían adquirido una sobriedad distinta, menos aniñada, al igual que el reposado brillo de sus ojos. Era como si de pronto, enredada en la telaraña de la desgracia, se hubiera hecho mayor, pensó el general.

—Nada que disculpar, querida Mercedes, soy yo más bien quien debería hacerlo al venir tan pronto, casi sin respetar tu luto.

Mercedes le sonrió con bondad.

—Sé que hay asuntos urgentes que resolver, Pepe, asuntos graves, según me dijo mi madre antes de... abandonarnos.

La voz de la mujer se quebró y el general volvió a entrever en ella a la niña desvalida que asistió al golpe de ver fallecer a su madre sin poder hacer nada más que rezar. De esto hacía apenas un mes, pero el peruano recordaba nítidamente el triste viaje hasta el cementerio de la Sacramental de San Pedro y San Andrés, allá en el cerro de las Ánimas, la fúnebre despedida del cuerpo de Josefa, el responso, el desfallecimiento de Mercedes, lánguida y desmadejada, cogida de su brazo todo el tiempo, las amistades que se acercaban a presentar su pésame, los besos de las ancianas, los rezos de las beatonas, el consuelo inútil de las frases, los sacerdotes murmurando latines, el frío de aquellas tres leguas desoladas en la calesa y luego el regreso a casa.

Goyeneche miró fijamente a su sobrina. Estaba paliducha pero no se le notaba mal. Apenas la había visto desde entonces, en las misas que muy temprano se oficiaron en la cercana iglesia de San Justo.

—Es cierto —se sorprendió él mismo de su franqueza—. Hay asuntos urgentes que debemos liquidar y no hay tiempo que perder.

Mercedes lo miró intrigada y le ofreció asiento antes de tocar una campanilla que hizo aparecer al criado. Éste era un viejo abatido por el reuma y que apenas hablaba, como si siempre estuviera cansado. La joven le pidió que trajera unas tazas de chocolate y quizá unas copitas de brandy.

Sí, se dijo Goyeneche, decididamente, Mercedes estaba cambiada, estaba hecha más mujer, como si el trance del dolor la hubiera obligado a reposarse y a actuar con más discreción. Mejor aún. Lo que tenía que proponerle era a todas luces descabellado, peligroso, y si ella se negaba..., bueno, Dios sabe lo que pasaría. Por eso era preciso convencerla y confiar en el arrojo que él creía vislumbrar en su espíritu. Goyeneche no había dejado de pensar en lo que le iba a plantear a su joven sobrina y había pasado más de una noche de desvelo ideando fórmulas y explicaciones mientras descuidaba otros asuntos. Ni siquiera había sabido nada más de Lasarte, por ejemplo. Pero lo cierto es que las horas se le iban tratando de descifrar la clave que su prima la priora le había enviado en su última carta. Y el tiempo pasaba, claro.

—Querida sobrina — carraspeó Goyeneche sin saber muy bien por dónde continuar, pese a que lo había repensado muchas horas—, como sabrás, los negocios de tu señor padre los lleva mi socio Lostra y desde su muerte tu madre nunca tuvo problema con él, es cierto. Pero has de saber que hay... existen unos documentos importantísimos que podrían desestabilizar la renta que ahora percibes y prácticamente convertirla en humo, de caer en manos inadecuadas.

Mercedes lo miraba sin parpadear, pero el general fue consciente de la rigidez de su mandíbula, la repentina forma en que aferró el brazo del sillón, como si de pronto se fuera a caer. Quizá había sido demasiado brusco y se arrepintió por un segundo. Pero no demostró nada. Simplemente se quedó mirando a la joven, esperando una reacción.

—Vaya. Sabía de la urgencia de hablar del tema, pero no tenía idea de qué tan grave era todo. ¿Me lo querrás explicar, Pepe, por favor?

Bien. Había encajado muy bien el brutal inicio de la exposición. De manera que el general continuó:

—Verás, querida sobrina. No sé si estarás enterada de los negocios de tu padre, no sé si tu señora mamá te habrá hablado de ello —al ver que Mercedes alzaba una ceja

interrogativa, Goyeneche se apresuró a añadir—: No se
trata de nada que deba esconderse ni de nada turbio, no
me malinterpretes. Simplemente piensa que son negocios
hechos en tiempos difíciles. Mejor te pondré al tanto: durante el asedio de los franceses en Cádiz, Juan Miguel Lostra, mi socio e inversor de tu padre, reunió a un grupo de
comerciantes para comprar una patente en blanco y armar
así un corsario. No necesito explicarte que un corsario se
rige por ordenanzas reales, no es un barco pirata. Hay que
entender la situación, hija mía. El comercio con la América española se había reducido al mínimo y los caudales
apenas llegaban con cuentagotas, qué te voy a contar, si la
situación apenas ha cambiado desde entonces. El caso es
que tu padre y otros socios firmaron con Lostra un acuerdo para montar aquel corsario y, bueno, hicieron magnífi-
cos negocios, todo perfectamente legal: captura de barcos
enemigos, se entiende. Armaron también una balandra
para que operara en América.

—Entonces no veo el problema.

Goyeneche se mordió el labio, nervioso. Si no resultaba convincente ahora, sus planes se irían al traste. Él
ya había recibido respuesta de Lostra. Sabía dónde estaban
esos documentos, claro que sí.

—El problema es que algunos de esos papeles dan
cuenta de ciertos abordajes... no del todo legales. En aguas
americanas. Se trata de una lista de al menos cuatro o cinco capturas de barcos holandeses e ingleses que una tripulación inescrupulosa llevó a cabo entre Valparaíso y el Callao. Las noticias tardan en llegar hasta allí y los vaivenes
políticos por este lado del mundo sucedían demasiado rápido como para saber con exactitud quiénes eran aliados y
quiénes enemigos en cada momento. Al parecer, tu padre
había firmado en los registros de salida dando su autoriza-
ción al capitán para tales ataques. Un chanchullo en el que
lo metieron sin percatarse de lo que firmaba. Una burrada,
hija, la verdad.

Mercedes detuvo la taza de chocolate que se llevaba a los labios unos segundos. Las ojeras parecían habérsele acentuado. Sabía muy bien lo que eso podía significar: reclamos, juicios, chantajes, embargos, acusaciones de toda laya.

—Mi hermano José Mariano —continuó Goyeneche—, el representante de nuestros negocios en Perú, al recibir esos documentos y darse cuenta de lo que implicaban para la firma Aguerrevere y Lostra y para tu padre fundamentalmente, tuvo la buena idea de esconderlos hasta que recibiera instrucciones. Los puertos y los caminos estaban infestados de agentes y enemigos, resultaba mejor tenerlos cobijados hasta que fuera prudente hacerlos llegar a Cádiz.

—¿Dónde los escondió?

—En un lugar seguro: el convento de Santa Catalina, donde mi prima es la priora desde hace ya algunos años —el general se mordió el labio y evitó mirarla a los ojos—. Yo no supe nada de esto hasta que tu madre, poco antes de morir, me alertara de ello. De inmediato le escribí a Juan Miguel para que me devolviera los documentos, como miembro de tu familia, naturalmente. Y éste me contestó diciéndome dónde se encontraban los dichosos papeles.

—Pero entonces... si están a buen recaudo allí, ¿cuál es el problema?

Goyeneche quedó callado un momento, eligiendo las palabras para explicarle la situación.

—El problema, querida sobrina, es que las revueltas insurgentes han traspasado también las puertas del convento. Ya ni siquiera allí están a salvo.

María Micaela trató de serenarse. ¿Estaba segura de que aquél era el camino a Apo?, se preguntó de pronto, con una punzada de miedo aguijoneando su corazón. A causa de la altitud, la cabeza le latía como si fuera víctima de sorpresivas fiebres y le costaba trabajo respirar: eso era el temido soroche, claro. Sentía la sangre hirviendo y no obstante su piel permanecía viscosa y fría. Miró a la mula. Tenía el hocico lleno de espuma y sus grandes ojos oscuros estaban vidriosos. Sí, quizá lo mejor era descansar un poco, recuperar fuerzas, se dijo arrebujándose en la manta y descabalgando con un terrible dolor en las posaderas y en las piernas, como si hubiera recibido furiosas pedradas en las pantorrillas. La luna se había ocultado tras un rebaño inmenso de nubes negras que avanzaba raudo por el cielo y sólo de vez en cuando iluminaba fugazmente aquel sendero: cactus, yaretas, poco más. Quizá había ascendido demasiado sin darse cuenta. A estas alturas ya debería haber encontrado el camino a la planicie que un poco más allá desembocaba en una laguna rodeada de turberas y bofedales. Pero entonces significaba que había dejado atrás Apo. Buscó en las alforjas un poco de carne seca que comió con desgana pero aplicadamente, sabiendo que tenía que recuperar fuerzas. Luego mordisqueó una manzana cuyo zumo le refrescó la garganta reseca. La mula pastaba cerca de unos arbustillos y fugazmente ella percibía el brillo de sus ojos, el rumiar constante. Se quedó un momento pensativa, decidiendo qué hacer, si acaso esperar al amanecer o continuar por aquel sendero. Debía haber partido hacía al menos cuatro o cinco horas y el cielo continuaba negro como un pecado mortal. Todavía faltaría un poco para que saliera el sol y quizá para ese entonces Pedro y sus hombres ya habrían enrumbado hacia Apo. Pedro Ugarte. ¿Cómo pudo engañarse así con él? Había resultado un ser despreciable y maligno, sin honor ni decencia, capaz de delatar y permitir que ahorcaran a quienes fueron sus amigos sin ningún remordimiento. La corona lo justificaba todo. La amada patria mía, la odiada patria de los otros. Sí, eso era la guerra. Por eso se mataban hijos contra padres y hermanos contra hermanos, pensó apretando los dientes.

Un ruido de fugaces pisadas le desbocó el corazón. Se incorporó de un salto, con los músculos agarrotados, envuelta en la manta. Aguzó el oído. Estaba segura de haber escuchado pisadas, pero ahora sólo era el aullido del viento que por momentos parecía desalentarse y por momentos parecía llenarse de una furia sin fin, erizando su piel aterida y traspasando la manta como si fuera la más liviana de las batistas. Pero la mula tenía las orejas alertas y venteaba con diligencia. Ahí, a su derecha, de pronto emergieron otra vez las pisadas casi etéreas, como una danza delicada de bailarinas orientales. ¡Eran vicuñas! Una manada de vicuñas de suave lana que parecía agazaparse detrás de unos matorrales. Era un grupo de no más de seis u ocho ejemplares que se habían quedado estáticos mirándola, sin mover un solo músculo, apenas vibrando la naricilla húmeda y negra. La mula también parecía alerta, con las orejas erectas y el cuerpo tenso como una cuerda. Los animales levantaban los hocicos para olisquear el aire. ¿Qué les ocurría? De golpe María Micaela entendió: en esos páramos desolados había manadas de guanacos, vizcachas, vicuñas, topillos y otros animales inofensivos. Pero también pumas. Éstos a veces bajaban hasta acercarse a los poblados humanos y diezmaban corrales. Incluso habían dado cuenta de algún niño, y los indios solían organizarse para darles caza. No era frecuente, pero había ocurrido.

No tuvo tiempo de pensar más: la mula y las vicuñas, como animadas por el mismo nervio, salieron en estampida perdiéndose en la noche. Escuchó o creyó escuchar otras pisadas, más broncas y amenazantes, y corrió detrás de su cabalgadura, a ciegas, en medio de aquella maldita oscuridad llena de rumores, pero tropezó con algo sólido y filoso, quizá una roca. Sintió hervir las palmas de sus manos al evitar que sufriera su rostro en la caída, y un agudo dolor avanzó desde el muslo para alojarse, como una lanza ardiente, en su cerebro. Se levantó, tropezó nuevamente, sintió que se raspaba los brazos, que cientos de espinas se clavaban en sus piernas y en su rostro, puso el pie de pronto en un vacío horroroso, se escuchó dar un alarido de sorpresa y miedo y entendió que se despeñaba por el roquedal, golpeándose brutalmente en una caída que no parecía tener fin, pero ella sólo veía la negrura de la noche. Sintió que uno de los golpes producía como un chasquido en su pierna izquierda y otro le había quitado el resuello, y que iba a morir asfixiada, incapaz de respirar. Todavía alcanzó a pensar con rabia en la inutilidad de su muerte, en que no había podido salvar a sus amigos y que seguro mañana muy temprano los alcanzarían en Apo, los arrestarían y después los colgarían. Y su torpeza sería la culpable de ello...

Decían que había estado inconsciente durante tanto tiempo que pensaron que ya nunca despertaría de ese sueño profundo en el que había caído. La encontraron al día siguiente en una quebrada, de puro milagro, decía su madre, y la hermana Patrocinio, cada vez que le escuchaba contar aquello, afirmaba que sí, que su madre tenía razón: no podía ser de otra manera. El Señor había querido que María Micaela se salvase para que entrara aquí, a Santa Catalina, para que su alma buena y doliente encontrara entre estos muros la tranquilidad y el sosiego que sólo produce una vida dedicada al amor del Altísimo. ¿Para qué quería ella el sucio amor de los hombres si éste sólo provocaba sufrimiento y pesar? ¿No era acaso mejor pertenecer en cuerpo y alma a nuestro Señor, ser su amantísima esposa, su sierva más humilde? Pero María Micaela no estaba tan segura de todo aquello. No dudaba de que sólo la misericordia del Padre la había protegido de una muerte inminente. La habían rescatado unos pastores de llamas. Había caído desde un despeñadero no muy alto, entre arbustos espinosos que la salvaron de que cualquier alimaña llegara hasta ella. Daba pena ver su cuerpo quebrado, arañado, lleno de moretones violáceos y sangre por todas partes. No creyeron que sobreviviera más allá de esa primera noche, luego de que llevaran en unas parihuelas su cuerpo exangüe hasta la casa familiar. Porque si al principio deliraba afiebrada, poco a poco su conciencia se fue apagando. Aunque su organismo continuara realizando sus funciones básicas. Era como si su espíritu hubiera migrado a otras regiones ultraterrenas y su cuerpo se negara a abandonarse a tal fin. El presbítero Pereyra y Ruiz decía que estaba como en una especie de limbo, purgando sus faltas, y que sólo Dios diría si se quedaba allí o volvía a este valle de lágrimas. El doctor Cornejo hablaba de «coma», explicando que en griego eso significa sueño profundo, y sus conclusiones eran parecidas a las del padre Pereyra y Ruiz: sólo Dios decidiría.

Más le hubiera valido la verdadera misericordia divina y que Dios no le hubiese permitido regresar a este mundo. «No vuelvas a decir eso. Quién te crees tú que eres para cuestionar los designios del Muy Alto», le dijo Francisca del Tránsito la única vez en que ella le confesó sus amarguras. Pero aunque se cuidó de volver a decirlo en voz alta allí en Santa Catalina, bien que lo pensaba. Porque lo que se encontró cuando al cabo de dos semanas de estar en aquel limbo volvió a la vida más le hubiera valido jamás recordarlo.

Había sido así, según supo después: cuando llegaron a Apo los hombres de Pedro Ugarte —él jamás lo admitió pero ella estaba segura de que fueron sus hombres—interceptaron documentos y planos, datos vitales del ejército patriota. Ya no estaba allí Mariano Melgar pero sí José María Laso, que, sorprendido, no pudo ocultar a tiempo aquella información. Decían que el propio Ugarte le había pegado un tiro sin mayores prolegómenos y que luego encendió un cigarrillo, contemplando largamente el cuerpo sin vida de Laso. Aquella información arrebatada fue suficiente como para que el mariscal Ramírez Orozco supiera con qué fuerzas contaba Pumacahua —unos catorce mil hombres, decían, aunque menos de mil tenían fusiles— y que se apostaría más allá del Ayaviri, crecido por las lluvias de la temporada, esperando que las tropas realistas intentaran atacar por ahí. Ramírez Orozco, dueño de aquella información, hizo que sus soldados cruzaran más bien por el pequeño río Llalli, con el agua al pescuezo y las armas sobre la cabeza. Se ahogaron seis hombres, pero el mariscal supo sacar partido de aquel inesperado flanco vulnerable, pues mientras la tropa de Pumacahua se defendía del asedio, la realista envió un destacamento de quinientos hombres a caballo que sorprendió la retaguardia de los patriotas. Fue una escabechina que dejó, decían, más de mil muertos regados por toda aquella explanada de Umachiri. Al cacique de Chincheros lo atraparon cinco días después en Sicuani y lo degollaron sin miramientos, probablemente en represalia por el ajusticiamiento de Picoaga y de Moscoso. A Mariano —que no pudo o no quiso escapar— lo fusilaron al día siguiente de la batalla. Y Pedro Ugarte estaba allí, le había dicho su hermano Álvaro, que había regresado furioso, lleno de remordimientos. Ugarte ni siquiera quiso hablar con Mariano antes de que le reventaran el pecho a disparos. ¿Qué habría pensado en esos últimos momentos? ¿Sería cierto que desdeñó la venda que le quisieron poner en los ojos y con un temple estremecedor tuvo palabras de alentador vaticinio para la independencia? ¿Habría pensado en su Silvia adorada? ¿Quizá por un momento ha-

bía cruzado por su cabeza que María Micaela los había delatado? Porque al fin y al cabo tanto José María como Mariano sabían bien que ella estaba prometida con el despreciable.
Y eso era algo que la atormentaba horriblemente.

Quizá, después de este largo tiempo refugiada de
toda aquella perversidad, entre plegarias y devociones, pudiera encontrar un poco de sosiego y calma para su espíritu tal como insistían las religiosas cada vez que se encontraban con ella y la veían mustia, cojeando de un lado a
otro del convento, buscando una paz que no llegaba.

En efecto, insistió el general, ya ni en el convento se encontraban a salvo los documentos aquellos. Antes de que Mercedes pudiera decir nada, Goyeneche pasó a explicarle de la manera más clara posible que junto con los papeles de su padre había en el convento más documentos, cartas y correspondencia variada, todos importantísimos para muchas personas y que él le confiara en su momento a la priora para que los guardara bajo siete llaves. La abadesa, una súbdita leal a la Corona, no había vacilado un segundo en aceptar el peligroso encargo y así, durante el tiempo en que Goyeneche peleó contra los secesionistas en los Andes peruanos, el convento arequipeño se convirtió en el camuflado epicentro de la correspondencia que recibía el general. Allí había de todo: instrucciones militares, nombres de enlaces y emplazamientos, informes secretos, cartas del virrey Abascal, documentación valiosa, en fin, que llegaba por conductos en extremo discretos para que Goyeneche pudiese recogerlos a su debido tiempo.

—Pero los acontecimientos que inesperadamente me obligaron a regresar a Madrid —el general tomó un sorbo de brandy para aclararse la garganta, los ojos velados por el recuerdo— cortaron toda posibilidad de que yo recogiera aquel copioso archivo guardado por mi prima, quien se ocupó de ello hasta ahora sin que ninguna sombra conturbara dicha custodia. Pero las cosas, ya te digo, han cambiado de manera tan repentina como peligrosa.

Entonces pasó a explicarle acerca de las cartas que recibiera de la priora en los últimos meses, confidencias urgentes en las que sor María de los Ángeles le decía que temía por su vida, que alguien —alguien quizá vinculado con los insurgentes americanos— estaba indagando sobre el paradero de aquellos papeles y que en cualquier momento podrían hacerse con ellos. Era pues urgente rescatarlos. Goyeneche ya había recibido instrucciones cifradas para encontrar aquel peligroso archivo. No había tiempo que perder.

Mercedes dejó a un lado la taza de chocolate que apenas había probado y tras vacilar un segundo se sirvió también una copa de brandy, que bebió de dos tragos que la hicieron lagrimear. Miró al general, que tenía el semblante desencajado por la preocupación y que al parecer no se decidía a seguir hablando.

—Entiendo que, dada tu situación, te resultará imposible acudir a por ellos —le ayudó la joven intentando hablar con aplomo. Lo que me pides, más claro ni el agua, pensó.

—Mercedes, no creas que no he pensado en la difícil posición en la que te coloco. Pero dadas las circunstancias, creo que no hay otra salida. Es imprescindible que sea una mujer la que se encargue, pues no veo otra manera de entrar en el monasterio sin despertar sospechas, tal como están las cosas. No irías sola, naturalmente —se apresuró a añadir—. Hasta Cádiz te acompañarán Celestino y dos hombres más. Serán tus escoltas, irán armados y no tendrás nada que temer. Nada te faltará y he dispuesto que, de aceptar hacer este viaje, no corras ningún peligro innecesario. La goleta de un armador amigo mío, la Santa Margarita, partirá desde Cádiz en menos de un mes con dirección a Valparaíso, Iquique y Quilca, que es el puerto de Arequipa. El capitán velará por ti hasta que arribes a tu destino.

—Lo tienes todo bien pensado, Pepe.

El general no pestañeó.

—El tiempo apremia.

Se quedaron de nuevo en silencio, sin saber muy bien por dónde seguir aquel asunto que tomaba de sorpresa a Mercedes y que Goyeneche había sopesado largamente. Desde la calle les llegaba el ruido intermitente de cascos de caballos, voces altas, el rasgueo tenue de una guitarra.

—Tú piénsatelo, hija —el peruano se levantó del asiento y frunció el ceño mirando el pequeño reloj que llevaba a doble cadena entre los botones y el bolsillo del chaleco.

—No creo que tenga muchas alternativas, querido Pepe, pero, en fin, dame por favor un par de días para cavilar en todo esto. Comprenderás que...

—Claro que sí, por supuesto.

Goyeneche abandonó la casa de su sobrina sin saber muy bien qué pensar. Se sentía algo decepcionado de que Mercedes no hubiera dicho que sí de inmediato, por otra parte se decía que ya era bastante positivo que no se hubiese cerrado en redondo tildando aquel asunto de descabellado. Había pedido dos días y dos días le daría el general. Después de todo, reflexionó alcanzando la calle de la iglesia del Sacramento, tenía a Charo Carvajal guarecida en su casa y no sería difícil convencerla de que fuera ella quien realizara el viaje. Pero, por otro lado, demasiado bien sabía que era peligroso confiar a una desconocida aquellos valiosísimos papeles que ojalá estuvieran aún bien guardados en el convento de Santa Catalina. Y mientras tanto tenía que seguir buscando a Lasarte.

Porque nada más acomodar a la actriz en su casa, Goyeneche organizó una detenida y discreta pesquisa con hombres de su confianza, que fueron y vinieron por todo Madrid indagando sobre el paradero del capitán de guardias. Ni rastro. Como si la tierra se lo hubiera tragado. En palacio las versiones eran contradictorias y el duque de Montenegro mintió con descarada enjundia al ser inquirido por Goyeneche: según sabía, Lasarte estaba de permiso, le dijo mientras mondaba una manzana; seguramente había partido a atender asuntos personales. O tal vez se había quedado enredado en algunas faldas, ya todos sabían de qué pie cojeaba el capitán, agregó con una sonrisa que el general hubiera borrado de un bofetón. Pero se contuvo. No quiso averiguar más por allí. El Consejo de Gobierno andaba revuelto porque la economía hacía aguas y cada vez tenían menos margen de maniobra a causa de la camarilla infame que enredaba a Fernando. Y la desaparición de Antonio Lasarte apenas se hizo eco de las conversaciones en los pasillos de palacio. En cambio de Queralt simplemente dijeron que fue asaltado por unos delincuentes al abandonar la taberna del Cuclillo, allí en la calle Imperial. Inmediatamente habían salido los alguaciles en una batida organizada por callejuelas, fondas y corralas, pero hasta ahora todo había resultado infructuoso. Una lástima, porque Carlos de Queralt era uno de los más bravos hombres con los que contaba el duque de Alagón... Quién sabía si Lasarte había corrido igual suerte, si se tenía en cuenta la amistad que los unía y lo calaveras que eran ambos. Por los mensajes que le trajeron sus confidentes, Goyeneche pudo colegir que Lasarte había escapado, tal como le contara Charo Carvajal, saltando al balcón de la vecina, que a punto estuvo de reventarse el cráneo contra el suelo, y que mató a uno de sus perseguidores, dejando al otro malherido. Un carruaje lo esperaba al otro lado de la calle, quizá su propio criado, que no lo dejaba ni a sol ni a sombra, y partió de allí dejando un reguero de sangre con rumbo desconocido. Los hombres de Montenegro irrumpieron poco después en casa de Lasarte pero no encontraron nada: ni rastro del capitán, ni de su criado ni de documentos comprometedores. También habían registrado la casa de otros compañeros, un verdadero ultraje. Pero con él, claro estaba, ni se atrevieron.

Sin embargo, Goyeneche no pudo conseguir audiencia con el rey Fernando y demasiado bien sabía que detrás de esto estaba el duque de Montenegro. El conciliábulo de mentecatos que se reunía en casa de su padre, el conde de Sabiote, no le perdía pisada. Y era algo que temía. Según sus informantes, aquel grupo de supuestos fernandinos, entre los que se contaban el marqués de Valmediano, el conde de Teba y otros, hablaban de unos documentos que demostrarían la traición de Goyeneche, decían. Pandilla de miserables, pensó el general apretando el paso, qué sabrían ellos de la verdad, de lo que se había jugado él en América. Pero lo cierto era que algo se olían sobre los contactos que había hecho en aquellos años americanos, pues de lo contrario no pondrían tanto celo en sus indagaciones.

Había oscurecido rápidamente sobre la ciudad. La cita con Mercedes se había dilatado más de lo previsto, y al pasar por el pasaje del Panecillo el general sintió que una sombra se desprendía con sigilo a sus espaldas. Continuó caminando a buen ritmo y como si no se hubiera enterado de nada, pero el corazón le traqueteaba a todo galope, la mano había viajado con celeridad a la empuñadura de la espada, una tizona liviana y mortífera que Goyeneche no dudaría en usar, sólo esperaba que el otro se acercara un poco más. Estaba apenas a cinco pasos de la esquina y únicamente temía que allí apareciera otro, que se tratase de una emboscada en toda regla. Maldijo haber sido tan poco precavido de no usar la berlina pese a que Celestino insistió en recogerlo.

Se dio la vuelta sorpresivamente y casi a ciegas esgrimió el estoque contra donde suponía el cuello de su atacante. Éste dio un alarido y gimió balbuceando piedad antes de caer de rodillas. Sólo era un mendigo que tembloroso y de hinojos lloraba por su vida. Goyeneche sintió con claridad cómo la sangre volvía a circular por sus venas. Se dio la vuelta confuso y maldiciendo, luego se detuvo y finalmente le arrojó unas monedas a aquel desdichado. Tenía los nervios a flor de piel, se amonestó, aún temblando. Era sin duda alguna el agotamiento de haber estado tantos días intentando descifrar la última carta de su prima. Pero era incapaz de entender la clave. Debería resolverla cuanto antes, porque de lo contrario el viaje de Mercedes y Charo carecería de sentido.

Fue la propia Mencía de Jesús quien se acercó a donde María Micaela con el mensaje. Acababan de rezar el rosario y las letanías de vísperas y María Micaela, que esos días andaba más apesadumbrada que de costumbre, sólo quería llegar a su celda y recluirse en silencio. La madre Ramira de la Concepción no le daba tregua y siempre que podía la insultaba o incluso le escupía y buscaba la protección de Jacinta, que tan poco había hecho por ella. Era como si la anciana supiera que María Micaela intentaba ganar su expiación a través de sus afanes samaritanos y quisiera ponérselo difícil. De lo contrario, no se explicaba el encono de la vieja madre.

Pero no era sólo eso, en realidad: cuando ya pensaba que no ocurriría más, había vuelto a recibir correspondencia de aquel desgraciado Ugarte al reconocer los pliegos, el lacrado. No asistiría al refectorio para la colación y la lectura de completas. Haría la última oración recogida en su celda. Pero en la puerta la esperaba Mencía de Jesús, con un semblante donde era imposible adivinar ningún sentimiento.

—Quiere verte —los ojos de la monja eran inescrutables. No dijo más, pero ella supo a quién se refería, claro.

—¿A mí?

—Sí, chiquilla, a ti. Apresúrate.

Y ella se encaminó sin pérdida de tiempo a la celda de la superiora, María de los Ángeles. Era cierto que en los últimos días la delicada salud de la monja se había desplomado ya por completo, como se desmenuza una viga carcomida por la termita, sin que toda la ciencia del doctor

Ceballos hubiera podido hacer algo por detener el avance de aquella misteriosa enfermedad. A las fiebres iniciales y a la fatiga general les habían seguido toses secas, primero, y luego esputos sanguinolentos, mareos y terribles dolores de cabeza que la dejaban baldada y sólo al amparo de las oraciones que después del rosario y la corona franciscana le dedicaba la comunidad entera, incluidas las legas, que rogaban por su pronto restablecimiento. El doctor Ceballos aplicó desde un primer momento cataplasmas, practicó sangrados, preparó cocimientos e infusiones, consultó con el protomédico Olazábal, administró purgas y vomitivas que se revelaron inofensivas para el mal que consumía a la religiosa con la voracidad con la que el fuego consume la estopa. Impotente, el galeno y la comunidad asistieron al último estadio de aquella extraña enfermedad: el rápido declive de la madre María de los Ángeles, a quien ya en los últimos tiempos se le agarrotaban los músculos y parecía desvariar, encogida como un feto en su cama, siendo escasos sus momentos de lucidez. Ya no salía de su celda y pese a ello su círculo más cercano procuraba desmentir o minimizar el estado de la superiora mientras decidían qué hacer. Lo cual, pensaba María Micaela guardándose bien de decirlo en voz alta, resultaba a todas luces extraño, pues si la superiora se encontraba en tan precario estado, parecía lógico que, tal como indicaba la regla, las monjas con más de doce años de profesión debían elegir mediante voto secreto a su sucesora y luego se lo comunicaran al obispo. ¿Por qué entonces tanto afán en que no se supiera el verdadero estado de salud de María de los Ángeles? ¿Qué ganaban con ello? ¿Por qué Mencía de Jesús, Francisca del Tránsito y otras dos —Josefa de la Crucifixión y una monja mayor cuyo nombre no recordaba— habían cerrado un círculo granítico e inexpugnable en torno a la verdad? ¡Como si las religiosas fueran niñas que no se dieran cuenta de que su abadesa había sido ya llamada por el Todopoderoso a su diestra! Eso no hacía más que fomentar las habladurías, le confesó un día la madre Patrocinio, el rostro congestionado por el esfuerzo de amasar harina para el pan. «Ya sabes a qué me refiero.» María Micaela asintió, temerosa de que incluso la sosegada Patrocinio se revolviera inquieta con aquella idea, con aquel disparate que ya ni la presencia amenazadora de Mencía de Jesús parecía acallar en la comunidad, cada día más alborotada. Pero a ella no se le ocurría pensar en nadie que quisiera envenenar a la superiora. Y así se lo dijo una mañana a Donicia de Cristo, que podaba con primor su rosal, floreciente y hermoso como pocos en todo el convento. Pero ésta se encogió de hombros y sin mirarla dijo: «El mal también aquí campea a su aire. No sólo afuera, mamita». Luego continuó con sus rosas. María Micaela tuvo un estremecimiento al oír esas palabras y se retiró al poco, alegando obligaciones.

Lo único cierto de todo aquello era que la superiora empeoraba a ojos vistas: hasta hacía unos meses animosa y llena de vigor pese a sus primeros malestares, parecía ahora una temblorosa anciana incapaz de valerse por sí misma. Ya ni siquiera la veían dar esos breves paseos por el claustro de los Naranjos, su preferido, ese del que en ocasiones decía que debería ser el llamado del Silencio. Y reía feliz con su inocente ocurrencia.

Así intuyó María Micaela que la encontraría la tarde en que Mencía de Jesús le dijo que la priora quería verla y que se diera prisa, agotada, encogida, con la silueta de la muerte bailando en sus pupilas, porque así la había visto ya en aquel casual y último encuentro, precisamente en el claustro de los Naranjos. ¿Ella no entraba?, preguntó María Micaela cuando llegaron a la celda de la superiora, y Mencía de Jesús negó con los labios apretados: «Quiere hablar contigo a solas». Luego se marchó con prisas. María Micaela abrió despacio la puertita de aquella celda.

Debilitada, ojerosa, con la piel de un color sucio y un aliento permanente a fermentos, María de los Ángeles temblaba en su cama y parecía que de un momento a otro se apagaría como una vela ya consumida del todo. Flotaba en la celda oscurecida un denso olor ferroso, como a ajos, pero también a miasmas y efluvios íntimos, que hizo retroceder instintivamente a María Micaela. Apoyada en el bastón, apenas se atrevía a entrar. La superiora, que parecía murmurar desvaríos u oraciones con el mentón apuntando al cielo raso de la celda, de pronto enfocó su mirada en ella y María Micaela pudo advertir que allí, al fondo de esos ojos, obstinada como una llamita vibrante, seguía vivísima la inteligencia y el valor de aquella mujer.

—¡Ah!, aquí estás, mi niña —dijo con una voz que no era su voz: un graznido, un ripio achacoso, una parodia de su entonación hasta entonces bien timbrada y persuasiva.

María Micaela asintió levemente y se dirigió hacia la mano huesuda que la superiora extrajo de entre las mantas convocando su presencia, como si dudara de su tangibilidad. Vio con lástima y también con inevitable repulsión cómo su propia mano joven, tersa y tibia era envuelta por aquellas otras arrugadas, frías y llenas de sarpullidos. Las apretó conteniendo las lágrimas, incapaz de creer que ese saco de huesos tembleques fuera la altiva mujer que la recibiera poco menos de un año atrás en el convento, la que pastoreaba con pulso firme aquel rebaño de monjas, la que a veces gustaba de pasear sola, con un misal y un rosario, la que discutía sin tapujos con el síndico cuestiones relativas a la intendencia de Santa Catalina, aquella a la que todas querían y respetaban, aquella por quien esclavas y criadas peleaban pidiendo su bendición. No, se dijo, no era posible. Pensó también, sin saber por qué y de golpe, en la anciana sor Ramira de la Concepción y sus desvaríos seniles. Pensó, finalmente, en la posibilidad del envenenamiento.

—Aquí estoy, madrecita —dijo María Micaela, y de súbito venció todos sus reparos, recostándose a la vera de la superiora, su cabeza al alcance de aquellas manos febri-

les que la buscaban para dejar el rastro tenue de una caricia, mientras enterraba el rostro entre las mantas, que he-
dían. Sintió los ojos húmedos.

—No tienes por qué llorar, hija mía —adivinó la
superiora, pues no era posible que la hubiera visto—. Deberías más bien alegrarte de que el Señor haya decidido
llevarse a esta humilde sierva a su lado.

María Micaela iba a protestar pero la superiora se
adelantó:

—Dame un poco de agua, por favor. Es muy importante lo que debo decirte.

De inmediato le acercó un vaso que había en la
mesita de noche, le levantó la cabecita consumida para que
estuviera cómoda y acercó el líquido hasta sus labios resecos. Luego, se dispuso a escuchar.

La casa de Jacobo Peñuelas quedaba en la travesía de San Benito, uno de los laterales del hospicio de San Fernando. Se trataba de una callejuela húmeda, sombría y bastante sucia, desde cuyos balcones no era infrecuente que algunos vecinos desaprensivos lanzaran restos de fruta, huesos mondados y también peores inmundicias. Goyeneche bajó de la berlina con cuidado y ayudó a descender delicadamente a Mercedes, que alzó el guardapiés color habano para no ensuciarlo con el lodo que la llovizna había formado en aquella calle. Luego miró al general y le ofreció una sonrisa de confianza y cierta picardía. Aunque su rostro se había afinado mucho en los últimos meses, todavía guardaba un cierto aire de infancia, especialmente en los dos preciosos hoyuelos que se le formaban al sonreír. José Manuel Goyeneche le devolvió la sonrisa.

—De manera que aquí vive el maestro Peñuelas —dijo el peruano mirando aquel desvencijado edificio: un zaguán turbio, las escaleras apolilladas de donde emanaba un efluvio a sardinas y coliflor hervida.

—Es una verdadera eminencia, Pepe —afirmó Mercedes—. Domina el latín y el griego tan bien como el alemán y el francés. Es un gran conocedor de Aristóteles y de Ovidio, ha traducido a Marcial y...

—Te creo, sobrina, te creo —atajó el general livianamente.

Si, como decía Mercedes, aquel maestro que ahora los esperaba en su casa —no se había dignado a venir a la de Goyeneche— podía darle las claves para resolver el misterio que encerraba la última carta de su prima María de los Ángeles, José Manuel Goyeneche daría por buenos todos sus esfuerzos y todos los contratiempos vividos hasta el momento.

Pese a la premura del tiempo, que corría inatajable, pese a las dificultades de los últimos días, el general se sentía más tranquilo: Mercedes había aceptado finalmente hacer aquel largo viaje y partiría junto con Charo Carvajal en el plazo previsto. Las dos muchachas se habían conocido en su casa y al parecer había saltado entre ellas una chispa de inteligencia y cariño, una pequeña corriente galvánica encendida muy probablemente por la suerte de Lasarte, de quien, a pesar de todas sus pesquisas, Goyeneche no había logrado saber mucho más, excepto un dato que le había llegado hacía poco por medio de un informante. Se trataba de algo valioso, les confió a las dos mujeres cuando se serenaron, luego de abrazarse y soltar unas lágrimas: que Lasarte estaba vivo y escondido en algún lugar del sur de la Península, a salvo de los esbirros de Montenegro, que habían puesto patas arriba las corralas de teatro, las fondas y tabernas madrileñas, las casas de tertulias, como la de la Zaina y la de la Pelumbres, y todo prácticamente con la anuencia de Fernando, que veía así una buena oportunidad de acabar de una vez por todas con los masones, cuyas sociedades parecían brotar aquí y allá como los hongos después de la lluvia. No le quedó más remedio al general que fingir despreocupación por la suerte de su amigo y enfrascarse en asuntos de Estado cuando despachaba con el Borbón o con los ministros. Era cierto que el conde de Sabiote había querido sonsacarle alguna información sobre el desaparecido capitán de guardias del rey, pero Goyeneche no dio su brazo a torcer, fingiendo una cortés preocupación. Sin embargo, su búsqueda de noticias no había disminuido un ápice, pagando muy bien aquí y allá la discreción de funcionarios e informantes. Ni tampoco su dedicación casi a tiempo completo a desentrañar las claves de aquella endemoniada carta arequipeña.

Goyeneche se había dejado las pestañas probando con todas las partidas del libro de Luca Pacioli; estaba seguro de que allí se encontraba la solución, porque, como ya había observado su padre años atrás, la notación que usaba Pacioli era algebraica y no descriptiva, lo que permitía usarla como un código cifrado, si se sabía hacerlo...

«Nada es casual en el ajedrez, querida Mercedes», le había dicho hacía unas tardes el general mostrándole la carta, casi desesperado al no hallar ninguna solución. Y pasó a explicarle a su sobrina la nomenclatura, y que ésta consistía en colocar una letra a cada fila vertical del tablero comenzando desde la izquierda del jugador. A, b, c, d, e, f, g y h; y un número en cada hilera horizontal comenzando desde abajo, 1, 2, 3, 4, 5, 6, 7 y 8. Así pues, la primera posición de la torre era a1 —instruyó, didáctico y obcecado, Goyeneche—, la del caballo era b2, el alfil, c3, la dama, d4, el rey, e5..., de manera que cuando se quería ubicar las piezas y transmitir la información por escrito se nombraba el escaque por la letra y el número. Mercedes atendió con verdadero interés las explicaciones de Goyeneche, pero en algún momento le pidió la carta, como si no creyese que todo fuese tan complicado. «No, no, no encontrarás nada, hija, pues el mensaje está escondido —le advirtió el general ofreciéndole aquellos pliegos ya ajados—, nada más que frases inconexas, pueriles, cargadas de una insulsa...», pero Mercedes, al cabo de un momento de ensimismada lectura, sonrió dubitativa. Algo brillaba en sus ojos cuando habló.

—Querido Pepe, a veces el árbol no nos deja ver el bosque... Yo creo que estos galimatías son en realidad... silogismos. No estoy del todo segura, pero sé quién nos puede ayudar a desentrañar este misterio.

De manera que allí estaban, subiendo por aquellas añosas escaleras en busca del maestro Jacobo Peñuelas, cesante de la Real Hacienda y preceptor de señoritas, para que él confirmara o desdijera lo que Mercedes afirmaba: que

Goyeneche se había empeñado en buscar una pauta ajedrecística donde más bien había una pauta aristotélica.

Los recibió una criada gorda y obsequiosa que los hizo pasar a una cámara en la que había libros en estanterías y también formando pequeñas torrecitas en el suelo, junto a una mesa amplia y oscura donde descansaban papeles, plumas, objetos diversos, más libros. Casi de entre ellos emergió el rostro ratonil de un hombre. Tendría unos cincuenta o sesenta años, encorvado, de grandes bigotes de estilo prusiano y cabellos completamente blancos y pegados al considerable cráneo. Tenía unos ojos grandes y permanentemente asombrados con los que estudió sin disimulo al general Goyeneche antes de tenderle, obsequioso, una mano blanda y caliente. Luego besó ligeramente la diestra delicada de Mercedes, que no pudo evitar abrazarlo con efusión.

Después de las presentaciones de rigor y más reverencias exageradas que hacía el preceptor Peñuelas —como si se viera obligado a declarar así su respeto por los cargos de Goyeneche sin que en realidad le interesaran en lo más mínimo—, fue el propio anfitrión quien preguntó por aquellos «códices». Se sentaron en un sofá otomano flordelisado e incómodo, frente al exfuncionario. Antes de que Goyeneche sacara los pliegos ya quebrados en los dobleces, Peñuelas dio dos sorpresivas palmadas, como si estuviera matando unas moscas surgidas de súbito frente a sus narices, y apareció la criada gorda que los recibiera momentos antes. El hombre pidió que les trajera unas tazas de chocolate y quizá unas copas de anís, sí, unas copas estarían bien. Si es que a su excelencia le apetecía, naturalmente, agregó volviendo sus ojos consternados hacia el militar. Goyeneche asintió, más que nada para empezar de una buena vez con el asunto que los había llevado hasta allí. Muy en el fondo de sí, y aunque se lo había ocultado a su sobrina, guardaba cierta duda acerca de la utilidad que aquella entrevista les podía deparar, pues, aunque él no era criptógrafo, se consideraba un buen sabueso en materia de claves, y si en todo este tiempo no había podido resolver la que su prima le enviaba, poco podía hacer este hombrecillo estrambótico que tenía enfrente. Sólo le había confesado aquella aprensión a Charo Carvajal, que pasaba el tiempo encerrada en su casa, en la habitación camuflada que el general había tenido la previsión de hacer instalar cuando se mudó a la casona de la calle de Atocha, y que sin embargo no había resultado del todo necesaria, pues en los días que siguieron a la huida de Lasarte nadie se mostró interesado en husmear en la vivienda de Goyeneche. Quizá porque entendían que aquél era el lugar más evidentemente peligroso donde podía esconderse Lasarte, debido a la amistad que los unía. De manera que las tardes se sucedían aburridas para aquella actriz que sólo tenía cabeza para Lasarte y para su arrepentimiento por el lío en que lo había metido, metiéndose de paso ella. Goyeneche conversaba con la actriz por las noches, después de cenar en su cámara —Charo Carvajal lo hacía en su habitación—, y en los últimos tiempos, luego de convencerla de que era imperativo que viajara al Perú, pues el de Montenegro no había cejado en su empeño de buscarla por todas partes, también le confió su preocupación por no resolver las claves enviadas desde Santa Catalina. La actriz mostró gran interés en aprender ajedrez y así ayudar al militar peruano a desentrañar aquel maldito enigma. Pasaron días en ello, sin más resultado que una inesperada y genuina afición de la muchacha por aquel juego, y sólo cuando Mercedes sugirió la posibilidad de que no se trataba de un secreto escondido en el ajedrez sino de otra cosa, Goyeneche admitió a regañadientes que quizá estaba equivocado. Y allí se encontraba, frente a este hombrecillo de cabellos blancos y ralos que lo miraba sin disimular su curiosidad, atendiendo a medias al parloteo risueño de Mercedes, dispuesto a escuchar su opinión.

La superiora emitió un suspiro de satisfacción o cansancio, entrecerró los ojos y así permaneció por espacio de unos interminables segundos que hicieron temer a María Micaela lo peor. Pero los pliegues de su cuello oscilaban tenuemente y, al cabo, sintió un apretoncito en la mano que seguía aferrada a la suya.

—Debes saber, querida mía, que se avecinan tiempos muy malos. No sólo para el convento, sino para Arequipa y para el mundo tal como lo conocemos.

María Micaela siguió callada, esperando que los graznidos de la superiora continuaran, al parecer debilitada por el esfuerzo de haber pronunciado una frase de corrido.

—Cuando llegaste aquí, hace poco más o menos un año, viniste con un dolor que quizá el tiempo y la oración hayan mitigado. Ojalá sea así. Allí afuera nuestros hermanos y nuestros padres se matan sin piedad, dando vivas y mueras a asuntos que en realidad apenas deberían concernirnos a nosotras, alejadas por decisión propia del siglo y sus debilidades. A ti te ha tocado ver todo eso de cerca, tan de cerca que has resultado herida.

La madre hizo una pausa y con un gesto pidió un poco más de agua. María Micaela le alcanzó de inmediato el vaso, repitiendo la operación anterior.

—Has sufrido, hija mía, todo el dolor de ver morir a los que amabas, unido al desengaño de saber que aquel a quien elegiste como tu futuro marido resultó un hombre vil, incapaz de un gesto humano para con los que fueron sus amigos, reconcomido por el rencor y el odio, que son sentimientos que nos pudren el alma. Sí, hija, lo sé muy bien. No es necesario estar allí afuera —hizo un débil gesto con la cabeza— para enterarse de las cosas terribles que ocurren en el siglo. Como te dije en una ocasión, ¿recuerdas?, no importa que tus amigos hayan sido los que defendieran la causa equivocada y quien estaba destinado a ser tu marido fuera adalid de los valores en los que creemos, pues con su conducta ha demostrado no estar a la altura de éstos.

»Lo importante es que ese desengaño cruel y el sufrimiento de la pérdida de dos vidas queridas te han traído hasta este convento porque así lo ha querido nuestro amado Esposo. Arriesgaste tu vida como pocas personas serían capaces de hacerlo. Casi mueres por ello y has quedado baldada para siempre. Sin embargo, aunque la herida que te lleva cojeando de un lado a otro ya no tenga remedio, la que aún sangra en tu alma inocente cerrará cuando el Señor ponga su dulce mano sobre ella. Pero todavía quiere que hagas algo por Él. Tú, porque has sufrido, porque has conocido en tus carnes ese dolor infinito y has sido valiente y generosa...

La monja hizo una pausa para tomar aire. Jadeaba livianamente y parecía recuperar poco a poco el aliento. María Micaela tenía los ojos nublados por las lágrimas y sólo atinaba a estrujar la débil diestra de la superiora, con el corazón anegado de una pena que también era ternura y alivio, un gozoso dolor que la traspasaba como un éxtasis, como un soplo delicado y al mismo tiempo bienaventurado que toda su vida recordaría como el momento más importante de su existencia, como el día en que de verdad atisbó el amor inconmensurable de Dios, en esa habitación donde una mujer moribunda resollaba con un aliento fétido y al mismo tiempo fresco y dulce. Esperó sin respirar a que la superiora recobrara fuerzas para continuar con su encargo, porque intuía que de eso se trataba, de una postrera encomienda que Dios quería hacer llegar a ella por intermedio de sor María de los Ángeles. Las muertes de José María y Mariano no serían pues inútiles si nuestro Señor misericordioso tenía un plan para ella, para que se redimiera con las migajas de su perdón y de su amor infinito.

—Se avecinan tiempos difíciles —insistió la superiora—. Y aquí en Santa Catalina se ha colado el Maligno. Mas debo darme prisa, querida hija, porque la cordura me flaquea por momentos y temo no alcanzar a decirte todo lo que tengo que decirte. Escucha con atención: vive entre nosotros quien quiere ver destruida toda la obra de Dios; convertida en polvo esta santa congregación que es el alma de nuestra ciudad. Hay aquí quienes quieren ver cómo Arequipa cae en manos de Satanás y cómo el Perú entero y, aún más, la propia América es sacudida por el dolor, por la injusticia y por un sufrimiento que puede durar siglos. Me han envenenado, hija mía, y en todo este tiempo no he podido averiguar quién. Aunque lo sospecho.

María Micaela dio un respingo, se aferró a la mano de la superiora.

—Pero, entonces, es cierto...

—Es cierto. Callé mis sospechas por no herir sentimientos, callé mis pesquisas para no deprimir el ánimo de la congregación, pero ahora veo que sólo me movió la soberbia de creer que yo sola podía encontrar al culpable —los ojos de la religiosa se nublaron—. Y con tal actitud he comprometido un tiempo precioso que ahora se precipita amenazando con ser insuficiente. Justo es que purgue yo mi pecado, pero no por eso deben pagar los inocentes. Eso es lo que me ha dicho nuestro Señor.

»Mencía de Jesús, que es una religiosa ejemplar y una buena amiga, así como Francisca del Tránsito, otra alma del Señor, están procurando que esto no trascienda, pero mucho me temo que es labor inútil. No sé si ellas sospecharán a estas alturas de alguien en particular, si ese alguien viene de afuera o mora entre nosotras; no sé si en sus atormentadas mientes elucubran los posibles motivos de tal maldad. En todo caso no lo saben a ciencia cierta, como no lo sabe el bueno del doctor Ceballos ni lo sabe nadie más que yo y mi envenenadora. Y ahora tú.

»Te preguntarás por qué estás aquí, escuchando estas confesiones terribles y dolorosas. Pues bien, hija mía, no es sencillo de explicar, pero tendrás que confiar en mí. Simplemente te diré que sería muy malo, y más aún en estos tiempos, que la noticia de mi envenenamiento corriera libre por Santa Catalina y por la ciudad. Debilitaría el ánimo de todos, encendería suspicacias inútiles, alimentaría odios y agravios. Eso no sería nada bueno. Lo importante, lo único que de veras importa es que creo saber el motivo aunque desconozca la mano.

María Micaela acomodó la almohada de la religiosa y acercó el vaso para remojar los labios, que se le resecaban constantemente, devorada al parecer por la fiebre. La religiosa tiritaba bajo las mantas y era evidente que hacía un gran esfuerzo para seguir hablando.

—Debes saber que aquí en el convento guardamos documentos importantes desde tiempos inmemoriales. No te puedo decir más: ni dónde están ni quién los resguarda. No porque no confíe en ti, sino porque desde el momento en que salgas por esa puerta te estarán vigilando e irán también en tu busca en cuanto tengan la menor oportunidad. Querrán saber qué te he dicho, sospecharán estas confesiones y tú tendrás que ser lo suficientemente hábil como para eludir sus preguntas, para disimular esta conversación de la que no deberás soltar prenda. Tendrás que tener mucho cuidado con todo lo que digas y con todos los que hables. Tú sólo tienes que saber algo, algo importante, conocer lo justo —sor María de los Ángeles se aferró a su mano, agitada, mirándola con fijeza—. Busca a Cesare Bocardo. Él vendrá aquí y tú deberás indagar quién es con toda discreción y sigilo. Ponte en contacto con él y entre los dos resolverán satisfactoriamente este problema.

—¿Es un sacerdote? —se atrevió a preguntar María Micaela, viendo que la superiora sufría y tenía la garganta reseca nuevamente.

—No, no es un sacerdote, pero no te puedo decir más. El poder del Maligno ahí afuera es poderoso, sabrán sonsacarte sin que tú te des cuenta. No podemos correr ningún riesgo. Por eso, cuanto menos sepas, mejor, hija mía. Tienes que confiar en mí. Recuérdalo bien: no digas una palabra de esto a nadie, ¿entiendes? Absolutamente a nadie. Si te preguntan, di que te he dado un mensaje para mi prima, tu madre, para saber de la familia y despedirme de ella. Llegado el momento aparecerá Cesare Bocardo y entonces el secreto estará a salvo. Sólo tienes que estar atenta. Eso es todo, hija mía. ¡Y no lo comentes con nadie! Las circunstancias te dirán cómo actuar. Ve con Dios.

La monja cerró los ojos y la presión que ejercía sobre la mano de María Micaela disminuyó como perdido el ánimo que la sustentaba. Parecía sumida en un sueño delicado que apenas dejaba escuchar el resuello pedregoso de sus pulmones. Al cabo de unos instantes, María Micaela abandonó la celda de la superiora aturdida, sin saber qué hacer ni a quién preguntárselo. Por un momento pensó en Mencía de Jesús, pero la superiora había sido particularmente enfática en este punto: a nadie. Así pues, se decía mientras iba por la calle del templo en dirección a su celda, sólo tenía que esperar a que el tal Cesare Bocardo se pusiera en contacto con ella. Pero si no era un sacerdote..., ¿cómo lo encontraría? ¿Vendría él, un hombre, al convento? ¿Debería preguntar disimuladamente por él? Era la primera vez que María Micaela oía ese nombre, más bien italiano. Y no había, al menos que ella supiera, ningún italiano en Arequipa. Los pocos extranjeros que habitaban en la ciudad habían huido hacia Lima o hacia Valparaíso para de ahí regresar a Europa, espantados por la guerra que se extendía a la velocidad del rayo por toda la América española, según decían. Pero también era cierto que la guerra había atraído soldados y buscavidas de todos los rincones que guerreaban a sueldo de quien les pagara. ¿Quién sería ese tal Bocardo? ¿Un soldado de paga? ¿Un clérigo, quizá? ¿Y qué mensaje le daría a ella? Si al menos la superiora le hubiera confiado unas palabras más..., pero ella no se había atrevido a pedírselo. Sólo debía confiar en Dios. El Señor la guiaría, y llegado el momento sabría qué hacer. Al alcanzar su celda rezó con devoción el rosario, aunque fue incapaz de concentrarse. Toda la noche durmió a sobresaltos, agobiada por sueños espesos y torvas pesadillas, hasta que una línea de luz se filtró por su ventanuco y sonaron las campanadas de las tres avemarías con las que se daba inicio a una nueva jornada. Don Cesare Bocardo, se dijo María Micaela, nuevamente vencida por el sueño. ¿Quién eres?

La criada de Peñuelas entró nuevamente en la cámara de estudio con una bandeja de plata y las tazas de chocolate humeante, más una botellita donde brillaba el anís. Bebieron en silencio y por fin Peñuelas pidió aquellos pliegos para estudiarlos a fondo, ya le había informado Mercedes de que creía que se trataba de silogismos, aunque no dejaba de ser interesante que Goyeneche hubiese insistido en buscar una clave ajedrecística.

—¿Usted es jugador? —preguntó Peñuelas acercando un poco su rostro al de Goyeneche, como si le costara enfocarlo.

—Juego bastante bien, sí.

—Ajá. ¿Y sabe de silogismos?

—Por supuesto que sé qué cosa es un silogismo...

—No se enfade, excelencia —aplacó Peñuelas viendo que el rostro de Goyeneche se encarnaba frente al súbito interrogatorio.

Luego cogió con delicadeza los pliegos mirando alternativamente al general y a Mercedes, que seguía la conversación sin pestañear, pero sin atreverse a intervenir. Peñuelas se llevó aquellos papeles hasta la mesa de trabajo y, apartando todo lo que había allí, cogió una pequeña lupa y se dedicó a mirarlos, sin hacer caso de las advertencias de Goyeneche acerca de que la carta estaba cifrada con un código numérico familiar... Al cabo de unos diez minutos en absorto silencio volvió hacia ellos una sonrisa amplia.

—El primer código es lo de menos. Si me lo permite, es bastante ingenuo. No es necesario haber leído a Polibio para descubrirlo. Pero el texto que subyace es lo verdaderamente interesante.

—Explíquese, por favor —dijo Goyeneche, impaciente.

Parecía que ésas eran precisamente las palabras que Peñuelas había estado esperando. Se sirvió una copita de anís, se enjugó la frente, entrelazó las manos a la espalda y habló, docto, casi condescendiente:

—En realidad, como le ha sugerido esta inteligente jovencita, se trata de silogismos, excelencia. O al menos a simple vista parecen serlo. La construcción de ciertas frases en las que se van repitiendo variaciones, por así decirlo, de una premisa mayor sugiere que estamos ante estos razonamientos aristotélicos. Como usted sabe, un silogismo consta de dos premisas y una conclusión. O una premisa mayor, una menor y un consecuente. Estas proposiciones pueden ser universales o particulares, afirmativas o negativas. ¿Hasta ahí de acuerdo?

—Obviamente —a Goyeneche le costaba disimular su impaciencia ante aquel tonito sabihondo. Miró a Mercedes, que le hizo a su vez un gesto tranquilizador.

—Las proposiciones universales afirmativas son llamadas del modo A —continuó, didáctico, Peñuelas—: «Todos los hombres son mortales», ya sabe. Las universales negativas, del modo E: «No todos los hombres son mortales»; las particulares afirmativas, I: «Algunos hombres son...», y finalmente las particulares negativas, O: «Algunos hombres no son...». ¿Estamos? Ahora bien, Pedro Hispano inventó en el siglo XIII un sistema mnemotécnico para recordar las figuras silogísticas que se daban al conjugar estos modos. Así, por ejemplo, y para no cansarle con obviedades, excelencia, un silogismo de la forma AAA, es decir, con dos premisas universales afirmativas y una conclusión también universal afirmativa, se llamaría: Bárbara. Y si la figura fuera del modo EAE, es decir, que de una conclusión negativa y universal y otra afirmativa y universal se extrae una conclusión negativa universal, entonces se llama Celarent. Tenga en cuenta, eso sí, que de las doscientas sesenta y cuatro variaciones de silogismos que se pueden formar sólo diecinueve son combinaciones aceptadas como válidas. Los monjes medievales se aprendían los modos válidos cantando —y a continuación Peñuelas entonó con una voz sorprendentemente bien timbrada—: Bárbara, Celarent, Darii, Ferio; Camestres, Festino, Baroco; Bamalip, Darapti, Disamis..., etcétera, etcétera. Ya me entiende usted, excelencia. Los demás modos son falacias. Errores argumentales.

—Sí, sí, le entiendo —se revolvió inquieto en el asiento Goyeneche, que había escuchado impaciente aquella explicación para escolares—. Pero no veo qué tiene que ver esto con la carta de mi prima...

Peñuelas lo miró como si fuera él quien no entendiera las dificultades del militar para asimilar algo tan sencillo.

—Lo que ocurre es que los silogismos que hay en estos pliegos están hábilmente camuflados en frases más extensas, y así por ejemplo... —Peñuelas rebuscó una frase con un dedo rapidísimo surcando el pliego—, así, por ejemplo, en esta frase un poco larga en que se dice «... y como sabes, querido primo, desde que se constituyó la Orden algunas monjas de nuestro monasterio son de velo blanco, pero no por eso deja de ser cierto que todas las monjas son en realidad novias de nuestro Señor, por lo que aunque haya monjas de velo negro, algunas monjas de velo blanco son, efectivamente, novias de nuestro Señor». Podemos colegir que se trata de un silogismo de la figura IAI. Es decir, la primera premisa es particular afirmativa, I: «algunas monjas son..., etcétera», la segunda es del modo A, o sea universal afirmativa: «todas las monjas son en realidad..., etcétera», y por último la conclusión es nuevamente de modo particular afirmativa, vale decir I otra vez: «algunas monjas de velo blanco son...». Y este silogismo se llama Disamis.

Éste es bastante simple y obvio: dIsAmIs, ¿no? Hasta ahí todo sencillo y correcto. Pero hay otros que me llevará algún tiempo descifrar porque, como le digo, se camuflan muy bien entre frases y hay que despojar el ripio para entresacar el silogismo.

Peñuelas disertó largo rato acerca de formas y figuras, sobre Aristóteles y el *Organum* en el que se fundamentaba la lógica, pero sobre todo los aleccionó, cada vez más encendido, sobre el *quarterium terminorum,* o la falacia de cuatro términos, que también había creído encontrar en su rápido repaso por los pliegos enviados desde Arequipa. Ellos hicieron algunas preguntas y Goyeneche poco a poco tuvo que reconocer, ante las explicaciones prolijas del maestro Peñuelas, que su prima había ocultado el mensaje utilizando formas silogísticas. Después de todo, siempre fue una exigente lectora de Aristóteles y no sólo una buena jugadora de ajedrez. Él se había empeñado estúpidamente en seguir la pista falsa del ajedrez, y aquello lo ofuscó lo suficiente como para no ver la pauta aristotélica, que en la explicación del preceptor resultaba más que obvia. Para Peñuelas, no obstante, quien había ideado aquel mensaje cifrado era alguien de una inteligencia superior. Y le tomaría tiempo desbrozar la paja del texto, entender cuáles eran los silogismos y cuáles simples frases.

—Sí —reafirmó como súbitamente desinflado—. Voy a necesitar unos días para descifrarlo por completo.

Goyeneche y Mercedes comprendieron que el maestro Peñuelas estaba cansado. Habían transcurrido un buen par de horas y ellos también tenían la mente embotada, hirviente de palabras extrañas, de premisas particulares y universales. Se levantaron para despedirse. Goyeneche pareció vacilar.

—No se preocupe, excelencia. Entiendo la vital importancia de estos papeles y le aseguro que conmigo estarán a buen recaudo. Confíe en mí.

Y Goyeneche miró al estrambótico profesor un rato.

—De acuerdo —dijo.

—No se hable más —Peñuelas pareció recuperar su vitalidad—. Concédame, vuestra excelencia, tres días, cuatro a lo sumo.

—Así será, profesor —dijo Goyeneche tomando la mano de su sobrina—. En cuanto a sus honorarios...

—¡Por favor! —el profesor Peñuelas pareció empinarse sobre sus pequeños pies—. No se diga una palabra del asunto. Será un honor ayudarlo... y todo un delicioso desafío para este viejo que entretiene a duras penas sus tardes.

Sin decir más, salieron del edificio y subieron a la berlina, donde Celestino aguardaba dormitando. El cielo empezaba pronto a teñirse de malvas y Goyeneche le pidió un poco de prisa al cochero.

—En fin, querida Mercedes, al final vas a tener tú razón y no se trata de un código ajedrecístico como en un principio me empeñé tontamente, perdiendo un valioso tiempo...

Mercedes le tomó una mano con calidez.

—Lo importante es que el maestro Peñuelas descifre esos códigos y nosotras podamos partir sin demora al Perú.

Goyeneche se quedó pensativo unos segundos.

—¿No tienes miedo? —preguntó sin poder evitarlo—. No se te oculta que es un viaje largo y peligroso, por muy bien acompañada y custodiada que vayas con la tripulación del armador amigo mío.

—Sé que es un viaje largo y peligroso, Pepe. Pero lo es más que me arrebaten lo que heredé de mi padre —la joven se sumió en un silencio como dudando si seguir por donde pensaba hacerlo—. Espero que en algún momento te decidas a contarme con mayor detalle cuáles son tus intereses en todo esto. Qué es lo que se esconde en ese monasterio para que te decidas a enviarme como emisaria.

Goyeneche buscó un cigarro y se demoró un poco en encenderlo.

—Pronto lo sabrás, Mercedes. Confía en mí.

Luego ambos quedaron callados, sumergido cada cual en sus pensamientos. Goyeneche pensó en lo comprometedor de esa correspondencia que no había revelado a nadie. En mala hora...

Ya habían dejado atrás Despeñaperros, un camino sinuoso, arisco, lleno de dificultades que acentuaban la fatiga y el cansancio acumulados en los tres últimos días. Nubes de moscas coronaban el cuerpo podrido de un borrico a orillas del camino, y Mercedes y Charo se llevaron de inmediato sendos pañuelos bañados en agua alcanforada a la nariz, mirándose incrédulas, preguntándose si así iba a ser el resto del viaje.

Tres días antes Pepe Goyeneche las había despedido con mil recomendaciones y consejos, y aunque Mercedes ya había hecho aquel trayecto años atrás al mudarse a Madrid con su madre, la guerra contra los franceses había echado a perder los caminos y muchos de ellos eran ahora lodazales impracticables o estaban infestados de malhechores que obligaban a los escopeteros que custodiaban coches de colleras y diligencias a no bajar la guardia, siempre temiendo escuchar el temido «¡que te tiro, que te mato!» con que irrumpían aquellos brutos, trabuco en ristre. Y eso que Goyeneche había pagado más de cuatro mil reales por el viaje en berlina para ellas y para Celestino, que iba en la rotonda del vehículo, acompañado de otros dos robustos mozos para la protección exclusiva de ambas. Con todo, habían hecho noche en fondas de pésima calidad, con sábanas ásperas y toallas como pañuelos de bolsillo, y cuyos nombres —El Puñal, Los Ladrones, El Gitano— era difícil que inspiraran una mínima confianza. En aquellos tugurios enclavados a las afueras de las ciudades o en páramos desolados les habían querido cobrar fortunas por un poco de pan enmohecido y queso rancio, y hasta diez reales por la cama. Felizmente, Celestino, con las alforjas bien estibadas por su patrón, consiguió carne y otras asaduras, algo de vino y agua fresca que luego cargaban en la diligencia.

Si no había contratiempos, llegarían a Cádiz en un par de días. Allí las esperaban el armador don Francisco Terry y su mujer, unas amistades de Goyeneche a quienes éste había rogado total discreción y apoyo. Cumplida su misión de cancerberos, Celestino y los dos mozos partirían de regreso a Madrid y ellas se embarcarían cuatro días después rumbo a América. En lo posible debían evitar dejarse ver demasiado por la ciudad, eso sí, aleccionó el general. Con tantas cautelas y recomendaciones, Mercedes no podía dejar de sentirse lentamente emboscada por la aprensión a medida que esta primera parte del trayecto tocaba a su fin.

La diligencia corría ahora por un sendero angosto al que sólo con mucha imaginación se podía llamar camino. Charo Carvajal se había cubierto los ojos con el pañuelo humedecido e intentaba dormir.

—Y trata de hacerlo tú también, Merceditas, que anoche no pegaste ojo y me diste de patadas todo el tiempo...

Era cierto, no había pegado ojo. Ellas compartían la cama porque hasta ahora en ninguna venta habían conseguido lujo mayor que sábanas medianamente limpias y catres duros. A veces los mozos y Celestino dormían en el suelo, a la puerta de la habitación que ellas compartían, y aunque aquel afán les hacía sentirse protegidas, no estaba resultando un viaje fácil. Mercedes estuvo dando vueltas toda la noche anterior, tratando de no incomodar a Charo, pero no podía negar que estaba preocupada. Y algo asustada también.

Nunca podría olvidar que cuando Pepe Goyeneche le propuso que hiciera aquel viaje para salvar su herencia, ella creyó por un momento que iba a desfallecer de terror. Pero intentó no dejar traslucir su miedo, y aunque su pariente se encargó de tranquilizarla con toda clase de seguridades, no fue hasta que supo que viajaría con Charo Carvajal que se tranquilizó. Nada más conocer a la actriz, supo de inmediato que se llevarían bien. Quizá porque ambas querían a Lasarte —al «rubiales», como le llamaba con desenfado y cariño la actriz— y no dejaban de rezar por que estuviera a salvo, como les había hecho saber Goyeneche, aunque sin poder dar mayor noticia de su paradero. Si al principio ambas jóvenes congeniaron unidas por esa pena, luego lo hicieron hermanadas por el alivio de saber vivo al capitán de guardias del rey. Pero también las unía, de una manera más oscura, la incertidumbre de un viaje que pocas mujeres se atreverían a hacer solas.

Los días previos a la partida tuvieron tiempo para conversar y conocerse, para tantear recíprocamente el carácter de la otra, para descubrir su vulnerabilidad, su ingenio y sus preferencias. Charo había aceptado hacer aquel viaje por varias razones: por sentirse en deuda con el general Goyeneche, eso sin duda alguna. Pero además por ponerse a salvo del vengativo duque de Montenegro y también, como fue descubriendo poco a poco Mercedes, porque albergaba desde hacía mucho la secreta ilusión de montar un teatro en algún punto de las Américas, para lo cual tenía unos dineros ahorrados a los que añadiría la suma generosa que Goyeneche había destinado para recompensarla por acompañar a su sobrina. La Carvajal resultó una mujer resuelta, alegre, un punto cabezota y, pese a su escasa formación, se demostró de una inteligencia rapidísima que asombraba al general. Éste, la noche anterior a su partida, las llamó al despacho. Estaba ojeroso y trataba de no parecer desalentado, pero le resultaba difícil no dejar traslucir su preocupación. Sin más dilaciones les explicó con exactitud cómo debían presentarse, actuar y qué decir según en qué lugar: en el trayecto a Cádiz, con los amigos que allí las recibirían, con el capitán de la goleta —al tanto de todo— y, también y fundamentalmente, una vez llegadas a tierras americanas: la prueba más difícil, el momento más arduo de una travesía como jamás ninguna había realizado.

Esa tarde en su despacho, las instrucciones de Goyeneche fueron bastante precisas. Ya en Arequipa, Mercedes se presentaría como una dama española que había ido a reclamar una herencia. Ella llevaría una carta para el presbítero Pereyra y Ruiz y otra para Sebastián Goyeneche, sacerdote y hermano del general, para que a su vez éste las ayudara a entrar al convento de Santa Catalina en caso de que, como tristemente sospechaba el militar, su prima María de los Ángeles ya estuviese muerta para ese entonces. De manera que, nada más llegar a la ciudad, acudirían al convento de Santa Catalina para buscar, como no era infrecuente al parecer entre muchas mujeres de aquella sociedad, asilo y protección en el monasterio mientras duraban sus supuestas pesquisas y trámites. Goyeneche le explicó a Mercedes que la Carvajal se presentaría como su doncella. Todo quedaba claro, y sin embargo esa última noche en Madrid nadie pegó ojo.

Antes de que ellas se fueran a dormir, el general buscó a solas a su sobrina y puso frente a sus ojos, como si fuera el crucifijo que se muestra al escéptico, una llave pequeña y oscura.

—Guárdala y cuídala con tu propia vida. Sabrás para qué es cuando llegue el momento.

No dijo nada más.

Sí, se dijo Mercedes acariciando la llave que había colgado de su cuello, mientras la diligencia remontaba con fatiga y entre gritos y juramentos una pendiente rocosa, las instrucciones eran precisas. Pero lo que no estaba claro era qué iba a hallar en el convento, quién las ayudaría a encontrarle sentido a aquella carta que seguía siendo hermética. Y es que Mercedes cada vez se sentía menos segura de averiguar en algún momento qué decían en verdad los pliegos de la priora de Santa Catalina. Tampoco Charo, que había puesto un interés afanoso y lleno de buenas intenciones, pero que alegaba jaquecas y fatigas cuando juntas releían aquellos legajos aprovechando los momentos de descanso, fabulando acerca de su contenido.

Un par de semanas atrás, el maestro Peñuelas había devuelto los pliegos a Goyeneche con cierto orgullo diciéndole: «No me cabe ninguna duda. Aquí en esta carta he encontrado varios silogismos, amigo mío. Hábilmente camuflados, pero figuras aristotélicas, está clarísimo». La rápida euforia de Goyeneche y de Mercedes se evaporó casi de inmediato, porque de nada les servía saber que entre aquellas frases aparentemente triviales se escondían las formas silogísticas cuyos peculiares nombres apenas les decían nada. Que aquel párrafo en que la priora hablaba de una discusión sobre un asunto de la regla catalina con otra religiosa podía descomponerse en un silogismo que se llamaba Bárbara, o que aquellas otras reflexiones sobre la guerra y sus consecuencias encerraban la estructura de otro que se llamaba Datisi, Celarent o Felapton no parecía conducirlos a ningún lado, pues entre sí los párrafos seguían estando desvinculados y eran como fragmentos inconexos, trozos de una misiva perdida para siempre, las notas de una melodía compuesta por un loco.

Había en aquella carta más párrafos. Algunos eran largos y confusos, otros, breves como sentencias. Peñuelas había descubierto pues una carta florecida de reflexiones y comentarios que al trasluz encerraban un total de seis silogismos. Bien, y qué, se decía angustiada Mercedes, eran tan sólo nombres absurdos que danzaban frenéticamente en su cabeza, hasta el punto de que en algún momento, mientras el mareo del viaje hacía estragos en su organismo, pensó seriamente que iba a enloquecer. También Goyeneche estuvo a punto de claudicar, desesperado al no entender nada de lo que la carta decía. Pero esa vez fue Mercedes quien lo tranquilizó.

—Pepe —le dijo con dulzura—. Debes confiar. Si tu prima puso esos silogismos allí, es porque tienen un significado. Al llegar al convento lo averiguaremos, no pierdas la fe, que hay en juego muchas cosas...

No sólo se trataba de recuperar aquellos documentos que comprometían la herencia de su padre, por razones que a Mercedes le seguían pareciendo confusas, sino también de algo más grave que al general le resultaba difícil de explicar y que tenía que ver con la América toda, extraviada en esa guerra fratricida que tanta desgracia y muerte estaba sembrando entre los españoles de uno y otro lado del Atlántico. Y Goyeneche estaba involucrado hasta el cuello. Los últimos tiempos Mercedes lo había visto envejecer a pasos agigantados, consumido por una preocupación absoluta. Al final aquello fue lo que la decidió a acometer este viaje que desde todo punto de vista era una insensatez, como ella misma se decía. Goyeneche era ya el único familiar que le quedaba, quien la apoyó durante toda la enfermedad y agonía de su madre, quien la había tratado como a una hija..., y ella se dijo que debía corresponder igual.

Ocurrió pues lo que todas temían y no obstante esperaban de manera inminente: la superiora había entregado su alma al Misericordioso para sentarse a su diestra y disfrutar de la vida eterna y pura, alejada de las debilidades de la carne corrupta y corruptible que en los últimos tiempos fue también su tormento... Mencía de Jesús las convocó en la sala capitular para darles la noticia una mañana luminosa, áspera y helada, cuando las monjas habían cantado ya las horas canónicas menores. Allí, con la voz descompuesta por el dolor, les hizo partícipes de la mala nueva. Estallaron algunos sollozos, brotaron murmullos de aflicción, latines quedos, el runrún de los rosarios que las monjas se aplicaron a manosear, nerviosas. Sor Patrocinio tenía los ojos enrojecidos pero secos. Sólo le temblaba un poco la papada, como si estuviera conteniendo con esfuerzo el llanto. A contraluz, pensó María Micaela al entrar en aquella sala, la monja cocinera parecía resplandecer como una Virgen en la oscuridad densa del lugar. Muy cerca de ella, Donicia de Cristo se secaba con manos torpes los gruesos lagrimones que mojaban su bello rostro. Francisca del Tránsito, junto a Mencía de Jesús, en el atrio, permanecía callada y como vigilante. Igual que ella, y en el otro extremo de la sala, el rostro de la madre apotecaria, Josefa de la Crucifixión, contenía sin embargo una veta, el vestigio de un dolor de orden casi ascético. Más allá, otra monjita joven lloraba apoyada contra una pared, agarrándose el estómago como si fuese víctima de un cólico, y otras religiosas, al oír aquellos sollozos desgarrados, también rompieron a llorar, contagiadas. María Micaela tampoco pudo evitar unas lágrimas amargas que le anegaron el corazón. Pero Mencía de Jesús levantó las manos como deteniendo aquel oleaje estremecedor de tristeza y sugirió con una voz dulce y al mismo tiempo serena que más bien deberían estar todas alborozadas porque sor María de los Ángeles se encontraba ahora con Dios, ya había llegado al encuentro definitivo con el Esposo. Algunas monjas suspiraron, estremecidas, con los ojos cerrados y las manos juntas. En un rincón junto a la puerta, María Micaela, apoyada en su bastoncillo de cerezo, contemplaba aquella escena, escuchaba la voz melodiosa y redonda de Mencía de Jesús, que elevaba los brazos hacia el Altísimo, inmune a las lágrimas y al llanto a duras penas contenido de la congregación. Todas debían prepararse sin demora para la procesión con el Santísimo Sacramento no hasta la enfermería, dijo, como era habitual cuando moría alguna hermana, sino hasta la sala de Profundis, donde habían improvisado una suerte de altar para que reposaran los restos mortales de quien fuera la priora de Santa Catalina durante casi nueve años, una santa mujer y sierva amantísima del Padre.

Al cabo de un momento, la comunidad catalina se apresuró en silencio, llorosa pero disciplinada, a remontar en procesión las callejuelas del monasterio, rezando con fervor. A su paso se les iban uniendo las criadas y las esclavas, algunas mesándose los cabellos, otras llorando a lágrima viva, y en sus rostros podía leerse una consternación inconmensurable que a María Micaela le producía un nudo en el estómago. Ella iba rengueando más atrás, cogida de la mano de Juanita, como si no se sintiera del todo integrada en la hermandad, sino más bien un modesto satélite que orbitaba a distancia.

También se unieron poco a poco a la procesión las legas, vestidas de negro y con mantilla, silenciosas y circunspectas, con sus misales y sus rosarios en la mano, hasta que aquel torrente de mujeres trastornadas por el dolor alcanzó la sala de Profundis y allí, en medio de aquella confusión de bisbiseos y gemidos, María Micaela pudo atisbar los cuadros que pendían de las paredes y que daban registro de las religiosas más importantes del convento desde sor Ana de los Ángeles Monteagudo, quien fuera maestra de novicias y priora en el año mil seiscientos y algo, según la instruyeran de pequeña. Allí apenas se podía respirar a causa del tumulto, pero, empinándose un poquito, haciendo un esfuerzo para llegar hasta delante, María Micaela alcanzó a ver fugazmente el cuerpo delgado y envejecido, el perfil de María de los Ángeles, marmóreo el rostro, los dedos entrelazados pacíficamente en el regazo, como si meditara en el recogimiento de su soledad, engalanada con corona y palma de flores, con un hábito ricamente ornamentado y cubierta con los pétalos que dos monjas esparcían sobre ella en silencio, llenando la sala de un olor dulzón y premonitorio tras el cual, casi imperceptible pero presente, aleteaba la turbiedad de la muerte. Alguien empezó a recitar el salmo esperado, que resonó con una nota llena de piedad y recogimiento en las voces femeninas y agobiadas por la aflicción: *De profundis clamavi ad te, Domine; Domine, exaudi vocem meam; fiant aures tuae...* y todas se apresuraron a repetirlo, con voces solemnes. Desde lo hondo a ti grito, Señor; Señor, escucha mi voz; estén tus oídos atentos a mi voz de súplica, recordó María Micaela con un estremecimiento. Allí al fondo, casi en la sombra, se afanaba una monja plasmando en un lienzo la estampa dolorosa que debería estar lista en pocos días para colgarla junto a las de sus antecesoras.

El cuerpo de María de los Ángeles fue velado tres días, y durante ese tiempo Santa Catalina hirvió de procesiones y misas, de solemnes devociones y visitas hasta el amanecer en la capilla ardiente, donde se turnaban día y noche unas cuantas religiosas a las que Mencía de Jesús, siempre diligente, incansable organizadora, rotaba en jornadas de seis horas. Fue el único momento, que recordase María

Micaela, en que el claustro de los Naranjos bulló de actividad. Después de conversar con la madre Josefa de la Crucifixión y con Francisca del Tránsito, se decidió que tres esclavas fueran a hacer una compra extraordinaria de víveres y otros efectos, y éstas partieron con la orden expresa de no hablar con nadie más allá de lo estrictamente necesario. Luego de que regresaran, el convento se cerró a cal y canto y ni las esclavas ni las propias legas que hacían una vida alejada y aparte se atrevieron a desobedecer la orden tácita que imponía ya no la regla, sino la imperiosa necesidad de conservar nuestro luto en la intimidad, el recogimiento profundo que requerimos para asumir que el Señor ha decidido llevarse a una de sus siervas santas, explicó Mencía durante la oración de vísperas. Así pues, tampoco se recibieron visitas y se cerraron el locutorio y el aula de pupilas. El único varón con potestad para entrar al convento fue el presbítero Antonio Pereyra y Ruiz, que era fiel del obispo y un devoto e incondicional de la superiora fallecida. Y por lo tanto de Mencía de Jesús. El cura tinerfeño apenas diría nada más allá de lo estrictamente necesario fuera del convento, pues nada era necesario agregar al dolor recogido y propio que sufría Santa Catalina.

Todas sabían que aquello era inusual, que nadie recordaba nada así, ni siquiera las monjas de más edad, como Grimanesa del Rosario o Flor de María de Nuestro Señor, quienes no obstante acataron la orden tácita, quizá dispuestas a saber de una vez por todas la verdad de lo ocurrido. Porque el rumor había dejado de serlo ya, y se desbordaba incontenible en la ciudadela conventual: la superiora había sido envenenada, ¡era cierto!, todas lo repetían en voz baja, se santiguaban al hacerlo, no consentían más que se quisiera tapar el sol con un dedo, dijo alguna con la voz estrangulada por la indignación. ¡Tenían derecho a saber lo que había ocurrido!, agregó otra empinándose al hablar, las mejillas arreboladas, el Anticristo habita entre nosotras, gimió una más, llevándose una mano al corazón: por aquí y por allá se levantaban enervadas las voces sin que Mencía de Jesús ni nadie pudiera sofocar aquel incendio alimentado largamente en los silencios de Santa Catalina.

En cuanto a la madre Ramira de la Concepción, esos días se encontraba particularmente difícil y quejosa, llena de suspicacias hacia María Micaela, que cumplía ahora su obligación con tedio y el pensamiento en otra parte. Le había ordenado a la criada que no dijera una palabra sobre el fallecimiento de la madre superiora, y ésta se encogió de hombros murmurando «para lo que se va a enterar esta viejita», pero María Micaela tenía sus dudas acerca de ese estado de permanente enajenación en que parecía haberse extraviado ya para siempre Ramira de la Concepción. Como su celda quedaba bastante apartada de las demás, podían sacarla a disfrutar de un paseo por el huerto o a darles de comer a las gallinas, aunque la propia Ramira, tan afanada por lo común en escaparse hasta los patios más alejados del convento, apenas si mostraba interés en salir y se pasaba las horas sentada con su devocionario en la mano, mirando por el ventanuco de su celda, mustia y enfurruñada, o discutiendo acremente con alguna presencia espectral que la visitaba con frecuencia y que parecía alojarse en el gigantesco armario de la celda, pues allí dirigía sus gruñidos y reconvenciones, sus murmullos y salivazos, como si esperara ver salir de éste al espectro con el que reñía. María Micaela iba y venía a donde la anciana, todavía estragado su corazón por la muerte de la superiora, dándole vueltas a su encargo postrero, temerosa de no saber cumplirlo o de no poder identificar a aquel hombre que se pondría en contacto con ella. Pero ¿cómo? Quizá sería una carta... Eso era, una carta de aquel señor. Pero ¿qué haría con ella? ¿Qué le diría en esas líneas el misterioso personaje? Todas estas preguntas sin respuesta la desvelaban y mermaban sus fuerzas, de manera que a veces no podía contener una brusquedad con la madre Ramira de la Concepción, que parecía advertir el cambio de humor en la joven. Una tarde le dijo, con esa lucidez que reservaba sólo para sus malignidades y aprovechando que no estaba la mestiza, como si nunca quisiera testigos de la recobrada diafanidad que intempestivamente la asaltaba:

—Ya te cansaste, ¿eh, bandida? Poco es lo que le ofreces al Señor, sólo eres una mentirosa. Y se lo diré a la superiora, le diré quién eres realmente.

María Micaela, que había estado leyendo un pasaje del testamento de Santa Teresa, cerró el libro con furia, fulminó a la anciana con la mirada y sin poder evitarlo bufó:

—La superiora ha muerto, sor Ramira. Ha muerto, ¿se entera?

Y salió de aquella celda para llorar a sus anchas.

—Doña Mercedes —asomó la recia cabeza Celestino en el interior del carromato—, vamos a hacer noche pronto. Pero no en una venta de esas infames donde han tenido que dormir hasta el momento, sino en una casa de verdad, en la casa de un familiar del mayoral. ¡Tendremos buenas camas y seguro buena comida!

Mercedes agradeció la información un poco recelosa y Charo lanzó una exclamación infantil de júbilo, por fin podrían dormir bien, dijo, y no devoradas por las chinches.

Y contra todas las prevenciones y suspicacias de Mercedes, así fue. Esa noche fueron alojadas en una casa modesta pero limpia. Y con camas que, aunque no se podían igualar a las que ellas estaban acostumbradas en Madrid, resultaban un lujo en comparación con las que hasta entonces habían padecido. Después de comer platos bien preparados —pichones asados, liebre frita, pecho de vaca—, y no aquella porquería que les daban a precio de oro en las ventas donde se habían hospedado antes, por fin pudieron dormir sin sobresaltos, cada una en una cama. Conversaron un poco antes de que el sueño las venciese, refrescadas por una suave brisa que soplaba del oeste y que entraba bienhechora por los ventanales que se abrían a un campo florido.

—Ya era hora de tener aunque sea una alegría —refunfuñó Charo, pero ella apenas si pudo contestarle. Se zambulló en aquella cama sintiendo por primera vez desde que salieran de Madrid que iba a descansar.

Al día siguiente partieron muy temprano para culminar el último tramo del viaje antes de llegar a Cádiz sin ser agobiadas por el calor. Pararon para comer a la sombra de unos árboles y cerca de un arroyo donde se quitaron el polvo y el sudor, y al anochecer llegaron a una fonda que no resultó tan mala como las otras y en la que unos jóvenes cantaban y batían palmas. Por fin, a la quinta jornada, casi al mediodía, avistaron la ciudad. El mayoral detuvo la diligencia para que ellas pudieran contemplar aquella inesperada estampa mediterránea: una ciudad luminosa, casi iridiscente en contraste con el mar que la acechaba y que de tan azul a esa hora parecía una placa de lapislázuli. En la bahía se mecían, indolentes, algunos barcos: jabeques, polacras, balandras, bergantines, iba señalando catalejo en mano y con un dedo el mayoral, quien, pese a su oficio actual, era o había sido hombre de mar. Mercedes sintió que se aceleraba su pulso y Charo, que había estado todo el viaje melancólica y apagada pensando seguramente en Lasarte, soltó unas lágrimas confusas de alegría y emoción: ¡era la primera vez que veía la mar! Celestino gruñó algo, quizá también conmovido por la vista. Poco después arribaron a la ciudad, donde las esperaba don Francisco Terry, ya alertado por Goyeneche. A Charo le sorprendió la riqueza de basquiñas y mantillas entre las mujeres, casi siempre vestidas de negro y con abanico. Terry era un hombre algo entrado en años que llevaba con garbo una camisa blanca, corbatín rayado y frac azul con botón de nácar. Ni en la corte madrileña, vamos.

—Ya está todo apalabrado con el capitán —les comunicó don Francisco con efusión de padre, nada más recibirlas—. Os quedaréis en mi casa estos días antes de que emprendáis el viaje. Mi mujer estará encantada de recibiros. Y yo también, claro.

Entraron pues por la calle de la Novena y cruzaron despacio, admirando el colorido y el lujo de los gaditanos, los encajes finísimos de Flandes que llevaban ellas y que diríanse tejidos por arañas, las mantillas lujosas, el gallardo aplomo de los hombres que requebraban a las damas con elegancia y alegría.

La casa del armador estaba cerca de la plaza de San Juan de Dios. Era amplia y luminosa, con ventanas que se abrían hacia la claridad de la bahía y por donde entraba también el ruido vespertino de una ciudad que pese al declive que estaba viviendo continuaba mostrando una diligencia de comercio esmerado y pulcra eficacia, según pudo ver Mercedes. Ellas dispusieron cada una de una recámara bien amoblada, con armarios, espejos y tocador que hicieron las delicias de Charo, aunque a Mercedes todo aquello más bien le trajo una añoranza de la temporada en que vivió cerca de allí con sus padres, cuando apenas era una niña. Pero no hubo mucho tiempo para las nostalgias ni para los recuerdos ni para nada en realidad. Al día siguiente llegaron noticias: el viaje se había adelantado dos días por razones que ellas no entendieron bien y que don Francisco Terry les comentó con visible excitación. Él y su mujer, una señora elegante y maternal que las estrujó contra sus pechos cuando las conoció, las trataban con mimo y no paraban de darles indicaciones de todo tipo, desde cuestiones prosaicas como algunos menjunjes para la piel demasiado expuesta al sol, hasta otras más importantes. Los dineros, por ejemplo, que ellas confiarían al capitán de la goleta según instrucciones del armador, y que aquél les entregaría una vez que llegaran a destino.

Don Francisco Terry y su mujer, doña Alicia, hablaron de Goyeneche con cariño y admiración, y mostraron todo ese tiempo una exquisita prudencia, pese a que la señora pareció morderse la lengua en más de una oportunidad para no preguntarles nada. Evitaron, pues, en todo momento indagar más allá de lo que a grandes rasgos les habían informado ellas y que Goyeneche ya había avisado previamente en carta a su amigo. Eran dos jóvenes huérfanas que partían a América para reclamar una cuantiosa herencia familiar que de lo contrario perderían. No les quedaba más remedio que embarcar hacia aquellas lejanas tierras. «¡Tan solas, mis niñas!», exclamaba doña Alicia soltando alguna lagrimita cuando hablaban de ello.

Así pues, Charo y Mercedes pasaron las últimas cuarenta y ocho horas llevadas y traídas, aleccionadas, encomendadas a la Virgen del Carmen, homenajeadas con quesos de Flandes, almíbares, barquillos con merengue y chocolate como nunca habían probado, ya que nada tenía que ver aquella bebida aromática con la que ellas consumían en Madrid. Tales atenciones apenas les dejaron tiempo para pensar y la mañana en que embarcaron en la Santa Margarita, volvieron a sentir la misma aprensión de los primeros días, que las vicisitudes del viaje desde Madrid les habían hecho olvidar.

No eran muchos pasajeros los registrados, explicó el capitán Urmeneta sin demasiados preámbulos. Éste era un hombre alto, de polainas amarillas y capa señorial, con la barba siempre bien recortada y el semblante serio, más bien sombrío. Aunque se cuidaba mucho de tratarlas con delicadeza, como ansioso por demostrar que era una persona elegante e instruida.

Urmeneta les presentó a su piloto y al contramaestre, las paseó por cubierta mientras la tripulación estibaba baúles y fardos, les mostró la embarcación, orgullosamente. «Es un buque capaz de alcanzar gran velocidad de ceñida», afirmó. Y añadió luego mirándolas de reojo que iban bien pertrechados, con buena tripulación y cuatro cañones de a ocho porque, aunque la Santa Margarita era goleta mercante, «los tiempos seguían revueltos y no era cuestión de dejarse el pellejo en alta mar», agregó sin que aquello tranquilizara en lo más mínimo a las dos mujeres. Después les presentó al resto del pasaje, que ya se encontraba a bordo: un matrimonio peruano que regresaba a Lima después de años viviendo en Cádiz, dos hermanos cordobeses que iban a reunirse con su padre en el Cuzco, un señor chileno y su sobrino de quince años, parlanchín aquél, reservado el segundo. También viajaban con ellos dos jóvenes buscafortunas, de porte aristocrático y bastante arrogantes, que no dejaron de mirarlas cuando el capitán hizo las presentaciones. Finalmente, un hombre mayor y encorvado, de grandes bigotes, que siempre parecía aterido, pues iba oculto por el embozo de su capa y apenas gruñó formalidades al resto del pasaje, que conversaba excitado con la perspectiva de aquel largo viaje. Los que ya habían hecho el trayecto, el matrimonio peruano y el señor chileno, daban a los demás toda clase de recomendaciones, y la mujer se alegró de tener compañía femenina en el barco. El capitán Urmeneta escuchaba distraído el parloteo de los pasajeros y al cabo de unos minutos, alegando obligaciones, se retiró luego de darles algunos consejos. Partirían en breve, dijo señalando el cielo despejado por donde surcaba una bandada de gaviotas. Salvo aquel hombre mayor, que se arrebujó en su capa y se sumergió en su litera, los demás pasajeros se asomaron a la amura para ver las acciones previas del zarpado. Los marineros se afanaban en una diligente actividad, olvidados de ellos, que miraban hacia tierra.

La lentitud de la maniobra para salir del puerto dejó a Mercedes y a Charo en un estado de mutismo y somnolencia, cada una perdida en sus pensamientos. Y así, acodadas en la borda se dedicaron a ver cómo lentamente desaparecía de su vista, como si nunca antes hubiera existido, la bahía de Cádiz.

Durante todo ese tiempo frenético, María Micaela, cojeando de aquí para allá, pues el dolor de la pierna se había recrudecido inesperado y con saña, evitaba hablar con nadie, no sólo porque temía que le preguntaran acerca del secreto que le había confiado la superiora poco antes de entregar su alma a Dios, sino porque le parecía inconcebible el clima de malestar que emanaba del monasterio, aumentado aún más por el acatamiento, so pena de expulsión inmediata, de no sostener el más mínimo contacto con el siglo. Ni siquiera el doctor Ceballos pudo entrar al convento, y después de aquellos tres días de duelo y luto, en que las campanas tocaron lentas a clamor, enterraron a la superiora en el coro bajo. Luego de que sor María de los Ángeles fuera sepultada, Mencía de Jesús resultó, naturalmente, elegida como la sucesora de la madre fallecida. Al parecer no hubo discusión ni disenso entre las madres del consejo —las monjas con más de doce años de profesión—, que eran las encargadas de elegir nueva rectora. La noticia se le hizo llegar por intermedio del presbítero Pereyra y Ruiz al obispo Gonzaga de la Encina y todo en el convento pareció volver a su cauce habitual: la rutina estricta de actividades y oraciones se puso nuevamente en marcha y las monjas se aplicaron a ella con celo y diligencia, sin que ni el obispo ni nadie pareciera interesarse en mayor medida por lo sucedido...

Quizá ocurría que en la ciudad tenían sus propias preocupaciones, razonaba María Micaela en la soledad de su celda, cuando regresaba agotada de donde Ramira de la Concepción. Preocupaciones acuciantes y perentorias, y vivían temerosos de las incursiones militares de uno y otro bando, que empezaban a convertir en humo la prosperidad arequipeña y sumieron a la ciudad en un caos de rapiña, zozobra y padecimientos, según supo por los acontecimientos que ocurrieron después. No sólo era el ejército regular del virreinato, siempre a cargo de Ramírez Orozco, de cuyas victorias llegaban ecos, sino las incursiones de tropas desharrapadas de montoneros y caciques insurgentes que aprovechaban aquella excusa para saquear o robar y dejar los campos esquilmados, pese a que el virrey Abascal decía controlar la situación y aseguraba que el Perú seguía siendo fiel a la Corona española. Arequipa vivía, pues, a salto de mata y lo que sucedía en el convento quedaba relegado a un segundo plano: era casi mejor no saber, y ya que por lo general poco se sabía, era preferible no preocuparse en exceso de aquel cenobio confinado, hermético, autónomo, lleno de misterio y plegarias.

Abierto nuevamente el parco contacto con el exterior, María Micaela aguardó consumida por la ansiedad recibir una misiva del tal Bocardo, pero pasaban los días y la espera resultaba en vano. No quería además levantar la mínima sospecha preguntando con insistencia si había recibido algún billete, más allá de la carta que le enviaran sus padres para contarle que la ciudad seguía revuelta, que cada vez había mayor acritud en las charlas antes sosegadas, que los terratenientes eran mirados con suspicacia, los españoles, con desprecio, los extranjeros, con desconfianza y los indios, con abierto odio.

Sabían, sí, que había muerto la superiora de una súbita dolencia y su madre estaba consternada, pero no decían mucho más. Por el contrario, dejaban patente su preocupación porque Álvaro se había incorporado ya a las milicias del ejército real del Perú y había partido a sofocar los al parecer incombustibles focos de insurrección en el sur. Esperaban que llegara desde España vía cabo de Hornos una flota expedicionaria comandada por la fragata

María Isabel y diez transportes con cerca de tres mil hombres: un escuadrón de dragones, dos batallones del regimiento de Cantabria y una batería de artillería, pero tardaba tanto, se abatía su padre, que eso sólo significaba fortalecer a los rebeldes, que cada vez ganaban más adeptos, intoxicados por la masonería, infiltrada ya del todo en América. Una soldadesca chusca y extranjera había aparecido en Arequipa sembrando aún más inquietud y todo escaseaba en la ciudad, como seguro ellas en el convento empezarían a notar.

María Micaela decidió devolver unas líneas apresuradas y cariñosas para sus padres, intentando tranquilizarlos por Álvaro, que al igual que ellos —decía— siempre estaba presente en sus oraciones; que sor María de los Ángeles había tenido en sus últimas horas palabras de grato recuerdo para su prima y que se fue de este mundo en paz. Mucho se guardaba de mencionar María Micaela las atroces especies que circulaban en el convento, ni mucho menos la terrible confesión que le hiciera la propia superiora acerca de su envenenamiento, y su mano avanzaba deprisa y nerviosa por el papel, como acorralada por el espanto de una súbita infidencia, pues necesitaba desesperadamente contarle todo aquello a alguien.

Pese a la obcecada rapidez con la que el monasterio quiso volver a su rutina, algunas cosas habían cambiado, según observó María Micaela, no sólo que las religiosas parecieran desconfiar de todo y de todas. Por lo pronto a ella fue como si dejaran de verla, nadie la visitó, nadie indagó por su salud ni por cómo se encontraba. Ni sor Patrocinio, ni Donicia ni Francisca del Tránsito se acercaron a ella, y aunque al principio pensó que era natural y lógico, embebidas como estaban todas en sus liturgias, procesiones y rezos, al cabo de un tiempo le empezó a parecer un poco extraño. Sin embargo, se convenció, era mejor así: temblaba al pensar que tarde o temprano querrían saber qué era lo que la superiora le había dicho, y llegado ese momento no se le ocurriría qué decir, cómo mentir para preservar el extraño secreto que le confiara María de los Ángeles en su lecho de muerte. Hasta el momento no había intercambiado ni una palabra con Mencía de Jesús y se limitaba a vegetar en su celda o a visitar con más frecuencia a la arisca Ramira de la Concepción para no levantar sospechas, temblando, con el corazón desbocado de sólo pensar que alguien pudiese indagar acerca de esa conversación con la moribunda.

Sin embargo nada de eso ocurrió, pues en un primer momento la nueva priora empezó a reunirse muchas horas con las monjas más viejas y también con algunas otras como Francisca del Tránsito, mientras durante toda aquella intensa semana después del entierro de María de los Ángeles las demás religiosas asistían a las liturgias y procesiones convocadas para pedir por el alma de la fallecida, así como a las cadenas de oración que se prolongaban hasta muy entrada la noche y que colmaban el silencio con un murmullo constante de fervorosas letanías... Luego las catalinas se apresuraban a encerrarse en sus celdas o caminaban en parejas o grupitos, temerosas, rumoreando toda clase de invenciones, de suposiciones sobre quién podría haber envenenado a sor María de los Ángeles y con qué motivos, a un pan de Dios, a una santa mujer, cómo era posible. Y sin embargo, parecían tácitamente de acuerdo en que aquello no se podía saber, de ninguna de las maneras, fuera de Santa Catalina, no vaya a ser que alguien estuviese interesado en meter las narices en aquel mundo tan suyo...

Al menos eso era lo que María Micaela extraía de las ráfagas de charlas y chismorreos que recogía en sus apresuradas y solitarias caminatas por el convento. Así pues, procuró alejarse de los murmullos, de los corrillos, de la suspicacia con la que se miraban unas y otras, azuzadas además por el bisbiseo incontenible de las criadas y las legas. El monasterio era un hervidero de mentiras y adulteraciones que ni la oración ni las penitencias ni mucho menos los reclamos de orden de Mencía de Jesús lograban acallar. Sin embargo, a los pocos días de elegirse a la nueva priora, las monjas empezaron a ser convocadas de manera individual a aquella suerte de consejo que Mencía había formado con Francisca del Tránsito, Grimanesa del Rosario, Josefa de la Crucifixión y Flor de María de Nuestro Señor. Al principio estas llamadas parecían como de rutina, como para atender cuestiones de intendencia y menudencias descuidadas durante los días intensos en que se veló el cuerpo y se oró por el alma de María de los Ángeles, según dijeron, pues a Donicia de Cristo le encargaron ocuparse de unos rosales que había al lado extremo de la callejuela del templo, junto al gallinero, y que estaban abandonados hacía mucho. Y a Catalina de la Caridad, la monja de las sayas, también la convocaron, que confeccionaran algunos vestidos para las pupilas, le pidieron, pues aunque las clases se habían interrumpido de forma momentánea, en cualquier momento se reanudarían. Y lo mismo ocurrió con sor Teresa de la Consolación, la monja correctora, y luego con las refectoleras, con la sacristana mayor, con las torneras, con las escuchas, con la cocinera, con las ocho celadoras, en fin, una a una o en pequeños grupos, fueron llamadas ante la presencia de Mencía de Jesús. Los comentarios, sugerencias y preguntas resultaban —o más bien parecían— del todo inocentes, pero aquellas religiosas eran esperadas por las demás a la vuelta de la esquina de la procuración, donde Mencía de Jesús las convocaba. «¿Qué te han preguntado, qué te han dicho?», se alborotaban como chiquillas. «Nada, nada», respondía la aludida, aunque en su rostro se dibujase una mueca de perplejidad, como si nadie supiera a ciencia cierta qué era lo que verdaderamente quería averiguar la nueva priora. Se había abierto pues una fea grieta en la confianza del convento y pronto todas se preguntaban por qué estaban siendo requeridas. Y el malestar cundió como un odioso relámpago entre ellas cuando alguna se atrevió a sugerir que en realidad las llamaban para un sutil interrogatorio. «¿Un interrogatorio?», se abrieron los ojos de una. «¿De qué tipo?», preguntó otra. Pero ahí nadie se atrevía a decir nada más, porque las preguntas y los comentarios siempre eran esquivos, inconclusos, mechados de doble sentido. Poco a poco, las monjas que estaban más cerca de Mencía de Jesús empezaron a ser rehuidas por las demás, a ser aisladas sutilmente, como pudo observar María Micaela cuando acudía a la oración o la colación matinal o incluso cuando los viernes leían el testamento de Santa Teresa todas congregadas en el coro. Y éstas parecían o no darse cuenta o simplemente ignorarlo y asumir su nueva posición en el convento.

Las legas, por su parte, parecían menos dispuestas a mantener el alegre y fraterno contacto de siempre con las religiosas y circulaban displicentes, algo envaradas, mirando esto o aquello los domingos de mercado, sin comerciar casi nada con las monjas y más bien formando grupitos que cuchicheaban todo el tiempo. ¿También querría hablar con ellas la ahora inaccesible Mencía de Jesús? No, seguramente no, porque las legas parecían haber creado una pequeña congregación dentro de la congregación catalina y ahora además llegaban, con redoblada fortaleza, los comentarios acerca de sus liberalidades, sus visitantes clandestinos, sus fiestas fuera de todo decoro, ¡cómo era posible! María Micaela evitaba aquella zona del convento como al mismísimo demonio..., tanto como ahora procuraba sortear en lo posible el contacto con las religiosas, temerosa de sus preguntas.

De manera que cuando una tarde la madre Flor de María de Nuestro Señor acudió donde María Micaela para decirle que al día siguiente después de laudes la esperaban en la procuración, ésta se encogió como un gorroncillo aterido. ¿Le preguntarían por la conversación que tuvo con la superiora? Por supuesto. De hecho, había estado esperando todo este tiempo y con el alma en vilo a que la llamaran, y le había extrañado que tardaran tanto en hacerlo. Pero cuando recibió la orden sintió que se le desmadejaban las piernas. Esa noche rezó a Dios con el mismo fervor que otras noches para que la ayudara en aquel trance, para que enviara su dulce auxilio. Aunque también sentía que su fe flaqueaba.

III

La madre superiora quedó nuevamente en silencio, los ojos velados por el recuerdo de aquellos días tumultuosos y confusos, llenos de traiciones y sevicias sin fin. ¡La guerra! La malhadada guerra que había llegado a Arequipa y que con el tiempo provocaría el parto doloroso de nuevas naciones entre las que se contaba la del Perú. ¿Había servido para algo todo aquello? ¿No estaba acaso el país sumido desde entonces en revoluciones, batallas, levantamientos que empobrecían a las gentes y las llenaban de odio y ambiciones espantosas? Sin ir más lejos, los terribles levantamientos contra Echenique que tanto sufrimiento estaban costando... La madre superiora se perdió en reflexiones llenas de sombras y dolor, y la joven Ana Moscoso la miraba con los ojos ávidos y las manos inquietas en su regazo, esperando que la religiosa continuara el relato de aquella joven que, como ella, había buscado refugio en Santa Catalina tantos años atrás. La superiora sonrió suavemente, se apoyó con dificultad en su bastón y continuó con voz remota, casi como si hablase para sí misma:

—A aquella jovencita, al igual que tú, el padecimiento producto del desengaño la había destrozado. Ella también sufrió una traición. También, como tú, se sintió tan íntimamente vejada, tan rota por dentro, que creyó mejor morir y, no siendo capaz de que su propia mano pusiera fin al calvario como en un momento espantoso llegó a pensar, vino aquí. Llegó huyendo de su infortunio, a restañar sus heridas en la soledad del convento, sin pensar en nada más que en ese dolor, que era como carne viva. Porque esa traición del hombre amado no sólo la dañó a ella: significó la muerte de sus dos mejores amigos. Uno fue muerto en el acto, cuando lo sor-

prendieron en un caserío a pocas leguas de aquí, y el otro, un hombre bueno y de corazón romántico, fue fusilado sumariamente por orden de quien un tiempo se dijo su amigo. Y este traidor, que años más tarde se trasladaría a Lima, encontraría una muerte violenta a manos de aquellos en que confió. Pero ésa es otra historia y no me quiero alejar de la que te cuento, para que sepas que antes que tú hubo otras que sufrieron idénticas o peores penas. A aquella joven María Micaela aquella traición tan grande casi la aniquiló. Pero no creas que era el natural y femenino sentimiento de la traición en sí, no, nada de eso.

La priora sacó un pañuelo y se sonó ruidosamente y se pasó una mano por los ojos. Luego, de espaldas a Anita Moscoso, continuó su relato:

—No fue sólo la traición lo que le dolió sino algo peor, pues durante un tiempo se sintió directamente culpable, partícipe de aquel crimen. Y es que si ella no se hubiese perdido camino a aquel caserío de indios donde se encontraban sus amigos, los habría podido alertar, podría haberlos avisado a tiempo para que huyeran, para que se prepararan a enfrentar a aquel malnacido. Además, María Micaela guardaba muy dentro de sí la sospecha de que su correspondencia con Mariano había sido interceptada y sólo esa duda la hacía tiritar de angustia. A tal punto que durante mucho tiempo relegó aquel temor a los sótanos más sombríos de su alma. Lo que la hacía sufrir era saber que había sido señuelo para el malvado, cuya insistencia en hablar con ella, cuando se encerró en el convento, se encontró una y otra vez con el silencio por respuesta. Durante un buen tiempo sus cartas fueron implacablemente devueltas, lacradas, intonsas. Aquel desgraciado se cansó en algún momento de asediarla y marcharía a Lima, a ponerse a las órdenes del virrey para seguir batallando contra los que con el tiempo lograrían la independencia... Pero como te digo, ésa es otra historia que ni siquiera merece ser contada. Así pues, la joven María Micaela se sentía culpable de una espantosa traición, aunque tan sólo lo era por *haber entregado su alma y su amor al hombre equivocado. Pero eran otros tiempos, mucho más convulsos que éstos, aunque te cueste creerlo con todo lo que está ocurriendo en el país, pues todas esas dichosas guerras jamás trajeron ni la paz ni la prosperidad anheladas, como bien sabes. Y en medio de aquel desbarajuste infernal, en medio de todo ese dolor que parecía demasiado grande para un corazón inexperto, la muchacha encontró una misión que la rescataba del dolor y lo purificaba. Y a ella se entregó con todo su arrojo, aunque al principio se sintió desbordada por la magnitud del encargo.*

Ana Moscoso había dejado de llorar y escuchaba las palabras de la priora con fruición. A veces sus ojos se enturbiaban, quizá evocando su propio tormento, quizá pensando en aquella joven, María Micaela, y en lo que debió de suponer lo vivido, la herida abierta. Pero la superiora ya se internaba nuevamente por su relato y hablaba ahora del general Goyeneche vuelto a Madrid, de un viaje azaroso emprendido por dos mujeres, de aquellos documentos que albergaba el convento a la espera de ser rescatados pues, como había venido contando, corrían grave peligro.

—El general Goyeneche estaba decidido a recuperar aquellos papeles que tanto lo comprometían, sí, señor —decía ahora la superiora con la voz más recompuesta—, y para hacerlo embarcó a su sobrina Mercedes Aguerrevere y a otra mujer a quien la Providencia puso en su camino, de nombre Charo Carvajal, una bella actriz de la ciudad que se había visto envuelta en una peligrosa situación de la que la rescató el general, a quien ella, un poco en correspondencia y otro poco porque ya no tenía otra salida, le aceptó el peligroso encargo de emprender con su sobrina aquel arriesgado viaje que las traería hasta este rincón del mundo. Fueron momentos difíciles y llenos de zozobra, pues en medio de la más estricta de las cautelas preparaban el viaje procurando que éste no llegara a oídos de un pérfido aristócrata, el duque de Montenegro, quien había jurado vengarse del hombre al que ella, Charo Carvajal, había amado y al que sin embargo había traicio-

nado. *No le alcanzaría la vida, decía, para perdonarse aquel horrible comportamiento que, no obstante, activó el mecanismo secreto de situaciones y casualidades que juntaría a las dos jóvenes en la arriesgada empresa.*

»Luego de un viaje fatigoso pero sin mayores incidencias arribaron al cabo de cuatro o cinco días al puerto de Cádiz. Allí embarcaron en una goleta, la Santa Margarita, que partió con los fríos del invierno septentrional y después de más de cuatro espantosos meses de travesía arribó al puerto de Valparaíso, y tras una semana en aquel lugar zarparía finalmente hacia el puerto de Quilca, pues en ese entonces no se usaba todavía el de Islay. Desde allí partieron sin demora hasta aquí, hasta Arequipa. Fue, como comprenderás, hija mía, un viaje turbulento y difícil el que tuvieron que emprender las dos valerosas mujeres. En aquel tiempo era muy extraño ver a hembras solas viajando por el mundo. ¡Imagínate lo que sería para aquellas españolas, que jamás habían salido de su país!

Te lo podías imaginar tú, María. Si cerrabas los ojos te lo podías imaginar: la placidez del trayecto hasta las Canarias, el brusco cambio del viento, de pronto la espuma del mar rociando embravecida la cubierta que cruje y se queja a punto de desmadejarse, el mareo infinito de ambas mujeres, que apenas podían dormitar un rato, tumbadas durante una semana bajo el toldo que el capitán acondicionó para ellas, exhaustas, vomitando, achicharradas por el calor, enflaquecidas por el nudo permanente en el estómago. Y luego, la sorpresa que supuso aquel moridero de negros en la isla de Cabo Verde, donde atracaron para calafatear la Santa Margarita. Días más tarde, de nuevo a la inmensidad pavorosa del océano, al fin Montevideo y al cabo de un par de días otra vez se hacían a la mar siguiendo la Cruz del Sur, empujados por corrientes frías y poderosas, un hastío azul que no acababa nunca, el paso brutal por el estrecho de Magallanes, donde un tripulante fue engullido por la furia del mar, que casi acaba con la embarcación, los juramentos del capitán, las peleas de los marineros amotinados ya llegando a Valparaíso... Te lo podías imaginar porque habías escuchado tantas veces la peripecia que a veces dudabas de si tú misma no te embarcaste en aquella goleta con rumbo a un destino lejano, desconocido y, hasta cierto punto, salvaje. Porque la Arequipa de ese tiempo remoto era apenas un pueblito atrasado y carcomido por la guerra, cuyas maneras y usos eran para aquellas dos mujeres madrileñas acostumbradas al boato de la villa y corte poco menos que el fin de lo que consideraban civilizado, el finibusterre de todo lo conocido, aquello que habían dejado ya muy atrás para ingresar en el convento de Santa Catalina con un único propósito: porque aquí, entre estas viejas paredes, se escondían unos documentos importantísimos por los que ambas se iban a jugar la piel.

Los ojos de la superiora parecieron nuevamente velados por los recuerdos. Anita Moscoso se quedó callada, imaginando las turbulencias del vasto océano que tuvo que atravesar aquel barco, las duras inclemencias de un viaje así de largo, rodeadas las dos jóvenes de hombres, atracando en pequeños puertos del África y de la costa atlántica americana, soportando los temporales de pesadilla que devoran navíos como si fueran cáscaras de huevos en el estrecho de Magallanes.

Anita Moscoso dirigía unos ojos hipnotizados a la superiora, también conquistada por la aventura, mortificada por el rigor de la travesía, angustiada por descubrir aquellos papeles en el lejanísimo convento de Arequipa y regresar a Madrid con éstos a salvo. ¿Tan importantes podían ser como para que unas mujeres abandonaran todo y se hicieran a la mar? ¿Qué decían, qué secreto guardaban, qué era realmente tan valioso como para exponer así sus vidas? El general Goyeneche no había dicho ni una palabra de todo aquello y simplemente le había hecho saber a su sobrina que entre dichos papeles se hallaban unos que comprometían directamente su herencia. Llevaban en su poder unas cartas con las claves para encontrar el escondrijo de esos documentos y una pequeña llave que el general le había confiado que ella sabría usar llegado el momento. Nada más, pues incluso las claves eran inciertas y durante mucho tiempo su solución fue un enigma que hubo de emplear a fondo toda la astucia e inteligencia de las valientes mujeres. No fue fácil, pero gracias a la intercesión divina, que siempre protege a los justos, en aquella goleta se encontrarían con una persona que cambiaría el rumbo de las cosas. Como tantas veces ha ocurrido, los humanos creemos confiada, ciegamente, que somos dueños de nuestro destino y de nuestros actos: ¡qué ingenuos, qué soberbios para imaginarnos con capacidad de alterar ese rumbo ya trazado para nosotros por la mano divina! Así les ocurrió a aquellas dos jóvenes, aunque jamás se hubieran reconocido apenas frágiles juguetes a merced de los hombres que decían quererlas.

Mercedes se tumbó en la cama y resopló fatigada. Desde su ventana se divisaba el puerto de Valparaíso, lleno de un minucioso colorido como de mercado. Allí en la pequeña bahía danzaban sosegados los barcos y entre ellos la maldita goleta que las había dejado medio muertas en aquel rincón del mundo. De sólo recordar el viaje, a Mercedes le entraban verdaderos ataques de pánico. Se alojaba en casa de doña Enriqueta Azcoitía, la amable señora chilena que les había ofrecido habitación mientras estibaban el barco para que partiera a Arequipa. Una semana más a lo sumo, había dicho el capitán del San Antonio, bergantín en el que seguirían viaje, pues el capitán Urmeneta había caído enfermo durante la agotadora travesía y la tripulación, que había organizado un motín que hizo peligrar el último tramo de aquel viaje, se dispersó. Urmeneta las convocó en su camarote y les dio los dineros que celosamente había custodiado. Luego, entre toses y fiebres, las despidió con mil recomendaciones, entre ellas la de que se hospedaran donde la señora Azcoitía, vieja conocida suya.

Ésta se afanó especialmente con Mercedes y la trató como a una hija, aunque ella apenas estaba en condiciones de saludar siquiera y no cedió a los ruegos de aquélla ni a los de Charo Carvajal para que bajara aunque fuera un momentito a «recibir», es decir, a saludar a las pocas damas de aquel puerto, que morían de curiosidad por conocer a las españolas y conversar con ellas de modas y de galanuras y que esperaban impacientes desde el día anterior por la tarde a que Mercedes se repusiera. Ella alegó indisposición absoluta y, no obstante, casi se arrepintió al ver la decepción dibujada en el rostro de doña Enriqueta. Pero se mantuvo firme. Necesitaba pensar, poner en orden sus ideas, ahora que quedaba ya tan poco para llegar a Arequipa.

En cambio Charo disfrutaba con ese papel de exótica española, de señoritinga cortesana, y se portaba con una aristocrática condescendencia con aquellas mujeres, deslumbraba con sus vestidos y parecía haber olvidado como por ensalmo todas las penurias vividas en unos meses de pesadilla náutica que más valía ignorar para siempre. Y es que si el viaje también fue duro para ella, poco antes de llegar a las Canarias ocurrió algo inesperado y diríase milagroso que las llenó de júbilo, aunque especialmente a la actriz, claro. Mercedes apenas había tenido tiempo de pensar en ello en estos meses asquerosos en que deseó con todas sus fuerzas morir, estragada hasta más allá de todo límite humano por los mareos y las náuseas que la travesía provocó en su organismo y que ni las atenciones, los conjuros y los medicamentos de los demás pasajeros y la tripulación pudieron paliar. En medio de todo aquel sufrimiento se quedaba maravillada de saber cuánto podía soportar el cuerpo humano: ¡ya no tenía nada más que vomitar, por el amor de Dios!, aullaba verde, mientras se retorcía para expulsar unas babas amarillentas y con olor a salitre y fetidez que no sabía de dónde podían salir. Y Charo, también afectada por el viaje pero en menor medida, se arrastraba para cogerla de la frente y ayudarla en su empeño y alivio. Eso ocurrió durante prácticamente todo el trayecto desde que dejaran las Canarias, y se prolongaba desde el mediodía al amanecer, cuando sus estómagos maltrechos apenas podían soportar un caldo y alguna que otra verdura hervida. Y al día siguiente vuelta a empezar. Después dormitaba como extraviada en un limbo en el que escuchaba la voz cantarina de Charo, los juramentos del capitán y las charlas sosegadas de los otros pasajeros, que distraían el aburrimiento mortal de aquel viaje inacabable jugando a las cartas o cantando acompañados de una guitarra.

Por eso, cuando la goleta atracó en Valparaíso y a ella la bajaron en unas parihuelas, como si fuera una lisiada, aceptó sin reparo y por unos pocos pesos al día quedarse en casa de aquella amable mujer para reponer fuerzas y pensar en si lo que había vivido estos meses era cierto o no. Porque no podía ser, reflexionaba en medio de aquellas dantescas ondulaciones que hacían zangolotear el barco como si todo fuera a acabar de un momento a otro, no podía ser que aquel hombre hubiera aparecido de la nada...

Y es que una noche, después de cenar con el resto de la tripulación, ambas decidieron dar un paseo por cubierta para serenarse a cuenta de un incidente que acababan de tener y porque la noche parecía especialmente cálida. Habían pensado con cierta ingenuidad que el viaje iba a ser así de plácido, sin sospechar que pocos días después el tiempo cambiaría brutalmente, la goleta amenazaría resquebrajarse y sus cuadernas gemirían como si fueran a quedar reducidas a astillas de un momento a otro. Con el resto del pasaje habían hecho buenas migas. El matrimonio peruano era obsequioso y cortés y la mujer, una matrona gorda y de mejillas rozagantes, las veía un poco como a unas sobrinas. El capitán Urmeneta también las trataba con atención y a veces se unía a las partidas de brisca o julepe que el pasaje, para no aburrirse, organizaba después de la cena. Alguien servía un poco de oporto y así encarrilaban las noches. Sólo se sentían algo incómodas porque los dos jóvenes que viajaban a América no se sabía bien a qué, quizá simplemente a buscarse la vida, empezaban a rondarlas con la avidez de los gatos. Sin ir más lejos, después de la cena de esa misma noche, mientras dos pajes recogían los platos, uno de aquellos calaveras, el llamado Cuesta, que era natural de Coria del Río, piropeó algo subido de tono a Charo. Ya llevaba unos cuantos vinos, quizá. Charo vaciló ante el atrevimiento y sus mejillas enrojecieron. Mercedes le pidió calma y fulminó con la mirada al insolente, que le devolvió el envite con sorna. No estaba en ese momento el capitán Urmeneta, y los demás pasajeros se hicieron los desentendidos. Sólo el viejo señor Gil de los Reyes, que siempre iba embozado y que había condescendido a cenar con ellos esa noche, en silencio y casi en un rincón, cruzó una mirada de inteligencia con Mercedes. Entre las solapas alzadas de su redingote y el sombrero, apenas si se le veían los ojos, que durante un segundo relampaguearon con furia y desprecio por el atrevimiento de aquel hombre. Pero no dijo nada y siguió mondando su manzana, casi de espaldas a los demás, con las manos temblorosas y ya desatendidas, pues qué podría hacer aquel anciano contra el joven altanero más que increpar su actitud y acaso por eso mismo recibir un mal golpe, un ultraje.

Ya el capitán les había advertido que el señor Gil de los Reyes era un hombre de negocios, perulero retirado que partía hacia Arequipa, como ellas mismas, quizá para morir en paz en su tierra dejada tantos años atrás, y que, amargado por la pérdida de su mujer durante el asedio francés a Cádiz, se había vuelto un agrio misántropo. Había dado instrucciones claras al capitán —además de pagarle un generoso extra— para que lo importunaran lo justo y le sirvieran sus comidas en su camarote, pues apenas gustaba de estar con la gente. De eso ya se habían dado cuenta todos, pues, en las casi tres semanas que llevaban de viaje sólo se había unido a los demás en contadas ocasiones, y todos los intentos de conversar con él eran vanos. Paseaba por cubierta a solas y permanecía encerrado en su camarote, leyendo y escribiendo cartas, según les informó a ellas uno de los pajes. Es más, si alguien se empeñaba en hablarle, correspondía con algunas fórmulas vagas, daba media vuelta y se marchaba, semioculto por su sombrero. En alguna que otra ocasión lo vieron compartir una silenciosa mesa con el propio capitán Urmeneta y enfrascarse con él en largas y al parecer pundonorosas partidas de ajedrez, pasatiempo que los demás viajeros desdeñaban o desconocían por completo. De manera que ése era todo el contacto de aquel hombre con el pasaje de la travesía que tan lejos lo llevaba. El capitán Urmeneta se encogía de hombros, como si dijera: «Os lo advertí».

Por eso, mientras ellas se serenaban en cubierta después de aquel incidente, les extrañó que el señor Gil de los Reyes se les acercara, encorvado y vacilante. Quizá quería decir algunas palabras de alivio o desagravio, aunque naturalmente no le correspondía a él, que apenas si las conocía, pensó Mercedes. Charo, que soltaba sapos y culebras y se secaba unas lágrimas de impotencia, apenas hizo caso a la aparición del anciano, que, después de obsequiarlas con una ceremoniosa y quizá algo excesiva venia, se apoyó en la amura de estribor como ellas y estuvo un buen rato en silencio hasta que de pronto, con una voz que no era ese murmullo pedregoso que hasta el momento le habían conocido sino una voz varonil y bien entonada, dijo aún sin mirar a nadie:

—No deberías malgastar tus lágrimas por ese canalla, prenda, pero si quieres que le dé su merecido, lo haré con mucho gusto.

Mercedes vio en los ojos de Charo el mismo asombro alelado que con seguridad registraban los suyos. Se quedaron un segundo confusas, con la cabeza trabajando vertiginosamente, pensando de qué conocían a ese hombre, quién era en realidad, por qué les sonaba familiar. Antes de que pudieran decir nada y registrar ese timbre conocido, el señor Gil de los Reyes se volvió hacia ellas arrancándose el bigotazo blanco y la peluca, tirando su capa sobre los hombros para descubrir su sonrisa conocida, la tersura de su piel, los cabellos tirando a rubios.

Mercedes ahogó una exclamación y Charo soltó un taco brutal llevándose las manos al cuello, como si la sola impresión la estuviera estrangulando:

—¡No puede ser! ¿Eres tú? —aulló.

Y sin esperar respuesta se arrojó llorando a los brazos de Lasarte.

Pero María Micaela no pudo acudir a su cita con Mencía de Jesús porque un hecho espantoso volvería a estremecer el convento. Ella se enteró del horrible suceso mientras cojeaba presurosa y aterrada hacia la procuración, donde seguramente la esperaba esa especie de férreo y hermético consejo que presidía la nueva madre superiora. ¿Qué le irían a preguntar? ¿Y qué contestaría ella? ¿Cómo podría esquivar la verdad si de pronto Mencía de Jesús la miraba directo a los ojos? Se desmayaría, sin duda, no sabría más que balbucear tonterías, pronto las monjas entenderían que les ocultaba algo, apenas un nombre, pero que quizá para ellas significara algo. ¿Qué hacer, Dios mío? No había dormido casi nada, evitó los maitines y recién al amanecer pudo conciliar un sueño denso del que despertó con la boca pastosa y la confusa sensación de una pesadilla llena de gritos y lamentos. Su rostro tenía una blanda palidez de convaleciente cuando se miró en el espejito que le alcanzó Juanita. Y unas ojeras violáceas y obstinadas, como si una mano aviesa se las hubiera pintado para acentuar su debilidad. Iba pues con unas ganas tremendas de que se la tragase la tierra, cuando descendía por la empinada calle de la procesión rumbo a su cita. Al dar la vuelta a la esquina se encontró con una treintena de monjas que conversaban en corrillos dispersos, hablando en voz baja algunas y rezando otras. ¿Qué ocurría? Se abrió paso entre las religiosas y divisó junto a otras dos novicias a Donicia de Cristo, con quien escasamente había intercambiado palabra desde el entierro de sor María de los Ángeles.

—¡Ah! ¿Ya te has enterado, mamita? —le preguntó ésta como si hubieran charlado ayer.

—No, ¿de qué hablas, qué ha pasado?

Las otras dos hermanas se miraron entre sí y luego miraron a Donicia, que recién entonces le contó: la madre Flor de María de Nuestro Señor había amanecido muerta en su celda, la encontró su criada. La sirvienta salió gritando como poseída y fue interceptada por varias profesas alertadas por las voces, y luego llegó Francisca del Tránsito, quien después de acompañarla hasta la celda y comprobar que efectivamente Flor de María estaba muerta la llevó a la procuración de inmediato.

Para entonces ya se había levantado el revuelo de religiosas que iban llegando hasta la celda de la muerta y que entraban un ratito y salían de allí desoladas, temblorosas, conteniendo apenas los sollozos y la alarma, y que al cabo se integraban en grupitos para hablarse en murmullos. Decían que Flor de María tenía un color violáceo y los ojos desorbitados, otras que no, que eran sus manos las que estaban inexplicablemente azules y como agarrotadas en el frenesí de una violenta lucha.

—Ésta dice que Francisca del Tránsito se llevó casi a rastras a la criada —explicó una de las monjas que acompañaban a Donicia señalando a la otra.

—Así mismo fue —dijo la aludida. Y se persignó.

María Micaela las había visto en otras ocasiones aunque no había tenido muchas oportunidades de hablar con ellas, dado su retraimiento y las órdenes de María de los Ángeles de que la dejaran tranquila. Eran dos religiosas jóvenes, quizá un poco menores que Donicia, como la propia María Micaela. Juana Francisca del Santísimo Sacramento era bajita y de ojos somnolientos, muy morena. Nicolasa de la Transfiguración en cambio era un poco más alta, y todo el tiempo se llevaba un dedo al ojo, como quitando una pestaña o recogiendo una lágrima.

—Y no han enviado a nadie para llamar al doctor Ceballos ni al presbítero, imagínate. No sé a qué están esperando.

—Pero ¿qué ocurrió? —se atrevió al fin a preguntar ella, temblando.

—No sabemos aún nada. Dicen que Flor de María tenía un poco mal el corazón.

Alguna vez María Micaela había intercambiado palabras con la madre Flor de María de Nuestro Señor, que era una de las monjas enfermeras. Debía de rondar la sesentena, era un poco regordeta y poseía una expresión más bien huraña que contraía con disgusto su lechoso rostro. Siempre era de las primeras en acudir a las liturgias —aunque dada su condición de monja de velo blanco no estaba obligada a ello— y, a diferencia de lo que ocurría con otras hermanas, por lo general andaba sola, rezando en silencio, devota e íntimamente recogida, o bien cruzaba rauda las callejuelas conventuales y apenas haciendo un gesto con la cabeza para saludar a las demás, como si siempre tuviera tanta prisa como pocas ganas de perder su tiempo. Fue durante muchos años ayudante de Josefa de la Crucifixión, la monja apotecaria, y algunas veces había coincidido con María Micaela durante las dos semanas en que ella la ayudó a preparar sus recetas. La madre Flor de María se ocupaba con mimo de un huerto minúsculo que había cerca de la calle de los claustros y los domingos llevaba hermosos repollos, tomates y zanahorias, así como hierbas diversas, para intercambiar en la plaza de Zocodover por las pocas cosas que parecía necesitar. Mencía de Jesús la trataba con afecto y la tenía a su lado para todo, al igual que a Francisca del Tránsito. Ninguna de ellas parecía descansar y ambas estaban siempre pendientes de Mencía de Jesús, ahora que todo el peso del convento había recaído sobre sus hombros en medio de la escasez, el malestar y la enemistad que generaba cada vez con mayor violencia aquella guerra fratricida y espantosa entre independentistas y fieles a la Corona.

Las tres jóvenes continuaron enfrascadas en una charla llena de susurros y especulaciones, súbitamente desentendidas de María Micaela, quien, confusa y vacilante, se despidió de ellas. Por lo que había captado aquí y allá, Josefa de la Crucifixión fue alertada para certificar la muerte de Flor de María y estuvo largo rato en la celda junto con Francisca del Tránsito, que impidió el trasiego de hermanas que querían ver a la monja muerta. Luego ésta se había marchado presurosa, al parecer en busca de Mencía de Jesús. En la puerta, Josefa de la Crucifixión y Grimanesa del Rosario seguían reclamando a las religiosas que por favor no se arremolinaran allí, que respetaran el descanso eterno de su hermana de congregación, que en breve prepararían todo para acompañarla en su viaje definitivo.

¿Qué se suponía que debía hacer ahora?, se preguntó María Micaela siguiendo su camino. Pero no dio ni dos pasos y fue alcanzada por la propia Francisca del Tránsito, que iba en aquella dirección, apresurada, con el semblante pálido y los ojos colmados de preocupación.

—Vaya, hija, estás aquí —dijo sin darle tiempo a explicar adónde iba—. Ya sé que la superiora te ha llamado a procuración, pero me parece que éste no es el momento. Tendremos que esperar otra oportunidad porque ahora mismo la repentina muerte de nuestra querida Flor de María nos obliga a disponer todo para su velatorio y entierro. Dios la tenga en su gloria.

María Micaela no pudo encajar una sola palabra porque Francisca del Tránsito convocó a las monjas con un gesto perentorio y, alzando un poco la voz para que la escucharan, pidió que estuvieran listas, por favor, hermanas, para los oficios. Ya dos criadas venían para llevarse el cuerpo de nuestra querida hermana Flor de María —a quien el Altísimo había llamado a su presencia— y prepararlo para el velatorio y el entierro. Era menester que estuvieran listas para la primera procesión mientras los restos mortales de Flor de María eran amortajados. Las monjas escucharon en silencio, pero era evidente que nadie deseaba marcharse de allí así, por las buenas. Las catalinas querían preguntar algo, querían saber qué había ocurrido y se removían inquietas, mirándose unas a otras.

—Pero, hermana..., ¿qué ha sucedido, de qué ha muerto la madre Flor de María? —preguntó de pronto una allí al fondo.

—Sí. ¿De qué ha muerto? —exigió saber otra.

Eso fue suficiente para que se levantara cada vez más alto un murmullo confuso de bisbiseos y murmuraciones que Francisca del Tránsito no supo acallar, moviendo las manos como quien pide sosiego, pero cada vez más desconcertada ella también, rodeada por las monjas, que hablaban atropelladamente, cercándola. Todo aquel repentino alboroto fue acallado por una voz bien entonada, firme y segura, hacia la que las monjas se volvieron. Era Mencía de Jesús, que apareció por uno de los extremos de aquel patiecillo. Desde allí, con los brazos cruzados en un gesto de mínimo disgusto o censura, esperó a que las voces y los reclamos se desvanecieran y cuando ya no se escuchaba más que el piar esporádico de algún pajarillo avanzó hacia ellas abriéndose paso con naturalidad y convicción para acercarse a la puerta de la celda donde descansaba el cuerpo de Flor de María de Nuestro Señor.

—Hermanas —dijo al fin—, la madre Flor de María siempre tuvo el corazón débil y, según me ha explicado sor Josefa de la Crucifixión, a ello se ha debido su repentina muerte. Ha entregado su alma por la noche, sin sufrimiento ninguno, y hoy mismo tengamos a punto todo lo necesario para que sea recibida con alborozo por el Muy Amado. Ahora, por favor, vamos a prepararnos para ello y no permitamos que el mal se apodere de nuestros corazones con exabruptos tan poco propios de las religiosas que somos.

Las monjas se quedaron un momento confusas, sin moverse, pero poco a poco aquel grupo se fue disolviendo y María Micaela se descubrió de pronto sola y en medio de aquel patiecillo alcanzado por la tristeza. Mencía de Jesús la miraba con una expresión de dulzura.

—Ve tú también, hija. Vamos a disponernos a orar por el alma de nuestra hermana.

La joven dio media vuelta y se marchó compungida, pero también fugazmente aliviada. Y presa de un desasosiego indomable. No le había llegado ninguna carta, ni un mensaje, ¡nada!, de aquel Cesare Bocardo al que tanto esperaba. Estuvo tentada en algún momento de pedirle a Juanita que averiguara con discreción quién podía ser ese hombre, pero en el último momento decidió que sería una imprudencia. Juanita era aún una niña y no tendría ninguna sutileza para indagar sin que alguien pronto cayera en la cuenta de la preocupación de María Micaela por averiguar el paradero de aquel desconocido. Por ahora, se dijo, no haría nada. Nada salvo esperar. Y orar.

Aún ahora, meses después de la travesía, desde ese pequeño puerto en el confín del mundo, ya muy cerca de su destino, Mercedes revivía aquel instante y volvía a emocionarse como se emocionó esa noche. Ella también se lanzó a los brazos de Antonio Lasarte y le dio de besos, y lo miraba y remiraba para cerciorarse de que no era un fantasma, de que era de carne y hueso. Pero Charo estaba como en trance y el estallido de sus lágrimas no parecía tener término. Al fin el sevillano se acomodó como pudo aquel falso bigote y la peluca gris, se subió nuevamente las solapas del redingote hasta cubrirse el rostro y se tocó con el sombrero de copa que no se quitaba nunca. Luego se encorvó un poco y ante los ojos maravillados de las dos mujeres volvió a ser el señor Gil de los Reyes, hosco caballero que regresaba al Perú. Ni que decir que todas las penurias fueron a partir de ese entonces siempre menos, como el desasosiego y el temor que les infundía el viaje mismo, pues aunque Lasarte insistiera en que bajo ningún concepto debían descubrir la superchería, sabían que estaba allí, vigilante. Aparecía algunas mañanas el señor Gil de los Reyes, gibado y taciturno, carraspeando y tembloroso, siempre embozado en su capa negra o envuelto en mantas —incluso cuando el calor de los trópicos lanzaba sus dardos flamígeros a la cubierta—, y ellas tenían que hacer un gran esfuerzo por no delatarse, por no echarse a sus brazos, especialmente Charo, que recibía los pellizcos de Mercedes sin inmutarse cada vez que ésta le advertía que, de seguir mirando así al quintañón, alguien empezaría a sospechar.

Una noche, despertó en la soledad de la estrecha cabina que compartía con la actriz sin encontrarla a su lado y se quedó a medio incorporar escuchando la embestida de las aguas como el ronco bramido de una bestia mitológica que acecha a su presa, haciendo crujir el maderamen, y pensó con un relente de confusión y calor cómo sería ser rodeada por los brazos de un hombre. Pero el cansancio, el mareo, la preocupación terminaron por distraerla y vencerla, y al amanecer pudo percibir los pasos quedos de Charo, que regresaba a hurtadillas hasta donde ella fingía dormir. Hubiera querido reprochar la imprudencia de tal conducta, pero Charo, sabiéndola despierta, se arrojó a sus brazos y sólo pudo balbucear: «Me ha perdonado, me ha perdonado», y eran tan hondos sus sollozos que ella no fue capaz de otra cosa que de acariciarla, tan confusamente embargada por la emoción que no se atrevió a preguntarle nada.

Así pues, durante aquellos interminables meses tuvieron poca oportunidad de hablar con Lasarte más allá de unas frases de comprensión y cariño, fugaces momentos que eran sin embargo como un bálsamo para ellas, que disipaban así sus temores y esperaban con ilusión pisar tierra para reunirse con el capitán de guardias en libertad y sin esconderse. Pero gracias a esos mínimos encuentros, breves y más bien atropellados, se pudieron enterar de que Lasarte había podido huir de Madrid y de los esbirros de Montenegro gracias —y aquí siempre era elusivo— a una tupida malla de amigos, conocidos, gente que le debía favores, hasta llegar a Cádiz. Los caminos estaban constantemente vigilados y había sido un milagro no ya que no las hubieran asaltado, peligro común en esos tiempos, sino que no hubieran sido interceptadas por la larga mano de Montenegro y sus secuaces. ¿Se había puesto en contacto con Pepe Goyeneche? No, el peruano. ¿Y cómo se había enterado él de que ellas viajaban al Perú y en aquella goleta, si habían tomado toda clase de precauciones para que nadie estuviera al tanto? Aquí Lasarte reía nuevamente evasivo: tenía amigos y confidentes por toda España, señoras, pero de manera particular en Cádiz. «¡Masón!», le acusó una vez Charo, los ojos brillando de furia, y Lasarte se encogió de hombros. Estaba allí para protegerlas, sabía perfectamente de qué se trataba aquel temerario viaje y las ayudaría en todo. Sin él sus vidas no valdrían nada, era increíble que a Pepe Goyeneche se le hubiera ocurrido la locura de enviarlas así y más aún que ellas hubieran aceptado, par de tarambanas... Aquí miraba a Charo, le hacía alguna fugaz caricia, tornaba su voz severa: «Tú y yo ya seguiremos hablando», y no sabían si lo decía en broma o en serio, porque siempre se las arreglaba para terminar sus brevísimos coloquios de manera abrupta, embozándose en la capa, advirtiendo de posibles peligros con un dedo en los labios, mirando a todos lados, alarmándolas antes de desaparecer nuevamente encorvado, chepudo, tembloroso, trasmutado otra vez en el viejo señor Gil de los Reyes.

Así, pese a los mareos e incomodidades de aquel viaje sin fin, pudieron alcanzar el puerto de Valparaíso, aunque ella, Mercedes, llegara en tan mal estado físico. Ya no tenía casi fuerzas para quejarse. Pero esos pocos días de tierra firme la restablecieron por completo, a pesar de que las primeras veinticuatro horas fueron horribles, como si no hubiera bajado aún del maldito navío. Nada más bastó que supieran el estado de salud del capitán Urmeneta y los problemas con la tripulación para que Lasarte tomara las riendas de la situación y las convenciera de que viajarían mejor en el *San Antonio,* pues así él, aunque conservara el nombre de Gil de los Reyes, no tendría que seguir disfrazándose más.

—Como comprenderéis, queridas mías —les dijo apenas tuvieron un momento para verse a solas—, la situación era insostenible. En cualquier momento me podrían haber descubierto...

Y sus ojos buscaron los de Charo Carvajal. Mercedes no dijo nada, porque nada había que objetar.

De manera que al desembarcar en Valparaíso, Lasarte consiguió pensión rápidamente y se dedicó con diligencia a contactar con el capitán del San Antonio, a preparar el último tramo del viaje que las llevaría a Arequipa y a escribir cartas y más cartas que salieron sin demora en la fragata Neptuno, que partía hacia España, y otras en una goleta pequeña —la Fidelia— que iba hacia el Perú, donde al parecer el capitán sevillano tenía también contactos o amistades, según supo Charo.

El resto del pasaje se disolvió: los dos calaveras e inoportunos que las habían molestado durante los primeros días del viaje —y después, súbitamente, ya no...— se quedaban en Valparaíso antes de decidir si seguían viaje rumbo al Cuzco por tierra, junto a los hermanos cordobeses, con los que durante la travesía hicieron buenas migas. El chileno y su sobrino partían en breve a Santiago, que era su destino. A última hora el matrimonio peruano había decidido esperar a que Urmeneta se recuperara para seguir viaje con él y de paso aprovechar para hacer una excursión por los alrededores. Así ese segundo trayecto resultaría mucho más cómodo y no sería necesario seguir fingiendo, se dijeron ellos tres con alivio.

Pronto el capitán del San Antonio daría la orden de zarpar y llegarían a su destino. Y nada sabían respecto de lo que encontrarían en el convento de Santa Catalina. Se pasaban las horas especulando acerca de lo que ocurriría allí y cómo lograrían descifrar el mensaje de aquella carta cuya sola visión les producía ya dolores de cabeza. ¿Era acaso un mapa confeccionado con claves? ¿Era parte de un santo y seña misterioso para encontrarse con alguien no menos misterioso? También la propia situación en el Perú les generaba zozobra y temor: sólo sabían que el país seguía agitado por las revueltas independentistas pese a que éstas estaban siendo sofocadas por las tropas leales a Fernando en batallas que mantenían alborotados a los habitantes de Valparaíso, en cuyas fondas y tabernas, mercados y plazuelas no parecía interesar otro tema que ése, según le contó Charo Carvajal a Mercedes luego de animarse a dar una vuelta acompañada de otras señoras del lugar y —con toda seguridad y a juzgar por el brillo felicísimo de sus ojos— haberse dado maña para citarse con Lasarte en la intimidad. Pese a que éste les hiciera mil recomendaciones para que no buscaran por nada del mundo al señor Gil de los Reyes y que recién en Arequipa podrían reunirse con más tranquilidad, Mercedes estaba segura de que el mensaje estaba destinado a ella, para disimular el inevitable ardor con que Charo y él se deseaban, buscando una mínima oportunidad de verse a solas, aunque ello significase tentar los propios peligros de que Lasarte advertía una y otra vez. ¿Qué sucedería con ellos dos? ¿Se quedarían en América? A Mercedes no se le había escapado que Lasarte parecía vivamente interesado en todo lo que ambas contaban acerca de la encomienda de Pepe Goyeneche, exigiendo detalles y precisiones que ella no estaba en disposición de ofrecer, puesto que durante los largos meses en alta mar pocas fueron las ocasiones que los tres tuvieron para mantener una reunión larga y concentrada.

Pero no sólo fueron sobresaltos en la estrechez del barco a la hora de reunirse con Lasarte, sino también el fulminante mareo que, al menos a Mercedes, la mantuvo en un estado de permanente y desgraciada beodez, por lo que apenas si pudo explicar nada a cabalidad. Prácticamente se limitaron a entregarle al sevillano aquellos papeles que contenían los malhadados silogismos, esperando que la inteligencia de Lasarte les ofreciera alguna solución que tanto a Goyeneche como a ellas hasta el momento se les había escurrido de las manos como arena. Mas al cabo de unos días el capitán de guardias resopló frustrado y, encogiéndose de hombros frente a ambas mujeres, les admitió que no entendía qué diantre podían significar juntas aquellas frases de armazón aristotélica, y cómo casaban entre sí. Para aquel entonces, recordó Mercedes, ya habían partido del puerto de Montevideo evitando Buenos Aires, desde donde llegaban noticias alarmantes, razón por la cual el capitán Urmeneta apresuró cuanto pudo la partida de aquel puerto pequeño, sucio y desangelado. Fue pues en alta mar, una noche de inusual calma en que la luna esparcía su plata sobre la oscuridad del océano, mientras los demás pasajeros cantaban y bebían junto al capitán, que se acercó el señor Gil de los Reyes con aquella noticia desalentadora: no había logrado descifrar el sentido de aquella carta, por más vueltas que le había dado. Sin embargo, al ver los rostros de sus amigas agregó con una sonrisa que probablemente en el convento averiguarían qué significaba. Si aquella monja priora resultaba tan inteligente como para dejar un mensaje así de hermético, seguramente contaba con su obvia dificultad. Allí faltaba algo, y con toda certeza lo averiguarían en Santa Catalina.

Ojalá, pensaba ahora Mercedes intentando por todos los medios no dejarse ganar por el desánimo y contemplando desde la ventana de su habitación el ajetreo del puerto de Valparaíso. Ojalá averiguaran de una vez por todas qué significaba aquel mensaje que las había llevado a ciegas hasta el finibusterre del Imperio español. En dos días partirían al puerto de Quilca y de allí en mula hasta la ciudad de Arequipa. Y sin transición alguna, según instrucciones de Goyeneche, al convento de Santa Catalina.

Eso fue lo que las monjas hicieron durante todo aquel tiempo inquieto: orar por el alma de la madre Flor de María y por el destino convulso del convento. Arequipa había vuelto a entrar en uno de esos períodos de aletargamiento en que la guerra parecía una pesadilla de la que todos hubieran despertado, ajenos y felices, viendo disiparse los nubarrones que los habían atemorizado desde el horizonte azul de siempre. Poco a poco la ciudad retomaba su ritmo bucólico e industrioso, y las pequeñas rutinas domésticas volvían a marcar el pulso de la región, disueltas las noticias de las guerras y los ataques insurgentes. Pero María Micaela bien sabía que esa intermitencia entre el horror que los acechaba en forma de escaramuzas y batallas y los momentos de sosegada paz era el latido en el que discurrían Arequipa y el virreinato entero desde hacía unos años. Ese agobio, ese estado repentino de pánico, furia y desesperación parecía aletargarse por breves temporadas, como un animal peligroso que duerme durante un invierno corto y se despierta intempestivo y hambriento. Así vivía la ciudad a juzgar por las cartas que recibía de sus padres y de sus primas. Porque incluso en las misivas alegres que los suyos se esmeraban en escribir se filtraba alevosamente el feo trazo de lo nefasto: que si la producción de vino había menguado a causa de la desatención que las guerras provocaban, que si no había brazos suficientes para ocuparse de las minas de Huaylluca a fin de que éstas siguieran siendo una de las principales fuentes de prosperidad para los arequipeños. Y también la amargura con la que su padre hablaba de los masones, a los que ahora veía por todos lados. ¡Incluso había curas masones!, decía sin poder evitar comentarios furiosos o desabridos respecto a tal situación. Y era cierto que los rumores acerca de la masonería que ella había escuchado desde pequeña y que entonces le infundieran un pavor irracional ahora se propagaban casi con naturalidad, como una más de las muchas noticias que la situación política soplaba furiosamente hasta el convento: los mefíticos y herejes masones estaban detrás de los insurgentes, ellos eran los que malquistaban, ellos, los que movían los hilos con sus ideas impías, llevando desde la prepotente Francia y la pérfida Inglaterra hasta la católica España la noción de la oscuridad y la muerte, de la venganza y el rencor, que ahora eclosionaba en la joven América del Sud. Ellos habían infiltrado el aguarrás de sus ideas en nuestros hijos, se lamentaba su padre, y hay incluso quien reniega de la patria diciendo que se sacaría a puñaladas la sangre española que corre por sus venas mientras acepta adorar a Lucifer. Porque los masones son, qué duda cabe, los embajadores del diablo en la tierra, hija mía, y no pararán hasta destruir la santa Iglesia desde su mismo seno: curas masones. ¡Adónde hemos llegado!

A ella esas alusiones a la insurgencia independentista azuzada por la masonería la llevaban a pensar en sus amigos muertos por la traición del pérfido, del miserable, de aquel cuyo nombre no podía mencionar sin que la boca se le llenara de hiel. Porque se preguntaba si en verdad Mariano y José María Laso habían sido masones, como le escuchó decir al odiado cuando planeó en el despacho de su padre, en su propia casa, la muerte de aquellos a quienes llamara sus amigos. Pero no sólo de ellos se decían tales cosas: se murmuraba que era masón el cura Luna Pizarro, profesor que había sido de éstos y otro ferviente defensor de la independencia, instalado en Lima luego de regresar de España, adonde fuera con el obispo Chávez de la Rosa. Y también José María Corbacho, otro entregado a la causa patriótica, era señalado por pertenecer a una Orden

masónica, razón por la que su padre le había negado en redondo su amistad, al igual que al magistrado Evaristo
Gómez Sánchez, tan querido por la ciudad entera y ahora
mirado con suspicacia y desdén por los devotos de Fernando y la Corona. Todos acusados de traidores, de masones,
de heréticos. No podía ser, se decía ella con un escalofrío,
pero al cabo se preguntaba si acaso sabía con exactitud qué
era eso de ser masón, porque, más allá de los terrores in-
fantiles que la palabra despertaba en su alma, poco sabía
de éstos.

El padre Orihuela también exclamaba, ya incontenible, achacoso y vuelto al monasterio con sus prédicas
llenas de fuego santo, que los impíos masones eran la peste, el azufre, el fango verde que arrojaba el Príncipe de las
Tinieblas contra la ciudad para preparar la venida del Anticristo.

«Y el Anticristo tiene nombre —bramaba el cura
mirando a las monjas como si pudiera atravesarlas con el
fuego de sus ojos—: ¡La independencia!».

Sí, señor: la bastarda independencia que querían
esos rufianes y malnacidos, se exasperaba el cura Orihuela agitando un puño vengador mientras Mencía de Jesús
fruncía el ceño extrañando los pacíficos modos del presbítero Pereyra y Ruiz, llamado momentáneamente por el
obispo Gonzaga para atender otras cuestiones. «Lo que menos necesitamos ahora es más alboroto», apostillaba Francisca del Tránsito pasando al lado de María Micaela casi
sin mirarla.

Ella, mientras tanto, seguía su rutina de expiación
atendiendo a la madre Ramira, a cuyos oídos también habían llegado los revuelos del convento. Claro, tarde o temprano habría sucedido, se dijo María Micaela, aunque sin
dejar de sospechar que la deslenguada mestiza le hubiera
dicho más de lo que debería a la pobre anciana, sin poder
refrenar su necesidad de chismorreo venenoso. Porque la
madre Ramira de la Concepción se había encerrado aún

más en un mutismo lleno de babas y temores que la hacían exclamar que ahora irían a por ella, que la querrían matar igual que a la madre Flor de María, como antes habían matado a la priora, y se echaba a llorar con un desconsuelo lacrimoso, patético, anegado en una llantina minúscula y permanente que ponía los nervios de punta a María Micaela, a quien, por si fuera poco, la pierna volvía a dolerle con violencia esmerada.

Al fin, una mañana en que ya fue incapaz de levantarse sin que al apoyar el pie los ojos se le llenaran de lágrimas se resignó a mandar a Juanita a buscar a la madre Josefa de la Crucifixión. Cómo la vería la niña que salió corriendo por las callejuelas del convento y al cuarto de hora regresó con la madre apotecaria de la mano. Ésta apenas miró a los ojos de María Micaela para saber de su sufrimiento. «Criatura», murmuró con un suspiro, como un amable reproche, mientras retiraba mantas y sábanas para dejar al descubierto el miembro tullido. Sin decir más palabra pidió a la niña que pusiera a hervir un poco de agua, aprestó vendajes, machacó unos polvos de olor acre, removió otros, aplicó chorritos de agua a la mezcla hasta lograr un emplasto caliente y por último puso sus manos fuertes y sabias en el muslo de la joven.

—Esto te calmará —dijo la madre Josefa de la Crucifixión—. Pero no debes dejar de darte las friegas o te dolerá toda la vida y ya no habrá nada más que hacer.

María Micaela asintió como una pupila pillada en falta. Luego se dio la vuelta y quedó boca abajo, con la saya dejando al descubierto la pierna mala.

Al momento sintió la tibieza de aquellas manos frotando una capa espesa de oloroso y tibio ungüento que fue irradiando un calor benemérito y un bienestar como ella no había sentido en meses. Mientras se quedaba flotando en una nube de dulzura y escuchaba a la madre apotecaria murmurar oraciones, María Micaela se supo lentamente enajenada por una idea que revoloteaba en su alma como una mariposa negra y que al final la sacó de su tibia placidez. No pudo evitar la pregunta, y nada más formularla se arrepintió: otra vez se había dejado llevar por su ímpetu.

—Madre, ¿de qué murió la hermana Flor de María?

Sintió que las manos de la monja se detenían, como si hubieran perdido su ánimo, y quedaron quietas sobre su muslo, tal que al acecho. María Micaela cerró los ojos esperando una reprimenda, que, por otra parte, se tendría bien merecida. ¿Acaso la priora no había dicho que fue de un ataque al corazón? Y entonces, si lo sabía, ¿para qué preguntaba?

Las vigorosas manos recobraron vida, moviéndose ahora pensativas por su muslo. Al fin, la madre apotecaria habló.

—No lo sé, niña —en su voz había enfado y también aturdimiento, como si en realidad reflexionase en voz alta—. Fue un ataque al corazón, sí, pero no sé qué lo provocó.

—Pero ¿ella no sufría del corazón? —se atrevió a repreguntar.

—¿Del corazón? ¡Ja! La madre Flor de María era la mujer más sana de todas cuantas he conocido en mi larga vida. Dios la tenga en su santa gloria.

Las manos ahora se movían con más vigor por su pierna. Casi con brusquedad trazaban círculos, amasaban, daban pellizcos dolorosos. El tono de la religiosa era un cristal opaco a punto de quebrarse. María Micaela sabía que entre ambas monjas siempre hubo cordialidad y una suerte de callada camaradería, porque las dos eran silenciosas, casi de la misma edad, y gozaban con el mismo recogimiento de la parte más austera del monasterio. Entregadas a sus oraciones y a sus hierbas, a sus recetas y a sus ungüentos, el poco tiempo que ella estuvo ayudando a la apotecaria notó esa tibia corriente de amistad entre ambas mujeres.

Ya no tuvo más que añadir, pues la atmósfera se había llenado de una tensión irrespirable. Supo, sin atreverse a volver el rostro hacia la madre boticaria, que estaba llorando casi en silencio. Y ella también quiso echarse a llorar.

Si la travesía en barco desde Cádiz hasta Valparaíso no las mató, las más de veinte horas de viaje hasta Arequipa desde el horroroso puertucho de Quilca —falto de fondo y adverso de vientos— casi lo consigue: una verdadera pesadilla de ásperas caletas, arenales parduscos y recalentados por un sol aplastante, quebradas dantescas y montañas que sólo de contemplarlas, allá a lo lejos, más amenazantes que majestuosas, les hacían invocar una y otra vez el nombre de Dios, estremecidas de pavor. «En qué nos hemos metido, Virgen santa», exclamaba una y otra vez Charo, alternando exclamaciones pías con otras de más grueso tenor, para diversión de Lasarte, que trataba así de restarle hierro al pesado viaje en mulas que emprendieron hasta la ciudad de Arequipa.

—Una blasfemia más de ésas y Dios todopoderoso enviará una plaga de langostas para castigar tu boquita, mi amor.

Nada más fondear en el puerto y gracias a una chalupa proporcionada por un barco inglés que había arribado días antes, los tres viajeros descendieron en aquel páramo de arena negruzca y permanente olor a algas podridas. Ahí, poco antes de desembarcar, el capitán del San Antonio, un grueso andaluz que conocía bastante el Perú y que había hecho buenas migas con ellas pero especialmente con el señor Gil de los Reyes durante los ocho días que duró el trayecto desde Valparaíso, les entregó los dineros que en el transcurso del viaje había custodiado, les dio algunas recomendaciones vagas y las abrazó paternalmente al despedirse.

—Señoras —les dijo—, quedáis en buenas manos porque ya veo que el caballero Gil de los Reyes tiene contactos y medios suficientes en estas tierras como para que su viaje hasta la ciudad de Arequipa resulte lo más cómodo posible.

Mercedes miró a Charo y ésta, a Lasarte, quien sonrió a su pesar. Tuvieron ocasión de comprobar que las palabras del capitán del San Antonio no andaban desencaminadas casi de inmediato, cuando el jefe de la aduana, un hombre circunspecto, de piel requemada y cabellos blancos, miró con demasiada atención sus papeles, hizo algunas preguntas y pareció desconfiar de todo lo que ellos decían, pero al final terminó por ofrecerles albergue para esa noche gracias a una conversación aparte que tuvo con el señor Gil de los Reyes y que ambas mujeres no dudaron que estuvo estimulada por algunas monedas de oro. Ello sin embargo no evitó que fueran atormentadas por las pulgas de una manera que jamás antes habían conocido, ni siquiera en los peores momentos de su periplo desde Madrid a Cádiz. Por fortuna, el señor Gil de los Reyes había dispuesto que partieran sin demora, y a las cinco de la mañana, exhaustas y sin haber pegado ojo, abandonaron aquel puerto triste donde se desperdigaban cobertizos chuscos y casas de caña. Les explicaron que había dos caminos de Quilca a Arequipa: uno por la aldea de Siguas y otro por la llanura de Pampas Coloradas. Era necesario alcanzar una montaña agreste y alta a cuyas faldas se alza Quilca y que se subía en hora y media, pero a partir de ahí la llanura que se extiende casi hasta Arequipa es desoladora, de una blancura malísima para la vista cuando se levanta una ligera brisa.

Sin pérdida de tiempo se procuraron mulas bien enjaezadas y de cabalgadura cómoda, así como cuatro arrieros que Gil de los Reyes había contratado por unos buenos pesos y que llevaban los pertrechos, los víveres y el agua. Pero sobre todo sables y trabucos para evitar los asaltos, al parecer frecuentes por aquellos parajes que debían atravesar hasta alcanzar el ubérrimo valle. Aun así, el viaje resultó desalentador e incómodo hasta la extenuación a causa de la furia solar y de la arenilla que levantaban los cascos de los animales, medio asfixiándolas durante el largo trayecto por aquel desierto infernal, tal como les habían pronosticado.

El propio Lasarte iba perdiendo el humor con el que empezó el viaje y ofrecía un perfil reconcentrado y oscuro, aunque al volverse a ellas, casi desmayadas en sus cabalgaduras, fingiera una sonrisa de ánimo y mandara detenerse cada cierto tiempo para que ambas pudieran descansar un poco y remojar los pañuelos en agua. El desierto era de una vastedad abrumadora y poco antes de mediodía tuvieron que improvisar una tienda con mantas y ropajes para que todos tomaran alivio.

—Esperemos que ésta sea la peor parte del viaje —Mercedes se refrescó la nuca con un poco de agua y se volvió a Charo, que tenía los ojos cerrados y respiraba con agitación, incapaz de soportar aquel aire ardiente que quemaba los pulmones. Apenas pudo asentir levemente, como si estuviera sumida en una meditación de la que no quería ser distraída.

Lasarte hablaba con los arrieros un poco más allá y también parecía preocupado, a juzgar por la manera como gesticulaba. Al fin se acercó a ellas, que chupaban unas naranjas y bebían sorbos de agua, sin ganas de comer nada más. El andaluz se cubrió con una mano los ojos, enrojecidos debido a la arena que el viento les traía incansable al rostro, y les dijo que descansarían unos minutos más y luego se pondrían en marcha.

—A unas diez o doce leguas de donde estamos hay un tambo, como llaman las gentes de aquí a las posadas. Allí podremos descansar mucho más cómodamente antes de proseguir el viaje —les dijo con una sonrisa—. Pero es necesario que lleguemos antes del anochecer.

Charo soltó un juramento, al borde de sus fuerzas. Mercedes decidió no decir nada más porque todos estaban de un humor de perros a causa del cansancio, del inacabable martirio de aquella travesía, y porque quería serenarse y volver a pensar en qué harían al llegar al convento, donde, según instrucciones de Pepe Goyeneche, las esperaban. También le inquietaba que todas las conversaciones que había sostenido hasta el momento con Lasarte, por una u otra razón, parecían siempre truncas, como si el capitán de guardias, el amigo amable al que ella tan bien conocía en Madrid, fuera otra persona. No es que se portara de manera distante o fría con ella, no, se afirmó montando nuevamente en su cabalgadura y amarrándose un pañuelo antes de ponerse el sombrero de paja. Pero siempre se escabullía antes de terminar las conversaciones y, aunque al principio ella lo atribuyó al inevitable secreto que comportaba su nueva identidad, luego en Valparaíso y durante el tiempo en que viajaron ya más relajados en el San Antonio, Lasarte parecía distraído, preocupado. Y un punto hermético. Todas las charlas que sostenían eran especulaciones acerca del contenido de aquella carta llena de frases embrolladas y de cuyo sentido empezaban a dudar seriamente los tres. O bien, advertencias sobre qué decir y cómo comportarse una vez que llegaran a Arequipa. Eran pues pocos los momentos en que conversaban animados, entre risas y carantoñas, como ella hubiera querido que ocurriera más a menudo. Quizá, se había dicho Mercedes durante esa última travesía, el sevillano buscaba estar más tiempo con Charo y de allí esa cierta liviandad o desapego para con ella. Se le humedecieron los ojos. ¡Qué lejos le quedaba el maestro Peñuelas, qué lejos, el propio Pepe Goyeneche y qué lejos, su vida en Madrid, que había abandonado cuando apenas empezaba a acostumbrarse a la ausencia de su amada madre! Más de una noche lloró amargamente, mamá querida, mamaíta, ayúdame, perdida como una niña en un lugar ajeno y hostil.

Tampoco quiso comentar sus inquietudes con Charo, que estaba cada vez de peor humor y a menudo estallaba en grescas tormentosas con Lasarte e incluso con ella, a quien de pronto contestaba de una manera tan ordinaria que Mercedes se quedaba de una pieza. ¿Había hecho bien en realizar este viaje de locos? Ahora ya no estaba segura de nada. Ni de que aquel batiburrillo de frases significara algo más que el mapa mental de una cabeza desquiciada por el veneno, ni de que fuera necesario tal sacrificio para salvaguardar su herencia, ni de lo que iría a encontrar en ese convento que se le antojaba oscuro y amenazante.

Por lo pronto, mientras cabalgaban fatigosamente por esa especie de vasto y ondulante océano de fuego, Mercedes tuvo que contener de nuevo las ganas de llorar. Lasarte iba delante junto a dos de los arrieros, y los otros dos cerraban la caravana. En medio iban ambas, y ella tuvo la angustiosa sensación de que en verdad no eran custodiadas sino rehenes... Allá a lo lejos se divisaban los tres volcanes de los que les habían hablado todos durante el viaje, pero en realidad no se los pudo imaginar tan grandes. Era un espectáculo asombroso saberse en medio de aquel desierto ardiente y contemplar las cumbres nevadas de aquellos tres gigantes cuyos picos eran coronados por nubes densísimas como un pacífico rebaño de ovejas. Tanto Lasarte como Charo se detuvieron igual que ella, extasiados ante aquella imagen inverosímil, tan propia de la irrealidad en la que vivían, pensó Mercedes, desde que partieran de Cádiz.

Por fin llegaron al borde de una garganta de profundidad mareante en cuyo extremo corría un riachuelo: la villa de Siguas se encontraba mil pies más abajo, dijeron los arrieros, y ellos se miraron sin poder creerlo. ¿Ése era el camino? Los mestizos asintieron. Después de serpentear por un estrecho sendero que los hizo temblar como jamás pensaron hacerlo, alcanzaron el tambo o posada donde descansaron y comieron un par de pollos aderezados con patatas y maíz. No tuvieron casi tiempo para refrescarse: todos cayeron rendidos, con dolores a causa de la cabalgada y mareos debidos a la altitud.

Al amanecer del segundo día salieron de aquel hondo valle y al cabo de unas horas llegaron a Vítor, un nuevo oasis en aquel desierto implacable; a partir de allí avanzaron ocho leguas, hasta Uchumayo, y el paisaje arenoso por donde habían discurrido hasta el momento fue cambiando paulatinamente hasta volverse umbrío y risueño, colmado de vegetación, aliviado por un viento fresco y rejuvenecedor que alegró los ánimos de todos. Por fin divisaron la verde campiña arequipeña y el pequeño caserío de Congata, donde cambiarían de cabalgadura y descansarían un poco antes de proseguir dos escasas leguas más hasta la ciudad cuya blancura se divisaba ya desde donde estaban, semejante a un espejismo inmaculado. En el cielo flotaba una nube gorda, como pintada por un niño, y aquél era tan azul que hería el corazón: los tres pensaron de inmediato en el cielo de Madrid.

—Fin del viaje —dijo animadamente Charo, que sonreía pese a las ojeras y el rostro insolado.

Se veía greñuda y sucia como una loca y Mercedes no quiso ni imaginarse cómo estaría ella. Ambas mujeres soñaban con un baño de verdad y no los mezquinos remojones que se habían dado en este tiempo, y no pararon de hablar de ello en el último tramo del recorrido, para conjurar tanto la pesadez de la travesía como el miedo de ascender y descender una y otra vez aquellas quebradas estremecedoras por donde avanzaban las mulas con fatiga.

—¡Fin del viaje! —exclamó Lasarte haciendo caracolear su cabalgadura hasta donde ellas, como si le hubiera leído el pensamiento a la Carvajal.

La cogió de la nuca y sin importarle su estado le dio un beso intenso que sorprendió a la actriz. Luego se volvió hacia Mercedes y la abrazó como a una hermana.

Por primera vez en lo que llevaban de expedición le dio un beso cariñoso en la frente antes de murmurarle al oído:

—Fin del viaje, Mercedes. Hemos llegado.

Y ella se echó a llorar en los brazos del capitán sin poder contenerse.

Tampoco pudo concretarse poco después aquella cita con Mencía de Jesús, pues una vez más el turbio brazo de la muerte arrebataría a otra monja de aquella comunidad. En esta ocasión se trataba de la madre Ramira, tan olvidada de todos que a nadie se le pasó por la cabeza que la anciana hubiera sido envenenada o muerta por mano ajena de cualquier otro modo. Simplemente se había apagado como una velita y rápidamente le dieron sepultura, luego de rezar por ella. María Micaela fue quien la encontró, helada, rígida, en su camastro. Tenía la boca abierta como un lagarto. Sintió un bendito alivio al ver la celda vacía, lo que la llenó de desesperación y remordimientos, y quizá por eso fue la que más lloró en el entierro de la viejecita. Donicia la consoló con dulces palabras y las demás madres le hicieron caricias como si quien hubiese muerto fuese alguien suyo.

Pero en realidad parecía que la Virgen se hubiera apiadado de ella y de sus temores, pues a los pocos días de la muerte de Ramira de la Concepción, las convulsiones que padecía Arequipa desbordaron otra vez los límites de la ciudad y muchos habitantes, alertados por un nuevo e inminente ataque de los insurgentes, decidieron huir a caseríos remotos, poblados de indios, casas-hacienda alejadas de la ciudad, a Paucarpata, Cocachacra o Majes, dejando Arequipa varada en un estupor de desamparo y consternación, solivantada la plebe, al decir de su padre en una carta intempestiva donde le contaba que preparaba todo para enviar a su madre a Camaná. Ya no sólo era la nueva batalla que se fraguaba en las inmediaciones de Arequipa, una vez que el mariscal Ramírez Orozco avanzara hacia el Cuzco, sino la propia indefensión de la ciudad ante las turbamultas incendiarias que, socolor de la gesta independentista, se enardecían de aguardiente y disparos, atemorizando a la población y rapiñando con impunidad mientras los malditos masones conjuraban contra la Corona en reuniones cada vez menos secretas. Y continuaba su padre que él se quedaría a defender lo suyo, aunque muchos preferían correr a buscar refugio al convento, claro. Y los primeros los que juraban no ser masones pero que todo el mundo sabía que lo eran: miserables sin honor ni orgullo.

Y así fue. Una mañana las puertas de Santa Catalina se abrieron de par en par para dejar paso a una muchedumbre de viejos temerosos, de mujeres con alborotadora chiquillería, de jovencitas asustadas y viudas gimientes que no tenían otro lugar donde ponerse a resguardo que los conventos. Y entre los muchos que había en Arequipa, el de Santa Catalina era el más amplio y mejor protegido por sus robustas paredes de sillar. Además, desde la torre de su iglesia se divisaba una extensión muy amplia de los alrededores y sus cuatro campanas tocaban a rebato si era necesario avisar de algún peligro inminente o de algún acontecimiento excepcional, como sucedió esa mañana, que tañeron incansables. Y es que Mencía de Jesús, a petición del obispo Gonzaga de la Encina, aceptó el clamor pedigüeño de la gente que no había podido salir de la ciudad y requería protección. Las monjas mismas se apresuraron a asistir a aquellos centenares de desdichados que irrumpieron en la paz conventual con sus lamentos y sus ayes, con sus manos implorantes y sus bultos, buscando consuelo pero sobre todo el refugio que ofrecía Santa Catalina, adonde ningún descastado se atrevería a entrar, decían las monjas procurando con sus voces suaves ofrecer alivio a aquella congoja que María Micaela contemplaba incrédula porque nunca le había tocado vivir algo así. Su madre le había contado que alguna vez, como cuando el terremoto de 1784, muchos arequipeños buscaron refugio allí. O durante la rebelión de los pasquines, cuatro años antes de aquel terrible sismo: el pueblo estaba harto y agobiado por los impuestos y casi linchan al arrogante administrador de la aduana, el limeño Pando. Hubo saqueos, pedradas, disparos y tuvo que intervenir la milicia urbana, que terminó por ajusticiar sumariamente a los cabecillas. Mientras tanto, la gente, decía su madre, buscó protección tras los gruesos muros catalinos en previsión de lo que pudiese suceder. Su mamá era muy joven, casi una niña en aquel entonces, pero claro que se acordaba. Y ésta era la primera vez que María Micaela asistía a aquel horror. También ayudó, cojeando de un lado para otro, a disponer el espacio de los talleres y las habitaciones de las novicias, algunas celdas recién rehabilitadas para acoger a tantos vecinos, a darles algo de comer a los coritos que lloraban exhaustos y hambrientos, unos panecillos y unos cuencos de leche que las refectoleras les alcanzaban con celeridad: pobres pequeños.

Ya hacia el anochecer se adensó una atmósfera cargada de chispas y tensión que se reflejaba en los rostros demacrados, en las manos tensas y en constante disputa por los alimentos, en las discusiones a gritos por cualquier fruslería y que las madres tenían que sofocar pidiendo paciencia y tranquilidad. O a veces, como hacía la madre Antonia de la Resurrección, con gritos expeditivos y amenazas, con el rostro encarnado y sus transparentes ojos como de ciega oscurecidos de pronto por la contrariedad. «A tranquilizarse todo el mundo, se os atenderá en orden, si no hay orden os quedáis fuera», e iba y venía de un lado para otro, preocupada porque seguían acudiendo gentes de todos lados y ya no sabrían dónde albergarlos.

La propia Mencía de Jesús se puso manos a la obra y ayudó, hombro con hombro, a las demás madres a habilitar camastros, sacar cobijas y desempolvar viejos jergones para acondicionar el espacio de los refugiados, que habían ocupado por familias algunas celdas vacías, otras ofrecidas por monjas e incluso legas, después las habitaciones de las novicias, y ya por último se hacinaban en los rincones de las frías plazuelas. Las legas también aparecieron con mantas y comida, dispusieron a sus criadas para que atendieran a los ancianos y a las embarazadas, sobre todo. Sor Patrocinio llevaba con calculada sapiencia su cocina, preparando la comida necesaria para alimentar a tantas bocas, ¡Jesús misericordioso!, exclamaba mirando pensativa aquella muchedumbre aterrada. Donicia y otras dos monjas jóvenes se llevaron a los niños más pequeños a una celda, donde con juegos y canciones los entretuvieron mientras se habilitaban espacios improvisados y cuartos para las familias que seguían viniendo con las malas nuevas. Nadie sabía exactamente nada de lo que iba a pasar salvo que habían llegado noticias de una reciente incursión del ejército independentista. Éste había reunido cerca de mil quinientos hombres bien pertrechados en las inmediaciones de la ciudad. El mariscal Ramírez Orozco, decían, no podría llegar a tiempo para evitar los previsibles saqueos que sufriría una vez más Arequipa, ocupado como estaba en sofocar una última rebelión sangrienta en el Cuzco. Todos, pues, se preparaban para lo peor, y ya se habían levantado barricadas en la entrada de la ciudad a cargo del brigadier Pío Tristán y destacado un regimiento a las órdenes del coronel Agustín Huici para establecer posiciones cerca de Apacheta, pues no querían que les ocurriera como cuando Pumacahua los humilló y despedazó allí mismo menos de dos años atrás. Sin embargo, todos sabían que las fuerzas del general Tristán eran insuficientes y estaban considerablemente mermadas desde que muchos jóvenes arequipeños partieran enrolados en el ejército real del Perú, que libraba pugnaces batallas en el sur y en el Alto Perú, desprotegiendo así a la vulnerable ciudad de Arequipa. Las monjas escuchaban ávidas las noticias frescas que traían los vecinos, aunque a María Micaela todo aquello le parecía que confundía y enajenaba más las cosas, porque eran especulaciones y temores más que datos reales: tan pronto eran mil los hombres que traían los rebeldes para asolar Arequipa como de pronto eran más de diez mil, convocados y alentados por los insurgentes de La Plata, de Charcas y de Chile: en todo caso, preparaban un asalto final, una venganza por las muertes de Mariano Melgar y Mateo Pumacahua en la batalla de Umachiri, fusilado expeditivamente el uno al día siguiente, atrapado a los pocos días y degollado el otro.

Ya bastante tenían en Santa Catalina, pensó María Micaela dirigiéndose a las cocinas para echar una mano, con las muertes de Flor de María y de Ramira de la Concepción, pues no faltó quien, debido a la falta de explicaciones por parte de Mencía de Jesús, dijera que ésta también había sido envenenada. Y la extraña y contrariada actitud de la madre Josefa de la Crucifixión, el otro día, mientras le daba las friegas. ¡Santo Dios! ¿Por qué y sobre todo quiénes podrían haber hecho algo tan espantoso? Aquello resultaba imposible ya de discernir, trastornado el entendimiento de las monjas, separadas entre sí y suspicaces de todo, temerosas, hablando sin parar del Maligno, de la independencia del país y de la Corona española, recobrado el viejo vigor de sus pugnas, ahora al parecer irreconciliadas para siempre. Pues de todas era sabido que tanto Flor de María como Ramira de la Concepción eran dos de las monjas preferidas de la difunta María de los Ángeles, y aunque de la primera apenas decían nada, de la otra se murmuraba que le habían dado algo en la comida, que Mencía de Jesús ya no probaba bocado sino que todo su alimento se lo preparaba sor Grimanesa del Rosario —cosa que ofendió profundamente a la madre Patrocinio, decían— y que estaba empeñada en dar con la o las asesinas. Pero ¿cuál era el motivo de todo ello? Ahí las monjas callaban o se encerraban a cal y canto en un mutismo enfurruñado y avieso, como si fuera evidente la razón, el motivo de aquellos envenenamientos, y sin embargo decirlo en voz alta fuese una especie de claudicación o despropósito. Algo a lo que no estaban dispuestas, como si lo que ocurriera en Santa Catalina, bueno, malo, supremo o maligno, fuera patrimonio propio del cenobio.

María Micaela asistió incrédula a todos aquellos bulos que llegaban a sus oídos aunque quisiera tapárselos, porque era imposible no escuchar un susurro, atrapar una frase, un comentario trufado de malicia o temor. Después de todo, el convento no había sido lo suficientemente grande como en un momento pensó y aquello resultaba opresor, perdida ya para siempre la primera paz que creyó encontrar cuando ingresó al claustro. Hasta antes de la invasión de refugiados, que había trastocado el orden inveterado de Santa Catalina, las legas seguían haciendo su vida aparentemente ajenas a las trifulcas de las monjas, y era cierto que le llegaba por las noches, cuando el insomnio no la dejaba dormir, el tenue rumor de una guitarra, de unas risas que ella se empeñaba en atribuir a su imaginación y no al supuesto libertinaje al que se entregaban aquellas mujeres, perdido todo respeto por una orden que se desmoronaba a ojos vistas.

Todo estaba revuelto desde la muerte de María de los Ángeles y ella seguía esperando impaciente la llegada de Cesare Bocardo o de quien viniera con un mensaje de éste, pero era en vano. Quizá estuviera entre los refugiados, reflexionó, aunque por mucho que ella se acercó, merodeando con disimulo, no fue capaz de discernir quién podría ser. No había allí ningún extranjero ni nadie que a su vez se le acercara, como en los últimos tiempos había llegado a pensar: que su sencilla descripción —«una joven tullida, apoyada en un bastón»— hubiese sido facilitada por la superiora para que fuese el propio Cesare Bocardo el que acudiera a ella. Pero fue inútil. Lo único digno de mención era que apenas un par de días atrás había ingresado una nueva lega al convento, una española, y su dama de compañía, que habían pedido refugio temporal en el monasterio porque aquella señora venía a resolver unos asuntos de herencias y tierras y al parecer era amiga del presbítero Antonio Pereyra y Ruiz, quien intercedió por ella para que entrara al convento.

Aquella aristócrata y su dama se instalaron en la parte de las legas, pero nadie había tenido tiempo de averiguar nada, sobrepasadas como estaban por lo que ocurría en la ciudad. «Mal momento han elegido estas desdichadas para venir», pensó María Micaela entregándose a la devoción de un misterio antes de volver a esa especie de campo de batalla donde las monjas combatían contra la desprotección lastimera de las gentes que habían ocupado los pacíficos claustros del monasterio.

La religiosa que abrió la puerta del convento las miró de arriba abajo con unos extraños ojos que de tan claros le daban aspecto de ciega. El presbítero Pereyra y Ruiz les hizo a ellas un gesto de inteligencia e intercambió con la monja unas pocas palabras: doña Mercedes Aguerrevere y su dama de compañía, doña Rosario Carvajal, dijo, habían solicitado por intermedio del vicario Goyeneche estancia y manutención pagadas en Santa Catalina...

—Estoy al tanto, padre —roncó la monja, y luego se volvió a ellas—. Síganme —ordenó, apenas dándoles tiempo para que se despidieran apresuradas del cura.

Ambas mujeres avanzaron, entre temerosas y fascinadas, por un patiecillo que conducía a un dédalo de callejuelas empinadas y estrechas como las de cualquier pueblito peninsular: era como si de pronto, mágicamente, hubieran regresado a la España distante. Charo tuvo la firme sensación de que volvía a su villa toledana y Mercedes opinó que más bien era como ingresar a una aldea remota de aquellas muchas que atisbaron durante el viaje a Cádiz. En todo caso, el lugar no se parecía en nada a lo que habían imaginado, constataron maravilladas. ¿Aquello era un convento? ¡Pero si se trataba de una verdadera ciudadela! Por doquier eclosionaban geranios, rosas y buganvillas en los ventanucos de las celdas, las paredes estaban pintadas de añil, ocre o bermellón y el rumor de las fuentes apaciguaba el sinuoso trayecto como una dulce promesa de descanso y recogimiento. «Que es lo que nosotras necesitamos», le susurró la Carvajal a Mercedes mientras echaban a andar detrás de la monja. Sin embargo, a los pocos minutos de aquel recogido trayecto, nada más dar vuelta a una calleja, se encontraron con un espectáculo desolador: por aquí y por allá vagaba un tumulto de mujeres con niños en brazos, de ancianos enclenques y hombres mayores con semblante perplejo: aquellas gentes se movían con una docilidad sonámbula entre arcones, bultos de ropa, cuadros, sacos de legumbres, improvisadas tiendas de campaña y colchones. Mercedes y Charo tuvieron la visión irreal de un borrico que aceptaba estoicamente, en medio de aquella minúscula plaza, el tormento de una chiquillería desatada que no atendía el ruego de las monjas ni de las mujeres que amenazaban airadamente con pescozones y manotazos. La monja de los ojos de ciega se volvió a ellas, mientras buscaban sortear el tumulto que se agolpaba ahora en torno a unas hermanas catalinas que traían unos botijos de agua y alimentos variados.

—La guerra causa estos estragos —dijo con acritud—. Y como corre el rumor de un ataque inminente por parte de los rebeldes, mucha gente busca refugio en los conventos. Estos a los que ven aquí llegaron hace dos días.

Aquella batahola de naufragio y sálvese el que pueda les trajo el alma a los pies y les hizo desear un refugio cómodo, silencioso y austero como el que habían soñado en todo ese tiempo encontrar en un monasterio, pues se hallaban ya al límite de sus cada vez más menguadas fuerzas.

—Aquí es —la madre las miró con sus extraños ojos señalándoles una celda espaciosa y con dos habitaciones separadas por un patiecillo interior y una cocina—. Lamentamos la austeridad, señora —dijo dirigiéndose a Mercedes—, pero dadas las condiciones en las que vivimos estoy segura de que no encontrará nada mejor ni más seguro en toda la ciudad.

—Por supuesto, madre —se apresuró a contestar suavemente la joven—. Bastante generosidad demostráis para con nosotras al acogernos en estos tiempos tan revueltos.

La monja la miró un instante, como calibrando el fondo de las frases de la madrileña. Al fin, desarmada por la dulzura de ésta, suspiró:

—Tiene razón, señora, son tiempos revueltos y en mala hora se le ocurrió hacer tan inopinado viaje. En fin, si el vicario ha intercedido y el obispo ha dado su consentimiento, nosotras no tenemos nada que objetar.

Luego de darles algunas indicaciones sobre asuntos domésticos y anunciarles que al día siguiente pondría a una criada a su servicio se marchó, no sin antes sugerirles que podían unirse a las devociones de la comunidad religiosa o prescindir de ello, como era el caso de muchas legas que vivían allí. «La salvación de sus almas ya no es competencia nuestra», dijo recobrando su hosquedad inicial.

Cuando al fin se retiró, ambas mujeres inspeccionaron con detenimiento la que sería de ahora en adelante su vivienda, y que Mercedes había conseguido arrendar por intermedio del presbítero Pereyra y Ruiz, ya al tanto de su viaje por una carta que José Manuel Goyeneche le remitiera poco antes de que ellas emprendieran la travesía, y gracias a los buenos oficios de quien fuera obispo de Arequipa, don Pedro Chávez de la Rosa, a la sazón de regreso a su Cádiz natal con el cargo de vicario de los ejércitos reales.

El presbítero Pereyra y Ruiz resultó ser un hombre joven y de rostro huesudo, cuyos ademanes lánguidos se contradecían con su mirada chispeante y risueña. «Bienvenidos sean, amigos míos», les había dicho con su cantarín acento, nada más recibirlos en las afueras de la ciudad. Cuando se presentó Lasarte ante el presbítero éste quedó momentáneamente desconcertado, pues nada decía acerca de su persona el general Goyeneche en su carta. El señor Gil de los Reyes hizo un gesto de comprensión. «Natural —dijo—. Yo no conozco a ese hidalgo general más que de oídas y sí en cambio he hecho buenas migas con estas jóvenes señoras durante la larga y fatigosa travesía que nos trae por asuntos similares a estas tierras. Viajes así unen mucho y despiertan amistad entre quienes recién se conocen, como ha sido el caso. Sólo le pido ayuda para encontrar un lugar donde tomar alojamiento, porque la ciudad está más agitada de lo que pensé y no tengo donde quedarme».

Recobrado su natural carácter hospitalario, el presbítero dispuso para el señor Gil de los Reyes el hospedaje en la casa de un comerciante alemán que la había dejado en manos del obispado de Arequipa, en la calle del Colegio, cerca de la iglesia de San Francisco. A ellas dos, sin pérdida de tiempo, las condujo al monasterio, muy cerca de allí, pues Arequipa resultó ser una ciudad no muy grande, de casas solemnes y blancas como huesos mondados por el tiempo, de avenidas anchas y edificaciones bajas y umbrías, custodiada —o amenazada— por los tres volcanes que ellas habían visto el día anterior y que desde la tranquilidad de aquel convento el más cercano y visible resultaba una inquietante y donosa estampa. «El confín del mundo», insistió Charo como negándose a creer que estuvieran allí.

—Bueno —dijo de pronto Mercedes después de repasar con minuciosidad la celda limpia, ventilada y llena de coquetos muebles que les habían dejado—. Será cuestión de ponerse manos a la obra.

Pero en su voz había un acento de extravío y súplica que Charo no dejó de percibir y compartir, pues ambas estaban en el mismo punto que cuando partieron meses atrás del lejanísimo Madrid. Se miraron desoladas y súbitamente se echaron la una en los brazos de la otra para llorar un poco y murmurarse un consuelo tan deseado como inútil. Sólo las reconfortaba saber que cerca de ellas estaba el buen Antonio Lasarte, siempre trasmutado en Antonio Gil de los Reyes, señor que volvía al Perú para reclamar unas tierras en las inmediaciones de Arequipa, donde aludió a vagos familiares moquehuanos. Al recordar la soltura y naturalidad con la que Lasarte había encarnado su papel y disipado las dudas del cura insular, las dos mujeres se echaron a reír nerviosas, aliviadas un poco de la tensión vivida. Porque para el presbítero ambas eran exactamente como se presentaron en el convento: una joven aristócrata y su criada —dama de compañía, había exigido Charo— que viajaban al Perú por una cuestión inaplazable de herencias que el vicario Goyeneche, hermano del ilustre general, las ayudaría a resolver.

La celda era amplia, con dos espacios, una cocina y un pequeño patio. Dos ventanucos provistos de cortinajes de seda color cereza y franjas negras y azules dejaban entrar un chorro potente de luz. Un diván y muchos cojines, algunos banquitos de rica tapicería y un nicho ocupado por una delicada consola de mármol donde había floreros llenos de rosas y margaritas y, al lado, un misal forrado en piel. Al fondo de la habitación, dos camas de hierro y en el centro de la pieza contigua una gran mesa cubierta por un rico tapiz azul. Sobre ésta encontraron un azafate de plata con un juego de té inglés y una garrafa de vino de cristal cortado. Todo era delicioso y fresco, limpio y coqueto como la habitación de una dama de alcurnia en España.

Las monjas habían dejado a su disposición cacharros de cocina, chocolate, frutas y algunas infusiones, una libra de manteca y otra de queso, algo de pan de centeno y una jarra de agua fresca. Con todo ello dispusieron un frugal refrigerio para reponerse de las fatigas de aquel viaje interminable. Comieron en silencio, escuchando el bullicioso transitar de aquellos refugiados, pues se alojaban en el sector de las legas, según las había instruido el presbítero tinerfeño para enterarlas aunque fuese someramente de lo que encontrarían. En Santa Catalina, las aleccionó, era frecuente encontrarse con viudas, divorciadas o simplemente con quienes, hartas del siglo, se habían decantado por pasar el resto de su vida en el monasterio. Por eso resultó bastante fácil encontrar acomodo para ellas a cambio de un módico estipendio. «Mientras arregla su merced los asuntos que la traen por aquí, que deben de ser realmente urgentes como para que hayan hecho este viaje solas», agregó con indisimulada curiosidad. Mercedes, con un temple que Charo encontró admirable, fingió una desdeñosa contrariedad aristocrática que hizo sonrojar y murmurar al cura canario unas humildes disculpas por su impertinencia y más bien entregó una carta que Sebastián Goyeneche había enviado desde Lima, pues al momento de su arribo el sacerdote se encontraba preparando su regreso a Arequipa, ya en calidad de vicario.

Y ahora, después de tomar algo de fruta y chocolate, Mercedes se dispuso a leer la carta del cura.

—Qué dice —exigió saber Charo.

—Espera —atajó Mercedes buscando una mejor posición para leer los dos pliegos lacrados.

Y tal como imaginaba, Sebastián Goyeneche estaba perfectamente al tanto del verdadero motivo que las había llevado hasta la lejana Arequipa. Por desgracia, acontecimientos impostergables lo habían obligado a ir a la capital del virreinato, y la situación política demoraba su partida más de lo que en un primer momento pensó. Les rogaba paciencia y tranquilidad. Nada más volver de Lima, explicaba con su letra elegante y llena de requiebros, se pondría en contacto con ellas para ayudarlas y protegerlas en todo cuanto estuviera al alcance de sus manos. Les suplicaba mucha cautela, eso sí, porque como seguramente les habría puesto al tanto ya el presbítero Pereyra y Ruiz, en el convento de Santa Catalina, desde la muerte de la abadesa, estaban sucediendo cosas horribles y sólo atribuibles —en su opinión— a la desesperada intención de quienes querían hacerse con los mismos papeles que a ellas encargáronles encontrar y poner a salvo.

—De manera que las cosas pintan peor de lo que esperábamos —dijo Charo Carvajal como para sí misma.

Nada contestó Mercedes.

En el convento todo volvía —al menos en apariencia— a apaciguarse lentamente, y pese a que la comunidad entera se volcó en acomodar y prestar ayuda a los refugiados mientras esperaban un ataque inminente de las tropas patrióticas, la muerte de Ramira de la Concepción y de Flor de María de Nuestro Señor —sobre todo de esta última— seguía ocupando las conversaciones.

Los días pasaban ajenos a aquella tribulación y la carga de los insurgentes no se producía más que en las mentes afiebradas de los refugiados, que vagaban temblando como almas en pena por el estrecho perímetro donde las catalinas los habían confinado, intentando por todos los medios perseverar en su rutina de rezos, misas y ejercicios espirituales. Una cotidianidad poco a poco resquebrajada por aquel lastimoso ejército de mujeres, niños y ancianos que vegetaba a la espera del ataque sedicioso entre lloros y lamentos. Los roces y peleas, la exasperación, el desasosiego y el malhumor eran moneda frecuente entre éstos durante aquel tiempo. Todos los días llegaban noticias contradictorias sobre las huestes montoneras cuyo acoso inminente les había hecho correr con sus pertenencias hasta el convento. Que el general Ramírez las había vencido, que no, que había intentado atajarlos a ochenta leguas de allí y que el Batallón Fernando VII había quedado diezmado en su intento de detener el avance implacable de las tropas patrióticas, que el virrey había huido y era cuestión de días que los rebeldes tomaran Lima apoyados por el miserable Bolívar... Lo cierto era que, excepto encender la chispa de acaloradas discusiones que se prolongaban hasta el anochecer, nada había ocurrido aún. De manera que a la semana de invadir como una marea sorpresiva Santa Catalina, muchos de ellos liaron sus petates, amarraron sus bultos, empaquetaron sus pertenencias y pastorearon a sus niños para regresar a la ciudad. Otros pocos eran los que entraban recién en esos momentos, los ojos desbordados por el pánico del ataque que, ahora sí —decían—, se iba a producir: ya estaban aquí los malditos, era cuestión de días, quizá de horas... Pero los que se marchaban del convento se encogían de hombros, hastiados al parecer de tanto infundio, envalentonados ahora porque todo resultaba lejano, cuando no abiertamente falso, y planeaban con bravuconadas de pueriles estrategas defender la ciudad con sus vidas, si era necesario, y mostraban los puños.

Así las cosas, Santa Catalina se fue convirtiendo en un constante trasiego de gente que iba y venía, de familiares que traían noticias a sus parientes refugiados en el monasterio, de borricos y caballos a la puerta de la ciudadela para transportar bultos y canastos, de mendigos que se apostaban cerca y extendían sus manos pedigüeñas o querían entrar también al convento, a veces hasta por la fuerza, como una verdadera invasión. Mencía de Jesús había ordenado que se redoblara la vigilancia y que fueran dos y hasta tres las madres que se encargaran del torno de la puerta y de los locutorios. Por lo pronto, Donicia de Cristo era la nueva portera, debido a que la fortaleza de la madre Antonia de la Resurrección se había visto mermada por el frenesí de los últimos acontecimientos y era perentorio darle un descanso a la pobre mujer. Ella misma lo había solicitado a la propia Mencía de Jesús. Pero aun así resultaba difícil contener a la multitud que entraba y salía. Para colmo de males, el obispo Luis Gonzaga había caído enfermo a causa de unas fiebres contraídas al parecer a su paso por el curato de Tío, en Sachaca, y se encontraba débil, postrado en cama, según informó el incansable Pereyra y Ruiz a la priora. Por su parte, el procurador de Santa Catalina, el señor Menaut, había renunciado a su cargo y viajado una semana atrás a Vítor, donde unas tierras suyas habían sido tomadas por las huestes insurgentes. El convento, pues, se encontraba a la deriva, rotas del todo sus amarras con el siglo, del que dependía para sus aspectos más prácticos. María Micaela asistía al lento deterioro del monasterio en medio de aquella invasión de menesterosos para los que ya no había alimento suficiente. Mencía de Jesús iba y venía, reconcentrada e indesmayable durante todo aquel tiempo, como un general procurando que sus soldados no se entreguen a la desesperación de la derrota inminente. Así y todo, pensaba ella, los oficios se seguían llevando a cabo con la misma, idéntica regularidad de siempre: las oraciones, las misas, las procesiones, las colaciones comunales..., aunque todo tenía un aire de improvisación y lejanía porque, apenas encontraban un resquicio, las religiosas volvían una y otra vez al asunto que realmente las preocupaba: la muerte de la madre Flor de María. ¿Quién la había matado? ¿Era obra del propio Satanás? Decían que sí, que la madre había luchado para defender su pureza del ataque lúbrico del diablo, la criada que la encontró afirmaba que toda la celda olía a huevos podridos y que las frescas rosas que Donicia de Cristo le hubiera regalado la tarde anterior estaban marchitas. Y un crucifijo apareció de cabeza en el orinal de la madre. ¡Qué va! Aquello era obra maligna, sí, pero terrenal, de alguna o algunas que temían que se descubrieran ciertos secretos que se guardaban en el convento y que afectarían a algunos de allí afuera. ¿Qué secretos? Y ahí callaban todas. Pero cómo era posible que entre las monjas se hubiera infiltrado una asesina, esto era inequívoca señal del fin de los tiempos, como la maldita guerra. María Micaela se tapaba los oídos, incapaz de creer una palabra de todo aquello y al mismo tiempo temerosa de que fuera verdad, pues a esas alturas nadie creía que la madre Flor de María hubiese muerto de un ataque al corazón, como se empeñaba Mencía de Jesús en decir incansablemente cuando encontraba a las monjas cuchicheando, que no se dejaran confundir por aquellos chismes horribles, hermanas, un poco de sensatez, un poco de contrición, no podían pensar que eran ciertas tales especies, era una barbaridad, le dijo a María Micaela cuando por fin la mandó llamar a su presencia. La joven acudió a donde la priora temblando, demacrada, con el corazón desbocado por el miedo. Pero Mencía de Jesús la tranquilizó desde el principio.

Fue un viernes, después de rezar la corona franciscana y cuando ella ya se alejaba a su celda.

—Hija mía —la llamó la priora con voz dulce desde la puerta del coro bajo—. Me gustaría hablar contigo.

Luego la tomó de un brazo y salieron de la capilla para caminar como dos simples amigas. María Micaela renqueaba un poco más de lo habitual. La priora preguntó amablemente por su cojera.

—No es nada, madre —tembló su voz. Y le explicó que con todos aquellos desórdenes no había podido darse las friegas que le recetara Josefa de la Crucifixión, pero que ésta ya la había aliviado hacía poco con unos ungüentos.

—No descuides eso —dijo Mencía de Jesús—. Nuestro cuerpo también reclama servidumbres que es menester no olvidar.

María Micaela compuso una sonrisa, dijo que ahora que ya no estaba más la madre Ramira de la Concepción podría descansar un poco.

—La madre María de los Ángeles se hubiera sentido orgullosa de ti, de ese amor cristiano que demostraste para con la anciana en sus últimos días. Sabes que nuestra amada priora siempre fue delicada y amable con ella, ¿verdad?

—Sí, lo sé, madre...

Habían llegado al claustro de los Naranjos y se detuvieron allí un momento, como para disfrutar del perfume de los arbolillos y el sosiego de la noche.

—¿No te habló de ella durante el último encuentro que tuvisteis antes de que nuestro Señor la recogiese?

María Micaela hizo un esfuerzo por que su voz sonara firme y despreocupada. Pero sentía la espalda tensa como un arco. No se atrevía a mirar a la priora, que había clavado sus ojos en ella, y temía que el bombeo de su corazón fuese advertido por la religiosa.

—No, madre, no. Sólo me dio buenos consejos y recuerdos para mi familia, en especial para mi mamá. Eran primas, ya sabe.

Mencía de Jesús suspiró mirando ahora al cielo, como si se hubiera desentendido súbitamente de la charla, seducida por el gozoso espectáculo de la obra divina: el cielo colmado de estrellas titilantes, el perfume dulce de los delicados naranjos de aquel rincón conventual.

—Sí, sé que era familiar tuya —dijo al fin—. Y seguro que con esa confianza que hay entre los de la misma sangre te alertaría también de los peligros que a veces se esconden en los lugares más puros, donde el Maligno acecha el menor descuido, la más leve flaqueza para malquistar, engañar y seducir. ¿Verdad que te advirtió, hija mía?

—Sí, sí, madre —dijo María Micaela en un susurro mirando el suelo—. También me advirtió y dio buenos consejos, ya le digo, pero nada más.

Mencía de Jesús le levantó delicadamente la barbilla. Su mirada ahora era oscura.

—¿No te dijo nada... más? Quizá en sus desvaríos de moribunda te confiase algo. Algo importante. Ella creía que la habían envenenado.

Una ráfaga de viento erizó la piel de María Micaela. Hizo un esfuerzo supremo por hablar con naturalidad, pero fue incapaz de enfrentar la mirada severa de la priora. ¿Ésta era una prueba más del Altísimo? ¿Así era como ella debía purgar sus pecados?

—Yo no... No me dijo nada de eso, no —balbuceó al fin—. Por Dios santo, priora, es horrible.

—Estás temblando, criatura —dijo Mencía de Jesús pasándole con suavidad un brazo por los hombros y atrayéndola hacia sí, como quien calma a una niña agobiada por un mal sueño.

—Nada más me dijo —la voz se te iba a quebrar, la madre se iba a dar cuenta de que mentías, insensata—. Le juro que nada más.

Mencía de Jesús volvió a buscarla con la mirada, aunque ahora ésta era nuevamente pacífica y dulce.

—No tienes por qué asustarte, chiquilla. Nadie te obligará a decir nada que no quieras, y menos a confesar lo que te dijo una moribunda en sus últimos momentos. Pero es importante que sepas algo, hija, y que guardes la misma discreción y lealtad a mis palabras como creo que has hecho con las de sor María de los Ángeles: entre nosotras ronda el mal desde hace ya tiempo. La paz de este santo convento se ve amenazada tan seriamente como la de los nuestros allá afuera, donde se matan y se ultrajan por cosas que no deberían importarnos pero que sin embargo lo hacen. Y tenemos que encontrar ese mal y expulsarlo para siempre de entre estas paredes. Piensa, hija, que si algo importante te reveló nuestra amadísima madre en sus horas últimas puede que nos ayude a combatir contra ello. Si así lo consideras, búscame.

A la hora de retirarse, Mencía le puso en las manos un cofrecito de nácar. Antes de que ella pudiera preguntar de qué se trataba, la abadesa explicó:

—Son las cosillas de Ramira de la Concepción. Pensé que te gustaría tenerlas.

Allí, en aquel pequeño cofre, María Micaela encontró un misal, un rosario de marfil, la estampita de san Nicolás de Tolentino que le regalara el obispo fray Miguel de Pamplona a la viejecilla y la dichosa llavecita que en los últimos tiempos la monja llevaba consigo a todas partes.

Por primera vez, María Micaela sintió ganas de llorar por aquella anciana.

La curiosidad que había despertado su llegada a Santa Catalina se había ido apaciguando con el paso de los días, y si al principio fueron visitadas por algunas seglares y por las propias monjas que venían a verlas o a invitarlas a sus celdas para parlotear, preguntarles por España y charlar de todo un poco, al cabo de un tiempo pudieron quedarse a solas, integradas en la vida conventual. Las monjas dedicaban bastante tiempo a sus asuntos personales e iban y venían en grupitos, se visitaban con asiduidad, organizaban reuniones colmadas de bizcochos y guitarras, cuidaban con esmero su apariencia, llevaban un vestido blanco de lana, plisado y fino, muy amplio, y tocaban sus cabezas con un velo carmelita. Siempre parecían vivamente interesadas por la moda, pues observaban sin disimulo y hasta se diría que con secreta envidia los borceguíes de las madrileñas, sus vestidos, mantones y peinetas, sin dudar en tocarlos exclamando arrobadas, como si fueran niñas de sociedad. Muchas realmente lo eran y estaban allí desde pequeñas, con rentas que, según supieron, eran más que generosas. Pero pese a estas frivolidades que Charo y Mercedes encontraron sorprendentes en la vida conventual, las monjas también entregaban gran parte de sus afanes a educar pupilas y dotar a jóvenes casaderas sin medios; daban ropa a los hospitales y proveían de pan y maíz a los pobres que se acercaban diariamente al convento. Muchas de ellas tenían una instrucción bastante mayor de la que las madrileñas habían sospechado en gentes de aquellas tierras, y leían y escuchaban delicadas piezas de Albinoni e incluso Bellini, cuya música había llegado a España apenas unos años atrás...

Tales primeras visitas fueron sin embargo provechosas para que, del enjambre de chismes y cotilleos, ellas pudieran espigar algunos datos que las condujeran a la resolución del enigma que las había llevado hasta allí. Pero al cabo de una semana hubieron de advertir que todo aquello no había servido para gran cosa, y tanto Charo como Mercedes se encontraban aturdidas, incapaces de saber qué otro paso dar más allá de conversar y enterarse de las historias del convento, sobre todo del tema que traía de cabeza a las mujeres de Santa Catalina. La propia Matilde Chambi se persignaba cada vez que mencionaba a la anterior madre superiora, por la que ella —como casi todas las mujeres del cenobio— profesaba una veneración indisimulable. Sobre la noticia que ellas sabían cierta —es decir, que había sido envenenada— corría un caudal poderoso de rumores, a cual más disparatado. Lo mismo ocurría con una de las religiosas fallecidas poco después, de quien también se decía que había sido envenenada. ¿Cómo era posible que tales cosas sucedieran en un convento? Eran vanas habladurías, les dijo suavemente la priora, Mencía de Jesús, cuando una mañana, después de tercia, apareció en la celda para darles la bienvenida, pero la situación en Arequipa y el contacto con el siglo habían disparado la imaginación entre las catalinas más jóvenes. Habría que perdonarlas y rezar por que todo volviera al cauce apacible de siempre, dijo meneando dulcemente la cabeza. La actual abadesa era una monja que rozaba la cincuentena, de ojos como el carbón y naricilla afilada, y cuya suavidad sin embargo parecía esconder un carácter severo y estricto, fraguado probablemente en los momentos difíciles que vivía y había vivido Santa Catalina. Indagó con elegante discreción los motivos de tan inusual visita e insistió en que, siendo recomendadas nada menos que por el exobispo Chávez de la Rosa y el general Goyeneche, ellas eran recibidas en Santa Catalina con el gozo que proporciona saber que les daban cristiana protección en estos tiempos extremadamente difíciles.

—No se les oculta el momento aciago que vivimos en estas tierras ahora convulsas —dijo gravemente en aquella oportunidad Mencía de Jesús—. No obstante, haremos todo lo que esté en nuestra mano para que su estancia aquí, a la espera del vicario Goyeneche, les sea en lo posible agradable y puedan resolver lo que les trae por aquí.

—Le agradecemos, priora, su generosidad —dijo Mercedes, y la monja movió una mano como quitándoles importancia a sus palabras—. Y sólo esperamos que el vicario regrese a Arequipa cuanto antes para que me ayude a solucionar lo que me trae hasta aquí y poder regresar a España tan pronto como sea posible. Es un asunto vital para mí, como comprenderá..., y así se lo dije a mi tío, el general don José Manuel Goyeneche, cuando me puso en contacto con su hermano.

Mercedes se mordió los labios y miró con intensidad a la priora. ¿Sería Mencía de Jesús la clave que les faltaba, el enlace? Porque desde que llegaron al convento estaban seguras de que tenían que contactar con alguien, no de otro modo cobrarían sentido los silogismos. Aquella conclusión a veces tomaba fuerza y otras languidecía en las muchas horas que empleaban especulando acerca de la naturaleza oculta de la carta que las había llevado hasta Arequipa.

De manera que cuando la priora las visitó, Mercedes deslizó no pocas frases que sirvieran de entendimiento e inteligencia entre ellas, e incluso, cuando la monja se despedía, estuvo a punto de confesarle el motivo real por el que estaban allí y sintió cómo trepidaba su pecho con la confesión a punto. Pero Charo la miró significativamente, pues la priora no pareció haberse dado por aludida en ningún momento de aquella entrevista ni había dejado caer el más mínimo comentario que les hiciera a ellas pensar que se trataba de la persona indicada. Más bien a veces parecía meditabunda y distraída, con ganas de terminar su visita meramente protocolar, llamada por las obligaciones del convento, y que sólo su educación disimulaba con sonrisas correctas y amables preguntas triviales.

También fueron algunas otras monjas a visitarlas con dulces y frutas, con rosarios y estampitas, deseosas de que ambas mujeres se encontraran cómodas y que no extrañaran demasiado Madrid, del que preguntaban con revuelo y ansiedad de niñas: cómo era la vida allí, qué comían, pero sobre todo qué música escuchaban, porque las monjitas eran unas verdaderas melómanas. Charlaron, pues, con las religiosas de todo un poco, lo mismo que con las seglares que se acercaron hasta su celda realizaron esporádicas visitas e hicieron todo lo posible por no despertar más interés que el natural en unas circunstancias especiales como las que vivían en Santa Catalina por esos días. También se unieron a los rezos de las horas menores, compartieron mesa y liturgias con las monjas y se ofrecieron a ayudar en lo que pudieran mientras esperaban al vicario Goyeneche, cuyo regreso a Arequipa se iba dilatando, al parecer a causa de la guerra y las muchas obligaciones que lo retenían en Lima. Así al menos se lo explicaron a Mencía de Jesús, luego de que Mercedes recibiera nueva carta de aquél. En realidad, el vicario le preguntaba en aquella segunda misiva si al fin había averiguado algo. El tiempo apremiaba. En sus líneas precisas y ahora sin florituras, Mercedes advirtió impaciencia y un cierto enfado, porque los días pasaban y aquella estancia en el convento parecía haberse estancado en el campo yermo de la inacción.

—Pero al menos nos da un margen para seguir intentando averiguar algo —la consoló Charo cuando Mercedes terminó de leer la carta y se echó a llorar amargamente.

Las semanas transcurrían veloces e inútiles, pues las monjas no querían que ellas movieran un dedo y se escandalizaban teatralmente cuando solicitaron ayudarlas en los bordados, en el cuidado de la huerta o en lo que fuese necesario. No, cómo se les ocurría, que ellas se entregaran a la oración, que se unieran a las pequeñas reuniones que organizaban de vez en cuando y cantaran con alegría para olvidar los sinsabores de esos momentos que, confiaban, pronto pasarían: la guerra era como una amenaza siniestra en el horizonte del convento y todas se afanaban en despejar aquellos nubarrones que habían oscurecido el cielo dulce de Arequipa.

Otro tanto ocurría con las seglares, que pese a la discreción que ellas habían impuesto luego de las visitas iniciales, seguían acudiendo, tenaces, curiosas, ávidas de cotilleo, casi todas las tardes para averiguar si necesitaban algo, pero sobre todo con el indisimulable deseo de saber cuanto pudieran acerca de ellas, del motivo de su visita y el tiempo que pasarían en Arequipa. ¿Estaban bien? ¿Les gustaba la ciudad? ¿Habían podido visitar algo? No, claro, no podían disfrutar ni de un simple paseo por la campiña, era una lástima que hubieran llegado en tales momentos, ¡y qué valerosas habían sido para embarcarse hasta allí solas y sin protección alguna, mamitas! Porque habían venido solas, ¿verdad? Un viaje así, sin nadie al cuidado de ellas... Para Mercedes y Charo era cada vez más difícil contener el alud de preguntas sobre los motivos de aquella estancia y hacían filigranas intentando salir del paso aludiendo a cuestiones de tierras y herencias, pero por fortuna contaban con el vicario Goyeneche para que las ayudara en todo, como generosamente había ofrecido. Esperaban, pues, con ansia que el aplazado viaje de éste desde Lima no se dilatara aún más.

Ellas por su parte también preguntaban, con cautela y disimulo, procurando por todos los medios averiguar lo que pudieran acerca de lo que en verdad ocurría en el convento, pues estaban seguras de que allí encontrarían el hilo de la madeja del que debían tirar con cuidado y esmero hasta dar por fin con la solución. Por las noches se decían que cualquiera de esas monjas, o quizá alguna de las seglares, tenía la respuesta. Más de una tarde debatieron acaloradamente si debían hablar directamente con

Mencía de Jesús, explicarle lo que de verdad ocurría. ¿No coincidían todas, monjas y seglares, en que Mencía de Jesús había sido amiga fiel e inestimable ayuda de la superiora muerta? ¿No explicaban que la actual priora estaba al tanto del envenenamiento de sor María de los Ángeles y por eso había empezado a hacer averiguaciones que mantenían a la orden en vilo? Sí, quizá debían ponerse ya en contacto con la actual superiora y explicarle todo sin omitir detalle. Decidieron que tal vez aquello era lo mejor, ya que hasta el momento no habían logrado encontrar ninguna pista que las ayudara a resolver el enigma que las atormentaba desde que salieran de Madrid. Deberían hablar con Lasarte para saber su opinión y escribir sin pérdida de tiempo a Goyeneche, del que aún no llegaban noticias.

Poco más de una semana después de entrar a Santa Catalina, Charo, so pretexto de avituallarse en las tiendas de la ciudad, fue a visitar a Lasarte para confiarle sus magros avances. Arequipa era fácil de recorrer a causa de su trazado en perfecta cuadrícula y no le fue nada arduo encontrar la calle del Colegio, cerca de la iglesia de San Francisco, donde el generoso presbítero había dado acomodo temporal al señor Gil de los Reyes. Apenas verlo, Charo se lanzó a sus brazos para contarle lo ocurrido hasta el momento.

—¿Por qué has tardado tanto en venir? —rezongó el sevillano, que estaba enfrascado en una solitaria partida de ajedrez—. Pensé que te habías decidido a volverte monja o que éstas te habían secuestrado.

—Más o menos —dijo Charo frunciendo el ceño, algo lejana.

Estaba preocupada porque habían averiguado poca cosa en realidad, y al cabo de todo ese tiempo en el convento Mercedes y ella convinieron que no era prudente aún escribir ninguna carta a Pepe Goyeneche, pues no sólo resultaría desalentador darle cuenta de sus nulos avances sino quizá peligroso, al no encontrar un conducto adecuado para tal propósito. ¿Debían confiar la misiva al presbítero Pereyra y Ruiz, habida cuenta de que éste no estaba al tanto de la real naturaleza de su encomienda en Santa Catalina? No, de ninguna manera. Mejor sería esperar al hermano sacerdote del general peruano, sugirió Lasarte.

Retozaron con fruición de nuevos amantes en aquella primera cita intempestiva, aunque siempre con sigilo y temor, aprovechando la quietud de las horas en que la ciudad era sacudida por el rebato de campanas que llamaba a la oración. Luego del amor, que los mantuvo desnudos y abrazados en la cama, la actriz volvió a decirle lo mismo: que el convento lentamente recobraba la calma y la rutina que al parecer le eran propias a medida que los refugiados volvían a su vida fuera del monasterio, y que la existencia en un monasterio era muy distinta de lo que ellas jamás imaginaron. Al menos en el de Santa Catalina, donde las monjas, las donadas, las seglares y las siervas constituían un verdadero cenobio femenino y vocinglero que alcanzaba su clímax los domingos de mercado, donde todas juntas comerciaban con los escasos productos que la situación en el siglo les permitía adquirir. Era pues una vida austera pero bulliciosa, plena de nervio y actividad, más ahora que se hablaba de otra monja envenenada.

—Naturalmente —le explicó Charo—, nada de esto se comenta en voz alta, pero algunas seglares han pasado a curiosear por la llegada de las «madrileñas» —se puso un dedo coqueto en el pecho— y así es como nos hemos enterado.

La actriz siguió contando: aquellos días resultaban larguísimos y apenas encontraban distracción en las visitas de las monjas o las seglares. Era una rutina bostezable que empezaba muy temprano, cuando aparecía en la celda una india que se presentó como la sirvienta que habían dispuesto las monjas para ayudarlas en lo que fuese menester. Era una mujer de edad enigmática, de larguísimo y oscuro cabello que arreglaba en dos trenzas y cuyos gruesos pies descalzos parecían no advertir las asperezas del suelo. La mujer, de nombre Matilde Chambi, se esmeraba en barrer y limpiar la celda, y luego les preparaba la comida sin dejar de parlotear, muerta de curiosidad por la vida en Madrid, salpicando de palabras extrañas su castellano pulcro, hablando con ese tonito tan divertido que todos tenían en la ciudad y que Lasarte seguro habría notado, parecido al de las gentes de Galicia, ¿verdad?

Después de desayunar, ellas daban una vuelta por el convento y se encontraban con grupitos de monjas que las saludaban con efusión, les regalaban estampitas y luego se iban apresuradas a atender a los refugiados que quedaban. Ellas también acudían a echar una mano en lo que podían, pero a veces no entendían nada: *chascoso* era despeinado, *coro* era niño, *caroso* es rubio. Y a las calabazas les decían *zapallos,* a la mazorca, *choclo* y a las faldas, *polleras.*

—¡Ah! Y usan un pimiento rojo que nos ha hecho saltar las lágrimas de tan picante. Lo echan en todos los platos y es imposible comer así, es una barbaridad.

—Sí, se llama rocoto —Lasarte rio entre dientes—. Prefiero batirme con todos los esbirros de Montenegro que volver a probar esa guindilla del diablo. Ya el presbítero me ha instruido sobre ese condimento y sobre las palabras extrañas que usan aquí. De hecho, está preparando desde hace unos años una *Noticia de Arequipa* donde da cuenta de todo ello...

—Y si vieras cómo van vestidas las seglares —brillaron los ojos de Charo cuando se incorporó a medias en la cama—. Llevan chapines de raso, faldellines de terciopelo con franjas ornamentadas, jubones preciosos, camisas vaporosas y delantales guarnecidos. Pendientes, pulseras, gargantillas y anillos..., ¡un lujo, Lasarte!

Un lujo, sí, pero en verdad todo les resultaba extraño y arisco tanto a ellas como al propio capitán, porque la ciudad, de unas treinta mil almas, según le había informado Pereyra y Ruiz, estaba constituida por un núcleo de terratenientes y aristócratas altivos y no muy cultos que vivían ahora debatiéndose entre la independencia y la sumisión al rey Fernando, por lo que no era difícil que las conversaciones llegaran a las manos por cualquier mínimo motivo, incluso en las propias familias, que eran numerosas y gregarias y se comportaban como verdaderos clanes. Lo mismo ocurría al parecer en el propio convento, observó Charo, donde las monjas andaban con el asunto de la independencia de aquí para allá. Y entre las legas, ni que decir tenía. A ellas al principio algunas las miraban con cierta desconfianza, como si fueran espías del mismísimo Fernando. Aunque poco a poco las habían ido admitiendo en la comunidad...

—Pero de lo que significan esos dichosos silogismos, nada de nada —insistió Charo al capitán de guardias desde el revoltijo de sábanas donde ahora descansaban.

Después le refirió el último encuentro que habían tenido con la superiora, Mencía de Jesús, y le habló acerca de la decisión que habían tomado de tal reunión: explicarle a la monja el verdadero motivo de su visita. Quizá eso era lo que debían hacer, quizá...

Lasarte hizo un gesto ambiguo: que esperaran un poco, era menester que tuvieran paciencia. Y luego le contó que por su parte había entrado en contacto con algunos hombres de allí insistiendo vagamente en la versión ofrecida al presbítero Pereyra y Ruiz nada más llegar: un español que venía reclamado por unas tierras al sur de la ciudad que ahora pertenecían a su familia. Pero como Arequipa se encontraba alborotada por la guerra e invadida de extranjeros, en su mayoría soldados de fortuna y comerciantes que aprovechaban la situación para enriquecerse rápida y abusivamente, nadie le había prestado demasiada atención, ocupados como estaban en asuntos más perentorios y vitales. Pese a ello, y como la costumbre del lugar era la obligada visita al forastero, Lasarte —o mejor dicho, el señor Gil de los Reyes— tuvo oportunidad de conocer a algunos de los notables de la ciudad, muchos de ellos con estudios de Derecho y Teología, con un nivel más que aceptable de francés. Y gran curiosidad por saber lo que ocurría realmente en la Península desde que había vuelto Fernando al trono. Él había tenido que hacer verdaderas filigranas para no decantarse por ningún bando, pues tan pronto fue visitado por los fernandinos como por los independentistas. Ambos grupos tenían razones para recelar del señor Gil de los Reyes y la situación le resultaba terriblemente incómoda y ya insostenible. Lasarte prefería evitar las visitas y salir a dar paseos por las anchas calles cortadas en ángulos rectos, o bien por la plaza principal, en uno de cuyos extremos había multitud de puestos de comidas y en el otro se vendían productos de procedencia europea, como seguro Charo ya había podido observar. Era tal el bullicio de vendedores, de peleas de gallos y gritos, que aturdía y ofuscaba a cualquiera. Como sorprendía la cantidad de iglesias y conventos para una ciudad de esas dimensiones, y como también desconcertaba la comida contundente, el clima extremadamente seco que irritaba la nariz y resecaba la piel, la altitud del valle, que mareaba al europeo recién llegado tal si estuviera en los montes helvéticos, y sobre todo la mezcolanza de razas, que se diría una verdadera babel de colores. Había españoles y otros europeos, mestizos o cholos, como se les llamaba allí, negros e indios, y las más llamativas mezclas de aquéllos..., pero todo esto servía más como excusa que como distracción al capitán sevillano, según le confesó a Charo en aquella visita clandestina.

Ahora se rumoreaba que desde el Cuzco empezaba a prepararse un verdadero asalto a Arequipa para proclamar la independencia, y todos andaban lo suficientemente preocupados como para desentenderse del señor Gil de los Reyes.

—Por el momento, mejor así —dijo Lasarte cruzándose los brazos a modo de almohada—. Mejor pasar desapercibido.

Y es que los arequipeños, de natural amable, ahora evitaban en lo posible entablar contacto con los foráneos, a quienes veían con sordo rencor y desconfianza, le había explicado el presbítero Pereyra y Ruiz, que pasaba de vez en cuando a visitarlo para preguntar por sus asuntos y enterarse de paso de lo que ocurría en el lejano reino, liberado ya de los franceses. El presbítero no sólo era un aceptable jugador de ajedrez sino también un buen conversador que lo había puesto rápidamente al tanto de lo que se cocía en aquella ciudad.

De todas maneras, las visitas del cura eran muy cortas debido a sus obligaciones, y a cada momento eran interrumpidas por las llamadas a misa y oraciones en que Arequipa vivía sumida.

—Esta gente es en apariencia más devota que en el mismísimo Madrid, pero sólo en apariencia. Aquí hay unas tabernas donde se bebe un aguardiente feroz y una cerveza de maíz que te embota los sentidos, Charito —explicó Lasarte—. Y están llenas todo el día: allí encuentras furcias y embusteros, menestrales, soldados y poetas, teólogos y hasta señores de linaje.

—¿Y quién te manda a ti meterte en esos sitios?

—Yo también estoy intentando hacer mis averiguaciones, Charo, ya te lo dije...

Sí, también para él las sutiles pesquisas habían sido vanas, afirmó desalentado. Pero ahora debía partir a Lima y quizá ahí, dijo bebiendo un sorbo de agua, algo más pudiera saber. Charo saltó como un gato en la cama y se volvió hacia el capitán con una expresión de angustia en los ojos.

—¿Cómo que te vas a Lima?

El sevillano se incorporó con un movimiento brusco y caminó desnudo por la habitación, buscando ahora el porrón de vino que el presbítero había tenido la gentileza de llevarle. «Sabías que esto iba a ocurrir, Lasarte», pensó. Bebió un sorbo largo de aquel caldo potente de espaldas a ella y luego se puso los calzones. Charo esperaba una respuesta y se había cubierto los pechos con ese pudor extemporáneo que tanto conmovía al sevillano. Sus ojazos hermosos brillaban. El capitán pensó que había llegado el momento de contarle todo. Le alcanzó el vino y ella bebió un trago mirando el semblante demacrado y circunspecto de Lasarte, y supo con una intensidad fiera y lúcida que desde que se lo encontraran en la Santa Margarita había estado esperando ese momento: que le confesara que no estaba allí por casualidad. Ni simplemente para cuidar de ellas.

—Has de saber —dijo al fin Lasarte con el semblante cincelado por la preocupación— que al escapar de aquel ominoso ataque en tu casa pude salvar la vida gracias a que mi fiel Indalecio tuvo la precaución de desobedecer mis órdenes y acudir a esperarme. Algo le olía mal al viejo zorro, quizá. La cosa es que fue providencial ver mi carruaje esperándome a la espalda de la calle de la Reina. Trepé a él pensando si lo que hacía estaba bien, si no debería volver a salvar a Carlos: consternado por la horrible estocada que había recibido mi amigo y que, muy dentro de mí, me hacía pensar que no había sobrevivido. Aun así hice ademán de regresar. «Ni lo sueñe», gruñó Indalecio obligando a correr a los caballos con furia. Me llevé la diestra al costado, donde sentía una viscosa humedad, y mi mano se llenó de sangre, pero no sentía dolor alguno: la herida la vi en los ojos de Indalecio.

»Hubiera sido una locura volver a mi casa. Aquellos esbirros de los que aún no sabía por quién habían sido enviados podían estar ya de camino hacia allí. Sin pérdida de tiempo le indiqué a Indalecio que me llevara rápidamente a un lugar seguro, donde algunos amigos me atenderían y procurarían ponerme a salvo. "¿Adónde, don Antonio?" En ese momento no atinaba a pensar, mareado por la pérdida de sangre. "A la calle Leganitos, a casa de Baltasar Gutiérrez." "¿El barbero?", preguntó Indalecio con incredulidad, como si yo me hubiese vuelto loco. "Ese mismo." Y hacia allí partimos. Nada más llegar, Gutiérrez miró mi herida con preocupación y envió a uno de sus hijos en busca de Riego. Luego me practicó las primeras curas, mientras esperábamos al asturiano, que no tardó en llegar. Traía el semblante sombrío y en pocas palabras, las que me permitía mi mal estado, le expliqué lo ocurrido: las notas recibidas, la emboscada, el ataque, la muerte más que probable del infortunado Carlos de Queralt. Descuida, Charo, que me guardé mucho de contarle nada sobre ti. Riego se llevó un cigarro a los labios. Temblaba cuando intentó encenderlo con una pavesa que le alcanzó Gutiérrez. Estaba más pálido que yo. "Detrás de esto está la mano del duque de Montenegro y esos miserables que se reúnen en casa de su padre, el conde de Sabiote", dijo. Ya amanecía cuando el asturiano se marchó para conferenciar con los otros, según me dijo, para decidir qué hacer, pues la situación había virado como una racha de mala suerte. Porque lo peor de todo aquello era que ponía en peligro la operación que algunos pensábamos llevar a cabo: acabar con Fernando.

Charo se llevó una mano a la boca. Pero no se atrevió a reclamar ni decir una palabra, porque demasiado bien sabía que eso era escarbar en una herida aún no cerrada del todo. Pues si bien ella, cuando se vieron en la goleta que los llevó a América, se arrojó a sus pies a la primera oportunidad que tuvieron para estar a solas implorándole perdón y confesando su arrepentimiento, Lasarte a veces la miraba con la misma furia helada con la que la miraba ahora, mientras iba contando.

—Sí, Charito, varios leales españoles planeábamos desde hacía tiempo aprovechar un paseo por el camino real o, mejor aún, una de esas lujuriosas incursiones nocturnas que hace Fernando junto con Collado y el duque de Alagón a donde Pepa la Malagueña para secuestrarlo y obligarlo a reconocer la Constitución que traicioneramente había abolido. Y si no aceptaba, lo mataríamos. Teníamos un plan perfecto que con probabilidad se haya malogrado a causa de mi torpeza... y tu colaboración.

Al oír esto, Charo se cubrió el rostro con dos manos desesperadas para contener un gemido. Quiso decir algo, pero Lasarte seguía ensimismado en su narración.

Cuando supieron a Queralt muerto a manos de los esbirros de Montenegro y vieron herido al capitán, Riego y el valenciano Vicente Ramón Richart pensaron que era necesario frenar aquella conspiración por todos los medios, posponerla mientras se calmaban las aguas. El problema era que resultaba difícil ya detenerla...

Charo lo miró sin comprender y Lasarte hizo un gesto de impaciencia. Luego continuó contando:

—Sí, sería difícil detenerla porque el secuestro estaba ideado de tal manera que cada uno de los involucrados garantizara su seguridad y la de los demás. Para ello cada conjurado debía buscar, convencer y entrar en tratos con otros dos, y éstos, con otros dos y así sucesivamente, confiando todos en que los demás se hallaban en su misma situación de desconocimiento de la cadena al completo, ¿entiendes? Esa cadena salvaguardaba el secreto, pero resultaba imprescindible que los que estaban en la cúspide de aquel triángulo pudieran actuar con celeridad y eficacia. Sólo nosotros cuatro, Riego, Richart, Queralt y yo mismo estábamos al tanto de todo.

Por lo pronto, Queralt estaba muerto y nadie, lógicamente, sabía quiénes eran los dos hombres reclutados por él. Todo el complot y la vida de ellos mismos corrían peligro.

Después de ocultar y curar a Lasarte —era una herida superficial y limpia, felizmente— lo enviaron sin demora a Cádiz, donde estaría protegido mientras ellos intentaban detener el plan, reorganizarlo a como diera lugar. Una semana después, con aquella herida ya casi del todo sana, Lasarte partió a Cádiz, donde los hermanos de la logia le dieron un nuevo y vital encargo.

—Que es lo que en verdad te ha traído aquí, y no nosotras —la voz de Charo estaba llena de hiel cuando interrumpió el relato del capitán.

—No seas injusta conmigo. Tienes que comprender que hay en juego mucho más de lo que tú crees... Déjame que te lo explique, así como yo permití que tú me explicaras tu deplorable conducta cuando me vendiste.

Charo comprendió que era mejor no seguir por ahí. Pero también que el amor entre ella y el capitán estaba en peligro. Tuvo ganas de llorar, de escapar de allí. Y sintió cómo su corazón se iba endureciendo mientras escuchaba a ese desconocido que ahora le hablaba con vehemencia.

—Si las cosas no fallan, en pocos meses, julio o agosto a más tardar, arribará al puerto del Callao un convoy con la fragata Venganza al frente y los buques Aurora Vélez y Mejicano. Viene al mando el mariscal José de la Serna, que se pondrá a la cabeza del ejército para luchar contra los insurgentes.

—Otro fernandino... ¿También conspirarás contra él?

—No, de ninguna manera —dijo Lasarte con furia—: De la Serna es un patriota liberal que sabe cómo están las cosas en esta América soliviantada. Vienen con él otros bravos cuyos nombres me es imposible revelar y, aún más, cuya identidad debo mantener en absoluto secreto. Son valientes militares que han luchado contra Napoleón pero que no quieren el reinado de Fernando. Pertenecen a varias logias, entre ellas la de Cádiz. Y pretenden establecer relación con la logia de Lima para convencerlos de que esta lucha fratricida sólo traerá más dolor y más desgracia a un lado y otro del Atlántico. Y a mí me dieron el encargo de entrar en contacto primero, advertirles, explicarles de qué se trata, antes de que los tomen como los enemigos que no son. Debemos detener las batallas que sólo causan una sangría tremenda, Charo. No será fácil porque, como habrás visto, en esta América extraña hay monárquicos más exaltados que en el mismísimo Madrid: están cavando su propia tumba con esa defensa insensata de un rey vanidoso, traidor y desleal para con los suyos. Y debemos luchar juntos por el mismo ideal de libertad, ¿lo entiendes? Terrible momento el que nos ha tocado vivir, Charito.

En los labios de Charo Carvajal se formó un rictus de hastío. ¿Para esto había venido hasta el fin del mundo Lasarte? ¿Por unos ideales? ¿No por ella, como en principio pensó? Qué ingenua habías sido al creer en el amor del sevillano, Carvajal: sólo te había utilizado como excusa, igual que hizo antes el duque de Montenegro, otro infame. Lo mismo, pensó endurecida ya del todo, que había hecho el general Goyeneche: quién sabía qué se jugaba éste como para poner en peligro y sin remordimiento la vida de su sobrina.

Lasarte se acercó a ella como si adivinara sus pensamientos y deslizó ambas manos por los hombros femeninos, fingiendo no sentir la tirantez de sus músculos. Luego acercó sus labios al cuello de la actriz y habló con un susurro débil:

—Déjame que termine de contarte la historia, por si ello cambia en algo la horrible imagen que te estás haciendo de mí... Estuve unas semanas oculto en Cádiz, reponiéndome y esperando a que zarpara el barco que me traería hasta aquí con el valioso encargo. Riego y los hermanos de Cádiz habían conseguido, moviendo cielo y tierra, papeles para viajar con otra identidad cuanto antes. Y a los pocos días de embarcar en la Venus con rumbo al Callao me enteré de que vosotras dos habíais partido de Madrid, de que Pepe os enviaba aquí para recuperar algo, algo que hasta ahora no sabemos... pero que parece realmente importante.

»Y cuando lo supe, cuando supe que partiríais solas, confiadas, ajenas a los peligros de un viaje como ése, decidí no embarcar en la nave que habían destinado para mí y mi encomienda y esperar a zarpar en la goleta que os traería hasta la América. No fue fácil, tuve que convencer a mucha gente, entre ellos al capitán Urmeneta. Como comprenderás, al enterarse de ese súbito cambio de planes motivado por una decisión tan personal, todos los que habían depositado su confianza en mí pensaron que los traicionaba movido por lo que supusieron una simple frivolidad. Algunos me tildaron de cobarde, de que aquello tan sólo era una excusa para declinar mi responsabilidad.

Charo volvió su rostro hacia Lasarte. Tenía la cabeza llena de confusión y los ojos, de lágrimas. No sabía ya qué pensar de las palabras del sevillano, que se había acercado a la mesa para servirse más vino. El tañido de las campanas volvió a retumbar en la fresca habitación.

—Todo este tiempo he sido devorado por los remordimientos —por primera vez su voz sonaba rota—. No sé si he puesto nuevamente en peligro a más gente con esta decisión, Charo, no sé si todavía estoy a tiempo de avisar a los hermanos de Lima. En estos momentos soy para los míos un apestado. Pero jamás os hubiese dejado marchar solas a vosotras. Y mucho menos a ti, a quien quiero con todo mi corazón. Ahora tú decides, porque tengo algo que proponerte. Es importante que me escuches con atención.

Más de una vez estuvo María Micaela tentada a ir donde Mencía de Jesús para contarle lo que le había dicho la finada madre superiora y que en realidad se reducía a un simple nombre. Quizá, pensaba por las noches, cuando el desvelo apenas si le dejaba conciliar el sueño, sólo fuera un desvarío que la pobre mujer había formulado ya sumergida en los momentos últimos de su agonía, confundiendo el mensaje que había tenido intención de darle con ese nombre extraído probablemente de las catacumbas de su recuerdo. Porque al cabo de todo ese interminable tiempo de esperar con ansia —hasta el punto de creer enloquecer— la llegada del tal Cesare Bocardo, o de un emisario suyo, o de al menos una señal, nada había conseguido y el secreto le quemaba ya de una manera insoportable. No había transcurrido ni una semana desde que Mencía de Jesús le preguntara abiertamente por el mensaje que le había dado sor María de los Ángeles, y desde entonces María Micaela apenas comía ya, para preocupación de Juanita, que le llevaba los alimentos a la celda, y a duras penas se unía a la rutina de la oración del convento. Tenía que hacer un esfuerzo supremo para atender la chisporroteante charla de Donicia, que había vuelto a buscar su compañía, pese a que ahora se ocupaba de la portería y su tiempo entre las rosas escaseaba. Aunque en sus habituales comentarios llenos de alegría y despreocupación no dejaba de deslizar frases y especulaciones sobre las recientes muertes de Flor de María y Ramira de la Concepción, por quienes se habían celebrado misas y cadenas de oración. Tomaba a María Micaela del brazo después del almuerzo y salían a dar una vuelta. E invariablemente le preguntaba por los últimos momentos de la madre Ramira. María Micaela contestaba lo ya sabido: que la viejita había sido difícil y parecía haberse puesto como principal propósito hacérselo notar a ella, pero que lo aceptó con gusto, como un sacrificio a nuestro Señor. Después Donicia iba dando vueltas lentas en torno al tema y finalmente se lanzaba a hablar de lo que en realidad había ocurrido: todas en el convento estaban convencidas de que la misma mano que había acabado con la superiora lo había hecho con la monja enfermera, pues ésta había sido una leal servidora de la priora.

—¿Y por qué entonces no ha ocurrido con Josefa de la Crucifixión, con Francisca del Tránsito o con la propia Mencía de Jesús? —preguntaba suspicaz María Micaela.

—Porque ellas ya están en guardia, mamita, y por mucho que se empeñen en negar lo sucedido, todas aquí sabemos qué es lo que pasa. Y si el siglo no estuviera tan encrespado por lo que ocurre, seguro ya el obispo habría tomado cartas...

¿Y cuál era el motivo para que algo tan espantoso sucediera? Para Donicia de Cristo aquello no estaba claro, pero se decía que alguien buscaba apoderarse de un secreto que se escondía en el convento desde tiempos inmemoriales... ¿Ella qué pensaba? ¿No le había dicho algo así la superiora antes de entregar su alma? María Micaela en otro momento habría atribuido aquella especie al carácter soñador y febril, siempre inclinado a la fantasía, que había demostrado Donicia de Cristo desde que la conociera. Pero en esta ocasión no tenía ganas de reír pensando en que se trataba de una fábula más. Muy al contrario, se sentía realmente en peligro, pues de existir aquel secreto era casi seguro que tuviera que ver con ella y con el nombre que le confió sor María de los Ángeles poco antes de morir. Y ni siquiera podía acercarse a Francisca del Tránsito o a la madre Patrocinio en busca de consuelo, porque seguramente la reprenderían con acritud: ¿cómo era posible que ella también cayera en el juego vulgar del cotilleo y la maledicencia? ¡Ya podía ver sus caras enfurruñadas! De hecho, las pocas veces que habló con la monja cocinera ésta se mostraba ensimismada y distante, y aunque aquello cayó como aceite hirviendo en el alma de María Micaela se dijo que era natural, que sor Patrocinio se encontraba demasiado dolida porque ya no se encargaba de la alimentación de Mencía de Jesús, y sus ojos enrojecidos constantemente daban cuenta de aquella situación de menosprecio y humillación. ¿Cómo podía la actual superiora del convento tratar así a sor Patrocinio, si era una de las monjas más buenas y generosas que María Micaela hubiera conocido jamás? Lo mismo parecían pensar otras religiosas, porque las murmuraciones eran diarias y resultaba más que notoria la incomodidad entre todas ellas. La pobre madre Patrocinio apenas tendría tiempo pues para ofrecerle el consuelo y el bienestar de otras veces, se dijo, y ella debería más bien intentar ser el bálsamo que aliviara sus heridas. ¡Ah, María Micaela! Siempre pensando en ti y en tus mínimos dolores e incomodidades, en tus mezquinos tormentos llenos de frivolidad, se reprendió con amargura. Pero no sabía qué consuelo podía ella ofrecer ni cómo acercarse a la madre Patrocinio, cuyos esfuerzos en la cocina, por si todo ello fuera poco, se veían desbordados por la escasez, que se agravaba a diario, por las invasiones de refugiados y por el desorden que vivía el convento: las colaciones eran magras, apenas cazuelas y salazones, de vez en cuando y si había suerte caían en los platos un poco de carnero y algunas verduras hervidas. Los diezmos habían menguado, los campos de alfalfa y trigo arrendados por las monjas no daban réditos a causa del descuido propiciado por la guerra y, sin el procurador Menaut y con el obispo aún enfermo, no eran capaces de atender sus necesidades con la largueza de antaño. Algunas de las celdas más antiguas necesitaban mantenimiento y mostraban grietas, pero no había dinero para traer a los albañiles. Aquella situación parecía haber tocado fondo y las cartas de sus padres daban cuenta de que la misma agobiante atmósfera se respiraba afuera.

Sin embargo, una mañana las campanas de Santa Catalina repicaron enloquecidas sobresaltando a todas con su tañido aturdidor y prolongado. ¿Qué ocurría?, ¿qué pasaba, Virgen santísima?, las monjas se alborotaron sin encontrar respuesta, aunque casi todas la temían. Veloz como el ataque de un áspid, en el transcurso de la mañana les llegó la noticia que nuevamente haría estremecer a toda la ciudad: se preparaba un feroz ataque de los insurgentes, que se encontraban a pocas leguas de la ciudad. Un emisario del brigadier don Pío Tristán había galopado toda la noche sorteando peligros sin fin para avisar a los notables. Entonces esta vez era cierto, ya que el propio Tristán mandaba advertir a la gente que huyera al campo o que se refugiara en los conventos a toda prisa. ¿Qué había ocurrido? Que el Batallón Fernando VII, al mando del comandante Francisco Aguilera —héroe en Vilcapugio y Ayohuma—, había sido sorprendido rumbo a Zepita por un ataque artero de los insurgentes y había quedado despedazado en la emboscada, y un regimiento de granaderos a caballo acampado cerca de Arequipa había acudido a todo galope en su apoyo. Lo peor era que aquella acción intempestiva dejaba desguarnecida la ciudad por el noreste, uno de los pasos más vulnerables hacia Arequipa. El Batallón Vanguardia, que venía desde el sur, no tendría tiempo de interceptar a las tropas independentistas, al mando de Vicente Camargo, de la Republiqueta de Cinti, que a estas horas seguramente sorteaban el paso de Quiscaña. ¡Pero aquello no era posible! ¡Si Camargo había avanzado desde el Alto Perú hasta las puertas de Arequipa era que todo estaba perdido!, se lamentaban los hombres en medio de carreras, de bultos, de estampidas de mulas y caballos que casi matan a una mujer embarazada cerca de la iglesia de

Santa Marta, le contó a ella Juanita, tan asustada la pobre
que los dientes le castañeteaban como si muriese de frío,
¿qué iban a hacer, mamay? María Micaela consoló y calmó
a la niña, quien al cabo le dijo que sus padres se encontraban desde hacía días en la hacienda que tenían en Camaná, chacras prósperas y valiosas que era pues menester cuidar de los pérfidos asaltos insurgentes, como ya le había
dicho en otras ocasiones su padre.

Todo aquello armó una confusión mayor de la que
hasta el momento hubiera presenciado María Micaela, y
poco antes de tercia les fue llegando una suerte de clamor
bronco que se iba acercando a las puertas del convento. Se
trataba de una multitud de mujeres con sus niños, de ancianos que apenas podían caminar, de señores a los que el
aviso súbito les había impedido preparar la defensa o simplemente restado el ánimo de enfrentarse a los alzados en
inferioridad numérica evidente. De manera que allí todos
pugnaban por entrar al convento de Santa Catalina, del
mismo modo, al parecer, que al de Santa Marta y al de
Santa Teresa, al de San Agustín y al de La Merced. Pasada escasa media hora del toque a rebato de las campanas
de Santa Catalina, ya eran cientos de personas las que buscaban entre llantos y alaridos de horror un lugar donde refugiarse. Las monjas acudieron otra vez a la desesperada
solicitud de auxilio, abandonando los oficios, las labores
de la huerta y demás trabajos: todas, monjas de velo negro
y de velo blanco, donadas, esclavas y hasta seglares, se prepa-
raron nuevamente para ofrecer refugio a aquellos desdichados, entre los que ahora se contaban ya no sólo ancianos, niños y mujeres como la otra vez, sino muchos copetudos y
aun extranjeros poco deseosos de enfrentarse en una batalla a todas luces desigual. A eso de las nueve de la mañana
Arequipa parecía una ciudad fantasma, decían las criadas
que regresaban a toda carrera buscando refugio en el convento. María Micaela se acomodó una mantilla y cruzó el
monasterio tan rápido como su pierna mala le permitía,

embargada por una repentina idea. Era una apuesta absolutamente desesperada, pero ya no le quedaba nada más
que perder: que fuera lo que el Señor quisiera, se dijo persignándose. Al doblar por la calle que llevaba a la puerta
de Santa Catalina ya le llegaban las voces de los refugiados, del tumulto que entraba sin poder ser contenido por
las monjas. ¿Estaría él entre ellos?

No tuvo tiempo ni ánimos Charo de contarle a Mercedes los cauces por donde había discurrido, desapacible, la charla con Lasarte. Esa tarde, después de su encuentro, de regreso a Santa Catalina, caminando atontada a raíz de la proposición de su amante, escuchando el repique largo de las campanas que llamaban a misa, enrumbó por las calles de la ciudad con las lágrimas saltándosele de los ojos y un dolor en el pecho como nunca había tenido. Los hombres, tan egoístas, tan falsos, se decía, incapaz de pensar en nada más, náufraga de una confusión dolorosa. Mercedes la esperaba impaciente en la puerta de la celda que compartían.

—¿Qué opina él, qué dice? —le preguntó a bocajarro, y Charo pasó de largo hacia la sombría cocina envuelta en su mantilla, tratando de ocultar el rostro.

Hasta allí la persiguió Mercedes, y al verla trastear dándole la espalda refrenó su curiosidad pensando que seguramente aquellos dos habían tenido una riña de amantes.

—Tengo jaqueca, Mercedes —dijo al fin Charo, siempre de espaldas y con la voz turbia—. Si quieres conversamos más tarde. Pero creo que somos nosotras las que debemos decidir si hablamos con la superiora o no. Ése no sabe nada. Poca ayuda, la de Lasarte.

Había desengaño en la voz de Charo y Mercedes se mordió los labios, porque además pensaba lo mismo: poca ayuda la de Antonio y poca ayuda de nadie, en realidad. Charo pasó como un fantasma por delante de ella, corrió con violencia las cortinillas azules para evitar la luz y se tumbó de cara a la pared.

Mercedes la contempló un momento sin decidirse a exigirle una explicación, que bastaba ya de chiquilladas, pero conociendo cómo se las gastaba la Carvajal, prefirió salir a despejarse un poco. Pronto las campanas repicarían con su tañido intenso llamando a la última comida comunitaria. Por eso aquél era un momento esperado por Mercedes para deambular intentando hallar el sosiego y la solución a esa calma chicha que vivían, sin saber qué hacer, aguardando a que Charo se sintiera mejor para poder hablar, se dijo dirigiéndose hacia un patio recoleto y de lujoso suelo ajedrezado por donde le gustaba de vez en cuando pasear. Allí en alguna ocasión había tropezado con una joven que, apoyada en un bastón, cojeaba buscando el refugio de esas mismas horas apagadas. No llevaba hábito, pero iba vestida con austeridad. Parecía un pajarito, la pobre tullida, había pensado Mercedes la primera vez que la vio, y algo en su rostro fino y grave, en sus ojos llenos de una angustia potente la contuvo de acercarse a darle charla. Y allí la vio en aquella ocasión, mientras esperaba a hablar con la Carvajal. La chica le sonrió fugazmente pero luego bajó la vista y se escabulló sin decir palabra, apresurada y cojeando. De todos modos, Mercedes tampoco tenía ganas de conversar, y menos en aquellos momentos. De manera que, después de pasear otro rato y entregarse a la oración, esperó contando los minutos para regresar a su celda y ver si Charo ya se encontraba repuesta de su contrariedad y por fin le decía qué opinaba Lasarte, el único apoyo que tenían.

Ella hubiera querido ir personalmente a encontrarlo, pero dos razones se lo impedían: el sentirse un estorbo para la intimidad de amantes que su amigo y la artista con toda seguridad buscarían, y que no tenía ninguna excusa para salir de Santa Catalina —sin levantar sospechas— a caminar por una ciudad en la que se suponía no conocía a nadie. En cambio Charo, como criada o dama de compañía suya, no tenía ese impedimento, podía ir a comprar algo para su señora: un perfume, unas varas de tela, hilo para bordar, cualquier antojo o apetencia. Y así lo habían convenido, aunque ello no había disminuido un ápice la ansiedad con que Mercedes estuvo esperando el regreso de la actriz. Y ahora ésta se encerraba en un mutismo lleno de lágrimas que no podía disimular.

Al volver a la celda, con la primera oscuridad en el cielo, encontró a Charo algo más recompuesta. De todos modos, tenía un rictus extraño en los labios cuando la recibió. La criada Matilde Chambi había pasado por allí para ver si necesitaban algo y les había traído esto, dijo la actriz mostrando una botella de cristal donde brillaba el aguardiente. Pero no era orujo, como había pensado, sino un alcohol que pese a su delicado aroma a uva le arrancó lágrimas y la hizo toser al primer sorbo. «Pisco», asintió Charo haciendo bailotear la botella frente a sus ojos, pues ella ya lo había catado en casa de Goyeneche. Y tomando una segunda copita de un solo trago, le contó a Mercedes a grandes rasgos su conversación con Lasarte. Pero en contra de lo que había supuesto, Mercedes no se echó a llorar ni a maldecir al capitán. Más bien la abrazó y la consoló diciéndole que, de todas maneras y pese a sus obligaciones, Lasarte había emprendido el viaje con ellas y las había cuidado. No había pues que guardarle rencor. Mañana mismo hablarían con la priora y le explicarían todo. E insistió, al ver el resquemor dibujado en el rostro de la actriz, en que no fuera rencorosa con el sevillano, que bebía los vientos por ella.

Quizá decía todo aquello, coligió Charo con amargura cuando al fin decidieron irse a dormir, porque ella se había guardado de contarle que Lasarte le había propuesto que lo acompañara en su viaje a Lima. «¿Cómo que a Lima?», había dicho la artista zafándose del brazo del hombre pero temblando de emoción. ¿No era acaso lo que habías pensado en algún momento, al huir de España, Charito? ¿No era eso mejor que volver a lo que te esperaba en Madrid? ¿No era una prueba de que Lasarte te quería?

Aun así no se dejó convencer, pese a que el sevillano prometió mil dulzuras, rogó como un niño e intentó persuadir como sólo un hombre sabía hacerlo. Pero ella no pensaba más que en Mercedes: ¿Y dejarla en Arequipa sola, insensato? Estaría bien cuidada por la familia de Goyeneche, adujo Lasarte buscando una y otra vez sus labios, pronto llegaría el vicario a rescatarla. Era hombre poderoso. Nada le ocurriría y ellos podrían hacer su vida en Lima. ¿Acaso los ataba algo a Madrid, Charito? Ambos eran unos apestados...

Sí, se dijo Charo arrebujándose en las mantas de lana, envuelta en aquella penumbra donde apenas si escuchaba la respiración de Mercedes en la cama contigua: quizá debían decírselo todo a la priora y resolver cuanto antes aquello. Quizá sólo debían entregar los dichosos silogismos escondidos en la carta de sor María de los Ángeles como un santo y seña para que Mencía de Jesús confiara en la veracidad de sus emisarias y les entregara lo que tenía que entregarles para el general Goyeneche y para la propia Mercedes, aquello que tenía que ver con su herencia y que tanta angustia le producía. Luego ésta partiría a Madrid nada más volver Lasarte de su viaje a Lima y ellos dos se quedarían en la América. Una vida nueva. La guerra pasaría pronto y con los recién estrenados vientos de libertad llegaría la prosperidad. Las gentes querrían ver buen teatro y ella conseguiría fácilmente convertirse en una actriz reputada. Todas estas ideas se fueron disolviendo en un remolino tibio que la llevó por último a dormir ya con el murmullo de los maitines en el horizonte. Sí, mañana mismo hablaremos con la priora, se dijo antes de cerrar los ojos.

Pero a la mañana siguiente no tuvieron tiempo de nada porque las campanas de Santa Catalina tañeron con furia y alarma, una y otra vez, y ellas salieron corriendo, ¿qué pasaba?, ¿qué era lo que ahora ocurría? Una religiosa que cruzó rauda junto a ellas les hizo un gesto que no comprendieron. Las monjas abandonaban sus labores y se iban aglomerando en la plaza que llamaban de Zocodover, la más amplia de todo el convento y punto de reunión los domingos de mercado, hacia donde ellas también se encaminaron. La noticia corrió rápidamente de boca en boca, ¡Arequipa iba a ser asaltada por las tropas insurgentes! Esta vez parecía que era cierto, decían, porque el brigadier Pío Tristán había enviado un emisario que cabalgó toda la noche para advertir a los arequipeños que los montoneros, con un tal Camargo al frente, estarían ya a pocas leguas de la ciudad. La mala nueva no había dado tiempo a que Arequipa se preparara para contener el ataque y hubo tal confusión que todos decidieron pedir nuevamente refugio en el convento.

Charo y Mercedes se tomaron de las manos, sintiéndose perdidas, ¿atacarían el monasterio? No, dijo una monja buscando tranquilizarlas, aquellos sinvergüenzas no se atreverían jamás a hollar este pedazo de tierra santa, pero ahora debían dar protección y cobijo a todos esos infelices que ya empezaban a llegar a las puertas del convento entre ayes y maldiciones a los insurgentes, entre rezos desesperados y juramentos de venganza. Corrieron ellas también, siguiendo a las monjas, a las broncas criadas que se mesaban los cabellos, a las seglares que intentaban organizar a toda prisa el espacio donde ofrecerían alojamiento provisional a los arequipeños, y en menos de media hora el lugar se vio inundado por una marea de gentes de toda ley que portaba bultos, fardos, canastas, baúles y hasta cuadros y candelabros. Vieron a la superiora Mencía de Jesús y a dos monjas más intentando poner un poco de orden, porque entre los refugiados se encontraban muchos familiares de las monjas y las escenas de llanto y emoción, los abrazos y los besos desesperados dificultaban organizar el avituallamiento y acomodo de los que llegaban. Éstos eran cada vez más y más. Donicia de Cristo y otras dos monjas torneras daban voces clamando ser escuchadas, pero una vez abiertas las puertas, el gentío resultó incontenible y se desparramaba ahora con una angustia que a Charo le trajo feroz memoria de cuando los franceses aplastaron a los madrileños en el espantoso mayo de 1808. Pudo percibir, como una corriente ácida, el mismo miedo encaramado en los pechos de la gente, idéntico desamparo y temor en los ojos de las mujeres y los niños. Escuchó, o creyó escuchar, entre los gritos y el frenético rebato de las campanas, disparos traídos por el viento. En las estrechas calles de Santa Catalina se agolpaban mujeres, niños, ancianos y hombres de toda edad que empujaban enloquecidos a las monjas, se tropezaban y rodaban por el suelo abriéndose las cabezas, pisándose las manos, resbalando por el empedrado sin control y rumbo hacia ellas dos, que súbitamente habían quedado expuestas a la turba.

—¡Por aquí!

Charo cogió violentamente a Mercedes de un brazo y la apartó de aquel gentío desbocado que invocaba a voces a sus familiares, separados unos de otros en el zafarrancho. Apretujadas contra una de las gruesas paredes del convento, ensordecidas por aquella batahola apocalíptica, sin decidirse a escapar o cómo ponerse a salvo, Charo pudo ver que, avanzando a contracorriente, una joven cojeaba a punto de ser aplastada, y sin pensarlo dos veces se acercó a ella para intentar salvarla. La muchacha también parecía buscar entre el aluvión de refugiados a alguien, porque con manos desesperadas cogía a éste y luego a aquél, y luego al de más allá para preguntarle algo, mientras ellos se zafaban bruscamente, ajenos a su desesperación. La joven tullida preguntaba algo que Charo escuchó sin poder creérselo: «¿Señor Bocardo?, ¿es usted don Cesare Bocardo?».

La joven las miraba asustada y confusa, bebiendo apenas unos sorbitos del chocolate que le ofrecieron. Hasta la celda de Mercedes y Charo, pese a que estaba casi al otro extremo de las puertas del convento, había llegado insistente el clamor de los lamentos y las quejas. Pero poco a poco, a medida que pugnaba la mañana con su luz intensa y su calor de bienestar, el alboroto se fue apaciguando y ya sólo se oían esporádicos llantos de niños, alguna brusca elevación de voces, como si de pronto los más ofuscados se hubiesen enzarzado en una agria y extemporánea pelea. Las monjas parecían haber controlado aquel rebaño de desdichados que esperaban el inminente ataque a la ciudad.

Y ellas habían corrido tomadas de la mano hacia su celda, tropezando con unos y otros, llevando casi a rastras a la joven, de nombre María Micaela, luego de que Charo la hubiese oído preguntar por Cesare Bocardo, dirigiéndose a cada hombre que corría a su lado. Pero ninguno de éstos le hacía caso y la miraban como a una loca, se zafaban de su manita nerviosa, de su voz implorante, y seguían su camino. «¿Cesare Bocardo, dices, te refieres a los silogismos?», insistió Charo en medio del tumulto, casi a gritos, intentando que el gentío no las arrastrara en direcciones opuestas. La chica había querido escapar, pero Charo aferró con más firmeza su delicado brazo. «Cesare Bocardo has dicho, ¿verdad?», se obstinó casi con furia, y luego se confundió, no supo qué otra cosa añadir a su pregunta desesperada. Por fin apaciguó a la chica para que no se escapara y llamó por señas a Mercedes.

—¿Ustedes son las enviadas del señor Bocardo? —preguntó María Micaela mirándolas incrédula, procurando no ser empujada por la corriente que las zarandeaba y amenazaba con hacerlas caer.

Mercedes contuvo una exclamación, sintió que un flujo de sangre le ofuscaba el entendimiento, miró a Charo para que la ayudara a comprender: ¡entonces sí, entonces no estaban en un error! Resistieron las tres aplastadas contra la pared unos buenos minutos. Poco a poco el tumulto iba alcanzando ya la plaza de Zocodover y sus alrededores, y aquella calleja por donde antes habían corrido en violenta estampida de cabestros varios centenares de personas ahora apenas era transitada por los rezagados.

—¡Coño!, ¡nosotras somos Cesare Bocardo! —exclamó Charo al ver la expresión aterrada de aquella chica, de golpe entendiendo todo la actriz, como si hubiera sido tocada por un ángel.

Y sin más buscaron el camino hacia la tranquilidad de la celda, donde ahora, chocolate en mano, le contaban a María Micaela quiénes eran realmente. La desconfianza de la joven se iba diluyendo poco a poco, o al menos el miedo había cedido a medida que escuchaba la historia de boca de Charo y de Mercedes, que se atropellaban y embrollaban explicando lo de las cartas de sor María de los Ángeles, el envenenamiento, las claves escondidas, los documentos de Goyeneche, los silogismos de Peñuelas, el viaje sin fin.

—Pero..., entonces, Cesare Bocardo...

—Cesare Bocardo no es un nombre, chiquilla —taconeó impaciente Charo, pero al ver la cara asustada de María Micaela, azucaró la voz—: Son dos silogismos, dos claves, por así decirlo. Hay muchos más silogismos, mira.

Y le enseñó la carta ya ajada y rotosa de la superiora. María Micaela leyó y releyó aquellos pliegos frunciendo el ceño y dándole a su expresión aún infantil una severidad adulta.

—No entiendo nada de estas frases, ¿dónde dice Cesare Bocardo?

La desconfianza volvió a navegar por sus dulces ojos. Hizo el amago de levantarse.

Mercedes, que se mordía una uña mientras escuchaba la explicación atolondrada de Charo, puso una mano en el hombro de la tullida para tranquilizarla. No tenía por qué temer. Ellas eran amigas, afirmó con voz persuasiva, ellas eran las personas a las que había estado esperando. Si no, ¿cómo podrían saber todo lo que le habían contado, cómo sabrían lo del envenenamiento de la superiora? Más aún: ¿cómo sabrían que ella esperaba a Cesare Bocardo? ¿No reconocía acaso la letra de la superiora en esa carta?, María Micaela bajó la cabeza, otorgándose un breve tiempo para pensar.

—Pero aquí no dice nada de Bocardo —se enrocó aún, con un hilo de voz, confusa, incapaz de entender.

Con paciencia, armadas de pluma y papel le fueron explicando qué eran los silogismos, cómo funcionaban, cómo era que cada figura aristotélica era reconocida por un nombre, una simple pista mnemotécnica de los monjes medievales. Y ellas habían averiguado —ellas no, el maestro Peñuelas, un sabio madrileño— que en la confusa carta de la priora se escondían seis silogismos: seis figuras que en apariencia nada decían ni parecían guardar más relación entre sí que el haber sido escritas por el desvarío agónico de sor María de los Ángeles.

—Pero ahora sabemos que esos seis silogismos a su vez escondían dos, sólo dos de esos seis son válidos... —interrumpió Charo.

—Al menos eso creemos —agregó Mercedes—. Porque nosotras traíamos seis silogismos y tú tenías encomienda de encontrar a Cesare Bocardo, ¿cierto?

María Micaela asintió levemente, eso era cierto, sí. Como cierto era que la superiora no le había dicho si se trataba de un cura, de un señor ni nada más. Y eso se debía a que Cesare Bocardo no era el nombre de una persona sino de un par de silogismos, porfió Charo. Y volvieron a explicarle, con didáctica paciencia, todo lo que ellas sabían de los silogismos aristotélicos, de cómo, infiltradas con la delicadeza de un arabesco sutil entre las frases aparentemente absurdas, el maestro Peñuelas había descubierto seis figuras: Bárbara, Disamis, Celarent, Ferio, Cesare y Bocardo. Luego mostraron las letras que componían aquellos silogismos de nombres extraños.

María Micaela se llevó una mano a la cabeza, confusa y al mismo tiempo absorbida por aquel acertijo, intentando decidir a toda prisa si debía confiar en aquellas dos mujeres. Lentamente iba calando en ella la idea de que efectivamente la superiora, una mujer de gran inteligencia y espíritu cultivado, había urdido aquella sofisticada estratagema para ocultar un mensaje vital.

—Pero entonces... ¿qué significan los silogismos Cesare y Bocardo?

—Escucha —dijo, paciente, Mercedes y leyó—: «Y ahora, querido primo, permíteme que te transmita algunas reflexiones de esta monja que vive tan recluida como su alma y recogimiento se lo permiten. Reflexiones, primo, en estos tiempos convulsos que nos ha tocado vivir y que no benefician al alma porque ningún ruidoso consigue ser sosegado, y por eso necesito de mi paz y mi convento, donde todo lugar es sosegado, y en sus calles, claustros y celdas esta monja encuentra serenidad, porque aquí ningún lugar es ruidoso y paseando por ellos puedo encontrar esa quietud que toda alma necesita para estar en paz consigo misma».

María Micaela la miró esforzándose por comprender. ¿Y qué significaba aquello, qué quería decir, si apenas era una reflexión sobre la paz que sor María de los Ángeles siempre había buscado en el convento? Por todas era sabido, dijo, que la monja gustaba del recogimiento más profundo y que, aunque siempre estaba dispuesta a aconsejar o consolar a quien lo necesitase, pasaba largas horas buscando el silencio y la paz necesaria para la reflexión.

—¡Eso es lo que necesitamos saber! —alzó los brazos al cielo Charo—. ¿No te dijo nada más, chiquilla? Piensa, por favor, seguro que...

—No, no —meneó la cabeza furiosamente María Micaela—. No me dijo nada más, lo juro.

—Vale, calma todas —pidió Mercedes—. Debemos pensar a qué se refiere con el sosiego y con aquellos que son ruidosos. Todo el convento le proporciona sosiego, de manera que puede tratarse de un estado de ánimo, un...

—¡Esperad! Quizá estamos haciendo todo mal, pues no sabemos el orden en que deben leerse —interrumpió bruscamente Charo abriendo otra línea de reflexión—. Estamos intentando averiguar el Cesare, pero quizá debamos leer primero el Bocardo. Puede que así el primero cobre sentido...

—De acuerdo —dijo Mercedes—. O probablemente los dos silogismos deben leerse de manera conjunta y así alumbrar el mensaje completo.

Mercedes cogió pluma y papel para escribir con su letra pulcra y afilada un par de copias que les dio a Charo y María Micaela. Luego volvió al Bocardo, pidiéndoles que prestaran atención:

—... Y pensarás que son desvaríos de la enfermedad, pero, en estos momentos, pienso mucho en nuestra amada España, la casa de nuestros queridos Borbones, y en todos aquellos que estando lejos nos sentimos unidos por el mismo amor. Por eso es tan importante la defensa de estos territorios. Como las Sicilias, que no son territorios peninsulares, pero en su corazón Nápoles y Sicilia son españolas. Y es que algunos españoles no somos peninsulares aunque amamos a España incluso más que los que allí habitan».

—Pero ¿qué tienen que ver los Borbones y las Sicilias aquí? —bufó la actriz empezando a desesperarse.

María Micaela miraba a una y a otra, tratando de seguir los razonamientos con toda su inteligencia, pero incapaz de argumentar nada. La exultante alegría de haber dado con María Micaela se empezaba a esfumar cediendo el paso a un desánimo más profundo. Luego Charo y Mercedes se enfrascaron en una ardorosa discusión: si la superiora había elegido los silogismos de tal manera que simulasen el nombre de una persona, lo más lógico parecía seguir ese orden, es decir, primero descifrar uno y luego el otro. Quizá resolviendo uno sería fácil entender el siguiente. ¿Y por qué no podía ser al revés? ¿No era acaso el apellido —y en este caso Bocardo— más importante que el nombre propio? ¿No deberían primero resolver el Bocardo? ¿El convento albergaba a alguien de Sicilia?, la actriz se volvió a María Micaela y ésta negó, aunque vacilante, no, que ella supiera. Entonces, ¿se trataba de alguien que buscara la misma paz y sosiego que la superiora encontraba en calles, claustros y plazas de Santa Catalina? ¿Por qué era necesario defender las Sicilias? Aquello no tenía ni pies ni cabeza.

Al cabo de un tiempo larguísimo de suposiciones e hipótesis a cual más peregrina decidieron volver al principio, a intentar descifrar el Cesare, pues era el que hacía referencia directa a Santa Catalina. Quizá no se trataba del monasterio, es decir, de un espacio físico, propuso Mercedes, sino de santa Catalina, la persona.

—Puede ser que la superiora se refiriera a la vida de la santa... Ella era quien proporcionaba sosiego a su alma. ¡Santa Catalina, la mujer!

Pero aquello resultaba asaz endeble, pues ¿qué debían buscar entonces? ¿Algo en la biografía de la santa de Siena? No, para Charo se trataba del convento, del lugar en sí, donde no tenían cabida los ruidosos. ¿Era así? Algún lugar en especial, particularmente recogido. Pero ¿cuál?

María Micaela, que todo ese tiempo había estado sumida en el pliego que le alcanzara Mercedes, ajena a la discusión de ambas mujeres, levantó la vista de su copia y habló, al principio con timidez, pero luego con más confianza, pues a medida que iba formulando en voz alta su idea ésta le parecía más clara:

—¿Y si fuera un lugar? Puede tratarse de un lugar, un lugar de calma y sosiego.

—¿Y cuál es ese lugar? —preguntó Charo.

—Las celdas de nuestras monjas no lo son precisamente —continuó María Micaela con su razonamiento—, pues como ya habrán observado, las religiosas son más bien dadas a las reuniones sociales. Descartemos también las calles, a todas horas transitadas por madres, novicias, criadas y legas. Los claustros suelen ser tranquilos, pero no siempre, pues allí se reúnen las monjas a orar y cantar... Pero también es cierto que aquí hay tres patios —resolvió al fin—. Uno es el llamado de Zocodover, que en realidad es una plaza de mercado, como ya se habrán dado cuenta. Existe también el claustro de los Naranjos y... el patio del Silencio. Quizá se refiere a éste...

Mercedes y Charo se miraron entre sí con incredulidad y luego miraron a la joven, que parecía haberse vuelto a encoger como un ovillo y las miraba asustada.

—¿Y dices que hay un patio que se llama... del Silencio?

La inminencia de aquel ataque del ejército insurgente había trastocado la vida en el monasterio, y ese primer día los refugiados se unieron a los rezos y devociones con que las monjas de Santa Catalina quisieron ofrecer sosiego espiritual, luego de resolver el asunto perentorio del alojamiento y los víveres. Se ocuparon los herrumbrosos dormitorios clausurados, montaron a toda prisa frágiles tiendas de campaña, se llenaron hasta los claustros más recogidos y se habilitaron con largueza cocinas, despensas y espacios que el tiempo había condenado al polvo del olvido y por donde ahora se arracimaban mujeres, niños, ancianos y hombres que fumaban en corros, hablando sin cesar acerca de la situación. Al caer la noche de aquel primer día, en medio de un silencio de funeral apenas roto por el llanto de unos niños hambrientos o cansados, nada había ocurrido y empezaron las primeras discusiones entre quienes pensaban que se trataba de otra falsa alarma y quienes seguían insistiendo en que en cualquier momento llegarían las tropas insurgentes para saquear la ciudad. No recibían ninguna noticia y la noche azul, pacífica y estrellada que contemplaban desde los patios del convento se les antojaba un decorado imposible para que ocurriera algo malo.

Al menos eso pensaban Charo y Mercedes, que, como los demás habitantes del convento, hicieron lo que pudieron para ayudar a la gente, alcanzar botijos de agua y llevar trozos de magra carne estofada, guisos apresurados y cazuelas ralas, pues la comida no alcanzaba para tantas bocas. Para ellas dos, aquel escenario resultaba irreal y, después de las horas que pasaron con María Micaela intentando descifrar los silogismos, atacadas por una impaciencia feroz, se encaminaron hacia el llamado patio del Silencio. Éste era amplio y estaba guarnecido por robustas paredes pintadas de ocre que daban por un lado a las habitaciones de las novicias y por otro a la calle. En medio de aquel patio ahora tomado por el tumulto, florecía un pequeño arbolillo a cuyo alrededor las monjas cultivaban con esmero una frondosidad de delicados geranios, malamente pisoteados por la muchedumbre que campaba allí indolente o preocupada, esperando noticias de afuera para saber a qué atenerse. Pero las horas pasaban y todo seguía igual.

—Muy bien —dijo Charo intentando no desesperar, pues aquel espectáculo de gente que iba y venía por el patio les haría imposible averiguar nada. ¿Era aquí donde había más tranquilidad?, se preguntaron desilusionadas ambas cuando fueron conducidas hasta allí por María Micaela.

—Por supuesto que normalmente no es así —dijo la joven contemplando a la gente acampada, a los hombres fumando y charlando—. Aquí las monjitas se reúnen a rezar el rosario y a leer la Biblia en completo silencio. Esos días, los primeros viernes de cada mes, está absolutamente prohibido hablar..., pero los demás días es bastante frecuentado. Allí —y señaló con un dedito ágil— está el nuevo claustro de las novicias, esa pared da a la calle y en este otro lado se emplazan las antiguas cocinas, que ahora no se usan pero que se dice volverán a funcionar. En cuanto se pueda contratar a alarifes para reparar los muros...

—Ya, ya —dijo impaciente Charo, una mano arisca a la cadera—. Pero ¿qué se supone que debemos buscar aquí?

Las tres jóvenes se quedaron un momento calladas, mirando a la gente que había convertido aquel espacio poco menos que en un mercado, una plaza ruidosa de algún pueblo andaluz.

—No lo sabemos aún —admitió al fin Mercedes—. Pero puede que aquí se encuentre la clave.

—¿Y el otro silogismo, el Bocardo? ¿La defensa de las Sicilias? —preguntó Charo, nuevamente impaciente, echando chispas.

Mercedes dirigió hacia ella unos ojos desesperados.

—No lo sé, Charo, ¡no lo sé!

La Carvajal apaciguó entonces sus frases y le hizo una caricia a Mercedes, que había ocultado el rostro para llorar. María Micaela las contemplaba sin decir palabra, el ceño fruncido. ¿Cómo era posible que la superiora hubiera encerrado un mensaje tan difícil de descifrar? ¿Estarían en lo cierto al acudir al patio del Silencio? Al principio, cuando ella propuso aquella solución, tanto a Charo como a Mercedes les pareció una idea iluminadora, pero quizá no lo era, quizá se habían dejado ganar por el apresuramiento de encontrar una respuesta en el lugar equivocado. Quizá no tenía nada que ver con lo que aquellas dos españolas habían sugerido respecto a los silogismos y estaban buscando en el lugar erróneo, de la manera errónea, se dijo con tristeza.

Las tres decidieron despedirse por esa noche e irse a descansar. Les esperaban unos días duros, dijo Charo, y ahora estaban agotadas de tanto pensar en una respuesta para aquel bendito silogismo. Por no hablar del supuesto ataque que los tenía a todos con el alma en vilo y en una tensión espantosa. Vieron a María Micaela alejarse por una callejuela, cojeando, ensimismada y triste. ¡Qué ideas pasarían por la cabeza de esa pobre chiquilla!

—Una cosa sí es cierta —afirmó Charo al llegar a la celda y más que nada para animar el espíritu acongojado de Mercedes—. No es en absoluto casual que la chavala estuviera buscando como loca a Cesare Bocardo y nosotras tuviéramos esos dos silogismos como parte de una carta extraña. Eso es evidente, Mercedes.

—Sí, tienes razón —dijo ésta tumbándose en la cama y cubriéndose los ojos con un brazo—. Pero ahora tendríamos que averiguar si ese patio es el lugar donde debemos buscar... ¿qué cosa? ¿Hay algo escondido allí? ¿Es realmente ése el lugar?

—Bueno, calmémonos —Charo se dirigió a la cocina y preparó un poco de té—. Ahora debemos intentar descansar para que mañana le demos vueltas al otro silogismo. Estoy segura de que entre ambos está la clave.

Charo siguió divagando, proponiendo hipotéticas respuestas, formulando preguntas en voz alta mientras preparaba el té y lo servía en dos coquetas tacitas de porcelana china, pero Mercedes ya no la escuchaba: cuando llegó con el azafate hasta donde ella, con la aromática y humeante infusión, la sobrina de Goyeneche estaba profundamente dormida. Charo le quitó con delicadeza los borceguíes, le pasó una manta por encima y se sentó frente a ella a beber su taza de té. Necesitaba tiempo para pensar a solas: Lasarte esperaba que un barco se lo llevara a Lima en una semana. Más o menos, pues la guerra hacía cada vez más difícil el tráfico por mar o por tierra con la capital del Perú, ahora que todo estaba patas arriba y la fragata San Esteban demoraba su partida. Pero no había mal que por bien no viniera, pues eso a ella le daba un margen precioso de tiempo para decidir qué hacer: si irse con Antonio a Lima o quedarse con Mercedes para ayudarla y cumplir con la palabra empeñada al general Goyeneche, que mucha honra ya no te queda, Charito, se dijo. Era cierto lo que explicaba Lasarte, que Mercedes estaría protegida en el convento y más aún con la familia de Goyeneche, que al fin y al cabo eran también sus familiares. Pero debido a la naturaleza de su encargo, el único que hasta el momento estaba al tanto de la llegada de ellas era Sebastián Goyeneche, el vicario, otro que demoraba su arribo a Arequipa. El sevillano insistió en que él se encargaría personalmente de embarcar a Mercedes en un navío de confianza de vuelta a Cádiz cuando hubiese rescatado sus papeles y los de Pepe Goyeneche. Eso se lo había jurado por su honor. «Ni pienses que voy a abandonar a Mercedes a su suerte, no me malinterpretes, Charo —le había dicho con toda seriedad—. Yo me encargaré de velar por ella hasta su regreso». Pero era urgente que él viajase a Lima con la encomienda que tenía para los cofrades, era urgente que lo hiciera. Y quería quedarse allí o quizá partir a México: porque Lasarte pensaba que una vida mejor les esperaba en América, donde soplaban vientos de libertad y de justicia: allí todo estaba por hacer. En cambio a España sólo podría volver para que lo ahorcasen...

Y a ella, también, pensó con amargura Charo bebiendo su té ya frío. ¿Dónde estaría Lasarte ahora mismo? ¿Habría podido partir inopinadamente a Lima sin esperarla? ¿O tal vez había escapado a las afueras de la ciudad junto con otros? Porque cuando Charo comprendió que el gentío desesperado desbordaba con creces la capacidad de Santa Catalina, se ilusionó pensando que quizá Antonio hubiese aprovechado para infiltrarse. Y lo buscó disimuladamente, sin decirle nada a Mercedes para no aumentar sus expectativas de socorro. Pero al cabo de un tiempo entendió que Lasarte no estaba entre los refugiados, porque de lo contrario él hubiera dado con ellas. Y no había sido así: ni su presencia, ni un mensaje, ni un recado. Claro que todo ello era poco menos que imposible en la Arequipa resquebrajada por la guerra, donde además ellos no tenían ni amigos ni conocidos a quienes encomendar una nota, un breve recado que aliviara al otro, haciéndole saber que uno se encontraba bien.

Por eso, envalentonada, pensó que al día siguiente buscaría la manera de llegar hasta la casa donde se alojaba Lasarte. Unos rasgueos en la puerta la sobresaltaron. Aguzó el oído pensando si acaso se trataba del viento o de alguna alimaña que rascaba la madera. ¿Alguna ánima extraviada? Al cabo de unos instantes volvió a escuchar unos golpecitos, esta vez más nítidos. Se acercó temblando a la puerta ojival de la celda, ¿quién podría ser a esas horas? El convento dormía profundamente e incluso los refugiados parecían haber sido vencidos por el sueño, pues Charo hacía rato que no oía nada.

Abrió la puerta y allí, encorvado y tembloroso, envuelto en una capa de paño y un sombrero que casi le cubría el rostro, estaba el señor Gil de los Reyes.

Cuando Mercedes despertó, ya la criada había dispuesto todo para el desayuno y conversaba con Charo, que no dejaba de preguntarle cosas acerca del convento. Por su parte la mestiza quería saber cómo era la vida allá en la lejana España, de la que a duras penas parecía hacerse una idea. Charo la recibió tintineando feliz, ofreciéndole un bollo. Ella llevaba ya horas despierta, le dijo con una sonrisa. Y sería mejor que se compusiese una ligera *toilette* y desayunara, porque tenían mucho que hacer.

—Tengo muy buenas noticias —susurró la Carvajal aprovechando que Matilde Chambi había ido a la cocina para lavar unos cacharros—. Ayer nos visitó Lasarte.

—¿Qué dices?

—Como lo oyes, prenda.

—¿Y por qué no me despertaste?

Charo frunció la nariz contrariada, pensó hacerlo, dijo, pero Mercedes estaba tan profundamente dormida que a ambos les dio pena. Pero tampoco era para tanto, hoy mismo visitarían al sevillano. Mejor dicho, al viejo señor Gil de los Reyes, porque el rubiales había vuelto a usar aquel disfraz para entrar al convento. Y ahora las esperaba en el claustro que le habían asignado junto a otros refugiados. Parecía además que el ataque de las tropas independentistas fue contenido a tiempo por una providencial carga de caballería realista al mando del propio Pío Tristán. Hoy de madrugada llegó un nuevo mensajero con la noticia.

—La gente no termina de creérselo, pero seguro con el correr del día empezarán a volver a sus casas. Debemos darnos prisa para ver a Antonio.

Lo que se guardó de contarle Charo fue la manera expeditiva en que se había producido el fugaz encuentro de la noche anterior. Y es que, nada más abriese ella la puerta de la celda, Lasarte le puso rápidamente una mano en la boca para que no lanzara un grito y con susurros la empujó con suavidad hacia dentro. La abrazó con fuerza y la besó en los labios y en el cuello, con un afán y una desesperación que ella no le había conocido. ¿Se trataba de una despedida?, alcanzó a preguntarse fugazmente antes de sentir que un ardor violento le hacía evaporarse entre los brazos masculinos. Estaban en la cocina y sorbían sus jadeos en medio de aquel silencio espeso, procurando no despertar a Mercedes, que dormía en la habitación contigua. Hicieron el amor así, callados, temblando, mordiéndose los labios, con una fiereza carnal que los dejó exhaustos. Sólo entonces Charo pareció recuperar el juicio y le reprochó con algo de melodrama al capitán todo aquello.

—Somos unos animales, Lasarte —refunfuñó en susurros ella, acomodándose los refajos—. Y unos blasfemos. ¡Ésta es la celda de un convento!

Pero en el fondo aquella repentina visita de Lasarte, unida al temor a ser descubiertos por el súbito despertar de Mercedes y la culpabilidad de estar profanando un lugar destinado a la oración y la castidad, la había colmado de lujuria y de una felicidad que le arrebolaba las mejillas. Lasarte la miraba divertido. Después le contó a grandes rasgos —como ya estaba acostumbrada a que lo hiciera el señor Gil de los Reyes— que su barco no llegaba aún, que había aprovechado la confusión y el pánico de los arequipeños para correr con ellos a refugiarse en el convento. Él las había visto caminar de aquí para allá, junto a una jovencita que avanzaba apoyada en un bastón, pero no había querido acercarse, no habría sido prudente. Simplemente le sonsacó a una criada, con sonrisas, cuentos y unas monedas, las señas de la celda en que se alojaban las mujeres venidas de España.

Esto último fue lo que sí le contó Charo a Mercedes a la mañana siguiente, mientras ella tomaba un poco de café y un bollo, rechazando las cebollas crudas con ají y el trozo de carnero que le ofrecía Matilde Chambi. No entendía cómo podían desayunar aquello los arequipeños. De manera que nada más acabar el café, Mercedes y Charo salieron en busca del señor Gil de los Reyes. La mañana era fría y soleada, el cielo estaba intensamente azul y no se veía una sola nube. Se cruzaron en el camino con grupos de monjas que trataban de mantener el orden entre la gente que se agolpaba en la plaza de Zocodover para recibir alimentos y mantas. Entre ellas vieron a María Micaela junto a una monja joven y pizpireta que la llevaba del brazo con una camaradería antigua. Se acercaron y María Micaela hizo las presentaciones. Donicia de Cristo ya había oído hablar de las españolas, pero hasta el momento no había podido pasar a saludarlas porque ellas ya veían cómo estaba todo de trastocado, dijo la monjita señalando hacia la gente que aguardaba paciente por una escudilla de leche y un trozo de pan. En los ojos de la joven religiosa brillaban la amabilidad y una dicha simple y dulce. Esperaba, agregó tomándolas de las manos, que pese a todo se encontraran cómodas en Santa Catalina. En cuanto las aguas volviesen a su nivel buscarían un ratito para visitarse con tranquilidad.

—Y seguro eso pronto ocurrirá porque nos ha llegado la feliz noticia de que el ataque no se producirá. El Señor nos protege, como siempre. Y más a este ángel que, en medio de todo, ha sido el apoyo de la pobre madre Ramira de la Concepción, que el Señor la tenga en su gloria.

Y sin importarle que María Micaela se sonrojase, pasó a contarles a las españolas los desvelos de la muchacha por la pobre monja, tan viejita, tan difícil y arisca. Como todos sabían. Luego se alejó de allí, contenta, después de darle un abrazo a María Micaela y despedirse de ellas: tenía que ir al torno, a que todo funcionase en la entrada del convento.

Aquella cordialidad de señoritas de sociedad les seguía resultando extraña a las españolas, para quienes Santa Catalina parecía cualquier cosa menos un convento: no sólo la liberalidad de sus horas de devociones, sino el frecuente e intenso trasiego social que se daba entre las monjas, quienes se visitaban, tocaban la guitarra y cantaban, ocupando mucho tiempo en sus quehaceres personales. De manera que agradecieron las palabras de Donicia de Cristo y pidieron a María Micaela que las acompañara. Tenía que conocer al señor Gil de los Reyes, le dijeron.

—¿A quién?

—Es un amigo que intentará ayudarnos a resolver todo esto —dijo Charo fingiendo no percatarse de la alarma encendida en los ojos de María Micaela.

Y se pusieron en marcha por una calle angosta y escarpada que las llevó al patio del Silencio primero, y después a otro patiecillo que cruzaron hasta, al cabo de unos minutos, alcanzar su destino.

Gil de los Reyes estaba a la puerta del claustro que se había habilitado para los refugiados. Las recibió encorvado, gentil, lleno de galanuras antiguas y palabras bondadosas para la joven María Micaela, que se sentía aún un poco intimidada por aquel hombre aparecido de repente. Porque toda la noche había dado vueltas a lo extraño que resultaba aquello, sintiéndose de repente atacada por la sospecha de que podía tratarse de una trampa. Pero finalmente se dijo que no, que la forma en que la habían interceptado las dos mujeres y sobre todo el que supieran lo que era Cesare Bocardo eran argumentos más que suficientes para confiar. Además, no habían dado muestra de saber más que ella misma de todo aquello y las lágrimas que derramó Mercedes a causa de la desesperación le parecieron sinceras. Sí, ¡pero qué sabías tú de reconocer la sinceridad, María Micaela! Ella, que se había fiado del peor de los hombres y que no supo reconocer el mal y la iniquidad a tiempo, ahora expiaba precisamente esa culpa, por la que habían muerto sus mejores amigos. Por eso no terminaba de confiar en todo aquello, y menos ahora que tenía enfrente a un viejo español al que apenas se le entendía lo que farfullaba.

Se dirigieron primero a la celda de Mercedes y Charo, conversando como cualquiera de los grupos de personas que esperaban, aburridas, a que les llegara alguna otra noticia para por fin regresar a sus casas. El señor Gil de los Reyes no parecía sin embargo preocupado por la guerra y más bien mostraba vivo interés por la vida en el convento, y María Micaela contestaba con evasivas y monosílabos.

—No te asustes por lo que vayas a ver —le dijo Charo a María Micaela abriendo la puerta de la celda.

Entraron luego de cerciorarse de que Matilde Chambi ya no estaba allí: la mestiza iba muy temprano por la mañana y volvía para el almuerzo y luego por la noche. Entonces el señor Gil de los Reyes se quitó la capa de paño y el sombrero exclamando con una voz potente: «¡Por fin! No podía más con estos trapos». María Micaela empalideció, quiso huir de allí, pero Charo y Mercedes la tranquilizaron, que no se preocupara, ese disfraz había sido necesario, no pasaba nada. Él era Antonio Lasarte, capitán de guardias del rey y amigo leal de ambas.

María Micaela se encontró con un señor todavía apuesto, tirando a rubio, de penetrantes ojos claros y una nariz afilada de chapetón, que la miraba con aire divertido.

—Para que veas que nosotras sí confiamos en ti, chiquilla —dijo Charo, fastidiada por los sustos y los asombros constantes de María Micaela.

Rápidamente le explicaron el viaje, la compañía providencial de Lasarte y que había utilizado ese disfraz para entrar al convento y ayudarlas.

—Nos conviene a las tres, María Micaela —dijo Mercedes tomándola de las manos—. Antonio es un buen amigo y nos ayudará a resolver este endemoniado acertijo.

Una vez que la joven se hubo tranquilizado —aunque fugazmente levantaba la vista hacia Lasarte como constatando que fuera real— volvieron a darle vueltas a aquel silogismo. Lasarte recorría el saloncito de la celda a grandes zancadas y pensaba en voz alta, preguntaba algunas cosas a María Micaela, ofrecía sus deducciones y luego se enfrascaba en rápidas y embrolladas discusiones con ellas mientras chupaba un oloroso cigarro. De vez en cuando volvía nuevamente a María Micaela e inquiría por algo preciso: un detalle del convento, una característica del patio del Silencio o de la madre superiora, algo que pudiera, en fin, darles una pista más clara. Pero al momento releía el otro silogismo.

—El Cesare parece claro —resumió al cabo de unas horas, agotado—. Tiene que ser ese patio y algo debemos encontrar allí: «... ningún ruidoso consigue ser sosegado, y por eso necesito de mi paz y mi convento, donde todo patio es sosegado, y en sus calles, claustros y celdas esta monja encuentra serenidad, porque ningún lugar es ruidoso...» —repitió entre dientes el militar, enfatizando las aperturas de cada premisa—. Y eso nos lo tiene que decir este otro silogismo, el que habla de la defensa de las Sicilias y los malditos Borbones.

La resaca de gentes con bultos y canastos que abandonaban el convento duró dos días más porque muchos recelaban de la veracidad de las noticias llegadas a Santa Catalina. No fue sino hasta que el propio brigadier Pío Tristán hizo su aparición triunfal en la ciudad que por fin los arequipeños creyeron que no corrían peligro alguno. Entonces salieron a las calles dando vítores y gritos de júbilo para recibirlo. Tañeron a gloria todas las campanas de Arequipa, y tanto fue su volteo y repique que horas después de que cesaran en su rebato los vecinos continuaban oyendo un fragor metálico, y hubo una procesión y se celebró un solemne *Te Deum* en la catedral, adonde acudieron todos los notables. Las chicherías de la ciudad izaron su traperío multicolor para señalar que volvían a abrir sus puertas y ofrecer así sus colorados rocotos y la ácida y refrescante chicha con la que los hombres se emborrachaban en esas tierras, según constató Lasarte. También en el convento —ansiosa la Orden por recobrar su tranquilidad y su ensimismamiento— se celebraron procesiones, misas y liturgias en que participaron todas, llorosas, emocionadas, dando gracias al cielo porque Arequipa no hubiese sido arrasada por la sinrazón de aquella guerra espantosa.

Con la prontitud con que había arribado reclamando la protección de las catalinas, la muchedumbre desalojó el convento y sólo quedaban algunos rezagados que seguramente no tenían adónde ir: muchos pobres, mujeres abandonadas con niños, algunos ancianos remolones entre los que se encontraba el señor Gil de los Reyes, que dilataba de forma temeraria su partida.

Llegado el momento, Lasarte se despidió de Mercedes con abrazos y besos llenos de ternura, impotente por no haber podido resolver aquel enigma que los tenía con el alma en el suelo. Para matar las horas, para no encallar en una ciénaga de sopor, el sevillano les dejó unos libros y el tablero de ajedrez del que no se despegaba nunca. Se había conmovido un poco tontamente cuando Charo demostró no sólo interés por el juego aquel sino que, según supo, se había familiarizado con él durante su estancia clandestina en casa de Pepe Goyeneche, y resultó una buena jugadora a la que, sin embargo, le faltaba un pulimento: se encargó pues de enseñarle algo de estrategia y logró que la propia Mercedes, cada día más delgada, se animara a aprenderlo. Ya llevaban un tiempo en el convento y no habían recibido noticias del general peruano, ni se decidían ellas a escribirle aún. ¿Para decirle qué? ¿Que nada habían avanzado en sus averiguaciones y que cada vez les parecía más difícil resolver aquello que las había llevado hasta allí? Tampoco el vicario Goyeneche llegaba a Arequipa y ellas no podían hacer otra cosa que unirse a las oraciones de las monjas, pasear por los patios y claustros del convento, evitar un acercamiento mayor con algunas religiosas como Donicia de Cristo, cuya curiosidad excesiva las ponía en aprietos, elaborar elucubraciones, bordar o jugar al ajedrez.

El día que se despidió Lasarte, Mercedes alegó que quería visitar junto con María Micaela a sor Patrocinio, la cocinera del convento, para que le enseñara unas recetas de repostería, que de tan buena fama gozaba. Ésta era una monja oronda y buena que prácticamente vivía entre aquellos fogones, al mando de una legión de criadas que se encargaban de los guisos de Santa Catalina. María Micaela parecía sentir por aquella mujer una devoción de hija y la monja respondía con similar cariño. Para Mercedes, tales esporádicas visitas aquí y allá eran una manera de no desesperar de angustia encerrada en la celda y, de paso, de mantener los ojos y los oídos bien abiertos por si algún dato le resultaba útil. Pero en aquella ocasión simplemente se trataba de dejarles un tiempo de soledad a los amantes para que se despidieran a gusto, pues esos días en que estuvo Lasarte en el convento sólo se quitaba el atuendo del señor Gil de los Reyes durante los momentos en que estaba a solas con las españolas y para los que tomaban mil precauciones: entre ellas, y la principal, alejar lo más posible a Matilde Chambi de la celda. Cada día se les antojaba algo —un poco de vino, que en el convento escaseaba, unas varas castellanas de seda...— que la criada tenía que ir a comprar. Como le daban unos buenos pesos, la mujer aceptaba aquellos encargos sin rechistar, de manera que tanto Charo como Mercedes pudieron pasar un buen tiempo con Lasarte sin que éste fingiese ser un viejo decrépito envuelto en una capa gruesa de paño. Por eso, cuando el sevillano se acercó para despedirse, Mercedes los dejó a solas. Y Lasarte, apenas saliera su amiga de la celda, se volvió a Charo. Tenía el semblante mustio pese a la sonrisa de despreocupación que fingía.

—La San Esteban zarpa pasado mañana de Lima. Eso quiere decir que en pocos días estará aquí y embarcaré en ella. Debo partir a Quilca cuanto antes. Ya conoces lo fatigoso del camino aquel.

Charo se quedó callada, sin saber qué responder en ese momento, y al cabo de estrujarse nerviosamente las manos le pidió a Lasarte un día o a lo sumo dos para decidirse. El capitán de guardias iba a protestar, pero Charo Carvajal le hizo un gesto enérgico, coño, que la dejara pensar en paz, Lasarte, que sólo le pedía eso. Y es que no se animaba a alejarse de Mercedes, precisamente en tales momentos, le dijo. Quería al menos resolver con ella ese endemoniado acertijo y dejar las cosas encarriladas. No se perdonaría abandonar así a Mercedes, no se lo podría perdonar jamás.

—Y yo tengo que ir a Lima —se enfrió Lasarte—. Tampoco me perdonaría no cumplir con el importantísimo encargo que me han encomendado.

—Ya lo ves —dijo Charo con ironía—. Cada uno es cautivo de sus obligaciones y éstas nos llevan por caminos distintos. Sólo dame un par de días.

Lasarte la besó y la tuvo abrazada largo rato antes de partir, pues ya su presencia podría levantar sospechas en el convento: apenas si quedaba nadie de fuera y las monjas estaban ansiosas por volver a su rutina de oraciones y vida aislada.

Así pues, Mercedes encontró a Charo con los ojos enrojecidos y encerrada en un silencio por momentos huraño y por momentos triste, fingiendo ensimismarse en una nueva partida de ajedrez que seguía con un librillo también dejado allí por el sevillano. Remoloneó un rato por la habitación, se sentó a leer y cuando por fin juzgó que había pasado un tiempo más que prudente para hablarle, se dirigió a ella. Pero en el mismo instante en el que abría la boca para decir algo, llamaron a la puerta de la celda. Ambas mujeres se miraron.

Charo fue a abrir y se encontró con los ojos dulces y temerosos de María Micaela, envuelta en un mantón que no evitaba que temblara.

—Pasa, criatura —dijo la Carvajal, y María Micaela entró a la celda cojeando nerviosa. Tenía las mejillas arreboladas.

—Yo quería decirles que tal vez no se trate del patio del Silencio —dijo al fin, algo atropelladamente.

—¿Cómo dices, tesoro? —se volvió hacia ella Charo, los brazos en jarras—. Primero nos dices y nos convences de que ése es el lugar que buscamos y ahora resulta que...

—Charo —pidió con energía Mercedes al ver cómo se encogía la chica ante las palabras de la Carvajal—. Déjala hablar, por favor.

—Yo no dije que ése fuera el lugar —protestó María Micaela—. Las tres lo pensamos porque se llama así, del Silencio. Yo simplemente sugerí que podía ser. Sin embargo, hay otro sitio que aunque no se llama del Silencio ni hace ninguna referencia a ello resulta mucho más tranquilo, alejado del bullicio y poco frecuentado por las monjas, porque es pequeño y aislado. A la superiora le gustaba mucho pasear por allí e incluso decía que debía haberse llamado patio del Silencio y no el otro.

—¿Cuál es ese sitio? —preguntó Mercedes sintiendo la boca seca.

—El claustro de los Naranjos. Y está situado al otro extremo del convento. Mercedes, allí nos hemos visto alguna vez...

—Pero es un claustro y no un patio.

—Bueno —porfió María Micaela—. Es, efectivamente, un claustro. Un claustro con un patio, si desean precisar.

Y sí, tenía que ser: la noche anterior había dado vueltas y más vueltas en la cama, entristecida, pensando en Ramira de la Concepción y en que hasta en sus últimos momentos había sido despectiva y cruel con ella, que sin embargo ahora rezaba arrepentida por haber sentido alivio ante su muerte. ¿Qué habría pensado de ella sor María de los Ángeles?

Y así recordó que a la superiora envenenada aquel rincón del convento le encantaba tanto como a ella y no era infrecuente verla pasear por allí con su rosario entre los dedos. Quizá por eso mismo el claustro de los Naranjos era escasamente frecuentado: no sólo porque quedaba lejos de las callejuelas recorridas por las monjas y las criadas, por las legas y las pupilas, sino porque en Santa Catalina habían entendido que ése era el espacio predilecto de la superiora y se lo reservaban como recogido y amoroso tributo. Y ella, ajena a aquella reserva devota de las monjas, había buscado la tranquilidad de aquel claustro desde que llegara al convento. Nadie le había dicho nada, respetando su dolor.

Todo esto les explicó a Mercedes y a Charo en aquella ocasión: que repentinamente, mientras recordaba a la abadesa caminando por allí, entregada a la oración más íntima y recogida, pensó que en realidad el lugar al que se refería la superiora era aquel claustro de recios muros añiles en cuyo centro había tres cruces y donde las monjas celebraban todos los Viernes Santos la Pasión de nuestro Señor. Por lo demás, apenas si nadie pasaba por allí.

—No hay pues en el convento ningún lugar más recogido y silencioso que, por añadidura, fuera el preferido de la priora.

—Lo conozco —dijo Mercedes—. Y creo que tienes razón.

Mercedes y Charo se miraron un largo rato sin decirse nada. Luego Mercedes se enfundó en un mantón y ordenó con una voz tan segura como Charo jamás le había escuchado hasta ese momento:

—Vamos para allá.

El claustro de los Naranjos era más pequeño que el patio del Silencio y quizá un poco mayor que el de las novicias. Se accedía a él por una calle llena de ventanucos colmados de geranios que se abría luego a un chiflón y un pasadizo en curva. A esas horas, su bello patio de mármol ajedrezado refulgía como una extraña gema a la luz de la luna. Construido en 1738 y reconstruido después del violento terremoto de 1784 con sus dimensiones actuales, parecía un capricho sensual, lujoso y extemporáneo como el arrebato de un califa en medio de la austeridad conventual, con sus bellos arcos pintados de un añil intenso que contrastaban con aquel suelo tan distinto al del tosco empedrado de los demás patios. Tenía tres cruces de madera pintadas de verde, situadas en pleno centro de aquel espacio custodiado de arbolillos de naranjo cuyo perfume el viento llevaba y traía con delicadeza hasta ellas, que, silenciosas, lo contemplaban como a un espejeante enigma. No se escuchaba más que el rumor de las hojas mecidas por la brisa. Habían esperado impacientes la hora más profunda de la noche, cuando el convento entero dormía, para avanzar sigilosas por las empedradas callejuelas, procurando no hacer ningún ruido, y así llegaron hasta aquel lugar. Efectivamente, pensó Mercedes, si algún sitio en el convento merecía el apelativo de silencioso era ese claustro cuyas paredes estaban adornadas por pinturas con una función catequética y notas escritas que desarrollaban temas de la Vulgata para perfeccionar la vida espiritual de las monjas, instruyó María Micaela recordando las muchas veces que a ella la habían aleccionado acerca de aquel patio. Así pues, todas esas escenas y latines señalaban el recorrido de las tres vías recomendadas por los místicos de la Iglesia: la purgativa, la iluminativa y la unitiva. Al fondo, ¿veían?, se podía observar una gárgola al lado de la cual estaba grabado en relieve el monograma JHS, de Jesucristo. Por allí se llegaba a la sala de Profundis, acondicionada para el velatorio de las religiosas muertas. Al parecer, el claustro, como ocurría en otros conventos, tomaba su nombre no sólo de los árboles plantados allí, sino porque hacía referencia al simbolismo del azahar y el renovado florecimiento del naranjo, ya que las mujeres que llegaban aquí después del noviciado han decidido vivir sus vidas como monjas para el resto de su existencia.

Charo y Mercedes caminaban casi de puntillas detrás de María Micaela, que iba explicándoles todo cuanto sabía y cuanto recordaba por si cualquier mínimo detalle las ayudara a entender qué debían buscar allí, qué parte de aquel enigma se podía resolver con aquellos datos azarosos. Lo único que sabían y que debían tener en cuenta, dijo Mercedes interrumpiendo la explicación de María Micaela, era el sosiego y el silencio de aquel patio, más que nociones del claustro en sí. Vamos, eso creía ella, pues el silogismo no hacía ninguna alusión a nada más. Y avanzó unos pasos fuera de las arcadas para caminar vacilante por el suelo de mármol. Miró con detenimiento los arbolillos y las cruces, que rozó con sus dedos, incómoda por una sensación indefinible que era como tener la solución del enigma en la punta de la lengua y no ser sin embargo capaz de darse cuenta.

Tanto Charo como María Micaela así lo debieron de comprender porque no dijeron ni una palabra mientras Mercedes daba vueltas por el patio, una mano en la frente como si estuviera en intensa comunicación con algún espíritu, piensa, piensa, Mercedes. La luz remota y lunar que esparcía sus escamas de plata por los escaques del patio le daba un aspecto fantasmagórico a aquella imagen de la joven paseando ensimismada. Charo pronto, sin decir ni una palabra, se acercó a Mercedes y también deambuló por el claustro sin saber qué buscaba pero asaltada al parecer por la misma sensación de inminencia que podía adivinarse en los gestos de Mercedes. Ambas eran contempladas por María Micaela, a quien aquellas dos se le antojaban un par de sonámbulas que daban desnortadas vueltas por el perímetro del patio, y por un segundo fue asaltada por la idea de que tal vez el Maligno se había apoderado de repente de sus almas, más aún cuando las mujeres detuvieron su caminata como sincronizadas por el mismo iluminado estupor. Algo brillaba en sus ojos y se quedaron como electrizadas por lo que pensaban que habían descubierto.

Mercedes fue la primera en hablar, tomando nerviosamente ambas manos de la Carvajal.

—¿Te has dado cuenta de lo mismo que yo, Charo?

—Creo que sí —respondió ésta.

María Micaela se acercó a las mujeres dominada por la curiosidad, qué, qué habían descubierto.

—Quizá nada importante, pero este suelo —dijo Mercedes repasando el mármol con su zapatilla—, este suelo, tan distinto a los demás...

—Este suelo es un tablero de ajedrez, Mercedes —terminó la frase Charo contemplando los escaques blancos y negros, detenidas como estaban en su centro mismo.

—¿Un tablero de ajedrez? —la voz de María Micaela sonó desalentada, turbia, algo crispada—. ¿Cómo que un tablero de ajedrez? ¿Se han vuelto locas, acaso?

Pero quizá, rectificó de inmediato, no lo estaban ni se habían vuelto: a la madre superiora aquel juego le fascinaba, según recordó, y después de todo quizá era hasta allí hasta donde quiso conducirlas con aquel silogismo de nombre Cesare.

Mercedes y Charo no hicieron caso del comentario de María Micaela, abstraídas por su descubrimiento.

Aquellas baldosas de mármol eran mucho más grandes que los pequeños adoquines que componían los demás patios, fríos y toscos pedazos de piedra severa, y su esplendor marmóreo de cuadrados blanquinegros dibujaba con precisión un tablero de ajedrez. Eso era, se dijo Mercedes dándose una palmada en la frente. Aunque rápidamente fue asaltada por una duda: quizá lo pensaban así porque los últimos días habían permanecido embebidas en aquel juego que les servía para matar las horas más tediosas de su estancia en el convento. Que fuera un patio ajedrezado, como tantos otros en infinidad de conventos, monasterios y edificios de todo el mundo, poco podía significar, pues ellas habían sido conducidas allí más bien por lo que tenía de silencioso y metafísico, y no había en el silogismo ninguna referencia al ajedrez. Pero era evidente que tenían que intentar descifrar el misterio y el ajedrez podía ser la solución.

—Sí, sí —dijo Charo interrumpiendo los pensamientos de Mercedes—. Sé lo que estás pensando, que es una tontería. Pero todo es tan disparatado que por qué no podría serlo. Quizá...

—A la madre superiora le gustaba el ajedrez —intervino María Micaela.

Sintió las miradas de ambas mujeres clavadas en ella y se sobresaltó.

—Entonces puede que no estemos tan descaminadas —se entusiasmó Charo—. Y como a la priora le gustaba el ajedrez quizá nos ha traído hasta aquí para que encontremos la pista escondida en alguna jugada, en algún escaque.

—Pepe Goyeneche siempre insistió en que la clave de las cartas de su prima conducía al ajedrez, al que hacía referencias constantes y veladas en sus pliegos. Peñuelas dijo que no, que no era eso. Pero ahora pienso que podría no estar equivocado.

—Bueno, primero tendríamos que saber si realmente es un tablero de ajedrez —dijo Charo.

Y ambas intercambiaron una mirada de inteligencia antes de dirigirse a los extremos para contar las ocho casillas por lado que debía por fuerza tener el patio para considerarlo la representación de un tablero. Un tablero disimulado por las tres cruces, que en su centro perturbarían cualquier hipotética partida, pero que al mismo tiempo alejarían las miradas de curiosos con la más mínima sospecha de lo que el patio realmente representaba.

Cada una contó las casillas que compondrían el tablero tanto en la parte vertical como en la horizontal. Lo hicieron casi al mismo tiempo, avanzando por las baldosas blancas y negras. A grandes y nerviosas zancadas, a duras penas conteniendo la respiración, mirándose de reojo y musitando mentalmente el número de casillas, uno, dos, tres, cuatro... Podrían haberlo hecho de un rápido vistazo, pero necesitaban cerciorarse. Fue cuestión de unos segundos. Al llegar al fin y quedar equidistantes se miraron con la desolación pintada en los rostros: aquel patio contenía siete escaques por lado, mientras que un tablero de ajedrez de verdad tenía ocho, lo que daba sesenta y cuatro casillas ordenadas en dicha cuadrícula. No era, por lo tanto, lo que en un momento pensaron que podía ser.

—¿Qué ocurre? —María Micaela, que había mirado el movimiento de Mercedes y de Charo por el patio de mármol desde un extremo apartado se volvió hacia ellas—. ¿Qué pasa?

—Que no es lo que pensamos, chiquilla —dijo Charo con la voz rota—. Una vez más, equivocadas.

Esa mañana, Mercedes y ella habían convenido que de no dar con ninguna pista se acercarían a Mencía de Jesús para confiarle sus afanes. Podía resultar una maniobra que pusiera en peligro lo que habían venido a hacer al convento, podía incluso evaporar la posibilidad de que Mercedes encontrase y pusiese a salvo aquellos documentos que comprometían su herencia, pues quizá la actual superiora era precisamente a quien debían evitar. Largo rato habían especulado sobre este extremo sin llegar a ninguna conclusión, pero Charo también tenía prisa por resolver de una buena vez todo aquello. Al despedirse, Lasarte le dio un beso y le mostró dos dedos: tenía un par de días para decidir si viajaba con él o no. Y el corazón de la artista se encontraba dividido entre el amor por el sevillano y la lealtad para con Mercedes, lealtad que por otra parte había jurado al general Goyeneche cuando éste le salvó la vida escondiéndola en su casa. Cuando María Micaela abrió la posibilidad de que aquel claustro fuera realmente el emplazamiento que ellas buscaban y, más aún, cuando vieron que parecía un tablero de ajedrez, ella pensó que aquel golpe de suerte les permitiría resolver la cuestión y así, liberada al fin de su promesa, podría partir con Lasarte en pos de una nueva y mejor vida. Pero ahora volvía a esfumarse esa posibilidad.

Quiso echarse a llorar y se cubrió el rostro con desesperación. Mercedes se abrazó a ella y, ya sin poder contenerse, ambas mujeres lloraron.

—¿No es un tablero de ajedrez? —insistió María Micaela mirando en torno, sin comprender.

—Falta una fila por cada lado —explicó Mercedes serenándose—. Debemos pensar en otra cosa.

—No, Mercedes —dijo Charo secando sus lágrimas—. Debemos hablar con la superiora y contarle todo. Ya no podemos seguir así, dando tumbos que no nos llevan a nada.

—¿Cuántas filas debería tener? —insistió María Micaela, obstinada, sin entender lo que ocurría, pues ella no sabía nada de aquel juego y sus complicaciones.

—Ocho filas, ocho columnas, una cuadrícula de sesenta y cuatro casillas de colores alternos, blancos y negros. ¿No has visto el tablero acaso? —bufó Charo.

María Micaela, ya acostumbrada al malhumor de la artista, apenas le hizo caso y observó el patio, contando. Luego se volvió triunfante hacia ellas.

—Pues hay ocho filas y ocho columnas.

—¿Estás ciega o no sabes contar, chiquilla?

María Micaela, por primera vez, sostuvo desafiante la mirada de la Carvajal, que tanto la intimidaba. Ésta iba a decir algo, pero Mercedes la detuvo, que la dejara explicarse.

—Este patio, ya lo dije —y avanzó hacia las arcadas que lo encerraban—, fue destruido por un terremoto en 1784. Después se reconstruyó pero se hizo un poco más pequeño.

Se detuvo en una esquina y señaló el suelo: aquí se observaban claramente las marcas del patio tal como era antes del terremoto, ¿lo veían? Se había reducido el perímetro, quedando una fila del otro lado de los arcos. O, si preferían, una fila y una columna. Si las tomaban en cuenta, ahí estaban sus ocho casillas. Ahí estaba el tablero de ajedrez.

El capitán Antonio Lasarte fumaba oscurecido viendo cómo los arrieros transportaban sus dos baúles a las mulas que, bucólicas y como adormecidas, aceptaban con estolidez las brusquedades de sus amos. Tiró el cigarro al suelo y observó el collar de algodón que las nubes habían puesto en el cuello del volcán, las débiles fumarolas que advertían sobre su peligro, como los gruñidos de un tigre dormitando. Contempló la carta de Charo y no pudo evitar estrujarla contra su pecho. Te marchas, Antonio, te marchas, se dijo una vez más, como para convencerse de que era cierto, de que en poco menos de una hora emprendería el fatigoso camino al puerto de Quilca y de allí zarparía finalmente a Lima para cumplir con aquel encargo que le dieran en Cádiz. Pero no podía dejar de pensar en Charo Carvajal y en Mercedes, en que las dejaba en esta ciudad asediada por la guerra, extraviadas en un laberinto del que parecía imposible salir, buscando descifrar una maldita carta cuyas claves siempre se mostraban equívocas. Te marchas, Antonio. Los arrieros terminaron de cargar una de las mulas y ahora se aprestaban al avituallamiento para el viaje. «Siempre es un viaje peligroso, pero en estas circunstancias lo es aún más», le advirtió el presbítero Pereyra y Ruiz sin querer endulzar en nada la advertencia, cosa que el capitán Lasarte agradecía. No sólo eran las fatigas del trayecto y la desolación del desierto por donde debía cruzar, sino la altamente probable aparición de montoneros, de gentes sin ley que bajo el pretexto de la guerra se dedicaban al pillaje y al asesinato, como había ocurrido —según supo— con unos esposos que viajaban desde Valparaíso a Arequipa apenas cuatro días después de que arribaran ellos. Encontraron los cuerpos mutilados, los ojos picoteados por los buitres, las alforjas vacías, los arrieros dados a la fuga, por temor a ser considerados culpables o, quién sabe, quizá porque fueron ellos mismos los asesinos. Lasarte contempló los rostros huraños de sus muleros, los perfiles afilados y las grandes narices curvas, la piel renegrida, los andrajos, las manos como pilones, las cajas torácicas potentes..., gentes endurecidas y siniestras que se mostraban sumisas y al mismo tiempo inescrutables pero que podían ser de una violencia animal, según había visto en algunas ocasiones: una pelea a faca limpia en aquella chichería cerca del río Chili, el paso raudo de un grupo que lo miró ceñudo cuando él avanzaba hacia el convento: indios de ojos pequeños y gesto granítico que observaban como con rencor a los copetudos que corrían a refugiarse a Santa Catalina.

¿Cómo se hace un país así, Lasarte? La diferencia entre los señores, aristócratas y terratenientes, la mayoría de ellos blancos españoles o muy tenuemente mestizos, y estos indios oscuros y pequeños era abismal. Unos eran los dueños y los otros, poco menos que animales de carga, sin ningún derecho salvo a morir reventados en minas y campos... Y tú que pensabas que no habías visto nada peor que las minas y los campos españoles, Lasarte. Por eso mismo, intentó explicarle confusamente a Charo cuando se despedía de ella, era necesario construir una sociedad mejor, pues el Imperio español estaba perdiendo el ritmo de los tiempos y de seguir así pronto devendría en una nación fraccionada, rota, incapaz de entenderse a ambos lados del vasto océano que separaba a quienes eran hermanos. Él tenía un encargo que cumplir: contactar en Lima con José de la Riva Agüero, el conde de la Vega del Ren y otros de similares ideas para explicarles que en breve llegarían de España hermanos francmasones a buscar por todos los medios un entendimiento que evitaría más derramamiento de sangre. A un lado y otro del Imperio lo que los unía era el palpable desprecio al vil Fernando, ése era básicamente el mensaje que debía llevar, pues demasiado bien sabía Lasarte que los ánimos estaban más encendidos entre los libertarios americanos que entre los peninsulares. Por aquí y por allá se formaban las llamadas logias lautarinas, de inspiración independentista, que hervían de patriotas impacientes por crear naciones más justas. Y no iba a ser fácil separar la paja del trigo, pues muchos de ellos confundían la parte con el todo y avivaban un odio antiespañolista que Lasarte no comprendía bien. Lo había visto entre los americanos que pasaban por Madrid, pero sobre todo en quienes arribaron a Cádiz, muchos comerciantes de las provincias de Ultramar, pero también diputados en las Cortes, desorientados por el trato que se les prodigaba, quizá susceptibles en exceso, como ese quiteño Mejía Lequerica o el poblano Miguel Ramos: llenos de brillantes ideas y dueños de encendido verbo, pero suspicaces para todo lo español. Por eso era necesario que partiese cuanto antes para allanar el camino de quienes vendrían en el convoy al mando de don Jerónimo Valdés. Riego había sido tajante: el viaje estaba demorándose más de lo previsto porque las condiciones no estaban del todo claras. Pero las noticias que recibiera al poco tiempo de llegar él a Arequipa ya no dejaban margen para la especulación. En tres meses a lo sumo arribarían a Valparaíso la Venganza, el Mejicano y el Aurora Vélez. Lasarte conocía muy bien a algunos de aquellos bravos que venían a América: a Valentín Ferraz y a Juan Bocalán, con quienes había combatido en Bailén, al jerezano De la Serna, quien se batió como un león en los asedios de Zaragoza..., gente de probadas ideas liberales y de lo mejorcito que tenía el ejército español. Recordó a Pepe Goyeneche y en lo sideralmente alejadas que se encontraban sus posiciones políticas. Y cada vez que pensaba Lasarte en los documentos por los que el general peruano había puesto en juego la vida de su sobrina haciéndole emprender ese viaje descabellado, algo como una alarma se encendía en su ánimo. ¿Qué decían, qué contenían aquellos papeles como para preocupar así al fiero y experimentado Goyeneche? Acaso pruebas, correspondencia altamente comprometedora, porque cuando el capitán sevillano escuchó en Madrid los primeros rumores de que durante sus años americanos Goyeneche no había sido del todo fiel a la Corona —y por lo tanto a la junta que le había encomendado la misión conciliadora—, se negó de plano a creerlo. Por la sencilla razón de que Goyeneche, de entero corazón monárquico, no fue nunca capaz de comprender a los liberales, y si no era capaz de ello, menos lo sería de traicionar a Fernando, pese a que su desencanto por el regio patán era evidente.

Así las cosas, ¿con quién podía conspirar Goyeneche? ¿Qué decían pues esos papeles que tan afanosamente necesitaba rescatar? Lasarte no quería ni pensarlo y más de una vez estuvo a punto de confesarle sus inquietudes a Charo. Pero ¿de qué hubiera servido, capitán? Sólo para traerle más confusión a la infeliz, atrapada por la promesa que hiciera a Goyeneche de no abandonar a Mercedes y embarcándose por ello en una aventura que bien le podría costar la vida.

Ayer por la tarde, al cumplirse los dos días de plazo que ella misma le pidiera antes de decidir si se quedaba en Arequipa o partía con él a Lima, una criada del monasterio le trajo la carta de despedida que le escribiera Charo. En sus líneas, cargadas de velado reproche y cinismo, la actriz le deseaba suerte en Lima y que cumpliera con sus «magnas obligaciones de estatuto superior», y que ella se debía a otras, quizá más pedestres, como era cumplir con su palabra, «ya al parecer sin valor alguno para quien como vos juraba amarme, habida cuenta de la facilidad con la que desprendéis de vuestro corazón todas las promesas que me hicierais». La carta continuaba en ese tenor que oscilaba entre el lamento y el reproche y despertó en Lasarte sentimientos encontrados de indignación, dolor y rencor.

Distraído, el capitán veía los apáticos desplazamientos de los arrieros, que iban pertrechando a la mula con botijos de agua, carne seca, frutas y municiones. En breve estarían listos, y él se debía apresurar a escribir unas líneas de gratitud al presbítero canario —de viaje ahora en Majes—, que se había portado tan noble y generosamente con él.

Volvió a mirar la carta de Charo, su letra nerviosa y vacilante, salpicada de errores que llenaban de ternura al capitán sevillano. Toda la noche quedó en vela, pensando si debía partir o no a Lima, atormentado entre la idea de cumplir con el compromiso que contrajo en Cádiz y la necesidad de quedarse en Arequipa al menos hasta que sus amigas pudieran descifrar el enigma que las había llevado hasta aquel remoto convento peruano. Pero el tiempo apremiaba y no había visos de resolver los acertijos que la madre superiora les propusiera para encontrar el escondrijo de los dichosos papeles. Eso parecía decirle Charo en su carta, donde le explicaba que creían haber resuelto el primer silogismo y que éste las conducía al ajedrez, a un patio que tenía la forma de un tablero..., pero que ahora les quedaba por resolver el siguiente silogismo, el que hablaba de los Borbones y de la defensa de las Sicilias —¿lo recordaba? ¿O lo había olvidado como olvidó sus promesas de amor?—, y que se tambaleaba la tesis de que, como ellas supusieran al encontrarse con aquella joven, María Micaela, se trataba únicamente de dos silogismos. ¿Para qué, pues, se preguntaba en aquella carta Charo, la abadesa había enviado cuatro más? ¿Sólo para camuflar los dos válidos? ¿O más bien ellas debían esperar encontrarse con otras personas que las ayudasen a descifrar la pista de todos los silogismos juntos? La verdad, esta última opción la habían descartado por extremadamente difícil, y también porque el empeño puesto en afirmarse en la idea de que Cesare Bocardo era la pauta para desentrañar el primer mensaje las había llevado a lo que creían la mitad de la resolución del enigma. Sin embargo, terminaba la actriz, se habían cumplido ya los dos días que ella misma pidiera para decidirse y con todo el dolor de su alma debía decirle que no, Lasarte, que no lo podría acompañar a Lima pues no se veía con fuerza para abandonar a la desdichada Mercedes a su suerte y en ese momento. Estaban poniendo todo su tesón en averiguar qué significaba el otro silogismo y donde «los Borbones, una vez más, parecen ponerse de acuerdo para empañar nuestro deseo de permanecer juntos, como si nosotros también fuéramos esas dichosas Sicilias de las que da cuenta el silogismo de la priora muerta».

¡Los Borbones!, pensó Lasarte con un rictus de tedio y hartazgo. Pero también, como le había ocurrido la noche anterior, algo empezaba confusamente a crecer dentro de él, algo como un entendimiento que tenía que ver con lo que le contaba Charo acerca de sus pesquisas. Algo que tenía que ver con ese otro misterio. Y de súbito, como si asistiese a un estallido sorpresivo y cegador, entendió qué era lo que significaba el otro acertijo. Era tan simple que se maravillaba de no haberlo visto antes.

De dos trancos alcanzó a los arrieros y les ordenó que bajaran sus cosas, que no se iba a ninguna parte, al menos aún no. Los dos indios lo miraron como si repentinamente aquel misti hubiese perdido las entendederas. ¿Qué mosca le había picado al español? Pero Lasarte decidió que no se iba, que devolvieran todo a su sitio, cojones. Antes de que los arrieros protestaran les puso unos buenos dineros en las manos y éstos se encogieron de hombros.

—Espérate un momento —llamó al que parecía mayor—. Quiero que lleves una carta al convento.

Y sin más dilación se puso a escribir unos pliegos para Charo Carvajal. Menuda sorpresa se llevaría la actriz. Ahora sólo la Providencia podría ayudar a que las cosas salieran bien. Con suerte, el viaje a Lima sólo se pospondría un día. Apretando la marcha llegarían a Quilca antes de que el barco zarpase.

Una vez que llegaron a su celda después de dejar a María Micaela recogida en la suya, Mercedes y Charo Carvajal volvieron a intercambiar miradas de interrogación y zozobra. Sí, aquel patio de mármol podía observarse como un gran tablero de ajedrez, de tenerse en cuenta, claro, el perímetro recortado del que les habló la joven María Micaela mostrándoles las nítidas marcas que contorneaban la superficie de mármol. ¿Era entonces como debían interpretarlo?, se preguntaron ambas, y se entregaron a las más afiebradas cavilaciones. Porque, de ser así, ¿qué debían hacer con el siguiente silogismo, cómo podían resolverlo? No durmieron sino hasta la madrugada, luego de la confesión de Charo sobre Lasarte y sus pretensiones de irse con ella a Lima...

Pero todo lo ocurrido hacía apenas un par de noches cambiaba las tornas porque la criada había venido inesperadamente con la noticia de una carta para Mercedes, la madre Donicia de Cristo se la había dado en mano, corre, corre, le dijo, apresúrate, mamita, que seguro que están esperando esta carta, ¡viene de España! Y allí estaba, en efecto, la tan largamente como temida carta de Pepe Goyeneche, que sus manos torpes deslacraron para leer con los nervios de punta. En ella su tío fingía una calma de la que a todas luces carecía, pues apremiaba respuestas y hacía votos por que a la llegada de sus pliegos hubiesen ellas encontrado solución al problema. Como comido por el remordimiento de aquel sutil y extemporáneo reclamo, el general se apresuraba a añadir sin solución de continuidad que naturalmente entendía, «querida sobrina, que no será fácil ni rápido, y que desde ya doy por sentados todos los afanes y esfuerzos que estáis poniendo en acometer tan desmesurada empresa que el destino, por mi aciago intermedio, ha depositado en vuestros frágiles hombros». Vaya que sí, pensó ella continuando con la lectura y bendiciendo al cielo que la carta hubiese llegado cuando Charo no se encontraba en la celda, pues seguramente hubiese exigido que Mercedes se la leyese de cabo a rabo y de un tirón. Y seguro no le hubiera gustado escuchar las líneas siguientes, en las que el general le explicaba que ya estaba al tanto de que Lasarte había viajado con ellas, «hecho por el que todos los días doy gracias al Altísimo», pero que ahora lo consideraban un traidor a la Corona, buscado para cumplimentar el expeditivo trámite de la horca, como le ocurrirá con toda probabilidad a Vicente Ramón Richart. ¿Y quién era ése?, se preguntó Mercedes antes de continuar leyendo. Al parecer, al poco de llegar ellas a Arequipa se había desenmascarado en Madrid una conspiración para atentar contra Fernando que involucraba, entre otros, al capitán de guardias del rey Antonio Lasarte. Pepe Goyeneche manifestaba en la carta las más profundas dudas de que su buen amigo estuviese metido hasta tal punto con aquellos alzados y que, de ser así, «tan honda pena me causaría como preocupación por la encomienda a vosotras encargada debido a las razones que a continuación te expondré». El general explicaba en su carta que el plan desbaratado consistía en asesinar a Fernando aprovechando una visita galante y nocturna, para lo cual se había puesto en marcha un pérfido mecanismo conspiratorio del que desertaron al final dos sargentos de marina que delataron a un capitán llamado Rafael Morales, amigo de Lasarte, y al general Richart. Éste, ingenuamente, al enterarse de la captura de Morales, corrió a donde los sargentos para que lo pusiesen a salvo. «Pero lo único que consiguió que le pusiesen fue una pistola en el pecho, hija mía. Y lo entregaron a las autoridades. Al momento de escribirte estas líneas ya Richart es carne de horca.» Aunque lo que realmente preocupaba a Goyeneche era que el duque de Montenegro hubiese hecho circular la especie de que Lasarte era uno de los conjurados, poniendo el reino patas arriba a la hora de buscarlo. Tenía el duque todo el respaldo del propio Fernando, que gracias a su camarilla de baja estofa había esparcido agentes por todas partes y sabía que el pueblo detestaba a los liberales. Como era de todos conocido, el Borbón basaba su poder en una alianza entre el clero y las clases populares... Pero no quería seguir elucidando aquello, continuaba Goyeneche para volver al meollo de la cuestión.

Por unos buenos amigos gaditanos, el peruano se había enterado de que Lasarte embarcó con una falsa identidad a América y que había viajado en el mismo navío que ellas. «Lo cual agradezco pero al mismo tiempo me deja un tanto preocupado.» Y sin más preámbulos el general pasaba a explicarle a Mercedes el porqué de sus dilemas. Básicamente: que aunque no creyera que Lasarte hubiera conspirado de manera tan odiosa y vil contra el rey Fernando, tenía cada vez menos dudas de que estaba en tratos con los masones, «de no serlo él mismo, como mucho me temo», y que su viaje al Perú estaba motivado en propagar las ideas liberales y conjurar contra la Corona desde allí, sirviendo de enlace para el próximo arribo de otros como él que malentendían el amor a la patria. Mercedes se daba cuenta de que su pariente hacía los más ímprobos esfuerzos para no demostrar la decepción y la amargura que le producía el saber todo aquello de aquel a quien consideraba hasta hacía poco su amigo. Pero también era patente que ahora le pedía a ella «no confiar ciegamente en el sevillano, ni mucho menos demostrarle que los papeles que debían encontrar y rescatar son también los míos. Nada más que por un prurito de celo, querida sobrina, y no por desconfianza hacia quien aún considero amado hermano». Demasiado tarde, Pepe, se dijo Mercedes mientras leía alerta los pliegos, atenta al mínimo ruido que delatara el regreso de la actriz. Demasiado tarde, pues ya no había cómo desactivar el interés de Lasarte por aquellos pliegos.

Lo único que la pondría en posición de cumplir con la solicitud de Pepe Goyeneche era que Lasarte por fin hubiese partido esa misma mañana a Lima, tal como le confió Charo hacía dos noches cuando, al borde mismo del inicio de los maitines, ellas regresaran del claustro de los Naranjos a su celda en el sector de las seglares. Lo hicieron con el convencimiento de que allí se encontraba parte importante de la clave, que el patio era como un tablero de ajedrez y que algo debían buscar ahora relacionando ese descubrimiento con el enigmático segundo silogismo. Pero Charo, lejos de entusiasmarse con la idea de que estaban más cerca de resolver el acertijo, parecía realmente hundida en una tristeza sin paliativos. Mercedes preparó un poco de té, ofreció una taza, buscó las manos de su amiga y preguntó qué ocurría. «Pasa, querida Mercedes, que Lasarte partirá pasado mañana a Lima», confesó la actriz con los ojos cuajados de lágrimas. Y ya, sin poder contenerse más, le contó todo lo sucedido con el sevillano y sus planes ocultos, su necesidad de ir al encuentro de los masones limeños, su obstinación en seguir adelante con aquello que parecía ser su destino. Lasarte, lo sabría bien Mercedes porque lo conocía, era un buen hombre, pero con la cabeza llena de ideales en los que ponía toda la devoción que restaba para otros afanes más terrenales por mucho que dijera que no era así. Por mucho que le dijera a Charo que la amaba y que ella, tontamente, le hubiera creído. La actriz, apremiada por la urgencia de la partida, le había pedido a Lasarte dos días para decidir si lo acompañaba a Lima o se quedaba, pero la inesperada resolución del primer silogismo, de ser como ellas estaban imaginando, la había decidido a quedarse e intentar resolver el siguiente. «Me quedo contigo, Mercedes. Me quedaré hasta el final», dijo Charo mirándola con intensidad. Entonces ella puso con cuidado su taza en la mesa y se acercó a la Carvajal para abrazarla con un hondo cariño de hermana. Allí se quedaron hasta el amanecer, aferrada la una a la otra como dos chiquillas perdidas en la espesura de un bosque del que no podían escapar. Luego la actriz le escribió unas palabras de despedida a Lasarte y entregó la nota a Matilde Chambi para que se la llevara de inmediato. Mercedes sospechaba que aquellas líneas guardarían más de un reproche. Pero no comentó nada.

Por eso, se dijo guardando la carta de Goyeneche luego de leerla un par de veces más, debía evitar a toda costa que la Carvajal averiguase la existencia de aquella misiva que providencialmente le alcanzara Matilde Chambi nada más salir Charo a dar una vuelta aprovechando el día templado y azul que la mañana les ofrecía, y de paso intentar mirar de nuevo aquel claustro de los Naranjos, por si algo se le ocurría, dijo. Pero Mercedes sabía que lo que de veras quería la actriz era estar un poco a solas, entregarse quizá a la oración o la simple reflexión de todo lo que estaban viviendo, como ella misma hacía muchas veces.

Cuando regresó Charo a la celda, los ojos enrojecidos por el llanto, Mercedes la recibió con cariño y esforzándose por fingir que no había ocurrido nada extraordinario durante su ausencia. Tal como habían resuelto dos noches antes, decidieron que pensarían de nuevo con cuidado en todas las opciones, hasta el momento inexpugnables, del segundo silogismo.

—Creo que una cosa es cierta, Mercedes —dijo la actriz después de mordisquear sin apetito el trozo de vaca del almuerzo—: Se trata de algo relacionado con el ajedrez. Y no deberíamos avanzar en otra dirección si no queremos seguir confundidas como hasta ahora.

Efectivamente, la Carvajal estaba empeñada en que el patio en forma de tablero de ajedrez era un dato más que revelador de las intenciones de la priora para resolver sus silogismos. No en vano la propia María Micaela había dicho que la monja gustaba de aquel juego, y que el general Goyeneche había pensado en un principio que no se trataba de otra cosa que de una pista ajedrecística, ¿verdad, verdad que sí?

Mercedes asentía, viéndola ahora deambular de un lado a otro de la fresca celda, como había hecho el propio Lasarte hacía pocos días. Y como el sevillano, la actriz de vez en cuando se servía una copita de aquel potentísimo aguardiente arequipeño que a ella se le subía a la cabeza con una rapidez vertiginosa. Al cabo de un rato, adormecidas por el zumbido de los insectos en el sopor de la tarde, se propusieron buscar nuevamente en el tablero organizando una partida, pero nada en todo ello parecía conducirlas a otra cosa que a mirar las piezas de marfil sin saber qué más hacer, por dónde seguir. Entonces, cuando se disponían a disfrutar de una siesta Matilde Chambi apareció en la puerta de la celda, agitada.

—Mamay, alguien ha dejado una carta para ti en el torno —dijo dirigiéndose a Charo.

Ésta prácticamente le arrebató el pliego lacrado, porque sólo había una persona en todo ese lado del mundo que podría escribirle. Mercedes se levantó de la silla con interés y vio cómo se le iluminaban los hermosos ojos al leer las líneas que iban destinadas a ella. Vio también aflorar en su rostro uno a uno los distintos sentimientos de confusión, extrañeza, alegría y zozobra que embargaban a la actriz mientras leía la carta.

Le hicieron un gesto a la criada para que se retirara y por fin pudieron hablar con tranquilidad.

—Es Lasarte —dijo la Carvajal con la voz desafinada por la emoción—. Insiste en que ha encontrado la solución pero que por obvias razones no la puede poner por escrito. Ha suspendido su viaje a Lima. Vendrá a vernos inmediatamente después de que la congregación rece las completas. Tenemos que hallar la forma de que entre al convento sin que nadie lo advierta.

La tomó de las manos, mirándola con los ojos llenos de angustia.

—Pero ¿cómo encontraremos la manera de que pueda entrar?

Charo y Mercedes esperaron con impaciencia a que partiera María Micaela hacia la portería con su difícil encargo. Pero no había otra solución, le dijeron, y aunque ella en principio se negó en redondo, al final no fue la suave y persuasiva Mercedes quien la convenció de que debía hacer lo encomendado, sino una furibunda Charo Carvajal:

—¿No se supone que lo que quieres es realizar un verdadero sacrificio por nuestro Señor, y acaso también por la memoria de tu superiora envenenada? Y eso, amiga mía, no consiste en cuidar de una anciana demente que se meaba en las enaguas, sino en jugarse el pellejo cuando las castañas queman. Coño.

Se hizo un silencio atónito y Mercedes, al ver la intensa furia que veló los ojos de la joven arequipeña, pensó que el exabrupto de Charo había echado todo a perder. Parecía que María Micaela iba a irse sin pronunciar palabra. Sus labios temblaban.

—Serán las papas —dijo al fin María Micaela, también enfurruñada.

—¿Qué dices?

—Que serán las papas. El dicho es «cuando las papas queman» y no las castañas. Y está bien, iré.

Mercedes y Charo respiraron aliviadas. Porque esa tarde, luego de leer la carta en que Lasarte las apremiaba a encontrar por cualquier medio la manera de hacerlo entrar subrepticiamente al convento, a ellas no se les ocurrió mejor plan que convencer a María Micaela para que fuera a donde la monja portera, su amiga Donicia de Cristo, con un supuesto encargo urgente de la madre superiora. Eso habían convenido y así se lo explicaron a la joven, y aunque ésta al principio se negó con vehemencia, terminó aceptando. Nada más finalizar las oraciones de completas debía acercarse con el mensaje a Donicia: Mencía de Jesús la esperaba en el coro bajo, le diría, debía darse prisa. Y que no se preocupara, ella quedaría al cuidado del torno.

Ya hacía un buen rato que habían tañido las campanas que convocaban al rezo de completas, luego de la última refacción comunal y la liturgia de la corona franciscana. Los ecos de voces y pisadas se iban disolviendo, tragados por la densa noche estrellada, y ya volvían las legas, que elevaban sus oraciones en el recogimiento de sus celdas, para aprontar el descanso nocturno. En breve Santa Catalina quedaría sumergida en el más hondo y pío de los silencios, una tupida malla de sonidos mínimos compuestos por el serrucho del grillo, el viento buscando resquicios entre las ventanas, el ladrido remoto de un perro, lejanas risas sofocadas bruscamente... Y ellas dos esperaban, sintiendo el galope de la sangre en los oídos, agitadas y apretando las cuentas de un rosario para pedirle a la Virgen de los Remedios que las ayudara en aquel trance, que María Micaela consiguiera su propósito y que Antonio Lasarte pudiera introducirse en el convento sin ninguna complicación, Señor, te lo imploramos, Señora santísima, ayúdanos.

Al cabo de un tiempo que se les antojó eterno y cuando ya casi daban por perdidas todas las esperanzas de que la joven tullida hubiese podido cumplir su encargo, escucharon tenues pisadas. Al principio no estuvieron seguras, pero unos mínimos golpes en la puerta las hicieron brincar de susto y excitación. Eran ellos. María Micaela traía las mejillas afiebradas. Lasarte se fundió en un largo abrazo con Charo y después besó y estrujó contra sí a Mercedes. Cuando ellas amagaron con lloriquear, el capitán sevillano se llevó un dedo imperativo a los labios: no tenían tiempo que perder, dijo en voz baja.

—Creo que he dado con la solución —roncó, temblando de entusiasmo, mirando a una y a otra, pasándose la lengua por los labios como si tuviese mucha sed—. Estoy casi seguro de que es así. No podemos perder un minuto. Vámonos.

—¿Adónde? —preguntó Mercedes cuando el capitán, embozado en una capa gruesa y oscura, ya alcanzaba la puerta.

—¿Adónde va a ser, Mercedes? ¡Al claustro ese! Esta jovencita ya me ha contado los pormenores.

Y sin permitir más interrupciones, las conminó a que salieran con él.

María Micaela había tenido la precaución de llevarle una suerte de tocado con el que el capitán ocultaba su cabeza y, visto sin poner atención, podría pasar por el velo de una monja. No tuvo ningún problema con Donicia de Cristo, que había corrido al coro bajo a encontrarse con Mencía de Jesús, pero ella debía volver a la portería antes de que la monja tornera regresara. Y era necesario inventar algo verosímil para disimular el engaño cuando Donicia se diera cuenta de que no había tal cita, por lo demás extraña. Sin más palabras, la joven se alejó rengueando apresurada: ella las alcanzaría en el claustro de los Naranjos en un momento, susurró cuando se detuvieron en la bifurcación que llevaba por un lado a la puerta del convento y por otro a sus profundidades más alejadas. Por allí se encaminaron Lasarte, Mercedes y Charo buscando el amparo de las sombras más densas, las esquinas ciegas, el tranco amortiguado por los pasadizos cortados por el navajazo del viento nocturno, rogando no encontrarse con nadie, aunque era difícil a esas horas. En todo caso faltaba mucho para que se convocaran los maitines, que en la congregación catalina eran casi a las tres o tres y media de la mañana, según el horario de Arequipa. Tenían pues un tiempo precioso que Lasarte no quería perder. Dieron todavía unas vueltas sin saber por dónde dirigirse, se encontraron de pronto de nuevo en la plaza de Zocodover, con su fuente musgosa de aguas dormidas, y Charo contuvo un juramento. Volvieron tras sus pasos y, luego de caminar sin brújula un momento, al fin se abrió ante ellos la esforzada callejuela que llamaban del claustro, colmados sus ventanucos de geranios y que conducía precisamente al que buscaban: el claustro de los Naranjos, con su bello patio de mármol. Dieron unos pasos por el fresco suelo contemplando la hermosa ejecución de su superficie, que parecía brillar a la luz pura de las estrellas.

Recién entonces Lasarte les explicó que si, tal como sospechaban, el primer silogismo proponía un espacio, el segundo ofrecía un movimiento. Y si tal espacio era signado por las casillas de un tablero de ajedrez, el movimiento tendría que ser, sin duda, una jugada.

—Parece obvio... —bufó impaciente Charo—, pero a saber, porque jugadas, lo que se dice jugadas, hay muchas.

Lasarte se acercó de dos trancos hasta donde ella y le puso un dedo en los labios. Luego volvió a la posición desde donde había hablado e hizo aparecer en su diestra un papel. Les leyó entonces el segundo silogismo:

«... Y pensarás que son desvaríos de la enfermedad, pero, en estos momentos, pienso mucho en nuestra amada España, la casa de nuestros queridos Borbones, y en todos aquellos que estando lejos nos sentimos unidos por el mismo amor. Por eso es tan importante la defensa de estos territorios. Como las Sicilias, que no son territorios peninsulares, pero en su corazón Nápoles y Sicilia son españolas. Y es que algunos españoles no somos peninsulares aunque amamos a España incluso más que los que allí habitan». ¿Qué nos invita a pensar, entonces? —preguntó retóricamente—. Muy sencillo, queridas mías. Si aceptamos que el primer silogismo nos lleva hasta este patio con forma de tablero de ajedrez, entonces el segundo, que nos menciona a las Sicilias y hace velada alusión a la defensa de unos territorios amados, parece referirse a la defensa siciliana: una jugada de ajedrez.

Luego dio dos pasos ágiles hasta colocarse en una baldosa blanca, como un peón del hipotético tablero donde ahora emplazaba sus movimientos. La defensa siciliana era la sencilla pero letal apertura que se producía una vez planteados los movimientos e4, de peón de rey, donde estaba parado ahora, y respuesta c5, es decir, peón de alfil dama, ¿veían? Y luego se volvió hacia ellas.

—Charo, por favor, juegas negras. Sitúate allí, como si fueras el peón del alfil dama. Mercedes, tienes que salir un momento del tablero.

La Carvajal corrió a su casilla y esperó instrucciones, mirando fijamente a Lasarte, envuelto en el extraño manto que le cubría la cabeza. Antes de que pudiera continuar hablando escucharon el rumor apagado de unas zapatillas. Estamos perdidos, se dijo Lasarte. Respiraron aliviados al ver que se trataba de María Micaela: que no se preocuparan, nadie vendría por allí, y menos a tales horas, les hizo un gesto. Luego, la joven arequipeña se puso al lado de Mercedes para escuchar las explicaciones del sevillano, anclado en el patio como un extraño pájaro, con los brazos extendidos.

—Puesto que como sabéis son las blancas las que plantean el envite con el peón de rey, donde estoy yo situado, y las negras no responden con una jugada similar, la defensa siciliana se considera una apertura semiabierta.

»Se dice que es una defensa menor, pero yo no estoy muy de acuerdo: pese a su inocencia es un verdadero laberinto, de muy difícil resolución y a menudo engañosa. Su nombre se debe al siciliano Pietro Carrera, como seguramente sabía la priora, que nos ha dejado esta pieza maestra de la ocultación. Plantado aquí, la defensa siciliana consiste en que las negras deberán contraatacar en el centro del tablero con un peón lateral. ¿Me seguís? Ello obliga a las blancas a recuperar el terreno perdido de la casilla d4. Para tal efecto se verán obligadas a realizar el cambio con el peón central de la dama.

Lasarte anunció su maniobra de apertura como peón de rey y así Charo ejecutaría el movimiento indicado anteriormente: peón de alfil dama. Quedarían entonces a un escaque de distancia y en diagonal con respecto al otro.

—No hay tiempo de explicar toda la inevitable secuencia, pero si es como me imagino basta con que sigáis mis instrucciones —se volvió a Mercedes con gesto divertido—. Ahora ven tú aquí y sitúate en la casilla inicial de mi caballo de dama, es decir, en g1, de donde te moverás a f3, ¿entendido? Un simple movimiento en ele, típico del caballo. Quédate ahí hasta que yo te lo diga. Vamos a realizar la jugada en el orden que marca esta defensa. Recordad pues que es una apertura contra peón de rey. Si esto funciona como creo que debe funcionar, debemos actuar coordinadamente y sin perder tiempo. ¿De acuerdo?

Mercedes corrió a la baldosa señalada, y cuando Lasarte estuvo seguro de que todos estaban en sus posiciones anunció que iba a empezar. María Micaela miraba todo con ávida curiosidad, sin querer perderse detalle de aquella extraña coreografía que estaba a punto de presenciar. Lasarte lanzó una fugaz mirada a ambas mujeres y luego pareció concentrarse cerrando los ojos. Después, como tomando decidido impulso, el sevillano avanzó dos casillas en línea recta desde su posición de peón de rey. Nada más situarse en su lugar, Charo avanzó dos escaques realizando el movimiento de apertura que le indicara Lasarte. Tenían una de las tres cruces verdes que ocupaban el centro del patio a dos casillas de distancia. Una vez que Charo se detuvo en la baldosa negra, Mercedes ejecutó su movimiento hasta quedar en la posición que le mostró Lasarte, exactamente una casilla detrás y a la derecha del sevillano. Apenas puso la sobrina de Goyeneche el pie en la casilla blanca escucharon un crujido, como el estallido de una rama seca, y se volvieron a mirar de dónde provenía. Allí, justo en el borde del escaque que ocupaba la cruz central que interrumpiría la siguiente jugada de la defensa siciliana, había saltado, enigmática y repentina, una baldosa negra.

No sabía cómo se le había podido pasar algo tan evidente, decía una y otra vez Lasarte mientras caminaban hacia la celda de María Micaela. Sin embargo así había sido, qué diantres, el asunto era que finalmente habían resuelto el enigma. Pero ¿cómo supo que tenía que desarrollar de tal guisa la secuencia de las baldosas?, preguntó maravillada Charo aferrándose al brazo del capitán, y Mercedes y María Micaela insistieron, sí, ¿cómo había sabido que eso era lo que había que hacer? Lasarte se acomodó desmañadamente el tocado, en realidad... no lo sabía a ciencia cierta, pero al recordar el extraño patio ajedrezado en medio de la austeridad del convento y, más aún, las tres cruces en pleno centro, se le vino de inmediato a la mente el rectángulo que ocupa el corazón de un templo masónico y que suele incluir cierto número de casillas emblemáticas.

Lasarte advirtió de reojo cómo María Micaela se santiguaba al escucharlo. Porque en el rectángulo masónico —continuó— no hay tres cruces, pero sí tres columnas, las tres columnas que soportan las luces del orden. Así pues, al evocar la imagen de aquel patio rápidamente pensó en un recinto francmasón. Y él había visto en Londres un patio de características similares. Al ver el gesto de incredulidad y escepticismo en las tres mujeres agregó, rotundo:

—Después de todo la imagen de una Virgen sobre un tablero de ajedrez es un símbolo masónico. ¿No lo sabíais? No, por supuesto.

Siguieron caminando apresurados y ahora en silencio, hasta que la propia María Micaela, que les iba indicando el camino hacia su celda, le pidió con timidez que le contara lo ocurrido en Londres. Lasarte iba a contestar avinagrado pero se lo pensó mejor.

Al fin resopló con impaciencia. Como decía, en aquel emplazamiento londinense de la logia fundada por el duque de Wharton donde tuvo su primer contacto con la francmasonería funcionaba un mecanismo similar aunque más rudimentario, que escondía una trampilla y que se activaba con un solo movimiento coordinado de dos hombres, como el mecanismo de una llave en una cerradura complicada, les dijo. Eso sí: nunca había visto ingenio semejante al que acababan de observar en el claustro de los Naranjos. Quien ideó aquel sofisticado mecanismo era alguien con muchos conocimientos. Esta casilla sólo podía abrirse con un movimiento preciso y pautado de tres personas, nunca como producto de varias pisadas al azar. ¡Era realmente fantástico!

—Fue la Providencia que lo iluminó —dijo María Micaela persignándose.

—Puede ser, querida amiga, puede ser —dijo el capitán mirándola con simpatía—. Pero sin tu ayuda todo eso no hubiera servido para nada. Habríamos llegado a un punto muerto.

Avanzaban con discreción en medio de la oscuridad y por eso no pudieron ver que los ojos de María Micaela se llenaban de lágrimas. Le dolía el engaño a la inocente Donicia, que recibió extrañada la noticia de que la superiora quería verla. Sin embargo la creyó y partió apresurada dejándola a cargo del torno, enfrente de la doble reja que separaba el convento de la calle. Con el corazón desbocado esperó repasando las cuentas de su rosario, imaginando los pasos apresurados de Donicia hasta el coro bajo, su sorpresa o inquietud al no ver allí a Mencía de Jesús, el tiempo que, paciente, esperaría hasta que decidiera volver al locutorio. Por fin escuchó unos débiles toques y corrió a abrir: fugaz como una sombra entró, embozado en una capa de paño, Antonio Lasarte. Ella le dio una suerte de toca que el sevillano se echó por encima de la cabeza y sin decir palabra María Micaela lo llevó hasta la celda donde esperaban Mercedes y Charo. Luego, a toda prisa, volvió a la portería. Escasos minutos después apareció Donicia, ¡qué extraño!, le dijo mirándola directo a los ojos, no había nadie en el coro, y eso que ella esperó un buen rato, mamita. ¿Estaba segura de que ése fue el encargo que le dio la madre superiora? María Micaela, sintiendo que iba a arder en los fuegos espantosos del infierno, le dijo que sí, eso fue lo que le indicó Mencía. ¿No sería un ánima, mamita?, la monja se persignó sin dejar de mirarla con curiosidad, ¿un espíritu juguetón que la había enredado con esa mentira? No, no creía, balbuceó ella con un escalofrío, pensando: dónde te metes, María Micaela, pero Donicia pareció no darle más vueltas al asunto y se encogió de hombros, como si fuera algo normal que ella se equivocara o que un espíritu hiciera su aparición para transmitir mensajes falsos. María Micaela no dijo más y se escabulló hacia el claustro de los Naranjos, donde Lasarte ya se movía por aquel tablero. Y las hizo marchar a Charo y a Mercedes como si también fueran piezas de aquel juego hasta que se abrió como una trampilla justo a los pies de la cruz central de aquel patio. «Pero sin tu ayuda todo eso no hubiera servido para nada. Habríamos llegado a un punto muerto», le acababa de decir Lasarte, y ella sintió que era útil y que estaba cumpliendo, de una manera impensada y extraña, con el encargo final de la madre superiora, porque cuando aquella baldosa se abrió, todos corrieron hacia allí y Lasarte removió la piedra suelta con prisa. Metió la mano con cuidado y extrajo una llave sin brillo, más bien negruzca, inofensiva y mínima. Se quedaron consternados, pues no acompañaba a la llave nota ni instrucción alguna. Simplemente estaba envuelta en una fina batista que pertenecía a la superiora, como reconoció María Micaela. Ellos habían pensado que encontrarían

allí algunos papeles o algo similar, pero no una sencilla
llave que sabía Dios adónde podía conducir. Mercedes
pensó de inmediato en la que le diera Pepe en Madrid,
pero ni siquiera se parecían, no tenían nada que ver: todo
resultaba una especie de burla cruel, aquello no acabaría
nunca y, tal como había advertido Goyeneche, el interés
de Lasarte era más que evidente. Por un segundo pensó en
abandonar y correr a donde Mencía de Jesús para dejar
todo en sus manos, harta de aquel juego siniestro. Charo
lanzó un juramento y Lasarte se quedó mirando la llave,
alelado, sin saber qué hacer. Porque ya no quedaban silogismos que resolver. O quizá sí, y ahora tendrían que volver a buscar entre los cuatro restantes el que diera sentido
a aquello. Pero todo parecía ya excesivo y confuso en de-
masía. Era, pues, como si hubiesen llegado al fin de una
ruta inexpugnable. Fue María Micaela quien arrebató la
llave delicadamente de las manos al capitán, y la elevó buscando que la escasa luz nocturna alumbrara mejor el perfil enigmático y metálico. Su voz sonó al cabo llena de
aplomo:
—Sé de dónde es.
No le cupo la menor duda de qué se trataba en
cuanto pudo verla mejor, y pensó en el misterio de los caminos de nuestro Señor. Porque María Micaela recordó la
llave que Ramira de la Concepción guardara con tanto
celo y que Mencía de Jesús le entregara a ella junto con el
rosario, una estampa de san Nicolás de Tolentino y otras
mínimas pertenencias de la anciana. La llave que había
aparecido bajo aquella baldosa activada por un ingenio escondido era igual. Y recordó que la monja reclamaba una
y otra vez que le devolvieran su llave, que quería su llavecita, y cómo torturaba a la madre Donicia para que se la entregara, pues ésta tenía otras dos iguales y le había dicho
alguna vez a María Micaela que eran de aquel ropero antiguo, idéntico al que había en la celda de sor Ramira. Para
ella, como para las demás monjas, era sólo producto de sus

desvaríos seniles el que la monja insistiera en que le devolvieran algo que llevaba siempre consigo.

—¿De qué es esa llave? —preguntó Mercedes al ver la convicción de María Micaela.

—De un ropero.

—¿Cómo que de un ropero, maja? —se escandalizó Charo.

Pero María Micaela había tomado el mando de la situación y, sin hacerle caso a la actriz, se dirigió a Mercedes y a Lasarte pidiéndoles que la siguieran.

Y ahora estaban allí, avanzando en medio de la oscuridad y en dirección a su celda. Entraron en completo silencio y María Micaela sacó de debajo de su camastro un cofrecito de nácar de donde extrajo una llave: tal como les había dicho, ambas eran muy similares, si no idénticas.

—No entiendo bien —dijo Lasarte.

—Yo tampoco —dijo Mercedes—. ¿Dos llaves que abren un ropero?

Entonces María Micaela, nerviosa, pensando que había cometido un error, les explicó la historia de Ramira de la Concepción y su empecinamiento con aquella llave que siempre llevaba colgada al cuello, su temor obsesivo a que se la robaran, el ropero inmenso, la cerradura que abría una enmohecida hoja de aquel mueble vetusto. Y bueno, ella no tenía idea de nada más, agregó impaciente, simplemente les decía que esa llave que les había dejado tan oculta la madre priora era como esta que estaba aquí. Que miraran, si no lo creían. Y puso ambas juntas sobre la mesa.

—Vayamos para allá y veamos —dijo al fin Lasarte observando que las llaves parecían iguales—. No tenemos mucho tiempo.

Era cierto: pronto tañería la campana llamando a maitines y ellos debían encontrar lo que buscaban... o Lasarte el medio por el que salir del convento a toda prisa.

De manera que se encaminaron rápidamente a la celda de la madre Ramira de la Concepción, cercana ya a los gallineros.

Cuando entraron a aquella celda oscura que olía a moho y podredumbre, cerrado su ventanuco por una cortina negra de tela espesa, alumbrados apenas por un candil, María Micaela señaló el armatoste matusaleno que se apoyaba contra la pared de la habitación: grande, oscuro y envilecido por el tiempo, de patas curvas como garras de león. Imposible de mover, como en algún momento pensó ella pidiéndole a la criada de la madre que la ayudara. Pero no fueron capaces de arrastrarlo un milímetro y lo dejaron allí, limitándose a limpiarle un poco el polvo.

María Micaela metió con decisión la llave de la madre Ramira en la hoja izquierda y la abrió como siempre, sin problemas. No había nada allí, excepto unas sayas raídas y unas sandalias viejas. Entonces tomó la otra llave y con una mano vacilante, y ante la expectativa de todos, la introdujo en la otra cerradura. Con un chirriar enmohecido, la hoja derecha se abrió. Pero nada más. Quedaron las dos puertas abiertas de par en par mostrando la oscuridad del mueble, del que emanó un olor turbio como de la boca de un desahuciado. Habían encontrado la otra llave del ropero de una anciana decrépita y ya muerta. ¿Eso era todo? Probaron cada llave en la hoja contraria pero no funcionó, estaba claro que se trataba de una llave para cada puerta, aunque el resultado fuera igual de inútil.

Lasarte cerró ambas puertas con un gesto de impotencia y se llevó una mano a la frente. Al cabo de unos minutos levantó el rostro y las miró con estupor, no había por qué rendirse, dijo, tenían que hacer un último intento.

—María Micaela —pidió—, mete la llave en la cerradura de la hoja izquierda y déjala allí. No hagas nada hasta que yo te diga.

Entonces él introdujo la otra en la hoja derecha y a una indicación suya ambos giraron las llaves sincronizadamente.

Escucharon, sorpresivo como un pistoletazo, un crujido en el fondo del armario, luego el chirriar trabajoso de goznes y mecanismos. Se apresuraron a abrir de par en par ambas hojas y, como si hubiera sido un acto de magia, el inocente fondo de aquel armario ofrecía ahora una oquedad en la pared. Lo suficientemente ancha como para que pasara una persona agachada.

Luego de la sorpresa inicial, Lasarte fue el primero en introducir la cabeza en aquella oscuridad insondable. El candil que le alcanzaron apenas sirvió para iluminar, fugazmente, aquella negrura de socavón.

—¿Qué ves? —apremió Charo pugnando con Mercedes y María Micaela para atisbar en aquel agujero aparecido en la pared donde se apoyaba el armario. Pero el cuerpo de Lasarte les impedía ver nada. Al cabo reapareció su rostro, tiznado de suciedad y telarañas:

—Creo que nos lleva a un pasadizo —les dijo, porque había unas escalerillas. Volvió a salir sacudiéndose el polvo de la ropa.

»Escuchadme —dijo entonces a las tres mujeres—. Es evidente que esto conduce a alguna habitación secreta..., así sucede en muchos otros conventos, según he sabido. Pero puede ser peligroso porque quizá haya estado largo tiempo en abandono y se encuentre inundado o emanen de él gases mortíferos, como en una mina. No sabemos adónde conduce y apenas tenemos iluminación.

—Yo entraré, Antonio —dijo al fin Mercedes con resolución.

A Mercedes le venían a la cabeza las advertencias de Pepe Goyeneche sobre el sevillano y, aunque le dolía recelar así, los últimos acontecimientos le habían dejado los nervios en un estado tal de calamidad que quizá ya no pensaba con la lucidez que necesitaba en esos momentos. Se sentía al borde mismo de sus fuerzas.

—Por supuesto, Mercedes —Lasarte no pudo dejar de advertir el nerviosismo de su amiga y tal vez sospechó de aquella desconfianza repentina y atolondrada—. Sólo me creía en la obligación de advertiros del peligro.

—Yo también entraré —dijo Charo avanzando decidida y levantándose las faldas para facilitar el movimiento de trepar.

María Micaela se pronunció igualmente, no quería quedarse allí sola, dijo con aprensión.

—Está bien, vamos todos —resopló Lasarte—. Pero al menos dejadme ser el primero, no vaya a ser que... En fin, esperad un momento.

Y sin más el sevillano, murmurando por lo bajo, avanzó obligado a colocarse de espaldas a causa de la estrechez de la trampilla, como si descendiera a una poza, pisando a ciegas, tanteando los escalones que crujían bajo sus pies y cuya exactitud le resultaba imposible de adivinar. Quizá terminaban de súbito haciendo precipitarse al vacío a quien se aventurara a hollarlos. ¿Diez, quince, treinta pies más abajo, Lasarte? ¿A una trampa de maderas puntiagudas, a un pozo de aguas podridas? Ponía el pie al tanteo, sin saber si el próximo escalón lo conduciría a una caída fatal. Cada paso dado lo obligaba a luchar contra un vértigo que le contraía el estómago y lo llenaba de sudores. Pero pese a lo que imaginaba, apenas si fue necesario descender unos pocos peldaños, tan escasos como para ser ganados de un salto. De haberlo sabido..., se dijo vagamente desazonado y al mismo tiempo lleno de alivio. Ahora se hallaba en el inicio de un pasadizo donde casi podía ponerse de pie, pues el techo le rozaba con incomodidad los cabellos y sentía el pegajoso hilo de las telarañas en su rostro. Las apartó de un manotazo conteniendo el repelús: siempre habías detestado las arañas, Lasarte, era tu secreto más íntimo. Pero ya estaba allí. Se volvió hacia el fondo del pasadizo estrecho y húmedo hasta que sus ojos se acostumbraron a la penumbra: sí, al extremo de aquel pasillo de bloques de sillar se distinguía una leve iluminación, una suerte de resplandor auroral y difuso como la luz de un sueño y que al principio pensó que provenía de alguna lámpara o candil, mas pronto entendió el capitán sevillano que era luz natural, pues resultaba muy tenue y sin origen identificable. Se chupó el índice y enfrentó la mano hacia el fondo de aquella galería. Al instante sintió que, casi imperceptiblemente, la yema de su dedo se secaba: había, como lo supuso, un conducto de ventilación.

—¿Lasarte? ¿Estás ahí? —escuchó la voz impaciente de Charo Carvajal.

Se volvió hacia el agujero por el que había descendido, apenas metro y medio más arriba de donde ahora se encontraba, y les hizo señas. Primero fue Mercedes quien bajó con cuidado y temblorosa, pese a que el capitán la sujetó de la breve cintura y la depositó delicadamente a su vera. Luego fue Charo la que descendió acautelando sus pasos hasta sentir las manos seguras y cariñosas de Lasarte, y por último María Micaela, que tenía el rostro enrojecido de dolor, pero no se quejó. Lasarte la cogió del talle delgado y la izó como si fuese una pluma hasta ponerla en el suelo.

—Gracias —murmuró la chica limpiándose las manos en el vestido.

La operación no duró ni cinco minutos y se hizo en completo silencio: el candil que Lasarte llevaba en la mano les mostró el interior de aquel pasadizo estrecho que apenas les permitía caminar uno detrás de otro por el túnel que la luz abría para ellos.

—¡Aquí corre aire! —susurró Charo deteniéndose un momento.

—Entonces debe de comunicar por el otro extremo con alguna salida —Lasarte avanzó unos pasos siguiendo el indeciso alumbrar de la lámpara de aceite que llevaba en la mano.

De pronto, Mercedes lanzó un grito seco y se aferró a Lasarte con violencia, ¿qué ocurría, qué pasaba? Y ella señaló con un índice tembloroso hacia el suelo para que el sevillano alumbrara: fugaces, pardas, de ojillos brillantes, algunas sombras corrieron a toda velocidad huyendo de ellos. Sí, ratas, dijo Lasarte sintiendo que el corazón le volvía a latir acompasadamente, debe de haber algunas por aquí, claro. Mejor, eso confirma mi idea de que, en efecto, hay al menos otra salida.

Pero también había en la piedra de las paredes una ligerísima humedad permanente y antigua, igual que en el suelo, donde se advertían musgos y una viscosidad repelente. El aire estaba cargado de una densidad como de trópico oscuro. Sí, aquel corredor era considerablemente largo y por un instante Lasarte dudó si seguir avanzando o detenerse, pues no tenían la menor idea de adónde los podía llevar. Pero a medida que caminaban —¿cinco, diez minutos?, no lo sabría precisar— la altura se iba haciendo más desahogada, hasta el punto de que el sevillano podía ahora andar sin ninguna dificultad. Sus dedos se apoyaban en la fría pared, donde de cuando en cuando percibía rugosidades, trazos hechos con navaja, quizá la firma de algún alarife, una fecha remota. ¿Cuánto tiempo tendría ese conducto secreto? Quién lo podía saber, capitán, quizá siglos, construido en el convento como escondrijo y vía de escape en los primeros años de la colonia, un lugar perfecto para ocultarse... u ocultar algo.

La iluminación, imperceptiblemente, también había ido aumentando a medida que avanzaban y de pronto se encontraron caminando al amparo de una luz cenital cuyo origen, sin embargo, les resultó imposible identificar, pues las paredes del lugar, así como el techo no presentaban fisuras ni aberturas que indicaran un paso al exterior.

—¿Adónde puede conducir esto? —escuchó la voz de Mercedes como un murmullo a sus espaldas.

—¡Escuchad! —pidió Lasarte volviéndose a ellas con un dedo en los labios, alerta.

Las sombras de los cuatro se alargaban, curvándose en las paredes como un sinuoso ballet. Se quedaron en silencio, aguzando el oído, y al cabo de un momento les llegó el inconfundible rumor de una corriente, el gorgoteo del agua insomne y fría remontando su lecho, inubicable pero cercana. Probablemente el río Chili, pues Santa Catalina estaba situado muy cerca de éste, afirmó Lasarte. María Micaela asintió con la cabeza, debía de ser así, porque las monjas hablaban de las crecidas del furioso río, que más de una vez había alcanzado el convento causando innumerables destrozos. De eso hacía mucho.

—¿Y de este túnel jamás nadie te habló? —Lasarte se volvió a ella.

María Micaela dijo que sí, que circulaban historias, pero que siempre creyó que eran leyendas que las monjas contaban para colorear sus tardes.

—Sí, hay otra salida y debe de desembocar en la catedral o muy cerca —dijo, y les refirió lo que le contara en cierta ocasión Donicia de Cristo respecto a la madre Ramira, cuando logró escapar del convento sin que nadie supiera por dónde. Simplemente la encontraron vagando cerca de la catedral...

De pronto María Micaela interrumpió su relato y dirigió sus ojos alertas hacia atrás. Se quedó quieta igual que una estatua, olfateando el aire vagamente húmedo y azufrado como salido del propio averno. ¿Qué pasaba?, ¿qué ocurría?, preguntó Charo obligando a detenerse a Mercedes y a Lasarte.

—Creo que he escuchado pisadas...

—¿Pisadas? ¿Pisadas humanas? —Charo se frotó los brazos con energía. Las ratas le habían puesto la carne de gallina, pero se contuvo de decir nada.

—No... no sé, me pareció oír a nuestras espaldas algunos pasos.

Se quedaron casi sin respirar, escuchando, con la vista en la oscuridad profunda por la que habían venido. Sin embargo al cabo de uno o dos minutos interminables no les llegó nada más que el infatigable torrente del río como un murmullo.

—Es tu imaginación, chiquilla...

—Sí, quizá —admitió María Micaela, aunque no muy convencida. Porque hasta ella, que cerraba la marcha, había llegado clarísimo el eco amortiguado de unas pisadas leves, nocturnas.

De pronto el pasillo se interrumpió con brusquedad, como si culminara en un precipicio insondable. Lasarte asomó la cabeza con cautela y constató que, tal como había imaginado, se trataba de otro desnivel debido seguramente a las irregularidades del terreno y que los constructores de nuevo habían solventado, esta vez con una escalera de piedra. Apenas cinco o seis escalones toscos que desembocaban en una suerte de galería que se abría a otro pasillo y a una serie de celdas vacías: con hornacina para oratorio, alacenas y arco destinado al camastro, y que eran similares a las más antiguas que existían en el convento, pero se notaba que no se habían usado hacía mucho. En una de ellas había una muñeca de trapo, en otra, un misal y un rosario tosco, un cofrecito de madera con un nombre, «Josefa de la Purificación y Zegarra», y una fecha: «1717». Había pequeños objetos personales y algunos libros carcomidos por el tiempo. El pasadizo se alargaba hacia lo oscuro, seguramente rumbo a la catedral o a otro lugar, especuló Lasarte iluminando la oquedad.

Las celdas —cuatro en total— se disponían en semicírculo y no tenían mayor interés. Pero justo enfrente de éstas había una puerta de arco resguardada por dos falsas columnas rematadas con sendas esculturas que sostenían un frontis de complicado dibujo.

—Son los mismos atlantes que sostienen la ventana que hay encima de la entrada principal de la catedral —dijo María Micaela convencida—. Mi padre me habló de esas esculturas, por eso lo sé.

La puerta estaba entreabierta, como si alguien hubiese salido precipitadamente, olvidando cerrarla. O más bien como si alguien la hubiera dejado así, intencionalmente entornada. Como una promesa o una invitación imposible de rechazar. Entraron.

La habitación era de considerable mayor tamaño que las otras celdas, y a diferencia de éstas parecía haber sido usada hasta hacía muy poco tiempo. Flotaba en el aire —nítidamente más seco que el del pasillo que los había conducido hasta allí— una atmósfera pacífica y de liturgia. Estaba débilmente iluminada y los cuatro buscaron sin éxito el lugar por donde se filtraba aquella luz tenue, como de sacristía. De manera que encendieron varios velones que había dispuestos aquí y allá, pues el candil empezaba a consumirse.

Así, a la luz dorada y danzante del fuego, la estancia cobraba una imagen fantasmagórica y leve, llena de sombras huidizas.

—¡Vaya! —suspiró Mercedes mirando hacia la techumbre en forma de bóveda, la rica alfombra que cubría el suelo, el oratorio, los dos pequeños sofás acomodados coquetamente a ambos extremos del recinto.

María Micaela y Charo dieron también unos pasos inciertos, mirándolo todo fascinadas. En un primer momento pensaron que se trataba de una biblioteca, pero al recorrer los angostos pasillos laterales entendieron que era más bien un archivo, pues todas las estanterías estaban organizadas en orden alfabético: cajas, cofres y arcones con legajos debidamente enrollados o incluso encuadernados en piel, con apellidos y fechas inscritas en sus lomos que indicaban —según coligieron— a qué período y a qué familias correspondían los documentos allí guardados: «Fam. Quintero y Somoza. 1570-1793», «Fam. Llosa Cateriano y Larrazábal. 1617-1782», «Fam. Valdivia y Romaña. 1601-1786», «D. Saturnino Benavides y Cano. 1728-1791». Algunas otras cajas remitían a un único personaje y a un paréntesis de fechas mucho más delimitado, como si sólo guardaran la correspondencia sostenida durante ese tiempo: «D. Juan Manuel Moscoso y Peralta. 1755-1779», «D. Evaristo Gómez Sánchez. 1781-1809».

Muchos de los cofres estaban cerrados con un rudo candado de tipo escandinavo y otros con un sencillo claveteado. Unos parecían haber sido abiertos precipitada y toscamente y su contenido se ofrecía en desorden, como si alguien hubiese buscado con nerviosismo en ellos. Algunos estaban abiertos. Otros más eran de hierro y no de modesta madera como la mayoría.

—¿Qué es esto? —preguntó Charo cogiendo con la punta de los dedos uno de aquellos legajos.

—Lo que estás viendo, Charo —Lasarte ojcó el interior de uno de los arcones que tenía a mano y tomó un puñado de hojas—. Contratos de arrendamiento y enfiteusis, préstamos, pagarés y traspasos: probablemente la historia jurídica y económica de las familias arequipeñas desde la fundación de la ciudad, pues por lo que veo algunos documentos datan de antes de la existencia de Santa Catalina, si es cierto que el monasterio fue fundado a fines del siglo XVII.

— ¿Y esto es lo que se oculta aquí? —preguntó la actriz con cinismo.

Lasarte la miró con cariño.

—¿Te parece poco? —el capitán empezó a hojear al desgaire los papeles que extrajo de otra caja abierta que tenía a su derecha, y al cabo alzó la cabeza para hacer algún comentario—. Aquí también hay testamentos y cartas privadas. Confesiones de herencias usurpadas, partidas de nacimiento de hijos ilegítimos, litigios no resueltos o ganados malamente... Imagina las muchas razones que tendrían algunos para ocultar así estos papeles.

Lasarte siguió observando y de pronto algo llamó su atención. Se quedó mirando un cofre de madera que tenía frente a él y del que extrajo más documentos. Mercedes y Charo se acercaron a la mesa donde el sevillano dispuso algunos de aquellos folios.

—Y también hay mapas de minas —dijo asombrado, desplegando uno de ellos y luego otro y otro más—. Y de pozos de agua, planos de iglesias e incluso de emplazamientos militares...

Antonio Lasarte repasaba aquellos documentos cada vez más interesado, cotejando algunos, mirando con detenimiento otros, volviendo rápidamente a los primeros hasta que al cabo de un momento en que ellas aguardaban expectantes la pesquisa del sevillano, éste volvió un rostro abstraído hacia ellas. Y es que muchos de esos papeles no sólo se referían a Arequipa como al principio había creído, sino al Perú y, aún más, a la América entera. Había allí cartas y folios de La Habana y de Santiago, de Portobelo, Quito y también de Veracruz; había allí el detalle e inventario de remesas de oro y plata enviadas a o desde España, cruce de correo que databa de un par de siglos atrás, como también correspondencia de personajes, virreyes, militares y clérigos poderosos de ambos lados del Atlántico. Muchos de ellos eran contemporáneos: Bernardo O'Higgins, Thomas Jefferson, Manuel Godoy, el conde de Aranda... Sí, murmuró fascinado, aquello era algo así como el archivo oculto de América.

Charo abrió otra caja que tenía escrita desprolijamente la palabra «Jesuitas» y husmeó allí un rato hasta que extrajo un papel amarillento.

—Aquí hay una carta con las señas de un supuesto tesoro que dejaron los jesuitas a los pies de un volcán llamado Chachani en 1767 —dijo boquiabierta.

—Creo que los jesuitas fueron expulsados de Arequipa ese año —dudó María Micaela.

—Aquí se ha guardado durante siglos la correspondencia y documentación más importante que se ha generado en todo ese tiempo y hasta hoy mismo —exclamó el sevillano—. ¡Mirad si no esto!

En la mano agitaba una carta del general Washington a Francisco de Miranda —cuya documentación y efectos se almacenaban en dos cajas grandes, fechadas al menos veinte años atrás—. Y otra carta más, de corte romántico, firmada por una tal Susan Livingston, que añoraba la presencia y el amor del caraqueño.

Los cuatro pasearon todavía un momento por los largos pasillos de aquel archivo donde atisbaron códices antiguos y descubrieron cartografías inciertas, folios que parecían quebrarse al solo contacto humano, miríadas de papeles y documentos firmados por personajes anónimos e ilustres durante varios siglos: había allí una carta del virrey Pedro Fernández de Castro a un clérigo de Roma en la que se daba cuenta de unos dineros para apresurar la canonización de una religiosa limeña de nombre Isabel Flores de Oliva... Otra en la que el oidor Juan Peñalosa confesaba haber intentado asesinar al marqués de Castell-dos-Rius en 1706.

¿Cómo, por qué medios habría llegado esto aquí? ¿Y por qué precisamente al convento de Santa Catalina? Lasarte sintió que le daba vueltas la cabeza y al cabo, exhausto, apartó todos aquellos papeles intentando pensar con claridad.

Mercedes, cada vez más nerviosa, buscó entonces los documentos que la habían llevado hasta el convento. No le fue necesario caminar mucho, pues todo estaba ordenado metódicamente. Allí, justo a la altura de sus ojos, encontró un pequeño cofre de hierro, pesado como un cargamento de piedras: «José Manuel Goyeneche y Aguerrevere. 1809-1812». Con la ayuda de Lasarte lo llevó hasta la mesa, donde Charo apartó los otros documentos para colocar allí aquel cofre. Tenía un candado robusto.

—No podremos abrir esto —dijo Lasarte.

Entonces Mercedes metió la mano en su escote y extrajo la llave que meses atrás le diera el general Goyeneche con una sola y escueta indicación: «Sabrás dónde usarla cuando llegue el momento».

Metió la llave y la hizo girar con delicadeza a un lado y a otro. Cuando abrió aquella caja de hierro tenía las manos húmedas. Por sobre el olor a herrumbre los alcanzó inesperadamente un suave aroma a alcanfor, como si aquella correspondencia, además de con celo protegida, hubiera sido mimada por las manos que la archivaron. Encontraron al menos dos docenas de cartas, unos planos y otros muchos documentos que Mercedes no pudo identificar. La correspondencia estaba archivada en orden cronológico y era exclusivamente entre el general y una mujer que firmaba con rotundidad: Carlota Joaquina Teresa de Borbón y Borbón-Parma.

—¡La hermana de Fernando VII! —articuló Mercedes sintiendo la lengua espesa. No entendía bien qué significaba aquello, pero una desagradable sensación se le encaramó en el pecho, como cuando se asiste por casualidad a un acto obsceno y sucio.

—¿No es la reina de Portugal, la que trasladó la corte al Brasil? —preguntó Charo.

Lasarte arrebató una de aquellas cartas que temblaba en la mano de Mercedes y leyó sin entender muy bien o quizá simplemente sin querer entender. Al fin alzó un rostro perplejo, lleno de extrañamiento hacia ellas:

—De manera que Pepe Goyeneche había entrado en tratos con la reina de Portugal —dijo en voz alta.

—Sí, señor mío: el general Goyeneche es un traidor a la causa de Fernando —se volvieron sobresaltados por aquella voz turbia que les llegó desde la puerta—. Es justo que el mundo sepa de su traición y que su nombre se enfangue en el desprestigio que pronto hará batir en retirada del Perú a la rapiña española.

Allí, con un candil en la mano estaba la madre Patrocinio, dorada la piel por la lumbre y los ojos encendidos de rabia. A su lado, con las manos metidas en las bocamangas de su hábito impoluto, mirando todo con verdadera aflicción, se encontraba la madre priora, Mencía de Jesús.

—María Micaela, niña mía. No has debido entrar aquí, chiquilla. Te pedí que confiaras en mí y ya ves... —la amonestó entonces con dulzura, y avanzó con los brazos extendidos como para cobijar a la joven en su regazo y en su perdón.

Antes de que María Micaela, conmovida, pudiera dar un paso hacia la priora de Santa Catalina, Charo la atrajo hacia sí con violencia:

—¡Tiene un puñal en la mano!

Mencía de Jesús se giró hacia ella con brusquedad, con el rostro distorsionado por la rabia, como si estuviera poseída realmente por el Maligno. El puñal zumbó muy cerca del rostro de una aterrada Charo Carvajal y ésta lanzó contra la priora los papeles que Lasarte había depositado en la mesa momentos antes, distrayendo así la trayectoria del arma, que volvió a sisear como una serpiente buscando el blanco. Luego ella y María Micaela fueron retrocediendo entre chillidos por aquel pasillo.

Mercedes, por su parte, había cogido los documentos que había en el cofre de Goyeneche y envolviéndolos en su capa intentó correr. La madre Patrocinio se interpuso velozmente en su camino, balanceando con enorme peligro el candil contra el rostro de la española, como si fuese una alimaña a la que es necesario espantar.

—¡Antonio, ayúdame! —el grito pareció sacar de su ensimismamiento al capitán de guardias, que había observado toda aquella repentina escena como alelado por un estupor sin límites.

Entonces empujó de un violento manotazo a la robusta madre cocinera, que trastabilló antes de caer aparatosamente volcando uno de los pequeños sofás, los ojos redondos de asombro a causa del ataque inesperado. El candil había prendido con rapidez en unos papeles. Mercedes aprovechó para huir a tropezones por el resquicio que dejaba el cuerpo de la monja. Sin pérdida de tiempo, el capitán se abalanzó de un salto sobre Mencía de Jesús, que se volvió hacia él aullando como enajenada, ¡maldito seas!, con el puñal en alto. Lasarte se sorprendió de la fortaleza de aquel brazo que contenía a duras penas, evitando que el arma se clavara en sus carnes. Giraron con violencia y cayeron aparatosamente contra una de aquellas estanterías que, vencida por el peso, crujió y se vino abajo con el bramido de un trueno. Todo eran gritos, maldiciones, chillidos y una bandada de hojas revoloteando peligrosamente por la estancia, pues el fuego voraz se extendió alimentado por aquellos resecos papeles y la madera de los muebles. Crepitaba azul y rojizo, alcanzando y encendiendo todo a su paso. Pronto se levantó una densa y asfixiante columna de humo que los aturdía, haciéndolos toser. Charo tenía aferrada de la mano a María Micaela y entre la humareda vio la lucha del capitán con la superiora, que daba violentas puñaladas en todas direcciones. Cuando la actriz entendió que Patrocinio se abalanzaba sobre el capitán, cogió una de aquellas cajas de madera y le dio en la cabeza con una fuerza tal que sintió cómo se le descoyuntaba un hombro. La madre Patrocinio emitió un rugido y cayó como un fardo. En ese momento, cuando el humo era tan denso que ya apenas podían respirar, escuchó la voz de Lasarte en medio de la lucha:

—¡Id hacia la puerta! ¡Alcanzad la puerta! Está detrás de vosotras.

Hacia allí se volvieron, desorientadas, lamidas ya por las llamas, tanteando como dos ciegas desesperadas en un laberinto, ahogadas en aquella oscuridad de fuego sin encontrar más que la gruesa pared, que arañaron desesperadas, sabiéndose definitivamente perdidas.

—¡Por aquí! —escucharon una voz, y se vieron arrastradas por una mano hacia fuera de aquel infierno.

Epílogo

La superiora cerró los ojos y pensó en el claustro de los Naranjos, ¡tan distinto ahora!, con el empedrado idéntico al de los demás patios a causa del terremoto de julio de 1821, pocos días antes de que el general San Martín proclamase la independencia del Perú en Lima. El hermoso suelo de mármol blanquinegro se cuarteó tan feamente que hubo que arrancarlo y poner adoquines de ruda piedra, como en todos los suelos del convento. Ese día lloraste con amargura, María, porque era como si tu propio corazón también se hubiese cuarteado. Fue necesario desplazar las tres cruces hasta uno de los extremos y trasplantar con cuidado los naranjos para que siguieran regalando su perfume y sus flores. ¡Todo estaba tan cambiado!

Ahora aquel patio antaño pío y rumoroso lo recorrían las novicias parloteando sin cesar, colgadas amablemente del brazo las unas de las otras, ajenas por completo al importante y secreto papel que había jugado casi medio siglo atrás.

—¿Y qué pasó con ellas? —Anita Moscoso se atrevió a interrumpir el silencio de la priora, ávida por seguir escuchando aquella historia.

—¿Que qué pasó después? —la madre superiora habló con la voz llena de nostalgia—. Ocurrió que otra vez la intercesión divina acudió en ayuda de aquellas mujeres en ese fatal momento, cuando ya daban sus vidas por perdidas en medio de aquel humo denso y del calor de las llamas.

»Charo Carvajal sintió pues que una mano joven y vigorosa la conducía a la salida. Pero la frágil mano de la joven María Micaela que ella venía sosteniendo todo el tiempo se le escurrió de pronto y soltó un grito al comprender que la

chica había quedado atrapada en el incendio. Todo empezaba a desmoronarse a causa del fuego...

»A rastras alcanzó el pasillo, cuya viscosa humedad le
pareció en ese momento una bendición. Allí, tosiendo en un
rincón estaba Mercedes, que aferraba contra su pecho un mon-
tón de papeles. La madre Donicia de Cristo, jadeante por el
esfuerzo, las miraba como para cerciorarse de que se encontraban verdaderamente a salvo. Charo, gritando como una
poseída, quiso volver a entrar en el recinto, de donde salían
columnas de humo tan densas y oscuras que casi se podían tocar, como si fuesen de piedra.

»—¡No, mamita! Ya no hay nada que hacer...

»Mercedes y Donicia se lanzaron a sujetar con fuerza
a Charo, que aullaba y daba patadas y zarpazos queriendo
evadirse de las manos que la aferraban. Por fin la actriz pareció desistir en su empeño y cayó de rodillas, sin fuerza ya
para nada, mirando con desolación aquel incendio. Entonces
entre las dos la arrastraron, alejándola del peligro. Desde el
interior emergían demoníacas lenguas de fuego, como serpien-
tes enfurecidas buscando a sus presas. Donicia dio la orden de
correr, rápido, rápido, pues temían que el fuego avanzara
succionado por las invisibles corrientes de aire o que la estructura se viniera abajo de un momento a otro. El humo empezaba a elevarse y quedaba varado como un navío oscuro en el
techo de la galería. Tropezando, cayendo y casi asfixiándose,
se internaron por donde habían venido, pero en un momento dado Donicia, que escoltaba la huida, hizo un giro sorpresivo en una bifurcación que ellas, inexplicablemente, no habían advertido antes. Ésta desembocaba en un pasadizo
mucho más estrecho que el principal, por el que tenían que
caminar de perfil, casi aprisionadas entre los recios muros,
siempre detrás de la voz de Donicia, rápido, así, vamos,
¡apura, mamita, que nos alcanza el humo! Al cabo de un momento las tres mujeres se encontraron frente a una escalerilla
similar a la que habían utilizado para descender desde la celda de Ramira de la Concepción. Pero ahora no salieron allí

sino a la luminosa y limpia celda de Donicia de Cristo, al otro extremo del convento... Lograron escapar a tiempo porque la Virgen contuvo los muros, que se desplomaron al poco de salir ellas a la superficie, dejando sepultada para siempre la galería, por si el fuego no hubiese consumido por completo aquellos documentos infames.

—Pero entonces... ¿María Micaela murió? —preguntó atónita Anita Moscoso.

—El Señor quiso llevársela, sí. Probablemente para que ya no sufriera más.

La superiora volvió a sumirse en un largo silencio, como si estuviese reflexionando acerca de los acontecimientos acaecidos tanto tiempo atrás. Luego continuó:

—Lo que sucedió después fue bastante confuso y resulta lleno de contradicciones. Se dijo que un incendio había devorado la celda de Ramira de la Concepción, donde la superiora, Mencía de Jesús, se encontraba junto a la madre Patrocinio y la joven seglar María Micaela Mogrovejo. Estaban revisando lo que se podía tirar y lo que se podría donar a los pobres. Un accidente con el candil las había sorprendido allí, dijeron, el fuego avanzó tan rápidamente en medio de aquella celda que no tuvieron tiempo de escapar... Y hubo procesiones, misas y un solemne entierro para las dos monjas, cuyos decesos dejaban al convento en un estado tal de estupor y consternación como nunca antes se había vivido. ¡Tantas muertes seguidas! ¡Qué estamos pagando de esta manera, Señor!, dicen que exclamó con la voz rota la nueva priora, Francisca del Tránsito y Morato, quien fue elegida apresuradamente con la anuencia del obispo y el capellán del monasterio, que no daban crédito a la tremenda desgracia que vivía Santa Catalina. Mercedes y Charo Carvajal partieron en cuanto pudieron de regreso a España y no se supo más de ellas.

—Pero ¿cómo aparecieron los cuerpos en la celda de sor Ramira si estaban allí abajo, en las profundidades del convento? —arqueó las cejas con repentina suspicacia Anita Moscoso.

La madre superiora la miró entornando sus ojillos inteligentes, acercándose mucho a la joven y advirtiéndole con un dedito enérgico: había cosas que nunca se llegarían a entender del todo. Simplemente debería bastarle con saber que la justa sabiduría del Señor quiso que así fuera. Punto.

—Además, ya te dije que yo era muy jovencita cuando entré aquí —agregó con menos aspereza—, y esto lo supe nada más llegar. Y te lo cuento a ti porque seguro oirás estos mismos hechos pero distorsionados, falseados por intereses, maledicencia o por la simple frivolidad de quien quiere buscar una explicación racional a los propósitos divinos. ¡Como si nosotros, insignificantes mortales, pudiéramos entender los caminos del Señor!

Luego disolvió sus palabras con una mano y alegó que se estaba haciendo tarde, que ojalá aquella historia en los lindes mismos de la leyenda la hiciera reflexionar, hija mía. El tiempo le haría ver que su sufrimiento era una minucia pasajera, que había otros dolores, otros sufrimientos que resultaban apabullantes y ante los cuales nada más podíamos inclinar la cabeza y acatar los designios del Todopoderoso.

Anita Moscoso se levantó como impelida por un resorte. Tenía los ojos enrojecidos y quiso besar la mano de la superiora, que le dio unas palmaditas en la mejilla, con afecto, que fuera a su celda, que pensara un poco, que buscara consuelo en la oración. Y sobre todo, que no contara nada de lo que le había dicho, agregó con solemnidad.

Una vez que se hubo ido la joven Moscoso, la madre sonrió con cierta complacencia. Aquel secreto sería demasiado tentador para un alma joven y sin la formación que dan el rigor y la plegaria. En breve aquella historia correría por Santa Catalina como un reguero de pólvora. Cuando la madre superiora se sentó a leer en la mecedora su devocionario, entró la madre Rosario de la Misericordia. Tenía las mejillas encendidas, parecía nerviosa y llevaba un ramo de flores frescas que según dijo había estado podando para ella...

—Has estado escuchando todo, Charo —afirmó la madre superiora sin mirarla, fingidamente atenta a su lectura.

—No he podido evitarlo —admitió la monja con un rezongo—. Estaba aquí mismo en el jardín y...

—... Y no tenías otra cosa que hacer que podar mis flores precisamente hoy. A los pies de mi ventana.

La madre Rosario alzó sus hermosos ojos de avellana, en los que todavía chispeaba la malicia de siempre, y se rindió, bueno, sí, había escuchado, no tenía perdón de Dios, vale. Pero ella tampoco, madre, por haber contado tamaño embuste a esa desgraciada. María Micaela no había muerto: aquí estaba, dijo tocándola cariñosa, haciéndole una leve caricia en la mejilla, ¡de cuerpo presente! Se acercó hasta quedar de rodillas ante la superiora, que se obstinaba en fingir que leía. ¿Y todo para qué? ¿Para acallar las habladurías que empezaban otra vez a brotar entre las religiosas? ¿Para evitar que ahora, con todo el jaleo nuevamente de las revoluciones, se empezaran a levantar las sospechas de la existencia de documentos secretos, de escondrijos recónditos, igual que hacía medio siglo?

—¡Cómo que embuste! —la priora cerró de golpe su libro, enderezándose en su mecedora, los ojos como un avispero—. Sólo he cambiado un poco las cosas para hacerlas más... provechosas, más ejemplarizantes, para que tengan algún valor. ¡Qué sé yo!

La madre Rosario de la Misericordia puso una mano sobre la de la superiora y la miró con dulzura antes de apoyar la cabeza en su regazo.

—No nos enfademos, María Micaela. No soy quién para juzgarte. Pero no creo que haya nada de ejemplarizante en todo lo que ocurrió: sólo hubo muerte y dolor. Sólo hubo engaño y equívoco. Éramos apenas unas muchachitas a quienes el destino o Dios, si así lo prefieres, puso en una horrible situación. ¿Y todo para qué? Muchas veces he pensado, en todos estos años que la Providencia me ha concedido, cuál podría ser la recompensa, la enseñanza. Aparte de la inmensa dicha de ser tu amiga, tu fiel escudera, tu defensora.

—*Quién eres tú para cuestionar las decisiones de nuestro Señor...*

La madre priora manoteó en el aire censurando las palabras de Charo Carvajal, pero luego, temiendo haber resultado muy dura, acarició su cabeza. Porque estaba conmovida. Y también perpleja. Porque tú te habías hecho la misma pregunta una y otra vez, María: todo ese sufrimiento, ¿para qué? ¿Sirvió de algo que al final ganaran los insurgentes y se declarara la independencia del país? ¿No estaban ahora peor que nunca, enfrentados entre hermanos? ¿Sirvió la muerte del desdichado Antonio Lasarte, que nunca pudo cumplir con su encargo? La única que más o menos consiguió su propósito fue Mercedes, que volvió con los documentos aquellos para salvar su herencia y con quien mantuvieron una liviana correspondencia que el tiempo fue apagando dulcemente. En esas misivas, la madrileña les fue contando que alcanzó a entregar las cartas de Goyeneche guardadas con tanto celo, pero que nunca pudo continuar su relación con el general, marcada a fuego por los acontecimientos. ¿Por qué el peruano había entablado aquella secreta comunicación con la reina Carlota Joaquina? Quizá por provecho personal o tal vez, como sostuvo el militar hasta el final de sus días —les contaba Mercedes en largas y dubitativas cartas—, realmente para salvar a las provincias americanas del abismo al que se precipitaban con furia suicida. Goyeneche había entendido demasiado bien que aquello era un juego peligroso, porque de llegarse a saber que establecía contacto con la hermana de Fernando a escondidas de éste y de los constitucionalistas españoles quedaría ante ellos como un vil traidor. Y que los insurgentes se frotarían las manos al ver dinamitado el honor de uno de los hombres más poderosos de las fuerzas realistas. Se jugó pues algo más que la vida: su prestigio de hombre de bien.

—*Sólo dolor... —dijo la madre Rosario con los ojos cuajados de lágrimas, como si hubiese estado leyendo los pensamientos de la priora.*

Ésta sintió encogerse su corazón al escuchar aquellas palabras. Porque aunque había corrido tanta agua bajo el puen-

te y ellas ya eran unas viejas a quienes les quedaban pocos años, cada vez más desentendidas de lo terrenal, de vez en cuando, como ahora, recordaban aquellos oscuros acontecimientos: a Antonio Lasarte, a Donicia de Cristo, muerta años después, aquel lugar secreto en las entrañas mismas de Santa Catalina. Y entendió también que el tiempo iba desordenándoles los recuerdos que callaron largamente mientras rehacían sus vidas como monjas, hasta tal punto que a veces, en las contadas ocasiones en que ella y Charo hablaban del tema, no terminaban de ponerse de acuerdo en si aquello había sido así o asá.

Porque lo que en verdad ocurrió —o al menos tal como tú lo recordabas, María— fue que a los dos días de haber huido de aquel pavoroso incendio, mientras el revuelo por la desaparición de las madres Mencía y Patrocinio alcanzaba niveles de paroxismo, Donicia, las españolas y ella misma habían bajado a por los cuerpos, a darles al menos cristiana sepultura. Estaban irreconocibles y con gran esfuerzo los llevaron hasta un osario al que las condujo Donicia, en uno de los múltiples pasadizos que descubrieron allí abajo. En ese mismo lugar oraron por ellos y vertieron lágrimas amargas por Lasarte.

También por esos días, mientras en el convento se hablaba ya abiertamente de que el Maligno se había llevado a las dos monjas y nadie atinaba a dar una cabal explicación a sus desapariciones, Donicia les fue desgranando cómo había descubierto aquel pasaje secreto desvelado, sin quererlo, por Ramira de la Concepción en uno de sus delirios, cómo había sospechado que aquellas llaves de su armario eran en realidad las que activaban un mecanismo que permitía acceder a las entrañas del monasterio —igual que desde la propia celda de la anciana— y que ella usaba para salir de vez en cuando de Santa Catalina con propósitos que no quiso confesar pero que ellas podían imaginar... Y cómo, al sospechar de la inocente mentira de María Micaela la noche en que ésta hizo entrar subrepticiamente a Lasarte en el monasterio, decidió seguirla sin imaginar adónde la conduciría su pesquisa. Y con sorpresa mayúscula descubrió que no sólo era ella la que vigilaba al grupo *formado por Lasarte, María Micaela, Charo y Mercedes. También sor Patrocinio y Mencía de Jesús los perseguían. ¿Con qué motivo? Poco a poco, conversando con ésta y con aquélla, las tres fueron recomponiendo la historia: sor Patrocinio tenía pendiente un ajuste de cuentas con los Goyeneche, pues estaba convencida de que uno de ellos había sido el cruel ambicioso que le arrebató las tierras a su padre, conduciéndolo así a la humillación de que lo pasearan encadenado por la ciudad, hecho que llevó al señor Ballón tempranamente a la tumba. Nunca había dicho a nadie el nombre de aquel malvado, pero lo reveló esa misma noche del incendio: un Goyeneche. Simplemente había esperado con paciencia esmerada y durante años a descubrir dónde se guardaban aquellos documentos secretos en poder de la madre María de los Ángeles, a quien no dudó en asesinar para quitarla de en medio, lo mismo que a la madre enfermera, cuando ésta descubrió que la superiora había sido envenenada y sus pesquisas la conducían hasta ella. En cuanto a Mencía, con quien la madre Patrocinio estableció una rápida y siniestra alianza..., ella estaba entregada a la causa independentista con un vigor que le fue enajenando paulatinamente el juicio. Nunca reveló sus querencias y de esa manera se fue ganando la confianza de sor María de los Ángeles, de quien sospechaba tratos con Goyeneche. Sólo esperaba hacerse con documentos que podrían resultar vitales para las tropas insurgentes. Cuando sor María de los Ángeles empezó a sospechar de ella, supo que su empresa corría peligro si no cambiaba de estrategia. Y entendió entonces que debía aliarse con la madre Patrocinio y esperar a ver qué hacía María Micaela, aguardando que ésta las condujera al pasaje secreto, como así fue. Todo esto, claro, era pura especulación, pero al cabo de los años la habían dado por cierta. Y Charo, que, como ella misma, decidió quedarse y tomar los hábitos catalinos, se supo partícipe de un secreto enojoso que, era menester reconocerlo, les había amargado la vida. Sin embargo, todo había ido siendo lentamente sepultado por la rutina y la vida conventual, y pensaron que así sería ya por siempre jamás, pero los acontecimientos en los últimos años habían virado de súbito. Hacía ya unos meses que Charo y ella misma fueron sorprendiendo, aquí y allá, palabras y frases sueltas de las monjas, murmuraciones, comentarios, susurros que parecían conducir invariablemente a la existencia de documentos que se guardaban en el convento desde tiempos inmemoriales. ¿Documentos secretos? ¡Bobadas! ¡Cuentos de las indias, que ya no saben qué inventar!, decían ellas. Y si hubo alguna vez un pasaje secreto quedó sepultado para siempre, murmurarían ahora algunas monjas al escuchar la versión de Anita Moscoso: si se lo había contado la propia superiora, debía de ser cierto, afirmarían otras, ella entró al convento en ese entonces... Así funcionaba el alma humana, María. Y quizá con el tiempo las aguas volverían a su cauce y por fin se dejaría de hablar de aquello.*

Porque lo cierto era que milagrosamente muchos documentos, sobre todo los que estaban en cajas de hierro, habían sobrevivido al incendio, como si la Historia se obstinara en seguir existiendo con terquedad. En un principio quisieron terminar la labor que el fuego había dejado inconclusa, pero luego pensaron que quiénes eran ellas para hacerlo. De manera que decidieron dejarlos allí y sepultar para siempre el secreto que se llevarían a la tumba, como les hizo jurar muchos años después en su lecho de muerte Donicia de Cristo, nombrada ya abadesa de Santa Catalina. La epidemia que fulminó a Donicia de Cristo y diezmó el convento terminó por dejarlas como las únicas supervivientes de aquella época. Y así se habían convertido en las guardianas de aquel asco, como decía de vez en cuando Charo, ganada por la desazón de saberse arteramente atrapada en un destino que no le correspondía.

La superiora tomó pensativa la llavecita que colgaba en su cuello y la miró largamente, como se observa a un insecto venenoso. La madre Rosario de la Misericordia, al percatarse de ello, volvió sus hermosos ojos llenos de callada comprensión hacia la superiora. Luego se llevó una mano al cuello para mostrar ella también su llave. Y volvió a apoyar su cabeza en el regazo de la madre superiora. Pronto tocarían vísperas.